HUID

Van Mo Hayder zijn verschenen:

Vogelman*
De behandeling*
Tokio*
Ritueel
Huid

*In Poema pocket verschenen

MO HAYDER

HUID

UITGEVERIJ LUITINGH

Oorspronkelijke titel: *Skin*
Vertaling: Yolande Ligterink
Omslagontwerp: Pete Teboskins
Omslagfotografie: Image Store/twizter.nl

ISBN 978 90 245 3068 7
NUR 305

www.uitgeverijluitingh.nl
www.boekenwereld.com
www.watleesjij.nu

1

De huid is een orgaan. De mensenhuid is het grootste orgaan van het lichaam en bestaat uit de opperhuid, de lederhuid en een onderhuidse laag bindweefsel. Als hij in zijn geheel wordt verwijderd en wordt uitgespreid, zou hij bijna twee vierkante meter groot zijn. Hij heeft ook gewicht; met al die proteïnen en dat bijbehorende vet is het een enorme massa. De huid van een gezonde volwassen man weegt tien tot vijftien kilo, afhankelijk van zijn lichaamsomvang. Evenveel als een flinke peuter.

De huid van een vrouw weegt ietsje minder. Hij is ook minder groot als je hem uitspreidt.

De meeste mannen van middelbare leeftijd, zelfs als ze alleen in een afgelegen deel van Somerset wonen, zouden er nooit over nadenken hoe een vrouw er zonder haar huid zou uitzien. Het zou evenmin in hen opkomen zich af te vragen hoe haar huid eruit zou zien als hij werd uitgerekt en op een werkbank werd gespannen.

Maar de meeste mannen zijn niet zoals deze man.

Deze man zit heel anders in elkaar.

2

Diep in de verregende Mendip Hills in Somerset liggen acht ondergelopen kalksteengroeven. De in onbruik geraakte groeven zijn door de eigenaren genummerd van een tot en met acht en vormen samen een hoefijzer. Nummer acht, op de zuidoostelijke punt, raakt bijna het eind van wat lokaal de Elfengrotten worden genoemd, een netwerk van druipende grotten en gangen die diep in de grond doordringen. Volgens de plaatselijke folklore bestaan er geheime uitgangen uit dit grottensysteem naar de oude Romeinse loodmijnen en gebruikten de elfen van de Elfengrotten die tunnels als ontsnappingsroutes. Sommigen zeggen dat de tunnels door het vele gebruik van explosieven in de twintigste eeuw rechtstreeks uitkomen op de ondergelopen groeven.

Hoofdagent 'Flea' Marley, de leider van de duikeenheid van Avon and Somerset, liet zich net na vieren op een heldere middag in mei in groeve nummer acht glijden. Ze dacht niet aan geheime ingangen. Ze zocht niet naar gaten in de wand. Ze dacht aan een vrouw die al drie dagen vermist werd. De vrouw heette Lucy Mahoney, en de stuurlui aan de wal geloofden dat haar lijk hier ergens in dit diepe water zou kunnen liggen, tussen het wier op een van de richels.

Flea daalde af naar tien meter en bewoog haar kaak van de ene kant naar de andere om de druk in haar oren op te heffen. Op deze diepte had het water een onaardse, bijna petroleumblauwe tint met een zweem van melkachtig kalksteenstof, dat door haar zwemvliezen in beroering was gebracht. Perfect. Meestal had ze helemaal geen zicht bij het duiken, alsof ze door een dikke soep zwom, en moest ze alles op de tast doen, maar hier kon ze minstens drie meter voor zich uit zien. Ze zwom weg van het punt waarop ze in het water was gekomen en trok zich langs de wand van de groeve verder tot de druk op haar veiligheidslijn constant was. Ze zag elk detail, elke wuivende plant, elk uitgehouwen blok steen op de vloer. Elke plek waar een lichaam tot rust kon zijn gekomen.

'Hoofdagent?' zei agent Wellard, haar oppervlakteassistent, in de microfoon. Zijn stem klonk in haar oor alsof hij naast haar stond. 'Zie je iets?'

'Ja,' mompelde ze. 'De toekomst.'

'Hè?'

'Ik kan in de toekomst zien, Wellard. Ik zie mezelf over een uur ijskoud uit dit water komen. Ik zie teleurstelling op alle gezichten omdat ik met lege handen boven kom.'

'Hoezo?'

'Ik weet niet. Ik denk gewoon niet dat ze hier is. Het voelt verkeerd. Hoe lang wordt ze al vermist?'

'Tweeënhalve dag.'

'En haar auto. Waar stond die?'

'Nog geen kilometer hiervandaan. Op de B3135.'

'Ze dachten dat ze depressief was?'

'Haar ex is verhoord toen hij haar als vermist kwam opgeven. Hij ontkent ten stelligste dat ze depressief was.'

'En er is niets anders wat haar in verband brengt met de groeve? Geen eigendommen? Ze was hier niet eerder geweest of zo?'

'Nee.'

Flea zwom verder en de navelstreng – de lijn met de zuurstofslang en de communicatieverbinding die haar met het oppervlak verbond – werd zachtjes meegetrokken. Groeve nummer acht was een beruchte zelfmoordplek. Misschien was de zoekadviseur, Stuart Pearce, het niet eens met de familie over Lucy Mahoneys gemoedstoestand. Misschien had hij daarom een punaise in de kaart gezet en hun opdracht gegeven tot deze zoektocht. Of anders klampte hij zich aan elke strohalm vast. Ze had eerder met Stuart Pearce te maken gehad. Het zou het laatste wel zijn.

'Kon ze zwemmen, Wellard? Dat ben ik vergeten te vragen.'

'Ja. Ze kon goed zwemmen.'

'Dus als ze zelfmoord heeft gepleegd, zal ze zichzelf verzwaard hebben. Met een rugzak of zoiets. Dat betekent dat ze dicht bij de rand zal liggen. Laten we dit pendulepatroon uitbreiden tot tien meter. Verder weg kan ze zich niet bevinden. Daarna nemen we de andere kant van de groeve.'

'Eh, hoofdagent, dat levert een probleem op. Als je dat zoekpatroon volgt, kom je dieper dan vijftig meter.'

Wellard had een tekening van de groeve. Flea had die aan het oppervlak al bestudeerd. Toen de mijnbouwmaatschappij vingervormige gaten had gemaakt om explosieven in aan te brengen, waren er boren van tien meter gebruikt, wat betekende dat de groeve in plakken van tien meter was uitgegraven voordat ze de pompen hadden uitgezet en hem hadden laten vollopen. Aan de ene kant was hij tussen de twintig en de dertig meter diep. Aan de andere kant was hij dieper; op sommige plekken meer dan vijftig meter. De gezondheids- en veiligheidsregels waren duidelijk: geen enkele politieduiker mocht dieper gaan dan vijftig meter. Onder geen beding.

'Hoofdagent? Heb je me gehoord? Aan het eind van de boog zul je op vijftig meter zitten. Misschien dieper.'

Ze schraapte haar keel. 'Heb jij alle bananencake opgegeten?'

'Wat?'

Ze had die morgen bananencake voor het team gebakken voordat ze wegging. Het was niet iets wat ze vaak deed. Ze was de baas, maar ze had ze nooit bemoederd; ze was de op een na jongste, alleen Wellard was jonger. En het was ook niet omdat ze zo van koken hield. Ze hadden het de laatste tijd zwaar gehad. Een van hen was met verlof wegens familieomstandigheden en kwam waarschijnlijk niet terug na wat hij eerder die week had doorgemaakt. En haar slechte buien hadden ook niet bepaald geholpen; ze was de laatste twee jaar een nachtmerrie geweest om mee te leven. Ze moest af en toe iets terugdoen.

'Hij is op. Maar hoofdagent, sommige van die gaten zijn veel dieper dan vijftig meter. We worden bij zoiets geacht een van die krankzinnige technische duikers erbij te halen.'

'Aan wiens kant sta jij, Wellard? Die van ons of die van de leiding?'

Stilte. Of eerder het geluid van het zachte gemopper van Wellard. Wellard was met gemak het ergste ouwe wijf van het hele team. 'Oké. Maar als je dat doet, zet ik het geluid zacht. De hele groeve kan je horen en we hebben vandaag publiek.'

'Wie dan?'

'Er kwam een wagen van de verkeerspolitie langsrijden en die staat nu op de afvalhopen. Ik denk dat ze koffie zitten te drinken.'

'Die sukkel van een zoekadviseur bevindt zich zeker niet onder het publiek?'

'Nog niet.'

'Lekker,' zei ze sarcastisch. 'Sommige mensen vinden het niet meer dan fatsoenlijk als de zoekadviseur eens uit zijn luie nest komt als hij een team heeft uitgestuurd.'

Ze ging langzamer zwemmen. In het donkerder water voor haar hing een net. Daarachter bevond zich het vijftig meter diepe gedeelte, waar het water donkerder en blauwer was. Kouder. Het was zulk onzeker terrein dat het bedrijf netten had opgehangen tegen de sportduikers die de groeve soms gebruikten om te oefenen. Ze greep het net vast, klikte haar duiklamp aan en scheen ermee door de mazen naar de vloer van de groeve, die steil afhelde.

Ze had nog maar één keer met Pearce te maken gehad, maar dat was genoeg. Ze liet zich door hem niet koeioneren. Zelfs niet als ze er alle beroepsregels voor moest schenden en dieper moest gaan dan vijftig meter. Ze liet zich er niet van weerhouden de zoektocht af te maken. Rechts van haar zat een bordje in het beton. De woorden zaten vol algen. *Gevaar: diepten van meer dan vijftig meter. In deze groeven worden duikcomputers gecontroleerd. Duik niet verder dan u kunt.*

Een goede plek om je duikcomputer op te hangen, dacht ze, en ze raakte het bordje aan. Je deed gewoon je polscomputer af, hing hem aan een van de spijkers en pikte hem op de terugweg weer op. Als hij later werd gecontroleerd, was niet te zien dat je dieper was gegaan dan vijftig meter en de oppervlakte-eenheid maakte geen duikverslag op een computer. Het was het soort trucje dat pa ook altijd uithaalde toen hij nog leefde. Hij was een fanatiek sportduiker geweest en had alles gedaan om grenzen te overschrijden en op de diepte te komen waar hij wilde zijn.

Ze maakte met haar mes een snee in het net, gespte voorzichtig haar duikcomputer los en hing hem aan het bord. Daarna deed ze haar lamp weer aan, liet zich door het gat glijden en volgde de lichtstraal de duisternis in.

Met de zeilstreep van haar kompas scherp tegen de noordwest-aanduiding begon ze naar beneden te zwemmen, steeds verder naar beneden. Ze volgde de golving van de rots en bleef ongeveer twee meter van de bodem. Wellard liet de lijn achter haar vieren. De tekening was accuraat; het was hier diep. Ze ging langzaam, liet zich leiden door het licht, rekende dingen uit haar hoofd uit. Geen computer. Ze moest de tijd die ze op de bodem had en de decompressiestops zelf uitrekenen.

Beweging in het donker, rechts van haar. Ze zwaaide de lamp ernaartoe en staarde in de straal, terwijl ze zich horizontaal liet drijven om op dezelfde plek te blijven. Er waren geen vissen in groeve nummer acht. Hij stond nu al jaren onder water, maar het bedrijf had er geen vis in uitgezet. Er waren ook geen rivieren in de buurt, dus er zouden niet eens rivierkreeftjes zijn. Bovendien kon die beweging geen vis zijn geweest. Een vis was te klein.

Haar hart klopte traag in haar borstkas. Ze bleef regelmatig ademhalen; te diep en ze ging omhoog, te oppervlakkig en ze verloor drijfvermogen. Er kon hier beneden niets bewegen; er waren geen stromingen in de groeve. Alles zou roerloos moeten zijn. Ze begon naar de plek te zwemmen waar ze de beweging had gezien.

'Hoofdagent?' Aan het oppervlak had Wellard meteen de verandering van richting opgemerkt. 'Alles goed?'

'Ja, ja. Geef me nog een bar.'

Het was Wellards taak om de druk van de lucht in de zuurstoflijn te verhogen naarmate ze dieper ging. Ze draaide zich om en scheen met de lamp de andere kant uit om te zien hoe ver ze van het net was. Ze zat op een diepte van ongeveer zevenenveertig meter en daalde nog steeds af. Nog maar drie meter tot de voorgeschreven grens. 'Maak er maar zestien van.'

'Zestien bar? Dan ben je...'

'Ik weet waar ik ben. Laat dat nou maar aan mij over.'

Ze zwom verder met uitgestoken handen, omdat ze er niet zeker van was wat zich voor haar bevond. Achtenveertig meter, negenenveertig meter. Ze was op de plek waar ze de beweging had gezien.

'Hoofdagent? Weet je op welke diepte je zit?'

'Hou gewoon vast,' fluisterde ze. 'Hou me hier.'

Ze richtte de lamp naar boven en keek op. Dat was oncomfortabel, omdat haar masker naar boven wilde en water doorliet. Ze drukte het met haar vingertoppen tegen haar gezicht en staarde naar de borrelende stroom zilveren bubbels die vastberaden in een lange kolom oprees naar een oppervlak dat ze niet meer kon zien. Er bevond zich iets in die kolom. Ze was er zeker van. Er zwom iets donkers door de stroom van duisternis en lucht. Er ging een huivering over haar rug. Waren dat de naakte zolen van iemands voeten?

'Hoofdagent, stoppen. Je zit boven de vijftig. Hoor je me?'

'Hé, Wellard,' fluisterde ze, terwijl ze opkeek naar de plek waar de belletjes inmiddels waren verdwenen en waren opgelost in kille lichtflitsen. Nu zag alles er opeens weer uit zoals het hoorde te zijn. Het water was leeg. 'Is er nog iemand anders in het water?'

'Iemand anders?'

'Ja,' siste ze. Ze wilde niet bang klinken. Ze hoopte dat hij het geluid op het paneel zachter had gezet. Ze wilde niet dat haar stem over het water hoorbaar was voor iedereen die aan de kant stond. 'Zwemt hier nog iemand rond? Dan moet je gezien hebben dat hij het water in ging.'

Er volgde een pauze, een aarzeling. Toen zijn stem, een beetje op zijn hoede. 'Baas? Je weet dat je veel te diep zit, hè? Misschien wordt het tijd om de reserveduiker in te zetten.'

Stikstofvergiftiging, bedoelde hij. Op deze diepte viel je gemakkelijk ten prooi aan het desoriënterende en giftige effect dat stikstof onder hoge druk kon hebben; haar reacties en gedachten waren die als van iemand die de hele middag in de kroeg heeft gezeten. Een hallucinatie als deze was een klassiek symptoom. Ze staarde de belletjes na. Het was iets donkers geweest, ter grootte van een flinke schildpad. Maar zonder schaal. Het was glad geweest, had geen haar gehad en had soepelheid en kracht bezeten. En de voeten van een mens.

'Ik mankeer niets, Wellard, ik zweer het je. Alles is prima in orde. Maar bevestig even dat hier niemand anders rondzwemt. Dat is alles.'

'Er is niemand. Oké? En de reserveduiker maakt zich klaar.'

'Nee.' Haar navelstreng zat vast aan een richel of rots achter haar. Ze trok geïrriteerd haar schouders op en zwaaide met haar rechterhand om hem te bevrijden, en voelde hem gemakkelijk van de rots of de richel schieten. 'Er hoeft niemand anders het water in te komen. Ik ben hier bijna klaar.'

Wellard had natuurlijk gelijk. Als ze aan stikstofvergiftiging leed, moest ze naar boven. Maar ze wilde nog een minuutje hebben om te controleren of ze alles had afgezocht, dus bracht ze haar bovenlichaam weer naar beneden, zodat de druk op haar masker minder werd. Ze scheen met de lamp voor zich uit. Daar, ongeveer tien meter verderop, was de onderkant van de muur, de rand van de groeve. Ze was zo ver gekomen als ze kon en er bestond geen enkele twijfel: Lucy Mahoney was niet hier. Mooi. Ze had gelijk gehad. Ze verheugde zich er al op aan Pearce door te geven dat hij het mis had gehad als ze weer boven was.

De rubberen afsluiting van haar masker zoog zich vast aan haar gezicht. En bleef vastzitten.

Ze tastte naar het masker. Probeerde adem te halen. Er kwam niets, de afsluiting ging alleen maar strakker zitten en ze voelde een bekende druk onder haar borstbeen. Ze kende dit gevoel van de trainingen. Er kwam geen zuurstof door de lijn. Ze prutste aan de zijkant van het masker, boven haar rechteroor. Dit was geen probleem. De oppervlaktebemanning pompte zuurstof naar haar toe; ze kon niet zonder zitten. Maar af en toe kwam de lijn vast te zitten in de drukschakelaar op het masker en werd de toevoer afgesneden. Dat was gemakkelijk op te lossen. Als je rustig bleef. Geen probleem.

Met bonzend hart vond ze de schakelaar, haalde hem over en haalde nog eens adem. Haar ribben deden hun uiterste best.

Maar haar longen zetten niet uit. Ze zette snel de schakelaar weer omhoog.

Niets.

Naar beneden. Niets.

'Hoofdagent?' Wellard klonk paniekerig. 'Wat gebeurt er? Wat is er aan de hand?'

Maar ze had geen lucht in haar longen om antwoord te geven. Haar armen deden pijn. Haar hoofd bonsde alsof het tweemaal zo groot was geworden als normaal. Het was alsof er iemand op haar borst stond. Haar hoofd schoot naar achteren, de mond wijd open. Ze tastte naar het schakelblok aan de zijkant van haar duikvest. Probeerde de luchttoevoer over te schakelen naar het noodsysteem.

'Hoofdagent? Ik heb alle kleppen openstaan, maar er loopt ergens lucht weg. Heb je druk?'

Ze wist wat er boven gebeurde. De reserveduiker schoot zo snel als hij kon zijn spullen aan, raakte in zijn paniek met zijn vingers verstrikt in het gaas van het masker, vergat alles. Knikkende knieën. Hij kwam nooit op tijd. Ze had nog maar een paar seconden, geen minuten.

Ze tastte dof nog eens naar het schakelblok. Kon het niet vinden. Haar opgezwollen hoofd werd steeds harder en strakker. Haar ledematen prikten.

'Ik haal je eruit, hoofdagent. Ik moet op mijn eigen gevoel afgaan.'

Ze luisterde niet meer. De tijd stond stil. Wellard trok heftig aan de reddingslijn om haar naar boven te krijgen, maar dat was in een andere wereld, op een andere planeet. Ze wist dat haar slappe lichaam naar achteren schoot. Ze voelde dat haar vingers hun greep op de lamp verloren, voelde hem tegen haar been botsen toen hij traag zonk. Ze probeerde hem niet te grijpen.

In de duisternis, ongeveer tien meter van haar vandaan, was iets verschenen dat eruitzag als een witte kwal. Niet hetzelfde ding dat ze zich eerder had ingebeeld, maar iets anders, iets wat golfde en in vreemde spiralen op en neer bewoog als een wolk van haren. Het leek te blijven hangen, heen en weer geslingerd door ongeziene stromingen, alsof het ergens naar op weg was geweest – misschien naar de bodem – maar was gestopt om naar haar te kijken. Alsof het belang stelde in wat er gebeurde. Belang in haar worsteling.

De bovenkant van de vorm ging omhoog, leek langer te worden en te veranderen in lange slierten haar, en nu wist ze wat ze zag.

Mam.

Mam, die al twee jaar dood was. Het lange blonde haar dat ze altijd in een knotje in haar hals had gedragen, ging omhoog en golfde in het donker rond haar gezicht.

'Word wakker, Flea. Red jezelf.'

Flea gaf geen antwoord. Ze kon het niet. In de echte wereld was haar lichaam op zijn zij gekanteld en schokte als een vis met een kapotte zwemblaas.

'Red jezelf.'

Mam draaide zich om in het water. Haar kleine, witte handen lieten haar lichaam draaien, zodat haar gezicht naar Flea toe werd gekeerd. Haar haar dreef als een wolk om haar heen en haar magere witte benen sleepten als nevelslierten achter haar aan. Ze kwam naar voren tot haar lieve, bleke gezicht zich vlak bij dat van Flea bevond en ze haar handen op haar schouders kon leggen. 'Luister.' Haar stem was scherp. 'Word wakker. Nu. Red jezelf.'

Ze schudde haar heen en weer en toen Flea niet reageerde, legde ze haar vingers om haar hand en bewoog die naar het schakelblok en haalde de schakelaar over.

Er stroomde lucht haar masker in. Haar longen zetten in één klap uit en haar hoofd schoot achterover. Het licht stroomde in haar ogen. Nog een teug lucht. Ze zwaaide haar armen opzij en hoestte. De lucht was droog in haar verdroogde longen. Nog een teug lucht, paniekerig. Ze voelde haar hart weer slaan, voelde het bloed in haar slapen bonzen. Nog een teug. Ze sloeg wild om zich heen en de meters en de noodvoorziening golfden om haar heen als tentakels toen ze recht in het water ging hangen. Wellard had haar in zijn paniek over de bodem getrokken. Er was modder opgedwarreld en die dreef als rook om haar heen. Ze hing slap in het melkachtige water en liet zich langs de muur trekken.

Mam?

Maar het water stroomde langs haar en ze hoorde niets anders dan Wellards paniekerige kreten in haar oren. 'Ben je daar nog, hoofdagent? Geef in godsnaam antwoord.'

'Alles in orde.' Ze hoestte. 'Je kunt nu wel ophouden met trekken.'

Hij liet de lijn abrupt vieren en ze kwam tot stilstand. Ze dreef met haar gezicht naar beneden, nog steeds met de noodschakelaar in haar hand, en staarde naar de plek waar mam zich had bevonden. Er was niets te zien. Ook dit was een hallucinatie geweest.

Ze begon te trillen. Ze was door het oog van de naald gekropen. Ze had de regels overtreden, een noodprocedure verprutst en het hele team had gehoord dat ze stikstofvergiftiging kreeg. Ze had in alle commotie zelfs in haar pak geplast. Ze voelde de urine langs de binnenkant lopen.

Maar het maakte niet uit. Het maakte helemaal niets uit. Ze leefde. Leefde. En dat bleef zo.

3

De afdeling Zware Misdrijven van de politie van Bristol was bezig met een van de beruchtste zaken die ze ooit had onderzocht. Tot een paar dagen geleden was Misty Kitson een tweederangs beroemdheid geweest, de zoveelste voetballersvrouw die zoveel cocaïne in haar neus stopte dat ze hem van binnenuit vernietigde doordat het tussenschot bezweek. De pers probeerde al maanden foto's van haar neus te bemachtigen. Maar nu zette ze alles op alles om erachter te komen wat er met haar gebeurd was op de dag dat ze uit de afkickkliniek aan de andere kant van Somerset was weggelopen en spoorloos was verdwenen.

De omgeving van de kliniek was uitgekamd; de politie had elk huis, elk bos en elke stal binnen een omtrek van drie kilometer doorzocht. Zoiets was nog nooit vertoond. Het was de grondigste zoektocht die de politie ooit had uitgevoerd en er was niets gevonden. Geen lijk. Geen aanwijzing. Misty Kitson leek in rook te zijn opgegaan.

Het publiek ging helemaal op in het mysterie en in de eenheid die het onderzoek leidde. Het zag de afdeling Zware Misdrijven als een eliteteam, een groep van toegewijde, ervaren mannen die elk greintje energie dat ze bezaten aan de zaak wijdden. Ze dachten dat de mannen hun hoofd en hun leven helemaal leegmaakten voor de zaak en zich met hart en ziel aan de jacht overgaven. Over het algemeen had het publiek gelijk; de agenten die aan het onderzoek meededen, zetten zich voor honderd procent in om Misty te vinden.

Allemaal, behalve één.

Eén man had moeite zich op Misty te concentreren. Eén man merkte dat hij alleen maar terug kon denken, ongeacht wat hij werd geacht te doen, ongeacht hoeveel tijd hij geacht werd te steken in het vinden van Misty Kitson. Terug naar een andere zaak, waar hij de week daarvoor aan had gewerkt. Een zaak die hij had moeten afsluiten en achter zich had moeten laten.

Die man was inspecteur Jack Caffery.

Inspecteur Caffery was nieuw bij de afdeling Zware Misdrijven, maar hij had bijna twintig jaar ervaring, vooral op de afdeling Moordzaken bij de Londense Metropolitan Police. In al die tijd had hij nooit moeite gehad een zaak van zich af te zetten.

Maar hij had ook nog nooit een zaak gehad die hem angst aanjoeg.

Niet zoals Operatie Noorwegen had gedaan.

Om halfnegen op de morgen na Flea's ongeluk zat Caffery

aan de andere kant van de stad in zijn verduisterde kantoor in het hoofdkwartier in Kingswood. De jaloezieën waren naar beneden en de deur was op slot. Hij zat naar een dvd te kijken.

Er waren twee mannen op te zien in een onverlichte kamer van een vervallen kraakpand. Beide waren blank. Beide waren onder de dertig. Een van hen droeg een dichtgeritste leren S&M-kap en was naakt tot aan zijn middel. Hij bleef voortdurend in beeld terwijl hij de tijd nam om gereedschappen klaar te leggen en aan de camera te laten zien. Deze man was negenentwintig. De andere man was ook naakt tot op zijn middel, maar had daar niet zelf voor gekozen. Hij was buiten bewustzijn door drugs en lag vastgebonden op een bank. Hij bewoog niet. Tot de man met de kap de zaag op zijn keel zette. Toen bewoog hij wel. Heftig. Hij was nog maar negentien.

Deze video was bij het hele korps berucht. De media wisten dat hij bestond en hadden alles gedaan om er een glimp van op te vangen. Het waren beelden van de dood en bijna volledige onthoofding van Jonah Dundas. Caffery was slechts een paar minuten te laat in die kamer gearriveerd om hem te kunnen redden. De meeste politiemensen die aan Operatie Noorwegen hadden meegedaan, wilden het geluid uit hebben als ze de video moesten bekijken. Maar Caffery niet. Voor Caffery was het geluid een extra manier om naar antwoorden te zoeken.

Hij liet de video doorlopen tot op het moment dat hij was binnengekomen en de man met de kap was gevlucht. Toen spoelde hij terug naar het begin, het deel waar hij de meeste belangstelling voor had: de eerste vijf minuten, waarin Dundas zich alleen in de kamer had bevonden, vastgebonden op de bank, voordat de man met de kap aan de onthoofding was begonnen. Caffery drukte de koptelefoon tegen zijn oren en schoof naar voren op zijn stoel om zijn gezicht dicht bij het scherm te brengen.

De naam 'Operatie Noorwegen' was willekeurig gekozen. De zaak had niets te maken met het land Noorwegen, maar alles met Afrika. De man met de kap – 'Oom', zoals ze hem noemden – had een illegaal handeltje opgezet binnen de Afrikaanse gemeenschap van Bristol. Hebzucht, sadisme en toeval hadden ertoe geleid dat hij zijn voordeel had kunnen doen met oude overtuigingen binnen die gemeenschap, losjes *muti* genoemd, of Afrikaanse zwarte magie, die erop neerkwamen dat sommige delen van het menselijke lichaam konden worden gebruikt om bepaalde medische en spirituele problemen te behandelen. In heel Europa waren er de laatste tien jaar maar acht van zulke zaken geweest en voor de Britse politie was het onbekend terrein, maar ze waren erachter gekomen dat een mensenhoofd, het hoofd van een jongeman, vooral als het was verwijderd terwijl het slachtoffer nog leefde, in sommige kringen een grote som geld zou opleveren. Dat was Dundas fataal geworden.

Operatie Noorwegen werd afgebroken voordat het hoofd kon worden verkocht en de politie had twee mensen gearresteerd: de man met de kap, een bewoner van de stad, en een illegale Afrikaanse immigrant, die hem op de hoogte had gebracht van de gebruiken en hem had geholpen een klantenkring op te bouwen. De Afrikaan zat op dat moment in de cel en probeerde de politie er nog steeds van te overtuigen dat hij Johnny Brown heette en dat hij een Brits paspoort had. Ze hadden hem gefouilleerd en een sleutelhanger met de vlag van Tanzania aangetroffen, en het T-shirt dat hij droeg bleek van Tanzaniaans fabricaat te zijn, dus spitte de afdeling Zware Misdrijven archieven uit Dar Es Salaam door om zijn identiteit te achterhalen.

'Wat is dit nou?' Hoofdinspecteur Rolf Powers, het hoofd van de afdeling Zware Misdrijven, deed om tien over negen de deur open. 'Geen licht? Het is hier net de slaapkamer van mijn tienerzoon.' Hij knipte de tl-buizen aan. 'Waar zat je? Ik heb net een hele persconferentie over de zaak Kitson gegeven, zonder jou.'

Caffery zette het beeld stil en draaide het beeldscherm naar de hoofdinspecteur toe. 'Kijk hier eens naar.'

Dat deed Powers. Hij fronste zijn wenkbrauwen. 'Dat is Operatie Noorwegen. Daar zijn we mee klaar. De dossiers moeten aan het eind van de maand bij het openbaar ministerie liggen.'

'Kijk nou eens.' Caffery tikte tegen het beeldscherm. 'Het is belangrijk.'

Powers deed de deur achter zich dicht. Hij was lang, breed en goed gekleed en moest ooit sportief zijn geweest. Maar zijn levensstijl had zijn tol geëist en zijn middel en zijn nek werden dikker. Hij legde de envelop die hij in zijn hand had op het bureau en trok een stoel bij.

Op de beelden van Dundas, alleen in de kamer voor de aanval, was nog een andere gestalte te zien, dicht bij Dundas' hoofd, met zijn rug naar de camera. Hij stond voorovergebogen en concentreerde zich op wat hij deed. Na de arrestaties was Dundas' hoofd in het mortuarium onderzocht en was ontdekt dat er plukken haar weg waren. Op dezelfde plek waarop de gestalte in de video zich nu concentreerde.

Powers schudde zijn hoofd. 'Het is die Tanzaniaan, Johnny Brown of hoe hij ook in het echt mag heten. Die hier in de cel zit.'

'Het is hem niet. Hij liegt.'

'Jack, dat opdondertje heeft het wel duizend keer bekend. Kat in het bakkie. Hij zei dat hij Dundas' haar had afgeknipt omdat hij er een voodooarmband van wilde maken of zo. En als hij het niet is, wie is het verdomme dan? Die hele tent is schoon leeggehaald. Er was niemand. En ook geen uitweg.'

Caffery staarde naar de gestalte op het scherm. Niemand die de video gezien had, had melding gemaakt van wat duidelijk leek, namelijk dat de gestalte op het scherm niet helemaal menselijk was. 'Nee,' zei hij. 'Het is hem niet. Ik heb hem in de cel laten opmeten. Hij is een meter drieënzestig. Klein, maar niet zo klein. De camera stond op een hoogte van precies een meter vijftig en bevond zich twee meter van de tafel. Ik heb naar de tekeningen van de technische recherche gekeken. Johnny Brown zou hier hebben gestaan.' Hij wees naar een plek op het scherm. 'Hij is meer dan een kop groter. En kijk eens naar die schouders. Er klopt daar iets niet, helemaal niet.'

‘Ze hebben hem verkleed, dat heeft hij toegegeven. Ze hebben hem erop uitgestuurd om mensen bang te maken, zodat ze die voodooprullen zouden kopen. Nogal primitief, het geloof van die lui, maar dat heb ik natuurlijk nooit precies zo gezegd.’

Caffery keek hem onverstoorbaar aan. ‘Hoe kunnen ze iemand zó verkleden dat hij er zo uit komt te zien? Moet je nou eens kijken.’

‘Protheses. Lichtval.’

‘Er waren geen protheses te zien toen we het huis doorzochten. En Brown had het haar van Dundas niet bij zich toen ze hem arresteerden, of wel soms?’

‘Hij zegt dat hij het heeft weggegooid. En je kunt me onnozel of achterlijk noemen, of hoe de Londense politie ook over ons praat. Maar als hier op het platteland iemand zoiets bekent, vinden we het gemakkelijk hem gewoon te geloven. Nee.’ Zijn stem klonk opeens heel efficiënt. ‘Nee, Jack. We zullen maar doen alsof dit gesprek nooit heeft plaatsgehad. Operatie Noorwegen is afgesloten, oké?’ Hij stond op. Schoof de envelop die hij bij zich had over het bureau naar Caffery toe. ‘Dit is waar de commissaris wil dat we ons mee bezighouden. Dit is de zaak waar ik op dit moment bètablokkers voor slik. Maak maar open.’

Dat deed Caffery. Er zaten zes glanzende foto’s in van twintig bij vijfentwintig centimeter. Foto’s van kleren naast een meetlint. Vrouwenkleren. Een jurk. Een paar sandalen met hoge hakken. Een paarsfluwelen jas. Een zilveren mobieltje. ‘Misty Kitson?’

‘Uiteraard. Dit zijn reproducties van wat ze aanhad. We hebben ze over de hele politiemacht verspreid. Iedere persoon in elk politiebureau heeft vanavond een kopie hiervan boven zijn computer hangen, dus zelfs als ze de kranten niet lezen en geen tv kijken, hebben ze van haar gehoord.’ Powers ging naar de kaart aan de muur, stak zijn handen in zijn zakken en bestudeerde hem. ‘Ik begrijp er niets van. Echt niet. Een radius van drie kilometer, de grootste zoektocht die ik ooit heb gezien, elke centimeter grond is bekeken, en we hebben helemaal niets gevonden. Geen ene moer, en... Jezus, je hoort geen woord van wat ik zeg. Of wel soms?'

Caffery zat gespannen naar de post mortem foto's van Dundas te kijken die aan de muur waren vastgeprikt, naar de manier waarop zijn haar was geknipt.

Powers pakte een foto van Misty's kleren en prikte die nadrukkelijk over de foto van Dundas heen. 'Jack, je hebt drie brigadiers en vier agenten die zitten te wachten tot jij vertelt wat ze moeten doen. Zij willen haar vinden.'

Caffery deed zijn la open en haalde er de foto's uit van een andere sectie, die twee dagen eerder was uitgevoerd. Hij had ze de vorige dag gekregen via de Centrex Guardian-database en meer had hij niet nodig. Hij stond op en prikte ze boven op de foto's van Misty Kitsons kleren.

'Ben Jakes. Twintig jaar oud. Student aan de universiteit van Bristol. Kan de examendruk niet aan, zijn vriendin maakt het uit en het eindigt met een zakmes en een boel bloed. Vlak bij de Elfengrotten. Het is daar mooi. Je kunt er de lichtjes van Bristol zien. Heel populaire zelfmoordplek.'

'Wat heeft dat ermee te maken?'

'Zijn telefoon was zoek. Is nog steeds niet gevonden. Hij was beroofd. Zijn kamergenoot zei dat hij geld had, minstens twintig pond, en creditkaarten die nooit gebruikt waren. Hij had zelfs boterhammen in zijn rugzak. Ze waren weg. O, en hij was naakt.'

'Had hij zich uitgekleed voor hij zelfmoord pleegde? Was het vollemaan of zo?'

'Nee. De dief heeft de kleren ook meegenomen. De man die de leiding had over de zaak dacht aanvankelijk dat het moord was. Het geval zat een tijdje in het dossier "te moeilijk voor de plaatselijke politie" en kwam zelfs bij ons op de wachtlijst te staan, tot uit de sectie bleek dat het zelfmoord was. De kleren waren hem meer dan vierentwintig uur na zijn dood uitgetrokken, volgens de lijkschouwer. En dan was er nog het andere bewijs – depressiviteit. Niemand twijfelt eraan dat het zelfmoord was; zelfs zijn ouders zeiden dat ze het al half verwacht hadden.

Maar je moet hier eens naar kijken.'

Powers zette zijn bril af en keek naar de foto.

'Zie je dat? Zijn haar?'

'Het is afgeknipt.'

'Afgeschoren. Doet dat je ergens aan denken?'

Powers fronste zijn wenkbrauwen weer. Hij haalde de foto van de muur en draaide hem om. Er zat een stempel op van de audiovisuele eenheid van Portishead. 'Waar zei je dat dit gebeurd was?'

'Bij groeve nummer acht. Vlak bij de Elfengrotten.'

'En het haar is de bepalende factor? Omdat hetzelfde bij Dundas is gebeurd?'

'Het is door dezelfde dader gedaan. Het ziet er bijna identiek uit.'

'En wat dan nog?'

Caffery glimlachte grimmig. 'De patholoog is uiteraard vaag over het tijdstip waarop Jakes is gestorven, omdat hij nu eenmaal patholoog is. Maar hij heeft toegegeven dat degene die zijn kleren heeft gestolen dat minstens zes uur na zijn dood heeft gedaan. Dat wordt bewezen door de lijkvlekken. De kamergenoot zegt dat het zes uur in de morgen was toen Jakes vertrok. We weten nog niet hoe hij bij de groeve is beland, maar het moet hem minstens een uur hebben gekost. Waarschijnlijk meer, ook al ga je ervan uit dat hij onderweg nergens gestopt is. Dat is dus zeven uur, dus is onze dief op zijn allervroegst om één uur in de middag langsgekomen. Brown bevond zich intussen om twee uur die middag op die plek.' Hij wees naar het scherm. 'Ik heb die schooier met mijn eigen ogen gezien. Zie je hem naar de groeve rijden, Jakes' hoofd scheren en teruggaan naar de andere kant van Bristol, en dat allemaal binnen het uur?'

'Ik neem aan dat ze onofficieel zijn, de tijden die de patholoog je heeft gegeven. Ik kan me niet voorstellen dat hij daar iets van in het rapport heeft geschreven. Ze leggen zich nooit vast als het om het tijdstip van overlijden gaat.'

'Je hebt gelijk. Maar ik heb zijn getuigenis niet nodig. Vodafone heeft Jakes telefoongegevens opgehoest. Die laten zien dat er om acht uur die avond nog mee gebeld is. Brown zat toen al vijf uur in de cel.'

Powers tilde de jaloezie op en keek naar buiten. Sinds de afdeling Zware Misdrijven de zaak Kitson in behandeling had genomen, hadden een of twee verslaggevers daar permanent hun kamp opgeslagen. Hij bleef een tijdje naar ze staren. Toen liet hij de jaloezie weer zakken en keek hij zijn inspecteur doordringend aan. 'Jezus christus,' zei hij. 'Wat wil je van me?'

'Een week. Een week voor deze zaak. Geef me twee mannen en een week vrij van de zaak Kitson. Ik wil weten hoe Brown het haar van Ben Jakes heeft afgeschoren terwijl hij op dat moment dertig kilometer verderop zat. Ik wil weten waar hij die armband van haar voor nodig had. En...'

'En?'

'En ik wil weten wat voor protheses je zou moeten gebruiken om een mens er zó uit te laten zien.'

4

Caffery vertrok om halfelf uit het politiebureau. Hij nam de achterdeur en liep langs de zijkant recht de lage parkeergarage in, uit de buurt van de verslaggevers. Hij liep daar beschut, maar toch hield hij flink de pas erin, met zijn hoofd naar beneden en zijn kraag omhoog. Hij stapte niet in zijn auto, een onopvallende Mondeo, maar bleef er met zijn bovenbenen tegen de carrosserie even naar staan kijken, en nam toen een moment de tijd om de parkeergarage te overzien en te controleren of de schaduwen achter de andere wagens vlak en stil waren. Na een tijdje ging hij op zijn hurken zitten en keek onder de auto. Toen kwam hij weer overeind, stapte in en sloot alle portieren af.

Hoe ze het ook hadden klaargespeeld, wat voor trucjes ze ook hadden gebruikt, de daders in Operatie Noorwegen hadden mensen ervan overtuigd dat ze iets zagen wat ze niet konden verklaren. Iets wat hen nerveus maakte. Sommigen van de eerdere getuigen hadden er geen naam voor. Ze konden alleen de glimp beschrijven die ze ervan hadden opgevangen: iets als een mens, maar te klein en vergroeid om echt een mens te zijn. En er waren ook getuigen geweest die een naam konden noemen: een naam die afkomstig was uit de donkerste streken van het donkerste continent. Een Zoeloenaam die Caffery niet hardop tegen hoofdinspecteur Powers had genoemd, omdat het geluid ervan zijn haren overeind deed staan.

Tokoloshe.

Vier eenvoudige lettergrepen, maar ze vormden een krachtig woord voor degenen die erin geloofden. Het betekende mismaaktheid, gebrokenheid. Het was de belichaming van elk Afrikaans bijgeloof in één wezen ter grootte van een flinke baviaan met het lichaam van een aap en het gezicht van een mens. Het hulpje van een heks, een wezen uit het hart van het veld. Verblijvend in de schaduwen. Kijkend zonder met de ogen te knipperen.

Caffery kon de donkere gestalte op de video niet rijmen met Johnny Brown, maar het alternatief was natuurlijk te gek voor woorden, een theorie waar hij nooit hardop uiting aan kon geven, zelfs niet tegenover zichzelf. Maar hij dacht onwillekeurig aan datgene waarop hij jacht maakte met dat huiveringwekkende Zoeloewoord Tokoloshe.

Hij boog naar voren, klapte het handschoenenkastje open en controleerde de spulletjes die erin lagen. Alle politiemannen die actief op straat bezig waren, kregen de basismiddelen om zichzelf te verdedigen: handboeien, een pepperspray en een metalen knuppel waarmee je botten kon breken. Hij had aan het begin van de week, tijdens de Noorwegenarrestaties, kennisgemaakt met het verkeerde uiteinde van een dergelijke knuppel. Het had gemeen pijn gedaan, maar als beschermingsmiddel stelde het belachelijk weinig voor tegenover de Mach 11's en de Magnums die de criminelen bij zich droegen. De knuppel lag nu boven op een dik dossier in het kastje. Eronder lag een pistool, verpakt in wasdoek.

Vijf jaar eerder had hij in Londen een onbetrouwbare partner gehad die werkte aan Operatie Trident. Die had hem in contact gebracht met een man die zijn hele leven in Tulse Hill had gewoond maar vreemd genoeg sprak alsof hij was geboren in het zuidelijk deel van het centrum van Los Angeles en die nooit zijn zonnebril afzette, zodat je niet wist wat hij precies dacht. Toen Caffery voor zijn deur had gestaan, had hij hem meegenomen naar de keuken, waar hij hem twee pistolen in een schoenendoos onder de zak in de pedaalemmer had laten zien, een Glock model 17 en een roestvrijstalen AMT 45 Hardballer die glom alsof hij bedoeld was om als sieraad gedragen te worden. De handelaar was verrast toen Caffery niet meteen de Hardballer nam, omdat hij die persoonlijk het einde vond en dacht dat hij hem niet lang zou hebben; zijn volgende bezoeker zou hem zeker meenemen als Caffery niet het gezonde verstand had om het wapen van hem te kopen. Uiteindelijk nam Caffery het modieuze wapen. Niet omdat hij het mooi vond, maar omdat de Glock precies het model was dat de politie ook gebruikte, en hoewel hij niet van plan was er problemen mee te krijgen, moest je overal rekening mee houden. Een politiewapen zou op de verkeerde mensen duiden. Het was beter om met een gewoon wapen gepakt te worden, ook al was het een gênant stukje blingbling.

De Hardballer lag meestal onder de zak in de pedaalemmer in de keuken, want als er iets was waarvoor Caffery de dealer in Tulse Hill respecteerde, was het wel zijn gekozen verstopplaats. Hij zou het haasje zijn als hij het ding ooit zou gebruiken, maar dat was niet het punt. Het punt was dat hij soms behoefte had aan het gevoel van veiligheid dat het ding hem gaf. Gewoon de wetenschap dat hij het had. Deze week was zo'n periode.

Hij deed het handschoenenkastje weer dicht en keek door het raam naar de muren om de schaduwen nog eens te controleren. Hij concentreerde zich op die ter hoogte van zijn middel. Hij had Powers niet het hele verhaal verteld; hij had niet gezegd dat hij niet alleen van de video zenuwachtig werd. Hij had niet gezegd dat hij sinds Operatie Noorwegen constant het gevoel had dat iemand hem in de gaten hield. Als het niet zo krankzinnig klonk, zou hij zeggen dat de Tokoloshe hem volgde. De Tokoloshe? In de straten van Bristol?

Het was begonnen in zijn auto. Meer dan een week geleden had hij 's nachts in een verlaten steegje in het centrum van Bristol gestaan toen iemand of iets op de auto was gesprongen en met een bons op de motorkap terecht was gekomen. Het was te snel weg geweest om te kunnen zien wat het was, maar hij had een indruk gekregen van iets kleins, iets wat zich laag bij de grond bevond en zich snel uit de voeten maakte. Daarmee was het begonnen. Nu beeldde hij zich in dat hij het verdomde ding overal zag. In de schaduwen, onder auto's. Zelfs in de spiegel als hij zich 's ochtends schoor.

Hij keek nog eens op zijn horloge. Het was tien uur vijfendertig. Slechts één slachtoffer had Operatie Noorwegen overleefd. Hij had op de dag van de arrestaties een onsamenhangende verklaring afgelegd tegenover de politie, maar lag nu in het Southmead Hospital en vocht voor zijn leven. De dokters lieten niemand bij hem, zeker niet de politie, die hem overstuur zou kunnen maken met haar vragen.

Wat nu, sukkel, dacht Caffery.

Na een paar tellen startte hij de auto. Hij wist waar hij heen wilde. Hij wilde zien waar het lichaam van Ben Jakes zich had bevonden in de nacht dat iemand een deel van zijn haar had weggeschoren.

5

Het duikteam moest elke maand een handvol lichamen bergen die in staat van ontbinding waren. Een dergelijk lichaam is een gevaarlijk iets. Het levert biologische risico's op. De vloeistoffen die vrijkomen als de buik openbarst, kunnen een aantal via het bloed overgedragen ziekten doorgeven, en als het lichaam is aangevreten door ratten zijn er weer andere gevaren: besmetting met leptospirosis of de ziekte van Weil. Als het lichaam van zijn plek wordt gehaald, 'zucht' het soms alsof het weer tot leven komt omdat er lucht uit de longen ontsnapt, die wellicht sporen van tuberculose kan bevatten. De meeste politiekorpsen in het Verenigd Koninkrijk willen dat ernstig ontbonden kadavers worden opgeruimd door teams die getraind zijn in het gebruik van ademhalingsapparatuur. Kortom, de duikers. Zelfs als het lichaam zich op het droge bevindt.

Flea's team had een strikte schoonmaakroutine in het hoofdkwartier na de berging van een lichaam en meestal slaagden ze erin stank te weren. Maar toen ze die morgen om tien uur in het kantoor ongevalformulieren in zat te vullen, merkte ze dat er iets niet goed zat. Ze snoof. Niet aangenaam. Ze deed de formulieren in een envelop, stond op en ging naar de gang. Snoof nog eens.

Na het ongeluk van de vorige dag met de zuurstoflijn was ze door verplegers nagekeken, maar ze had zich niet mee laten nemen naar het ziekenhuis. Ze voelde zich prima. Sterk. Ze had zich op de ponton laten vallen en zich twintig keer opgedrukt om het te bewijzen. Niets en niemand kon haar ertoe brengen de rest van de dag in het ziekenhuis te gaan zitten, en dat was maar goed geweest ook, want binnen twee uur had het team een andere oproep gehad – de berging van het ruim honderd kilo zware lichaam van een zesenvijftigjarige man die op zijn toilet in een flatgebouw in Redland was overleden. Hij had daar acht dagen gezeten met zijn pyjamabroek op zijn enkels. Wc's waren vreselijk, omdat er nooit ruimte was. Het had hun van begin tot eind drie uur gekost hem eruit te krijgen. Eenmaal weer op de basis hadden ze hun beschermende pakken ontsmet. Ze hadden ze op de vloer gelegd, geschrobd met borstels met lange stelen eraan, afgespoeld en ontsmet, de vijf-fasenfilters in de kappen vervangen en alles ten overvloede ingespoten met een antibacteriële oplossing. Alles was volgens het boekje afgewerkt.

Maar de geur van de man hing nog in het gebouw.

Flea ging naar de kleedkamers met de kluisjes. Ze was er niet blij mee dat iedereen haar de vorige dag gehoord had toen ze die stikstofvergiftiging kreeg. Tot dusver had niemand haar ermee geplaagd, maar ze waren ertoe in staat. 'Wat stinkt er zo, jongens?'

'Je bananencake?'

'Leuk, hoor. We hebben alles ontsmet. Het hoort hier niet zo te stinken.'

Wellard haalde zijn schouders op. De anderen schudden hun hoofd.

'Oké. Aan de slag.' Ze wuifde ze weg. 'Allemaal. Doe het nog eens. Neem de Janitol.'

Niemand verroerde zich. Ze keken haar strak aan.

'Wat?'

'Dat hebben we al gedaan. Terwijl jij in het kantoor was. Twee keer.'

'Twee keer? Waar komt die vieze lucht dan vandaan?'

'Jouw bananencake?'

Ze ging naar de ruimte waar de pakken hingen te drogen – spookachtig, alsof er een rij mensen stond – en snoof. Ze ging terug naar de gang en snoof nog eens. De geur was onmiskenbaar. Ze ging naar de afvalbak die ze hadden gebruikt om hun smerige pakken in te vervoeren, hield haar gezicht erin en haalde diep adem. Wellard kwam naast haar staan en bleef erbij terwijl zij in de bakken zocht naar de zakken waarin ze gebruikte laarzen en handschoenen deden.

'Dat is het niet.' Hij sloeg zijn armen over elkaar. 'Ik heb het gecontroleerd. De schoonmaker heeft ze meegenomen.'

Ze kwam overeind. 'Ik geef het op. Waar komt het vandaan?'

'Geen idee.'

Ze zuchtte, haalde een groen schort van een haak, trok het aan en bond het vast. 'En ik wilde nog wel gaan joggen.'

'Je hoort niet te joggen, niet na gisteren.'

'Nou, het komt er inderdaad niet van, hè? Ik zei dat ik het wílde.' Ze trok een paar nitril handschoenen aan. Pompte wat lucht in de hogedrukspuit. 'In plaats daarvan ga ik deze pakken schoonmaken. Nog een keer. Ik zal jullie werk wel voor jullie doen.'

'Zo. Ben je pissig?'

'Ik ben niet pissig, Wellard, het zijn de hormonen. Ik ben een vrouw. Ik heb eierstokken. Dus heb ik last van mijn hormonen.' Ze ging naar de opslagplaats en haalde er wat spullen uit. Een zuurstoffles. Een luchtslang. 'Kom hier.'

Hij keek naar de slang. 'Goeie god, baas. Ik bedoelde het niet zo.'

'Geef me je hand.'

'Als je het maar snel doet.'

'Maak die vast aan de afsluiter.' Ze sloeg de slang in zijn hand. 'Zo, ja. Je bent braaf. Nou, terwijl ik ga ontsmetten, ga jij alle gebouwen langs en ruik je aan de afvoeren. Als er een stinkt, laat je er water in lopen. Als het water niet weg wil, gebruik je dit.'

'Perslucht? In de afvoeren? Hoofdagent, ik weet zeker dat we ergens een beheerder in het gebouw hebben. Een prima vent. Hij heeft wel een trekveer. Beter voor het interieur dan perslucht.'

'Wellard?'

'Ja?'

'Doe het gewoon, jongen.'

De cd van de Arctic Monkeys zat in de speler. Flea zette hem aan, draaide het volume hoog en ging aan de slag. Ze schrobde en spoot. Ze liet water door de afvoeren lopen. De lijnen die de vorige dag waren gescheurd, zaten in een gele nylon zak die tegen de tegelmuur stond te wachten tot de forensische dienst ze zou oppikken. Die zouden er maanden mee bezig zijn. Het lab zou ze onderwerpen aan een hele barrage van tests om te bepalen wat er mis was gegaan en hoe ze zomaar in beide lijnen een gat had kunnen schuren. Ze bleef er even naast staan.

Ze snapte er niets van. Ze had altijd gedacht dat ze heel wat kon hebben, en ze voelde zich ongemakkelijk en gewoon dom omdat ze haar uitrusting niet had gecontroleerd. Ze was door het oog van de naald gekropen, en ze kreeg het gevoel dat ze de laatste tijd voortdurend pech had. Gisteren was dit voorgevallen. En op dinsdag was ze betrokken geweest bij een helse arrestatie met de mensen van Zware Misdrijven in het kader van Operatie Noorwegen, een zaak die het teamlid dat op dat moment verlof had wegens familieomstandigheden zo'n beetje kapot had gemaakt. En dan had ze het nog niet eens over de dag dáárvoor, toen ze weer gedwongen was geweest Thom te dekken. Hij was die avond straalbezopen in haar auto thuisgekomen met een politiewagen achter zich aan. En zij was weer de sukkel geweest die voor hem in de bres was gesprongen en de plichtsgetrouwe agent had bezworen dat zij had gereden. Ze had zelfs voor hem in het blaaspijpje geblazen. Thom was voor de honderdste keer aan ernstige problemen ontsnapt en ze vroeg zich twee dingen af: of hij ooit op eigen benen zou kunnen staan en hoe lang ze kon doorgaan hem er steeds weer bovenop te helpen.

Ze haalde de witte rubberlaarzen voor de dag die het team droeg bij het bergen van een lichaam en draaide ze binnenstebuiten om te controleren of er geen lichaamsvloeistoffen in de absorberende binnenkant was gekomen. Toen ze bij het laatste paar was, verscheen Wellard in de deuropening. Ze veegde langs haar voorhoofd en liet de laarzen ontmoedigd vallen.

'Ik geef het op. Ik heb alles gedaan. Nu zal ik al jullie tassen moeten doorzoeken. Controleren op stinkend mannenondergoed. Sokken. Dat soort dingen. Wat heb jij te melden, ontstopperman?'

'De afvoeren zijn zo schoon als wat. Maar het heeft geen zin je er nu nog druk over te maken.'

'Hè?'

'De telefoon staat roodgloeiend. Je had de muziek te hard staan.'

'Wie belde er dan?

'Onze vriend de zoekadviseur, Pearce. Hij heeft nog een lijk. Nog meer overwerk.'

'O, ja?'

'Ja. Ze denken dat ze Lucy Mahoney hebben gevonden.'

6

Groeve nummer acht lag er verlaten bij. Caffery stond naast zijn auto te kijken naar de schapenwolken en de blauwe hemel, die zich weerspiegelden in het stille, koude wateroppervlak. Boven aan de groeve, op de vlakke rand die nog niet onder water was gelopen, lagen twee oude motorjachtjes op hun kant, aan elkaar geketend met een roestige ankerketting. Aan de andere kant stonden enorme, grijze, vierkante stukken bouwsteen in plassen bruin water. Tegen de puinhellingen die aan alle kanten omhoogliepen, groeiden vlinderstruiken.

Caffery sloot de auto af, trok zijn jasje dicht om zich heen en ging aan de rand van de groeve in het water staan staren. Achter zijn weerspiegeling was het water helder schemerblauw. Een gelige zweem van rudimentaire plantjes klampte zich vast aan de rotswanden en daaronder, op een diepte van ongeveer zes meter, was vaag een onregelmatige vorm te zien. Een rotsblok misschien, of een afgedankte pomp, of de wand van de groeve die de uitgehouwen rotsrand volgde.

De Afrikanen geloofden dat de Tokoloshe bij de rivier woonde. Ze dachten dat hij op de oevers rondhing, slaapplaatsen maakte in het riet en urenlang onder water kon blijven. Wat de getuigen in Bristol ook gezien hadden, over één ding waren ze het allemaal eens: het was uit het water gekomen, uit rivieren en ondergelopen groeven, één keer zelfs uit de haven van Bristol. Ze beweerden dat het eenvoudig 'boven was gekomen', alsof het een hele tijd onder water op de bodem had gelegen, tevreden als een krokodil in de modder. En er was geen duikapparatuur geweest. Dat wisten de getuigen heel zeker. Het helse gezicht was bloot geweest. Dus hoe had de bende van Operatie Noorwegen het voor elkaar gekregen om die onverklaarde minutenlange onderdompeling in scène te zetten?

Caffery ging rechtop staan en keek naar de bergen puin. De zon was achter een wolk verdwenen en een tijdlang leek er iets zwaars boven het water te hangen, alsof de lucht zelf donkerder was geworden. Op die hellingen had Ben Jakes zich bevonden toen hij zelfmoord had gepleegd. Er hing nog een stuk oud politielint in de bosjes en er lagen wat dode bloemen in cellofaan, die zijn vrienden van de universiteit daar hadden neergelegd. De laatste vier jaar hadden nog tien mensen op deze plek een eind aan hun leven gemaakt. Dat effect heeft zelfmoord; het lijkt zich altijd te verbreiden als een virus. Iemand springt van een brug en voor je het weet, is het de zelfmoordbrug en rijden mensen die nog nooit van de plek gehoord hadden de hele nacht door voor de eer om eraf te kunnen springen. Zo was het ook met deze groeve, alleen sprongen ze er niet in. Ze gingen aan de rand zitten met hun pillen en hun scheermessen en keken waarschijnlijk naar de sterren.

Jakes' telefoon was nog steeds niet terecht, maar het team dat aan de zaak Kitson werkte, had het patroon in het telefoonsignaal geanalyseerd en achterhaald dat er na zijn dood tweemaal mee was getelefoneerd en dat dat hier in de buurt was gebeurd. Er was gebeld naar een nummer dat Jakes niet eerder had gebruikt. Caffery had het gebeld via zijn werktelefoon en het bleek niet meer in gebruik te zijn. Het was van een wegwerptelefoon, een prepaid toestel, en hij was er vrij zeker van dat het al ergens in een afvalbak lag.

Caffery pakte een stok en begon langs de groeve te lopen en tegen de bosjes te slaan. De groeve was doorzocht toen Jakes' lichaam was gevonden, maar Caffery wilde er zeker van zijn dat er niets over het hoofd was gezien. Geen verstopplekken of bewijzen dat hier nog iemand anders was geweest in de nacht dat

Jakes was gestorven, iemand die misschien vanuit de bosjes had toegekeken. Hij controleerde elke vierkante centimeter en neusde in het struikgewas, maar na een uur had hij alleen een scooter gevonden die op zijn kant in de bosjes lag.

Iemand had een poging gedaan om hem te verstoppen; hij moest bukken en takken breken om erbij te komen. Hij sleepte hem het zonlicht in, zette hem overeind en schudde er even mee. Er zat een belastingplaatje op en er klotste benzine in de tank. Jakes had geen scooter gehad, daar was Caffery zeker van. Hij haalde een pen uit zijn zak en trok de remblokjes naar achteren om te kijken of ze werkten. Geen roest, dus hij was in de laatste vierentwintig uur nog gebruikt. Hij legde hem weer op de grond, sloeg zijn handen tegen elkaar om het stof eraf te krijgen en wilde zich alweer omdraaien naar de auto toen hij nog iets zag.

Een meter of drie rechts van hem zat iets blauw met wits verstrikt in de wortels van een vlinderstruik. Het was politielint, dat om de twijgen gewikkeld zat. Hij ging ernaar toe, trok eraan en zag iets blauws op de grond liggen. Het was ongeveer vijfentwintig centimeter lang en kwam van een slang of zoiets. Hij pakte het op en bekeek het. Er waren met een tussenruimte van acht centimeter letters in geperst: USU. Underwater Search Unit, oftewel het duikteam. Hij kende het team en hun hoofdagent, Flea Marley. Zij was erbij geweest toen hij de arrestaties verrichtte inzake Operatie Noorwegen. Knappe meid. Toen Caffery naar het westen was gekomen, had hij zich iets voorgenomen; hij had in Londen een paar verwoeste levens achtergelaten en dat ging hij niet weer doen. Er zouden geen vrouwen meer zijn in zijn leven. Niet zonder er eerst ernstig over te hebben nagedacht. Maar hij had zich niet voorgenomen dat hij er niet meer op zou letten of iemand knap was.

Hij haalde zijn telefoon voor de dag en belde naar Kingswood. Agent Turnbull, een van de mannen die Powers aan hem had toegewezen, nam op. 'Ik wilde je net bellen,' zei hij gretig. 'Ik heb een paar dingen. Het eerste is die Tanzaniaan in de cel, die knaap die ons blijft voorhouden dat hij Johnny Brown heet. We hebben een naam. Clement Chipeta. Interpol hield hem in de gaten in Dar Es Salaam tot hij ongeveer een jaar geleden uit het zicht verdween. Hij zat daar ernstig in de problemen, niet alleen met de wet, maar ook met de bende waarvoor hij werkte.'

'Wat deden ze?'

'Illegale handel. Ze verkochten ingrediënten voor traditionele medicijnen, vooral afkomstig van bedreigde diersoorten, maar ook van mensen. Ik denk dat de jongens van Operatie Noorwegen hem daarom wel handig vonden toen hij hier opdook.'

'Heb je dat aan het cellenblok doorgegeven?'

'Natuurlijk.'

'Oké.' Hij ging met zijn rug naar de groeve staan, met zijn vinger in zijn oor om ondanks de slechte verbinding zo goed mogelijk te kunnen horen. 'Luister Turnbull, je moet drie dingen voor me doen. Trek dit nummer voor me na, wil je?'

Hij gaf hem het kenteken van de scooter en Turnbull ging aan het typen om toegang te krijgen tot de nationale politiecomputer.

'En als je dat gedaan hebt, zoek je iets voor me op op het internet. Ooit gehoord van vrijduiken?'

'Vrijduiken? Sorry baas, ik kom uit Birmingham. Daar doen we niet aan zee, water of rivieren. We houden van beton.'

'Zoek het op als we klaar zijn met bellen. Ik wil weten hoe lang iemand zijn adem kan inhouden. Hoe lang ze onder water kunnen blijven.'

'Vrijduiken.' Hij kon Turnbull bijna zijn wenkbrauwen horen fronsen. De computer piepte. 'Het kenteken. De scooter is gestolen.'

'Wanneer?'

'Dit weekend. Van een oprit in Bradley Stoke. Verder niets.'

'Oké, laat ze weten dat ik hem gevonden heb. En ga met iemand van het duikteam praten. Ik wil weten wat ze in groeve nummer acht hebben uitgevoerd, bij de Elfengrotten.'

Stilte.

'Ben je er nog, Turnbull? Bel het duikteam.'

'Dat hoeft niet, baas, ik kan je zó vertellen wat het daar deed. Er werd gezocht naar een vermiste persoon. Een vrouw. Gisteren.'

'Hebben ze haar gevonden?'

'Niet in de groeve. Maar inmiddels wel ergens anders. Dat was het andere waar ik je over wilde bellen. Ze zitten bij je in de buurt. Acht minuten als je je aan de snelheidslimiet houdt. Vier als je dat niet doet.'

7

Lucy Mahoney werd al drie dagen vermist. Te oordelen naar haar toestand was ze het grootste deel van die tijd dood geweest. Haar lichaam was gevonden door wandelaars in de Mendips, op het talud van de Strawberry Line, de verlaten spoorweg die de victorianen hadden gebruikt om de aardbeien van de velden rond Cheddar te vervoeren. Het was een mooi landschap; de klaprozen waren al uit op de vlasakkers, waar een van warmte trillende lucht vol pollen boven hing. Maar aan het lijk was niets moois te zien. Het was zichtbaar van een afstand van honderd meter door de toren van wervelende vliegen erboven. Een zwart geworden hoop kleren en huid.

Ze lag op haar rug, gekleed in een opvallende trui met strepen, een rok en gebloemde Doc Martens vol bladeren. De ontbinding was al zo ver gevorderd dat er botten door het verkleurde vlees staken. Flea nam de leiding over het inpakken van het lichaam. Ze sloeg de vliegen weg en trok voorzichtig aan het lijk om het los te maken van de vloeistoffen op de grond, waarna ze het in een linnen laken rolde en in een witte lijkenzak tilde. Met het gezicht naar boven, omdat ze er in het mortuarium een hekel aan hadden als de lijken op hun buik lagen. Mahoney was een stevige vrouw en zelfs in staat van ontbinding was ze niet gemakkelijk te tillen. Het team zweette in de pakken; Flea zag de straaltjes over Wellards gezicht lopen.

Flea had eervolle vermeldingen gekregen voor haar werk. Twee. En ze was nog maar negenentwintig. Ze was doodsbang dat ze die alleen gekregen had omdat ze een vrouw was, doodsbang dat dat de enige reden was waarom ze benoemd was tot hoofdagent en de leiding had gekregen over het team. Omdat ze zo bang was, deed ze alle mogelijke moeite om haar bouw en lengte te compenseren. Daarom putte ze zich uit met krankzinnige trainingssessies: zestien kilometer per dag hardlopen of tot in de nacht aan krachttraining doen – zware gewichten, weinig herhalingen – dag na dag na dag. Onder water was iedereen gelijk. Maar op het droge moest ze twee keer zo hard werken om haar steentje bij te dragen.

Ze deden het lichaam in een verzegelde gele veiligheidszak – XL, omdat lijken soms wel tot tweemaal de oorspronkelijke omvang opzwollen – en droegen die over het vierhonderd meter lange pad naar het parkeerterrein, waarbij ze telkens stopten en van kant wisselden. Van tijd tot tijd keken ze of ze buiten het afgezette terrein soms grote perslenzen zagen, wachtend op een kans om haar en de jongens te fotograferen terwijl ze van top tot teen vol lichaamsvloeistoffen zaten.

Het parkeerterrein stond vol met voertuigen. De eigen ambulance van de lijkschouwer stond er – er stonden twee mannen in grijze pakken en zwarte dassen bij te roken – en ze zagen het hoofd van de technische recherche, een vrouw in een rode sweater en een spijkerbroek, die in het open portier van haar wagen een kop thee zat te drinken. Pas toen Flea de brancard in de bus van de lijkschouwer had geschoven, haar gasmasker in een afvalemmertje had gegooid en zich naast de Sprinter van het team op het parkeerterrein voor campers door Wellard liet afspuiten met een bleekoplossing, zag ze nog iemand anders.

Hij stond net buiten het afgezette terrein met een blikje Red Bull in zijn hand. Gemiddelde lengte, mager. Donker, kortgeknipt haar. Misschien negen of tien jaar ouder dan zij. Inspecteur Jack Caffery. Zware Misdrijven. De laatste keer dat ze hem gezien had, op dinsdag, hadden ze samen een arrestatie verricht. Die dag was er iets tussen hen gebeurd. Ze wist het, en ze vroeg zich af of ze er ooit over zouden praten. Ze hield hem nauwlettend in het oog toen hij onder het lint door dook en over de aluminium platen van de technische recherche op haar afkwam. Hij hinkte niet, wat ze wel verwacht had.

'Oké, Wellard. Zo is het wel genoeg.' Ze trok haar kap af, maakte de rits van haar pak los, rolde het naar beneden, trok haar handen uit de mouwen zodat de handschoenen erin achterbleven en stapte eruit. Zonder de veters van haar sportschoenen vast te maken, duwde ze met haar hakken de achterkant naar beneden en slofte over het parkeerterrein. Een paar meter van Caffery bleef ze staan.

'Hallo,' zei hij, terwijl hij haar van top tot teen opnam. Ze wist wat hij dacht. Het slordige kapsel, de broek die aan haar benen kleefde. Het grijze T-shirt dat aan haar lichaam plakte van het zweet. 'Hoe is het met je?'

'Prima. En met jou?'

'Ja. Leuk om je eens te zien zonder knuppel in je hand.'

'Fijn om jou op eigen benen te zien in plaats van op de grond.'

'Het was niet best, hè?'

'Niet je beste moment, geloof ik. Of het mijne. Ik weet nog steeds niet wat me boven het hoofd hangt. De gezondheidsdienst stuurt me voortdurend memo's dat ik verwacht word voor een gratis gesprek, weet je. Voor het trauma. Ik ben nog niet geweest.'

'Ik ook niet.'

'Ik wilde je nog bellen. Om te zeggen dat het me spijt.'

'Hoezo?'

'Daarom.' Ze wees naar zijn been. 'Van je enkel. Van wat ik gedaan heb. Het was niet mijn bedoeling je problemen te bezorgen.'

Hij keek naar zijn voeten en schudde even met zijn broekspijp. Om hem ervan te weerhouden het stuk ongeluk dat ze bij

Operatie Noorwegen hadden willen arresteren iets aan te doen, had ze haar roestvrijstalen knuppel op Caffery's enkel laten neerkomen. Het was de enige manier geweest om hem bij zinnen te brengen.

'Je hinkt niet. Dat had ik wel verwacht.'

'Nee. Ik hink niet.'

'Ik heb het niemand verteld. Wat je gedaan hebt.'

'Dat dacht ik al. Geen agenten op de stoep.'

'Eigenlijk heb ik er een beetje spijt van dat ik je heb tegengehouden. Ik had hem graag met een gat in zijn kop gezien.'

'Aardig.'

Ze haalde haar schouders op. 'Eerlijk.'

'Dank je. Dat je niets gezegd hebt.' Hij bleef haar een hele tijd aankijken. En net toen ze weer iets wilde zeggen, bleef zijn blik even bij haar borsten hangen. Een fractie van een seconde maar. Maar het was genoeg.

'Dat zag ik wel, hoor.'

'Ik kon het niet helpen. Sorry.'

'Je bent mijn meerdere. Je hoort niet zo naar me te kijken. Het is vernederend.'

Er viel een stilte. Toen trok hij een wenkbrauw op. 'Hmm. Loopt dit uit op een rechtszaak? Wegens seksuele intimidatie?'

Ze bedwong een glimlach. Opeens voelde ze zich licht en op haar gemak, alsof ze net uit een diepe slaap was ontwaakt. 'Ben je daarvoor gekomen? Om te zien of je me zover kunt krijgen dat ik je van seksuele intimidatie beschuldig? Is dat het soort inwijdingsritueel dat ze tegenwoordig bij Zware Misdrijven hebben?'

'Inwijdingsritueel?' Hij glimlachte half. 'Nee. Sorry.' Hij wees naar het busje van de lijkschouwer. Het portier stond open. In het busje was de feloranje vorm te zien van Mahoneys lichaam op de brancard. 'Ik kom voor haar. Heb je haar al overgedragen?'

'Ze zijn de papieren in orde aan het maken.'

'Heb je nog een gasmasker?'

'Ja, hoor. Ik heb er altijd een paar bij me om te zorgen dat de technische recherche niet gaat spugen. Hoezo?'

'Ik wil haar graag zien voordat de lijkschouwer haar meeneemt.'

'Ik dacht dat dit een zaak was voor de plaatselijke politie?'

'Dat is het ook. Ik ben er eigenlijk niet. Ik ben alleen nieuwsgierig.'

Ze trok een wenkbrauw op. 'Hmm. Eén lijk. Van een vrouw, maar volledig gekleed. Slipje aan, rok niet omhooggetrokken of kapot. Naast haar een fles pillen en een zelfmoordbriefje. Ik heb een stanleymes uit de rotzooi gehaald waarmee ze haar polsen had opengesneden. Dat klinkt in mijn naïeve oren als een zelfmoord, voor negenennegentig procent zeker. De patholoog hoeft vandaag niet hard te werken voor zijn salaris, neem dat maar van mij aan.' Ze keek hem argwanend aan. 'Dus wat doet Zware Misdrijven hier? Dit is helemaal geen zaak voor jou.'

Caffery keek naar de technisch rechercheur. Ze keek naar de grond en deed alsof ze niet luisterde. Hij draaide haar de rug toe en ging zachter praten. 'Goed dan,' fluisterde hij. 'Vorige week heeft maar een paar kilometer hiervandaan nog iemand zelfmoord gepleegd. Een jongeman. Ben Jakes.'

'Die heb ik niet geborgen.'

'Nee. Het is niet grof bedoeld, maar hij was misschien een beetje te vers voor jou. Ze hadden hem binnen een paar uur gevonden.'

'Er wordt hier voortdurend zelfmoord gepleegd.'

'Alleen was dit een ander geval. Er was iets met het lichaam gebeurd. Iemand had er na de dood het een en ander mee uitgehaald.'

'Wat dan?'

'Zijn haar was afgeknipt. Of eigenlijk geschoren. Op zijn achterhoofd. De psycholoog zegt dat het iets van een ritueel had.' Caffery goot het restant van de Red Bull in zijn mond, drukte het blikje half plat en stopte het in zijn jaszak. Dat was een politiegewoonte; zo dicht bij een mogelijke plaats delict deed je zoiets automatisch.

'Hij gebruikte het woord "ritualistisch". Doet dat een belletje rinkelen?'

'Het belletje van Operatie Noorwegen?'

'Precies. En dat heeft me aan het denken gezet. Heb je je ooit afgevraagd of we die dag iemand gemist hebben? Toen we dat pand binnenkwamen. Weet jij zeker dat we iedereen gearresteerd hebben? Was er geen mogelijkheid dat er iemand is ontsnapt?'

Ze schudde haar hoofd. 'Nee. Ik bedoel, er was een raam met een scherm ervoor. Dat was naar achteren gebogen, maar niet genoeg om iemand naar buiten te laten.'

'En een kind? Had een kind erdoor naar buiten gekund?'

'Een kind? Wat moest een kind op zo'n afschuwelijke plek?'

'Herinner je je dit woord?' Hij keek over zijn schouder, draaide zich weer om, boog zich naar haar toe en fluisterde: 'Tokoloshe.'

'Ja,' zei ze voorzichtig. 'Natuurlijk. Ik weet ook nog dat ze iemand hadden verkleed om mensen de stuipen op het lijf te jagen, maar ik dacht dat je die te pakken had.'

'Nee. De man die wij gearresteerd hebben, is te groot. Te groot om de Tokoloshe te kunnen zijn.'

Flea begon te lachen, maar toen ze haar hand boven haar ogen hield om hem goed te kunnen aankijken, zag ze dat het geen grap was. Ze had gehoord dat een paar van de mensen die in Londen aan een muti-zaak hadden gewerkt in de ban waren geraakt van Afrika en nu met hun gezin op vakantie gingen in Botswana en Ghana in plaats van Margate. Ze zeiden tegen hun collega's dat ze zich alvast voorbereidden op een toekomst als bemiddelaar bij gijzelingszaken bij een veiligheidsdienst als Kroll, maar eigenlijk waren ze verliefd geraakt op het donkere continent. Misschien gold dat ook voor Caffery en was hij gaan geloven in die poppenkast. Ze had graag iets willen zeggen, maar er bestond een ongeschreven wet bij de politie: gij zult uw meerdere nooit voor schut zetten. Ze kneep haar ogen tot spleetjes en hield haar mond dicht.

'Ik wilde je iets vragen,' zei hij, 'omdat een ding waar de getuigen het allemaal over eens waren, was dat hij uit het water kwam alsof hij zich onder het oppervlak had verscholen. Ik wil weten hoe jij denkt dat hij dat voor elkaar heeft gekregen.'

Bij die woorden liet ze haar armen zakken. Nu snapte ze het. Nu zag ze wat er aan de hand was. De jongens hadden laten uitlekken dat ze een stikstofvergiftiging had opgelopen en hadden Caffery erop afgestuurd om haar in de maling te nemen. Iemand anders in het water in groeve nummer acht? Een Afrikaans monster dat daar rondzwom? Ja, hoor. Ze sloeg haar armen over elkaar en keek hem streng aan. 'Je denkt zeker dat ik enorm stom ben.'

'Wat?'

'Je vindt me vast een echte sukkel. Je denkt zeker dat ik niet meer doe dan...' Haar stem stierf weg. Ze had Wellard in het oog gekregen. Hij was bezig de laarzen af te spoelen en keek niet naar haar. Als dit een grap was, had hij haar goed in de gaten gehouden. Met een grijns op zijn gezicht. En toen ze weer naar Caffery keek, zag ze aan zijn gezicht dat hij haar niet voor de gek hield. Dat was niets voor hem. 'O,' zei ze slapjes. 'Je meent het, hè?'

'Ja.'

'Niemand heeft je gevraagd om mij in de maling te nemen?'

'Waarmee?'

'Niets.' Nee. Ze had die dag op vijftig meter gezeten. Te diep voor iemand zonder duikuitrusting. Wellard had gezegd dat het oppervlak spiegelglad was. Het was een hallucinatie geweest. Dat gebeurde zo vaak bij stikstofvergiftiging. Je zag alles wat je verbeelding maar kon bedenken. En als Caffery opeens in die dingen geloofde, had dat niets te maken met wat zij gezien had. Het had niets met haar te maken. Het was niet haar probleem. 'Ja nou, dat is jouw zaak. En mijn zaak is het dit lijk met alles erop en eraan bij de lijkschouwer te krijgen.'

Hij knikte. 'Denk je dat je me eerst een masker kunt geven?'

'Je ziet toch niets.'

'Hoezo niet?'

Ze haalde haar schouders op, ging naar de bus van het duikteam en haalde er twee schone gasmaskers uit. Ze liepen naar het busje met het verduisterde raam en het opschrift PRIVÉAMBULANCE in gele letters op de zijkant. Ze boog zich naar binnen en ritste de lijkenzak open. Er kropen een paar vliegen uit. Dik en verdwaasd. De vliegen vond ze nog het ergste, vooral hun gewoonte om eieren te leggen in de mond, de ogen, de oren, de geslachtsdelen, de neusgaten en zelfs de anus van een lijk. Het hoorde er allemaal bij voor een aasvlieg. Het was Lucy niet anders vergaan. Het grootste deel van het blootliggende vlees was weggevreten door maden, zodat haar gezicht op sommige plekken tot op de tanden blootlag.

Caffery bekeek haar nauwkeurig.

'Er is niet veel te zien.' Flea's stem klonk gedempt door het masker. 'Of wel?'

Hij gebaarde dat ze de zak dicht kon ritsen. Ze liepen naar het busje van het duikteam, waar ze de stank niet konden ruiken, en deden de maskers af.

'Nou? Wat is je deskundige mening?'

'Mijn deskundige mening?' Ze lachte. 'Dat jij vanmiddag naar het mortuarium gaat.'

'Je persoonlijke mening dan? Ik geloof niet dat je daar ooit een gebrek aan hebt.'

'Persoonlijk? Ik heb niet echt gekeken bij de berging, maar ik geloof niet dat er ongewone dingen waren. Niet met haar hoofd. Je zou eerst al die troep weg moeten spoelen. Het is echt niet onze taak om hier in de openlucht haar haar te onderzoeken, weet je, dus zorg dat je in het mortuarium komt, meneer Caffery.' Ze pakte zijn masker van hem aan en gooide het in de bus. 'Dat wordt de Royal United in Bath, denk ik. Daar zit de dienstdoende patholoog vandaag.'

8

'Meneer?'

Flea had die dag nog iets anders tegen Caffery kunnen zeggen. Ze had iets meer kunnen zeggen en dan had alles heel anders kunnen verlopen, als ze op dat moment niet onderbroken waren door Stuart Pearce, de bolronde zoekadviseur die bevel had gegeven tot de duik in de groeve.

'Meneer? Menéér? Ik wil u graag even spreken.'

Ze draaiden zich om en zagen hem over het parkeerterrein komen. Hij glimlachte tegen Caffery en hield zijn vinger in de lucht alsof hij iets aan het betogen was. Op een meter afstand bleef hij staan, hijgend van inspanning. Hij had een zacht gezicht en een dikke, zonverbrande nek. Zijn haar was over zijn kalende schedel gekamd. Hij sprak Caffery aan en deed alsof Flea niet bestond. 'U hebt zeker de leiding over deze zaak, meneer?'

'Nee, de man die u moet hebben, is al weg. Bureau Wells. U kunt hem daar over een minuut of tien treffen.' Caffery wilde zich omdraaien, maar Pearce liet zich niet afschepen.

'Is dat Lucy Mahoney, in die wagen?' Hij wees naar het busje van de lijkschouwer, dat het parkeerterrein af reed.

'Wie wil dat weten?'

Hij zocht in zijn zak en haalde er een visitekaartje uit. 'Ik was de zoekadviseur in deze zaak. Dit is mijn vrije dag, maar ik vond dat ik toch maar even moest komen toen ik hoorde dat ze iemand hadden gevonden.'

Dat was te verwachten, dacht ze. Hij was precies dat type; iemand die pas zijn training achter de rug had, vol enthousiasme en met zoveel behoefte om erbij betrokken te blijven dat hij op zijn vrije dag op kwam draven, waarschijnlijk zonder ervoor betaald te krijgen. Allemaal omdat hij wilde delen in de glorie. Hij was het soort man dat per ongeluk zijn identiteitskaart uit zijn portefeuille op de bar liet vallen als hij iemand probeerde te versieren. Zo'n kerel die dacht dat vrouwen voor een politieman hun benen eerder uit elkaar deden.

'Nu u het landschap heeft gezien, begrijpt u toch zeker wel waarom ik deze plek nooit in het zoekgebied zou hebben opgenomen? Ik had haar nooit gevonden met de gegevens die ik had. Het was zoeken naar een speld in een hooiberg.'

'Spaar je excuses, makker,' zei Caffery. 'Ik hang hier maar wat rond. Dit is niet mijn zaak, maar die van district F. Ik ben van de MCIU.'

'De MCIU?'

'De afdeling Zware Misdrijven.'

'Ja. Ik weet wat de MCIU is.' Hij veegde langs zijn voorhoofd. 'U bent zeker bezig met de zaak Kitson. Daar ben ik ook zoekadviseur voor geweest, voordat de zaak werd doorverwezen naar jullie.'

Verzot op sterren, verdomme, dacht Flea. Mensen als Pearce genoten van de media-aandacht die de zaak Kitson trok, de schijnwerpers op het korps. God, ze mocht die vent niet. Hoe meer hij praatte en hoe meer hij haar negeerde, hoe kwader ze werd.

'Ik heb gehoord dat u de positie van haar telefoon hebt nagespeurd via het Macrocell basisstation,' zei hij. 'Met gebruik van dat telefoonanalyseteam, nietwaar?'

'Je houdt de boel goed in de gaten,' zei Caffery.

'Die mast stond binnen het gebied dat ik had aangegeven, maar het was geen goed terrein, niet goed gedekt door masten.' Pearce zette zijn handen in zijn zij, bracht zijn hoofd naar achteren en keek naar de bomen. Toen tuurde hij in de andere richting, naar de horizon. 'Een plek als deze zou veel beter zijn geweest. Als Misty Kitson zich bij dat spoor had bevonden, hadden we haar mobiele telefoon zo te pakken gehad. Maar het ding stond uit, toch?'

'Welk ding?' Flea hoorde de irritatie opduiken in Caffery's stem.

'De telefoon van Lucy Mahoney. Die stond uit, heeft de plaatselijke politie me verteld. Bizar, als je het mij vraagt. Meestal gebruiken mensen die zelfmoord willen plegen hun telefoon nog.

Voor een laatste telefoontje, of zelfs maar om iemand te horen praten, of om nog iemand een sms te sturen voordat ze de stekker eruit trekken. U ziet toch wel hoe moeilijk het voor me was? Ze heeft alle regels verbroken.'

'Welke regels?'

'Alle geografische profileringregels, alles. Moet je om te beginnen eens kijken hoe ver weg haar auto staat. Ze heeft achthonderd meter moeten lopen om hier te komen. Waarom parkeerde ze hem niet dichterbij?'

'Ze heeft lopen ronddolen? Omdat ze van streek was?'

'Nee. Mensen die zelfmoord willen plegen, weten meestal van tevoren waar ze dat gaan doen. En in ieder geval heb ik met de ex-man gesproken en hij zei dat ze dit gebied helemaal niet kende. Ze ging hier nooit met haar hond wandelen of zo. Er was niets wat haar met deze plek in verband bracht. Ik wil maar zeggen, de meeste zelfmoordenaars bevinden zich minder dan achthonderd meter van een weg, en zij moet daar toch zeker veel verder vanaf zitten? En ze gaan naar een hoge plek om zelfmoord te plegen. Ze gaan ergens zitten waar ze licht en gebouwen kunnen zien, zodat ze weten waar ze afscheid van nemen. Maar zij niet. Je kunt vanaf dat talud helemaal niets zien. Ik ben er geweest. Ik heb om me heen gekeken.'

Flea had er genoeg van. Ze deed een stap naar voren. Met uitgestoken hand. Een brede lach op haar gezicht. 'Hallo.' Zo opgewekt als ze kon. Ze bewoog de hand ten overvloede nog heen en weer. 'Kent u me nog? Hoofdagent Marley? Degene die het grootste deel van de zoektocht op zich heeft genomen?'

Hij keek haar koeltjes aan. 'Ja.'

'We hebben gisteren in de groeve gedoken. We hebben u gemist.'

'Ik keek naar andere mogelijkheden.'

Hij wendde zich weer tot Caffery, maar nu ze eenmaal op dreef was, hield ze niet op voor ze hem goed had afgezeken. 'Ja, nou. Maakt u zich er maar niet druk over. Ik geloofde toch al niet dat ze daar zou zijn.'

'Natuurlijk niet,' zei hij rustig, met zijn blik nog steeds op Caffery gericht, 'jij bent immers helderziende.'

'Neem me niet kwalijk?'

'Je wist dat ze niet in de groeve zou zijn. Dus moet je helderziende zijn.'

Ze begon te lachen, maar hield op toen ze de trek op zijn gezicht zag. 'Wat zei u daar?'

'Ik heb op mijn vrije dag hierheen moeten komen. En het maakt niet uit hoeveel bloed, zweet en tranen je erin stopt, wat voor profielen en kaarten je opstelt, sommige mensen weigeren gewoon je te geloven. Dit is de tweede keer dat je mijn gezag ondermijnt.'

Ze wist uiteraard waar hij het over had; eerder die week hadden zij en Pearce 'een openhartige discussie' gehad, zoals Wellard het noemde, over de vraag of het team Misty Kitson moest zoeken in het meer bij de afkickkliniek. Flea had niet gedacht dat Kitson in het meer gevonden zou worden en dat had ze tegen Pearce gezegd. Ze had het waarschijnlijk niet op de vriendelijkste manier gedaan. 'U hebt het weer over Misty Kitson?'

'Jij besloot dat zij ook niet in het meer zou liggen. Waar of niet? Een beetje ontmoedigend, om te horen te krijgen dat je fout zit voordat de zoektocht is voltooid.'

'Maar ik had gelijk, of niet soms? Ze was er niet. Je krijgt na verloop van tijd een instinct. Ze zou nooit dat meer in gegaan zijn. Ze zou zich nooit verdronken hebben, een meisje zoals zij.'

'Straks ga je me de nummers van de loterij nog vertellen.'

'Ja, ja, ja. Nou, ik kan niet redelijk met u praten, dus ik denk dat ik hier klaar ben.' Ze stak haar arm uit en gebaarde dat Pearce opzij moest gaan, zodat zij erlangs kon, maar hij verroerde zich niet en keek haar niet aan. Ze probeerde hem aan de andere kant te passeren, maar hij verstapte iets om haar tegen te houden. Hij keek Caffery strak aan terwijl hij dat deed, met een halve glimlach op zijn gezicht.

Ze bleef staan en keek hem aan. 'Weet u wat?' Ze was heel rustig. 'Het is jaren geleden dat ik me druk maakte om een zaak als die van Kitson, omdat het slachtoffer een bekend iemand was. Weet u waarom?'

'Waarom?'

'Omdat ik een beetje bang ben dat iemand me mediageil zou noemen. Nou,' ze zweeg even en haalde diep adem, 'gaat u nog aan de kant, afgekamde halvegare? Of moet ik gaan duwen?'

Pearce' neusvleugels trilden even. Even dacht ze dat hij zich zou vermannen en stand zou houden. Maar uiteindelijk had hij het lef niet. Hij wreef over zijn neus en deed een stap opzij.

Ze maakte een zegevierend keelgeluidje, sloeg de handdoek over haar rug, draaide zich om en sjokte terug naar het busje. Die verdomde groentjes. Dacht zeker dat hij wat voorstelde. Ze had er gewoon geen geduld mee.

'Marley,' riep Caffery. Maar ze wuifde hem gedag en liep door naar de plek waar het team de laatste spullen in het busje gooide. Ze stapte in de Focus, startte de motor en reed de weg op. De zon scheen op haar voorruit en maakte patronen in het stof. Toen het parkeerterrein in haar achteruitkijkspiegel verdween, glimlachte ze.

Of moet ik gaan duwen, afgekamde halvegare?

Dat was een goeie, meid. Ze draaide het volume van de cd van de Arctic Monkeys omhoog. Ze vond het wel leuk dat Caffery naar haar borsten had gekeken. Alsof ze geen T-shirt had aangehad. Alsof hij er doorheen kon kijken en alsof haar borsten rond en groot waren, iets om respect voor te hebben. Het was een eeuwigheid geleden dat iemand zo naar haar had gekeken. Een eeuwigheid. Ze maakte het graag nog eens mee.

Ze lachte en deed het raampje open. *Afgekamde halvegare.* Ja. Daar was ze trots op. Heel trots.

9

Op het bureau was iedereen moe en had iedereen het warm. En ze konden nog steeds die stank niet weg krijgen. Zelfs nadat ze hadden gedoucht en gedoucht, de pakken meerdere malen ontsmet hadden en hun ondergoed in luchtdichte zakken hadden geduwd, leek de geur nog steeds te blijven hangen. Flea was er zelfs niet helemaal zeker van dat haar kleren er niet naar roken toen ze in de auto stapte om naar huis te gaan. Toen ze voor een rood stoplicht stond, wapperde ze met de hals van haar T-shirt en bracht haar gezicht ernaartoe om te ruiken.

Het was hard en kil en eenzaam eraan te denken dat van een vrouwenleven niet meer kon overblijven dan dit: een geur die andere mensen met alle mogelijke moeite wilden wegwassen. Er waren dagen geweest, vooral toen ze pas bij de duikeenheid was gaan werken, dat elk dood lichaam dat ze onder handen kreeg haar iets vitaals ontnam. Maar in de loop der jaren was ze pragmatischer geworden en vandaag kon ze de gedachte aan Lucy Mahoney gemakkelijk van zich afzetten en reed ze met het raam open, terwijl het landschap voorbijschoot. De telefoon stond op de houder in het midden van het dashboard. In de adreslijst stond het mobiele nummer van Caffery. Ze kon hem op elk gewenst moment bellen. Ze kon gewoon de telefoon oppakken en bellen.

Tegen de tijd dat ze thuiskwam in het huis waarin ze was opgegroeid, hoog op een heuvel met uitzicht op het verre Bath, had ze honger. Er was veel tijd voorbijgegaan sinds het ontbijt. Ze parkeerde op het grind, stapte uit en ging automatisch naar de achterklep om haar tas met spullen in de kofferbak te zetten voor de volgende morgen. Maar toen ze de afstandsbediening op het slot richtte, herinnerde ze zich dat de klep vast zat. Dat was al vier dagen zo, sinds Thom de auto had geleend en dronken was teruggekeerd. Het slot stootte een raar elektronisch piepje uit en leek open te klikken, maar als ze probeerde de klep op te tillen, bleef hij steken. Ze deed de sleutel in het slot en draaide hem om. Het slot klikte weer. En ze kreeg de klep weer niet open.

Ze vloekte, liet de tas in het grind vallen, bracht haar gezicht bij het slot en zag waarom het vast zat. Er zat een stukje stof in. Ze trok eraan omdat ze dacht dat het een stukje van haar overall was, maar het was andere stof, zacht en fluwelig, niet glad. Ze bleef verbaasd op haar hurken zitten. Ze liet haar vingers over de stof gaan en probeerde zich te herinneren wat ze in de kofferbak had gelegd. En toen viel haar iets op waardoor alles stil leek te staan.

De geur.

Ze staarde naar het slot. Snoof. Nu ze erover nadacht, had de auto vanmorgen op weg naar haar werk ook zo geroken. En gisteren. Misschien was de stank op het bureau helemaal niet aan het team te wijten. Misschien hadden ze de uitrusting wel goed schoongemaakt. Haar auto had vlak naast de kast van de airconditioning gestaan. Die geur kon vanuit de kofferbak het gebouw in zijn gezogen.

Vier avonden geleden was Thom met de auto naar een vergadering geweest.

Verdomme, verdomme. Thom? Je was die avond helemaal van streek. Veel te overstuur. Was dat echt alleen omdat je gedronken had en er een politiewagen achter je aan zat?

Ze ging weer staan. Deed een stap achteruit. Keek naar de tuin, de oprit. Het huis van haar ouders stond op een afgelegen heuvel, maar ze had wel buren, de Oscars, die haar vaak in de gaten hielden vanuit hun ramen, hoog boven de oprit. Maar vandaag stond er niemand. Gelukkig. Met gebogen hoofd ging ze naar de garagedeur en gooide hem open. Toen liep ze terug naar de auto en ging achter het stuur zitten. Binnen kwam de geur weer terug. Hoe had ze die in godsnaam al die tijd kunnen missen?

Ze draaide de auto langs de enorme muur van het huis van de Oscars en reed hem achteruit de garage in, terwijl het grind in het rond spatte. Het was een garage voor drie auto's, maar zelfs toen haar ouders nog leefden had niemand ooit zijn auto erin geparkeerd. In plaats daarvan stond de afgedankte troep van de familie langs de muren: oude grasmaaiers, een gietijzeren victoriaans bad, roestende snoeischaren, een vriezer, een opgerolde tent en een paar oude zuurstofcilinders van haar vader op een rijtje in de hoek. Er was net genoeg ruimte om de Focus ertussen te wringen. De uitlaatgassen wolkten de garage in en vergiftigden de lucht.

Ze zette de motor uit, stapte uit, sloeg de garagedeur dicht en deed de grendels erop, die roestig waren omdat niemand ze ooit gebruikte. Tussen een stapel gereedschap bij de deur lag een breekijzer. Ze nam het mee naar de auto, stak het voorzichtig onder het slot en wachtte even, omdat ze het eigenlijk niet wilde weten. Toen haalde ze diep adem door haar mond en leunde op het uiteinde. De klep vloog met een golf van stank open. In de kofferbak lag een opgezwollen lijk.

'Verdomme.' Ze sloeg de kofferbak weer dicht en deed een stap achteruit. Liet het breekijzer kletterend vallen. 'Verdomme.' Ze hief haar handen en staarde hijgend naar de kofferbak. Wat had Thom nu verdomme weer gedaan?

Ze balde haar vuisten. Ontspande ze weer. Ze pakte het breekijzer van de vloer en maakte de klep weer open, maar zorgde dat ze er een heel eind vandaan bleef.

Het was een vrouw. Ze lag op haar zij met haar linkerarm onder haar lichaam en haar rechterelleboog in een onnatuurlijke hoek over haar gezicht. Ze droeg een paarsfluwelen jas en een felgroene jurk met een riem. Na vier dagen geroosterd en gebakken te zijn door de zon op de auto waren haar glanzende ledematen zo opgezwollen dat de bandjes van haar zilveren sandalen met hoge hakken in het vlees verdwenen waren. Vanuit het kleine deel van haar gezicht dat Flea kon zien, zag ze haar ogen en lippen vooruitsteken. Gevlekt als een pad.

Ze deed de kofferbak weer dicht en ging aangeslagen door de zijdeur het huis in. Ze schopte de deur dicht en liet zich op de vloer zakken, met haar rug tegen de muur. Ze legde haar armen op haar knieën, liet haar hoofd zakken en staarde naar haar benen in de donkerblauwe broek zonder ze echt te zien. Dit was krankzinnig. Dit was krankzinnig.

Na een tijdje stond ze op en liep de kamers door om dingen te verzamelen tot ze alles had gevonden wat ze nodig had: bruin papier, plakband, een van de mondkapjes die haar team soms gebruikte bij het bergen van een lichaam, en de blauwe handschoenen die ze droeg als ze in verontreinigd water moest duiken.

Eenmaal weer in de garage – de stank was inmiddels ondraaglijk en er zoemden al een paar vliegen rond de kofferbak – ging ze op een doos staan en plakte ze bruin papier tegen de ruitjes, zodat ze helemaal dicht zaten en niemand op zijn tenen naar binnen kon kijken. Toen trok ze haar handschoenen aan, zette het mondkapje op en ging terug naar de kofferbak. Ze haalde een paar keer diep adem en veegde met haar onderarm langs haar hoofd, en toen maakte ze hem weer open.

Het lijk lag er nog. Ja, natuurlijk. Alsof het zou zijn opgestaan en weggewandeld. Ze deed er een stap naartoe. Dwong zichzelf het te bekijken. Haar ademhaling klonk zwaar achter het kapje.

De vrouw leek niet erg oud, midden twintig misschien, met mooi gemanicuurde nagels, haar met highlights erin en dure gouden ringen in haar oren. Haar arm lag over een van die oren, alsof ze zich wilde beschermen. De jas lag over het slot en een deel ervan zat vast in het mechanisme. Flea bekeek hem nauwkeurig en vroeg zich af of hij iets bekends had. Waar had ze hem eerder gezien? Bij een van Thoms vriendinnen, misschien?

Ze tilde de elleboog van de vrouw op, voorzichtig om de kleren niet te verschuiven. Geen verwondingen aan deze kant van het gezicht. Er zat een lange schaafwond aan de onderkant van de arm. Ze duwde het kapje met haar wijsvinger tegen haar neus, bukte en tuurde naar de schaafwond. Er zat iets in de huid. Iets wat donker en hard was, als kleine steentjes. Of asfalt. Er begon zich een idee te vormen in haar hoofd.

Ze liet de arm van de vrouw voorzichtig zakken en ging naar

de voorkant van de auto. De Focus was van haar ouders geweest, en hun prioriteiten hadden gelegen bij het verkennen van de wereld en niet bij mooie auto's; het ding zat vol deukjes en beschadigingen. Maar nu ze naast de koplamp op haar hurken ging zitten om goed te kunnen kijken, was ze er vrij zeker van dat deze deuk er nog niet in had gezeten toen Thom hem geleend had.

Ze bekeek hem zorgvuldig. Ze had al heel wat auto-ongelukken gezien. Vorige maand nog was ze om twee uur in de morgen wakker gebeld om een lijk uit een autowrak te snijden; een zesendertigjarige moeder van drie kinderen had haar auto tegen de vangrail gezet. Ze leefde nog en was niet gewond, en ze praatte tegen iedereen die ter plekke was, maar ze zat muurvast in haar auto. De brand was begonnen in de motor en had haar levend gebraden. Flea was degene geweest die haar huidloze lijk eruit had moeten halen en in het busje van de lijkschouwer had moeten leggen. Niemand had de voor de hand liggende opmerking gemaakt dat ze net een afbeelding in een anatomieboek leek nu al haar spieren blootlagen. Ja, ze wist wel iets over wat een auto met een menselijk lichaam kon doen. En wat een menselijk lichaam met een auto kon doen – daar wist ze ook wel wat van.

Ze kwam overeind en controleerde de deurposten en de portieren aan de andere kant van de Focus op onbekende beschadigingen. Ze bekeek de motorkap, de wielen en de ramen, maar zorgde ervoor niets aan te raken. Toen ging ze op haar tenen staan en zag ze meteen wat ze zocht. Op het dak, net boven de bestuurdersplaats, zat een deuk van ongeveer zestig centimeter doorsnee met bloed eraan. Ze kreeg een beeld van een lichaam dat de lucht in vloog, een radslag maakte in het maanlicht, van het dak ketste en op de weg belandde, waarbij asfalt en grind in de huid vast kwamen te zitten. Thom was die avond dronken geweest.

Ze ging terug naar de kofferbak en duwde haar handen in de jurkzakken van de vrouw. Leeg. De jaszakken ook. Toen sloten haar handen zich om iets anders dat vastzat onder de heup van de vrouw. Het was koel en krakerig onder Flea's vingertoppen. Ze wendde haar gezicht af, omdat ze iedere keer dat ze het lijk bewoog een vlaag rottingslucht in haar gezicht kreeg, pakte het voorwerp tussen duim en wijsvinger en trok zachtjes. Verrassend genoeg kwam het gemakkelijk los; het bleef even aan de kleding haken en floepte er toen zo snel onderuit dat ze bijna een stap naar achteren moest doen.

Het was een handtas, dicht bezet met grote lovers die met vele facetten het licht vingen. Iets aan het ontwerp en de natuurlijke stof zei haar dat het een dure tas was. Flea deed hem open en keek erin.

Er zat vooral cosmetica in. Ze legde alles zorgvuldig op de garagevloer: een tube Benefit *concealer* met een afbeelding van een meisje uit de jaren vijftig aan de telefoon, een zakje Hard Candy glanzende lichaamsmake-up, een Chanel lippenstift, kleur 'Boudoir' – dingen die Flea zich nooit had kunnen veroorloven, al had ze ze willen hebben. Dieper in de tas zaten een Tampax tampon in groen plastic, een halflege doordrukstrip paracetamol en een met glitters bezette clip met wat bankbiljetten erin. Ze legde alles op de vloer en ging met haar vinger door de rest van de tas. Er zat nog een handvol munten in, maar verder niets. Alleen een paar koperen munten en wat stof. Geen identiteitsbewijs.

Ze deed alles terug in de tas toen iets haar tegenhield. Het was de met glitters bezette clip. Aan één kant was hij recht, maar aan de andere kant vormden de glitters één enkele letter. Ze staarde ernaar. Het was een M.

De letter M.

De lucht kwam met een zucht uit haar longen. Ze ging op de garagevloer zitten, hield haar hoofd achterover en probeerde zuurstof binnen te krijgen. Ze wist waar ze die jas eerder had gezien. Niet bij een van Thoms ex-vriendinnetjes. Op het werk. De foto van een replica van deze jas was die morgen bij iedereen in het korps rondgegaan. Van die jas en van de groene jurk en een mobiele telefoon, uitgespreid op een tafel. Er zat zelfs een exemplaar van die foto op het notitiebord boven haar bureau.

Ze liet de clip vallen, stond op en schopte de deur naar het huis open. Ze liep naar het toilet, ging op haar hurken voor de pot zitten en braakte alles uit wat ze in haar maag had. Ze kokhalsde tot er alleen nog dunne, bruine sliertjes speeksel omhoogkwamen. Ze bleef nog even zitten met één hand op de zitting, terwijl ze met de andere het haar uit haar gezicht hield. Ze spuwde de smaak uit haar mond en staarde naar de fles schoonmaakmiddel die achter de zwanenhals op de grond stond.

Het was niet de stank van dat arme verwrongen mensenlichaam in haar kofferbak die haar over haar nek had doen gaan. Helemaal niet. Het was die M op de geldclip. De M van Misty.

Misty Kitson. De vermiste voetballersvrouw.

Flea spuwde nog eens, ging iets achteruit zitten en veegde haar mond af. Thom zat dieper in de problemen dan hij zich met enige mogelijkheid kon voorstellen.

En zij wist niet wat ze nu moest doen.

10

Toen Caffery bij het mortuarium aankwam, lag het stoffelijk overschot van Lucy Mahoney al op de tafel in het midden, beschenen door felle lampen. De grote ventilatoren in de vloer en het plafond raasden terwijl ze lucht aanzogen van buiten en de vieze geur wegbliezen. Het laken met bruine vegen waarin ze was vervoerd, lag open op een andere tafel. Een hoop maden krioelden erop over elkaar.

Caffery trok de schoenbeschermers en handschoenen van het mortuarium aan, ging de ruimte binnen, bukte aan het hoofdeinde van de tafel en keek naar het samengeklitte haar.

'Jij bent inspecteur Caffery.'

Hij keek op. De districtsinspecteur, een man die eruitzag alsof hij elke morgen veel tijd voor de spiegel doorbracht, stond op een pas afstand. Hij had zijn handen in zijn zakken en stond half opzij gedraaid, zodat hij niet naar het lichaam hoefde te kijken. Het ging om een zelfmoord, maar Lucy was een vrouw en volgens het protocol moest er iemand van Moordzaken met minstens de rang van inspecteur bij de post mortem aanwezig zijn om elke mogelijkheid van verkrachting of een ander seksueel misdrijf uit te sluiten. Naar zijn gezicht te oordelen, vond de inspecteur het heerlijk om hier te moeten zijn.

'We hebben elkaar ontmoet bij die beleidsvergadering voor inspecteurs in Taunton. Weet je nog?'

Caffery kwam overeind. 'O, ja,' loog hij. 'Goed om je weer te zien. Hoe gaat het?'

'Prima.' Hij rammelde met de losse munten in zijn zakken en keek nog steeds niet naar het lichaam. 'Maar Zware Misdrijven? Voor een zelfmoord? Is er iets aan deze zaak wat ik zou moeten weten?'

'Nee, hoor.'

'Niemand heeft me op de hoogte gesteld.'

'Maak je geen zorgen. Vergeet maar dat ik hier ben.'

'Het zou prettig zijn om op de hoogte te worden gebracht, dat is alles.'

'Hallo, jongens.' Ze draaiden zich om. De patholoog stond in de deuropening latex handschoenen aan te trekken en naar hen te kijken. Beatrice Foxton. Caffery kende haar uit Londen; ze kwamen allebei van de stedelijke politie. Een formidabele, enorm knappe vrouw van achter in de vijftig. Beatrice rookte, dronk, deed aan paardenraces en maakte te voet vakantietochten in landen als Oezbekistan. Ze had ook een volmaakte huid, korenbloemblauwe ogen en een dikke bos haar dat ze droeg zoals het groeide: lang, grijs en golvend.

'Wat een bof. Twéé mannen.' Ze liet met veel misbaar de tweede latex handschoen knallen en trok hem voorzichtig over haar vingers. Daarna wierp ze hun een gemene glimlach toe, alsof ze een van hen ging vragen of hij even wilde bukken. 'Oké. Wie eerst?'

Caffery glimlachte dunnetjes. 'Beatrice. Je bent nog geen haar veranderd.'

'Echt, Jack. Ik voel me beledigd. Ik bedoelde: wie van jullie heeft de leiding? Ik zie twee inspecteurs. Ik weet niet met wie ik werk. Dus vraag ik het.'

'Met hem.' Hij knikte naar zijn opponent.

Beatrice wierp de inspecteur een koele blik toe en trok toen haar wenkbrauwen op tegen Caffery. Hij wist wat ze dacht: ze vroeg zich af wat de afdeling Zware Misdrijven in godsnaam te maken had met een zelfmoordgeval. Ze was niet zo dom om het te vragen. 'Oké, oké. Kom op.' Ze duwde haar lange grijze haar onder een mutsje dat versierd was met tekeningen van Sponge-Bob SquarePants en maakte een gebaar naar haar assistenten. 'Zullen we maar beginnen?'

Toen de deur dichtging, zocht iedereen een plekje: een vertegenwoordiger van de lijkschouwer, de districtsinspecteur, de fotograaf, die aan het hoofd van de tafel rustig stond te kletsen met een van de technisch rechercheurs. De twee assistenten stonden vlak bij de tafel en Caffery vond een plekje aan de rechterkant, waar hij met over elkaar geslagen armen tegen een van de andere tafels leunde. Toen hij in Londen bij de afdeling Moordzaken had gewerkt, had hij genoeg secties meegemaakt om geleerd te hebben hoe hij ze door moest komen. Hij had geleerd niet te denken aan de mens die het stoffelijk overschot vroeger was geweest, om in ontbinding verkerend vlees te zien in plaats van een persoon. Soms werkte het niet en werd hij er even aan herinnerd dat dit een mens was, vooral als hij het haar zag, maar hij had zelfs geleerd ook daar zo snel mogelijk overheen te kijken.

De districtsinspecteur had een plekje gevonden bij de gootsteen, zo ver mogelijk van de tafel, en probeerde nonchalant te kijken. Hij at extra sterke mintsnoepjes van de rug van zijn hand en wierp af en toe een argwanende blik op Caffery. Zijn gezicht glom van het zweet.

Beatrice draaide de microfoon aan de beweegbare arm over

de tafel, zodat hij vlak voor haar mond hing. Ze gaf de datum, de tijd, de plaats, de namen van de aanwezigen. 'Ik heb hier voor me het stoffelijke overschot van een vrouw van wie men denkt dat ze...' Ze keek naar de inspecteur.

'Eh, Lucy Mahoney.' Hij rukte zijn blik weg van het lijk, van de kleding die doorweekt was met bruine vloeistoffen, en dwong zich naar Beatrice te kijken. 'We denken dat ze Lucy Mahoney is. Geboortedatum nul twee nul één achtenzeventig. Drie dagen vermist.'

'Word ik geacht ook naar identificatie te zoeken?'

'Een nabestaande heeft de kleding geïdentificeerd. Haar exman. Maar ze is...' Hij wees naar wat er over was van het gezicht van het lijk. '... niet echt in een toestand om door hem geïdentificeerd te worden.'

'Hebben we nog persoonlijke kenmerken?'

'Haar ex is momenteel wat van streek. Iemand probeert de contactpersoon te bereiken van toen ze vermist werd, in de hoop dat hij of zij nog iets meer in de persoonsbeschrijving heeft, wat meer details. Maar het goede nieuws is dat we niet hoeven te wachten op tandartsgegevens, want de kaakchirurg hier in het ziekenhuis heeft haar gegevens in zijn bestand. Ze heeft twee maanden geleden onder verdoving een tand laten trekken. Wat een geluk hè? Ze kunnen elk moment arriveren.'

'In dat geval, als de lijkstijfheid is verdwenen...' Beatrice zette de microfoon uit, tilde Mahoneys hand op en boog de arm. '... en dat... ja, dat is zo, mooi soepel, dan maak ik wat röntgenfoto's en wat periapicale opnamen als we klaar zijn. Dan besparen we die arme ex het trauma om naar haar te moeten kijken.'

Ze zette de microfoon weer aan en keek op het schermpje van de digitale weegschaal.

'Met kleren aan weegt het slachtoffer vijfenvijftig kilo. Maar onder het gebruikelijke voorbehoud dat er aanzienlijke ontbinding is opgetreden, dus het zou waanzin zijn om dat als een betrouwbare basis te beschouwen voor het gewicht van voor de dood.' Ze keek op naar de assistenten. 'Fester? Lurch?' Caffery keek met een halve glimlach om zijn lippen naar Beatrice. Hij had nooit iemand als zij gekend. Bij elke sectie die ze deed, in welk mortuarium dan ook, noemde ze de assistenten Fester en Lurch. En nog ongestraft ook. Ongelooflijk. 'Schuif haar eens wat op.'

De assistenten verschoven het lichaam zodat Lucy's nek op een blok kwam te liggen. Beatrice liep al pratend langzaam om de tafel heen en bukte nu en dan om een deel van het lichaam te bekijken dat haar aandacht trok. 'De overledene draagt een lange groene rok van een soort fluweel, een blouse met een patroon van bloemen, een gestreepte wollen trui, een gestreepte panty, hoge veterschoenen, ook met een of ander patroon. De kleding is gefotografeerd en ingeschreven, dus die ga ik nu verwijderen.'

Ze nam de tijd om de rok kapot te knippen en hem voorzichtig weg te trekken op plekken waar hij aan de huid bleef plakken, en toen begon ze aan de doorweekte blouse. Ze moest de beha met een haak wegtrekken, zo diep zat hij in het vlees. Onder de kleren zag Lucy er anders uit, niet zwart en vol maden, maar hard en zeepachtig en met de blauwe tint van eendeneieren. Het duurde niet lang voor al haar kleren waren losgeknipt en waren overhandigd aan de leider van het plaats delict, die ervoor zorgde dat elk artikel naar behoren werd verpakt en van een etiket werd voorzien. Er zat een sleutelbos in haar zak, maar verder niets. Geen handtas, geen geld en geen make-up.

'Waar is ze gevonden?'

'Langs een spoorlijn.'

'In de stad?'

'Op het platteland.'

'Ze heeft zich goed gehouden,' zei Beatrice. 'Er is niet al te erg aan haar getrokken. Soms krijg ik ze aangeleverd in twintig verschillende zakken; als je ziet hoe vossen delen van een lijk verspreiden, zou je bijna denken dat het een spelletje voor ze is. Herinner jij je die vrouw nog op de golfbaan in Beckenham? Jij hebt aan die zaak meegewerkt, Jack, als ik het me goed herinner. Het kostte zes mannen een hele dag haar helemaal te vinden, en zelfs toen bleven er nog stukjes zoek. Maar ja, vossen moeten ook eten, neem ik aan.' Ze boog zich over het lijk en sprak het toe. 'Goed, liefje. Ik ga je even optillen.' Ze tilde de heupen van het lijk op en keek eronder. Er sijpelde langzaam vloeistof tussen de slappe, gele billen uit. 'Hier zijn een heleboel sporen die na de dood zijn toegebracht.'

Caffery kwam een stap dichterbij. 'Na de dood?'

'Het is niet zo duidelijk, maar zie je dit hier? Er zitten wat ontvellingen op de rug van het lichaam.' Ze wees naar een stuk huid. 'Mieren, denk ik. Of een ander insect.'

Ze liet het lijk weer zakken en bekeek langzaam het oppervlak van de bovenbenen, de buik en de armen, waarbij ze haar vingers over de huid liet glijden en geregeld stopte om alles goed in zich op te nemen. Ze pakte een hand, tilde hem op en bukte tot haar ogen zich ter hoogte van de tafel bevonden en ze in Mahoneys oksel kon kijken. Iets had haar aandacht getrokken. Ze trok een kleine schaarlamp bij, zodat het licht in de holte scheen.

De districtsinspecteur kwam een stap dichterbij. 'Wat is er?'

'Er zit een wondje. Hier.'

Ze duwde ertegen en schudde toen haar hoofd. 'Een operatieve ingreep. Niet recent, misschien een jaar, twee jaar geleden. Niet heel geschikt om haar te identificeren, zelfs niet secundair, maar misschien staat het in de persoonsbeschrijving. Als de gebitsfoto's niet komen, hebben we tenminste iets.'

'Wat voor operatie?'

'Een kijkoperatie, een endoscopie van de thorax, misschien. Kan een lobectomie zijn voor longkanker, zoiets. Misschien een biopsie. Netjes gedaan. Die dokter heeft het er beter afgebracht dan degene die haar keizersnede heeft uitgevoerd.' Ze ging rechtop staan en liet haar vinger langs de buikwand van de vrouw glijden. 'Wat een geklungel. Schiet die gynaecoloog maar dood, zou ik zeggen. Nou, hoe zit het met die andere littekens? Die zijn belangrijker.' Ze draaide Lucy's linkerhand om en bekeek de binnenkant van haar arm. 'Snijwonden in de rechterpols. Aan de linkerkant één, die de spaakbeenader gedeeltelijk heeft doorgesneden. Een tweede heeft de ellepijpader doorgesneden.'

Lucy's polsen waren niet overdwars doorgesneden, maar er waren lange sneden in de lengte gemaakt, waarvan de zijkanten nu net gedroogd vlees waren en openstonden, zodat het ingewikkelde netwerk van aders en zenuwen te zien was. Niet overdwars. Dat had Caffery eerder gezien; het was de effectiefste manier om een eind aan je leven te maken. Hij bukte met zijn handen op zijn knieën en keek weer naar het haar.

'Ze meende het dus serieus,' zei Beatrice. 'In ieder geval bij deze pols. Aan deze kant is het minder efficiënt gedaan, en dat is te verwachten. Deze tweede wond staat wijd open. Er is korte metten gemaakt met het weefsel van de handpalm, en de pols en de gewrichtsband en de flexor digitorum zijn blootgelegd.'

'Er is een potje pillen naast het lichaam gevonden,' zei de inspecteur. 'Temazepam. En een stanleymes.'

'Een stanleymes lijkt wel juist. Er was een lemmet op een houder voor nodig om deze verwondingen te maken. Er is genoeg druk uitgeoefend om sneden in haar vingers te veroorzaken als ze gewoon een scheermes had genomen...'

Het duurde even voor Caffery merkte dat ze was opgehouden met praten. Hij keek op en zag dat ze hem aankeek. Met een frons. Ze legde de hand van Lucy Mahoney neer, liep om de tafel heen en kwam dicht bij hem staan, zodat ze konden praten zonder dat de anderen het hoorden.

'Jack,' mompelde ze. 'Ik ben heel beleefd geweest, ik heb geen vragen gesteld, ik heb niet moeilijk gedaan omdat je bent komen kijken, maar als je iets zoekt, kun je het me ook gewoon vertellen.'

Hij wierp een blik op de districtsinspecteur, kwam overeind, bracht zijn gezicht dicht naar dat van Beatrice en zei zachtjes: 'Kam haar haar, wil je, Beatrice? Kammen en wassen. Kijk of het geknipt is.'

'Geknipt? Hoezo? Verdenk je de kapper?'

'Of er zomaar een stuk uit geknipt is. Of geschoren. Iets wat er vreemd uitziet.'

Ze keek hem lang en nieuwsgierig aan en wendde zich tot de assistent. 'Fester? Kam haar haar eens door, schat. Spoel het maar even voor me uit.'

De assistent deed wat hem gezegd werd. Hij trok een kam door Lucy Mahoneys haar en inspecteerde de stukjes afval die op het papier vielen dat hij eronder hield. Toen legde hij het stuk papier op een karretje en spoelde het haar uit met de slang die aan de sectietafel vastzat.

Beatrice en Caffery bogen zich over het hoofd. Nu het schoon was, bleek Lucy Mahoneys haar roodbruin. Het viel in lange, vochtige krullen. Er waren geen stukken weggeknipt of -geschoren.

'Niet wat je had verwacht?' vroeg ze.

'Dank je, Beatrice.' Caffery trok zijn handschoenen uit en draaide zich om naar de deur. 'Ik zal proberen je dag niet verder te verpesten.'

11

Flea mocht dan niet zo groot zijn, ze wist hoe ze haar lichaam moest gebruiken. In een politiebroek, een net wit T-shirt en met een donkere bril voor haar roodomrande ogen stond ze vierkant voor de ingang van haar oprit. Zodra hij haar zag, stopte de taxichauffeur abrupt. Ze stak een hand op en stapte meteen achterin. Voorlopig kwam niemand met een auto naar de voorkant van haar huis, dacht ze somber.

Het was een warme middag en de taxichauffeur had de airconditioning aanstaan, maar ze hadden nog maar een paar honderd meter afgelegd of hij begon al te snuiven. Flea, die als een blok achterin zat, met haar armen over elkaar en haar voeten stevig op de vloer, sloeg haar ogen op en zag dat hij via de achteruitkijkspiegel naar haar keek. Hij snoof nog eens, kneep argwanend zijn ogen tot spleetjes en probeerde in de spiegel naar haar kleren te kijken. 'Ga je iets leuks doen?' zei hij kalm. 'Ga je iets leuks doen op deze mooie dag?'

'Nee.' Ze deed het raampje open voor wat frisse lucht. 'Ik ga niets leuks doen. Ik ga naar mijn broer.'

Ze haalde haar telefoon voor de dag. Ze had Thom al zes keer gebeld. Hij had haar iedere keer rechtstreeks met zijn voicemail verbonden. Het had geen zin hem nog eens te bellen. Ze kon contact opnemen met de oudste vriend van haar vader, Kaiser, maar die had Thom nooit echt gemogen. En ze had zich de laatste paar dagen al een beetje te vaak op hem verlaten. Ze liet de telefoon op haar schoot vallen en leunde achterover. De binnenstromende lucht was warm en rook zoet naar boterbloempjes, zodat ze een vleug opving van het westen, van de zee voorbij Bristol en Wales. Ze kende deze weggetjes al haar hele leven. Ze was hier opgegroeid met uitzicht op de zeven heilige heuvels, met de stadshuizen van Bath uit de tijd van koning George ertussen en het verre Sally-in-the-Wood met daarachter het dal van de Avon.

Ze dacht aan Thom, hoe iedereen zich vroeger zorgen om hem had gemaakt. Hij was mager en te klein geweest voor zijn leeftijd. Hij liep gemakkelijk infecties op, leerde pas laat lopen en leek altijd de snelste weg naar problemen te vinden. Ma en pa hadden diep moeten gaan om hun geduld met hem te bewaren. En soms waren ze daar niet in geslaagd.

Ze herinnerde zich dat ze op een dag uit de tuin was gekomen. Uit het zonlicht in de koelte. Het was vakantie en haar ouders waren thuis, maar het hele huis was stil, zodat ze had geaarzeld en stilletjes naar boven was gegaan. Ze had haar moeder het eerst gevonden, zittend op de rand van het bed in de grote slaapkamer. Ze had een korte broek aan en groene Scholl-sandalen en had naar haar spiegelbeeld zitten staren. Haar lange witte vingers hadden een koptelefoon tegen haar oren gedrukt en iets aan haar houding, aan de spanning in haar handen en aan haar kromme tenen in de sandalen had Flea duidelijk gemaakt dat ze niet naar haar toe moest gaan. Toen had Jill Marley haar dochter aangekeken. Er had geen enkele uitdrukking op haar gezicht gelegen. Ze waren elkaar bijna een minuut blijven aanstaren. Toen had Jill weer in de spiegel gekeken.

De deur naar Thoms kamer aan de andere kant van de overloop stond half open. Flea was er op haar tenen heen gelopen en had een vreemd schouwspel gezien. Pa zat midden in de kamer op zijn knieën. Thom, die op dat moment een jaar of acht was, stond een stap verderop, tegenover hem. Ze zeiden niets en bleven stil naar elkaar staren. Op pa's gezicht lag de trek die hij soms vertoonde als hij vastberaden was om iets te doen, alsof hij dacht dat de kracht van zijn blik voldoende was om door bergen heen te dringen. Aanvankelijk dacht Flea dat ze met elkaar in gesprek waren. Toen zag ze dat ze helemaal niet in een gesprek verwikkeld waren, maar in geweld.

David Marley haalde diep adem, sloot zijn ogen en sloeg zijn zoon in het gezicht. Het was niet de eerste klap van die middag, wist Flea. Ze merkte dat dit al een hele tijd aan de gang was; pa die naar Thom staarde, Thom die terugkeek, en elke paar seconden de hand van pa die omhoogkwam en hem een klap gaf. Ze begreep ook wat er gebeurde. Pa probeerde een reactie aan Thom te ontlokken. Maar dat zou niet lukken. Ze had pa kunnen vertellen dat hij zijn tijd verspilde. Thom stond met zijn mond een eindje open voor zich uit te staren. Hij zou niet reageren. Hij zou niet huilen. Dat was Thom ten voeten uit. Irritant, afstandelijk en afwezig. Niet helemaal bij.

En nu had ze alleen hem nog. Nu pa en ma er niet meer waren, was Thom het enige wat haar herinnerde aan haar jeugd.

Na het ongeluk van hun ouders had Thom geweigerd met zijn zus in het ouderlijk huis te blijven wonen, en hij had nu een halfvrijstaand huis uit de jaren dertig aan de rand van Bristol. Het was precies hetzelfde als de andere huizen in de straat, met betegelde muren en glas-in-loodruitjes in de ramen. Het was er netjes. Er stond een lege melkfles met een briefje erin op de onberispelijk geveegde stoep. Thom had in geen jaren een baan gehad en de laatste tijd besteedde hij zijn energie aan het onderhoud van het huisje terwijl zijn vriendin ging werken. Thom – die arme, hopeloze Thom, zo slecht in staat om zich staande te houden in de wereld. En zo, zo dom.

'Je had moeten bellen.' Hij deed de deur op een kiertje open, zodat hij nog net naar buiten kon kijken. 'Je had moeten bellen. Waarom heb je dat niet gedaan?'

'Ik heb gebeld,' siste ze. 'Je telefoon stond uit.' Ze deed een stap naar voren en duwde tegen de deur in de verwachting dat hij achteruit zou gaan. Maar dat deed hij niet. 'Thom. Je weet wat ik kom doen.'

'Het was een ongeluk,' fluisterde hij. 'Een ongeluk.'

'Laat me binnen.'

'Het was een ongeluk – het was niet de bedoeling. Ze kwam opeens tussen de bomen vandaan. Het was een doorgaande weg. Ik had geen enkele kans.'

'We moeten praten. Laat me binnen.'

'Mandy komt zo thuis.' Hij haalde een zakdoek uit de zak van zijn overhemd en wreef ermee langs zijn ogen en zijn mond. 'Dan wil ze eten...'

Flea duwde de deur open, stapte naar binnen en liep langs hem heen. 'Dat kan me niets schelen. We moeten praten. Nu. Kom mee.'

Ze liep de zitkamer in met zijn vaas met plastic bloemen en de glazen siervoorwerpen op het kleine tafeltje, alles netjes, afgestoft en op zijn plaats. Je zag de weerspiegeling in het beeldscherm van de tv, zo glansde alles. Totaal anders dan het slordige huis van ma en pa. Thom was helemaal geen Marley.

Toen hij na een tijdje zag dat ze niet van plan was weg te gaan, kwam hij achter haar aan.

'Ga zitten,' zei ze.

Hij ging gehoorzaam op de armleuning van een stoel zitten. 'Nou? Ga je me erbij lappen?'

'Nee.'

'Waarom niet?'

'Omdat ik een idioot ben. omdat ik een zwak voor je heb. Omdat ik stom genoeg ben om iets om je te geven, stomme sukkel dat je bent.'

'Dat had ik verdiend.'

'Ja. Je snapt niet eens wat een enorme puinhoop je veroorzaakt hebt.'

Hij verschoof op zijn stoel en keek haar niet aan. Hij droeg een mooie corduroy broek en een geruit overhemd onder een keurige bruine pullover. Hij was heel blond en bleek en zijn oren stonden zo ver van zijn hoofd dat hij er een beetje als een nerd uitzag. Je kon je onmogelijk voorstellen dat hij een vrouw gedood had, zelfs niet per ongeluk, zonder het iemand te vertellen: dat hij haar koeltjes had opgepakt, haar in de kofferbak had gelegd en helemaal met haar naar het huis van Flea was gereden.

'Kende je haar?'

'Ik zei toch dat ze zomaar de weg op liep. Ik reed daar en voor ik het wist, was het al voorbij. Ik ben in paniek geraakt, Flea. Ik ben gewoon in paniek geraakt.'

'Maar je weet wie ze is, hè?'

'Ik heb naar het nieuws gekeken. Elke seconde van elke dag kijk ik naar het nieuws.'

'Dus weet je ook dat ze zullen blijven zoeken. Tot sint-juttemis.'

'Dat weet ik.'

Ze zuchtte. 'Niet te geloven dat ik dit met je sta te bepraten.'

'Ik heb geen idee, geen idee wat we nu moeten doen.'

Ze had een smaak in haar mond die ze nooit meer kwijt dacht te raken. Ze ging tegenover hem op de bank zitten, sloeg haar armen over elkaar en keek hem strak aan. 'Oké. Het is zoals het is. Zoals ik al zei, ga ik niet naar de politie.'

'Nee?'

'Nee. Maar jij wel.'

Thom ging op de stoel naar achteren zitten. Hij liet alle lucht in zijn longen ontsnappen.

'Luister.' Ze stak haar hand op. 'Ik ga je eraan herinneren wat er gebeurd is, oké? Je bent depressief. Sinds ma en pa zijn overleden, voel je je helemaal niet goed. We hebben doktersverslagen als bewijs.'

'Het gaat beter sinds ik Mandy heb. Het ging beter met me.'

'Je was depressief. En die avond leende je mijn auto omdat het je even te veel werd allemaal. Je wilde ergens heen, gewoon om de dingen op een rijtje te zetten. Je was niet dronken, maar je huilde. Dat geef je toe. Hysterisch, zelfs. Je raakte iets op de weg. Op dat moment dacht je dat het een dier was, maar toen je erover nadacht en de krantenkoppen zag, begon je je af te vragen of...'

'O, jezus.'

'Thom. Het is de enige manier. Je papieren zijn allemaal in orde, toch? Je rijbewijs?'

'Ja.'

'Mijn verzekering dekt de schade, zelfs als jij reed, en de auto was prima in orde, nog geen maand geleden gekeurd. We staan sterk. We zullen je door een psychiater laten beoordelen en ons beroepen op verminderde toerekeningsvatbaarheid of hoe ze dat ook mogen noemen, en er is geen rechter in dit land die je daar automatisch voor opsluit. Het is waarschijnlijker dat ze je opnemen in het ziekenhuis. Dan blijf je in de psychiatrische mallemolen tot de zon ondergaat en het systeem je vanzelf uitspuwt.'

Thom bracht zijn handen naar zijn hoofd en masseerde zijn slapen. De aderen stonden blauw op zijn huid.

'Het eerste wat we moeten doen, is het lichaam terugleggen.'

'God, alsjeblieft, nee. Dat niet.'

'We moeten het terugbrengen naar de plek waar het ongeluk gebeurd is. Daar laten we het een paar dagen liggen zodat de beesten erbij kunnen. We moeten een paar sporen vernietigen en andere maken. Intussen ga jij jezelf aangeven.'

'Mezelf aangeven?'

'We zorgen dat je een psychiatrisch geval wordt. We onderzoeken hoe we dat het beste kunnen aanpakken. Maar eerst leggen we het lijk terug.' Ze ging staan. 'Nu meteen. We nemen jouw auto. Je moet me laten zien waar het was.'

Hij verroerde zich niet.

'Ze moet terug naar dezelfde plek, Thom. Daar zullen sporen zijn die uitwijzen dat het een ongeluk was.'

Hij schudde zijn hoofd en keek naar zijn handen, alsof hij een antwoord zou vinden in de zachte huid op de rug. Zij haalde vermoeid haar vingers over haar gezicht. 'Luister naar mij. En luister heel goed. Ik doe alles voor je omdat je mijn broertje bent. Maar dit moet je doen, daar kan ik ook niets aan verhelpen. Heb je me gehoord? Begrijp je het?'

Hij gaf geen antwoord. In de gang werd de deur opengemaakt.

'Mandy,' siste hij. 'Snel.'

Flea zuchtte. Ze stond op, met haar armen nog steeds over elkaar, terwijl Mandy de gang binnenkwam, haar sleutels neerlegde en de post op het tafeltje bekeek. Na een paar tellen kwam ze de woonkamer binnen en bleef staan toen ze Flea en haar vertrokken gezicht zag.

Mandy was verscheidene jaren ouder dan Thom, een kleine, vierkante vrouw die zich kleedde in modderkleurig linnen en een heleboel Indiaanse sieraden. Die dag droeg ze een olijfgroen jasje en een witte broek. Ze had haar korte haar in een bob rond haar bolle gezicht laten knippen, laten stylen en laten kleuren in een diep donkerrode, bijna paarse tint. In haar ene hand droeg ze een halfopen rugzak waar papieren en dossiers uitstaken. Ze zette hem op de vloer en begon langzaam haar jasje open te maken, terwijl haar blik behoedzaam van Flea naar Thom ging.

'Oké,' zei ze eindelijk. 'Ik kom op een slecht moment.'

Er viel een korte stilte. Thom likte langs zijn lippen. Ondanks zijn gereserveerdheid was hij nooit erg dapper geweest; hij was doodsbang voor Mandy. En zij wist het. Ze overheerste hem, verloor hem nooit uit het oog en verwachtte dat hij kookte en schoonmaakte. Ze had ook een groot deel van de erfenis opgemaakt aan steun voor een tweederangs theatergezelschap uit Easton. Normaal gesproken hadden zij en Flea elkaar niet veel te zeggen.

'Mandy, ik ging net weg. Thom, bel me als je hebt nagedacht, goed?'

Hij staarde haar aan. De huid rond zijn mond was een beetje blauw.

'Thom?' zei ze nadrukkelijk.

Hij kwam uit zijn trance. 'Ja,' mompelde hij gehaast. 'Ik bel je. Later. Ik zweer het.'

12

In de wachtkamer van het mortuarium zat een man bij de deur. Hij stak zijn hand op toen Caffery naar buiten kwam. 'Hallo.'

'Goedenavond.' Caffery liep door en haalde zijn telefoon voor de dag. Hij wilde zien of Powers gebeld had om weer te zeuren over de zaak Kitson, maar ook of Flea zijn eerdere telefoontje had beantwoord. Het had hem wel aangestaan, zoals ze hem eerder had aangekeken. Het had iets met hem gedaan. Het gaf hem een goed gevoel, een schoon, los gevoel, hetzelfde gevoel dat hij soms kreeg bij zijn eerste borrel van de dag.

'Neem me niet kwalijk. Ik moet u spreken.'

Caffery bleef staan en draaide zich om. De man stond overeind. Hij was lang en had grote handen, gepoetste schoenen en keurig bruin haar. Te bruin. Hulp van een beetje verf.

'Is er nog nieuws?'

'Nieuws?'

'Over Lucy. U bent daarnet toch binnen geweest?'

'Wie bent u?'

'Colin Mahoney. Dat is mijn vrouw, daarbinnen. Mijn exvrouw, maar ze heeft mijn naam aangehouden. Ze zeggen dat ze zelfmoord heeft gepleegd. Klopt dat? Is dat wat de dokter denkt?'

'Uw contactpersoon zal het u allemaal wel vertellen. Ze zal wel onderweg zijn.'

'Mijn wat?'

'Hebt u geen contactpersoon toegewezen gekregen toen Lucy vermist werd? Een agent die het contact onderhoudt tussen de familie en de politie?'

'O, die.' Colin veegde zijn voorhoofd af. 'Sorry, maar ik had niet veel vertrouwen in haar. Ze heeft me vandaag niet eens gebeld. En volgens mij ligt Lucy daarbinnen en ze zal al wel opengesneden zijn.'

'Als uw contactpersoon komt, kan zij u bijpraten. Dat hoor ik niet te doen.'

'Wie bent u dan?'

'Inspecteur Caffery.' Hij liet zijn identiteitskaart zien, maar zei er niet bij dat hij van de afdeling Zware Misdrijven was.

'Oké, inspecteur Caffery. Zegt u het maar. Heeft ze zelfmoord gepleegd?'

'Die vraag kan ik niet beantwoorden.'

'Ja, dat kunt u wel.'

Caffery zuchtte en stak de kaart weer in zijn zak. 'Het is niet mijn zaak, maar als het wel mijn zaak was, zou ik u nu hetzelfde vertellen als mijn collega daarbinnen zal doen als hij naar buiten komt. Hetzelfde als uw contactpersoon u zal vertellen.'

'En wat is dat?'

'Dat we niets met zekerheid kunnen zeggen tot het gerechtelijk onderzoek is afgerond, maar dat we op dit punt niemand zoeken in verband met haar dood.'

Mahoney liet zich verslagen op zijn stoel zakken. Hij leunde met zijn ellebogen op zijn knieën, liet zijn hoofd hangen en staarde naar het vloerkleed. 'Dit is niet te geloven. Ik kan gewoon niet geloven dat dit allemaal gebeurt.'

Caffery keek naar hem en dacht eraan hoe het voor zijn eigen moeder moest zijn geweest. Toen hij acht was, was Caffery's oudere broer Ewan verdwenen uit hun huis in Zuid-Londen. Zijn lichaam was nooit gevonden. Het was meer dan dertig jaar geleden gebeurd op een zaterdagmiddag, en in die tijd had de politie geen contactpersonen. Er was niemand geweest die er eens voor was gaan zitten en tegen zijn moeder had gezegd: 'Hoor eens, als je erover wilt praten, kun je dat met mij doen. Hier is mijn telefoonnummer, je kunt me bellen wanneer je maar wilt. Wil je een kop thee, meid?'

'De contactpersoon kan hier elk moment zijn.'

'Nee, ziet u, dat kan niet kloppen.' Mahoney keek op. Zijn gezicht had een dofrode, verstopte tint. 'Als ze het zelf heeft gedaan, wat is er dan met Benjy gebeurd?'

'Benjy?'

'De hond. Ik heb de politie nog verteld over Benjy. Het was het eerste wat ik zei. Lucy had hem meegenomen. Ze moet hem in de auto hebben gehad, want ze hebben hondenkoekjes op de achterbank gevonden. Hij is nooit teruggekomen.'

'Meneer Mahoney, ik moet u echt aanraden dit op te nemen met uw...'

'Daarom weet ik dat het niet klopt. Ik bedoel, het was van het begin af aan helemaal verkeerd, want als ze van plan was geweest zichzelf iets aan te doen, had ze hem nooit meegenomen. Ze had er eerst voor gezorgd dat er met hem niets zou gebeuren. Waar is hij nu dan?'

Caffery dacht aan een hond. In de steek gelaten. Verdwaald. Een hond die zich schuilhield in het bos. Die langs achtertuinen sloop. Die met wilde ogen alle menselijke dingen in zich opnam: schuren, grasmaaiers, trimmers, roestende barbecues, schommels. Hij dacht aan alle wezens die aan de rand van steden en dorpen leefden. Dat was niet zijn probleem. 'Hij komt heus wel terug, meneer Mahoney.'

'Dan zou hij dat allang gedaan hebben. Hij had iemand gevonden. Het is een slimme rakker, die hond. Slim en trouw.'

'Meneer Mahoney, zoals ik al gezegd heb, dit is niet mijn zaak. Ik leef met u mee, echt, om wat er met Lucy is gebeurd. En ik hoop dat Benjy veilig en wel opduikt. Maar...' Hij legde zijn hand op Mahoneys schouder en bleef even staan om hem aan te kijken. Je moest voorzichtig zijn met dit werk. Je kon je niet door je gevoelens laten meeslepen bij iedereen die het ongeluk had op de tafel van de patholoog te belanden. Maar je kon wel een minuutje nemen om over hen na te denken. Om stil te staan bij hun leven en je korte betrokkenheid daarbij. Dus bleef hij een paar tellen staan en toen schudde hij zijn hoofd en wendde zich af. 'U zult dit echt moeten opnemen met uw contactpersoon.'

Je nam de tijd om wat respect te betonen. En daarna ging je verder. Snel.

13

Het was acht uur 's avonds en er stond maar één ingesproken bericht op Flea's telefoon. Van Jack Caffery. Ze had niet teruggebeld. Ze had niet veel zin om te praten. Toen het icoontje was verschenen, had ze haar mailbox gebeld en het bericht afgeluisterd. Wilde ze hem even bellen over waar ze het eerder over gehad hadden? Hij wilde er graag dieper op ingaan. Hij bedoelde haar borsten, uiteraard. Daar wilde hij dieper op ingaan. Ze zat in de woonkamer in de oude leunstoel van haar vader met een mok thee bij haar elleboog, een vermoeid lichaam en pijnlijke botten en dacht: wat vreemd. Wat vreemd dat ze slechts een paar korte uren geleden in zo'n andere wereld had verkeerd. Met andere verwachtingen. Andere angsten.

Thom had niet gebeld. Ze had al acht keer geprobeerd hem te pakken te krijgen en kreeg steeds zijn mailbox. Mandy werkte late diensten en was allang weer naar haar werk gegaan in het callcenter waarover ze de leiding had. Wat betekende dat? Dat hij het onderwerp nog steeds meed?

Ze moesten snel iets met Misty doen. In deze warmte zou het niet lang duren voor ze niet meer vervoerd kon worden. Haar lichaam zou vloeibaar worden. Flea had dat bij warm weer binnen een paar dagen zien gebeuren met een lijk. De vloeistoffen zouden door de bodemplaat van de auto gaan lopen. En hoe langer die vloeistoffen weglekten, hoe moeilijker het werd om de vezels van de kofferbakbekleding van Misty's lichaam te krijgen en haar langs de weg te leggen. Ze konden het niet langer uitstellen.

Ze ging naar boven, haalde een oude ventilator uit een van de slaapkamers vol troep en nam hem mee naar de garage. Ze zette hem aan, sloot de deur goed af en nam haar jas en de sleutels mee. Op het grind voor het huis stond een kleine Renault Clio. Ze had hem gehuurd toen ze bij Thom was weggegaan. Hij was glanzend blauw en rook naar schoonmaakmiddel en Turtle Wax. Zo anders dan de Focus. Het was bijna een genot om erin te rijden.

Het gebouw in Almondsbury was verlaten. De geur waar ze de laatste twee dagen tegen gestreden hadden, was verdwenen. Wat een verrassing. Het rook er naar de spreekkamer van een tandarts. Op haar bureau lag een briefje van Wellard om te melden dat de luchtlijnen waren opgepikt door de forensische dienst en dat ze contact zouden opnemen als ze er tests mee gedaan hadden. Dat duurde een eeuwigheid. Het betekende ook dat ze haar geen vragen gingen stellen over de omstandigheden waaronder het ongeval had plaatsgevonden, bijvoorbeeld hoe diep ze had gezeten. Op elke andere dag zou dat een pak van haar hart zijn geweest.

Ze werkte snel en stil: uit de voorraadkamer haalde ze hoesjes voor over haar schoenen, handschoenen en drie gele Tyvek veiligheidspakken. Er zaten netten in de la vol spullen om lijken te bergen; ze haalde er drie uit, en ook twee stukken plastic en een handvol *zip-ties*. Ze duwde alles in een net voor droogpakken en nam het mee naar de auto. Met de radio voluit reed ze naar de ringweg en stopte bij verschillende nachtwinkels en de Threshers in Longwell Green om zakken ijs te kopen. Bij een winkel in Hanham vond ze tien roze en groene vormpjes om ijsblokjes te maken in de vorm van harten, ruiten, schoppen en klaveren. Ze kocht ze alle tien. Betaalde contant.

Thom nam nog steeds zijn telefoon niet op.

Het was elf uur voor ze thuis was. Ze keek of er sporen in het grind stonden; een gewoonte van haar, omdat ze eraan gewend was dat de Oscars, haar buren, haar terrein op liepen alsof het hun eigendom was. De tuin van de Marleys had vroeger bij het huis van de Oscars gehoord. Ze maakten er geen geheim van dat ze hem terug wilden kopen, zodat ze weer toegang hadden tot het dal. Het was een enorme, onhandige en uitgestrekte tuin, veel te groot om te kunnen onderhouden, en ergens in die wildernis bevond zich een groot probleem: een tuinhuisje dat een van de jonge heren van het grote huis in de negentiende eeuw had laten bouwen. Het stond op instorten. Er was een opzichter gekomen met een gele helm op om het geval te inspecteren, en die had gezegd dat het alle natuurkundige wetten tartte en gevaarlijk was. Het moest worden gerepareerd of afgebroken. Maar ze was niet van plan het op te geven. De tuin was mams grote trots en vreugde geweest. Hij werd niet verkocht, hoe lastig het onderhoud ook werd.

Er waren geen sporen. Het huis was nog precies zoals ze het had achtergelaten. Ze parkeerde de Clio op het grind en ging naar binnen. Zelfs in de gang werd ze meteen overvallen door de geur die uit de garage kwam. Hoe had ze de laatste paar dagen in godsnaam telkens langs de Focus kunnen lopen en zelfs met het verdomde ding kunnen rijden zonder die stank op te merken?

Ze sleepte de zakken met ijs naar de garage, sjouwde alle andere spullen naar de woonkamer en kleedde zich uit tot op haar ondergoed. Het beschermende pak was twee graden beter dan het exemplaar dat de jongens van de technische recherche gebruikten, en warm. Ze sjorde het omhoog, knoopte haar wilde bos haar op haar achterhoofd samen en trok de kap eroverheen. Vervolgens hield ze zich aan de bank vast, tilde haar voeten op en schoof ze van opzij in de laarzen, op dezelfde manier als ze haar zwemvliezen aantrok. Het masker liet ze onder haar kin bungelen. Ze haalde een fles water uit de keuken en dronk hem leeg terwijl ze onhandig naar de garage liep.

'Oké.' Ze sloeg de garagedeur achter zich dicht. 'We zullen dit varkentje eens wassen.'

Het lichaam moest worden afgekoeld. De nachten waren nog koud en er waren ook een paar kille dagen geweest, wat betekende dat ze het ontbindingsproces moest vertragen naar het niveau dat het in de openlucht zou hebben bereikt. Ze kon het lichaam niet bevriezen en vervolgens weer ontdooien; dat liet sporen achter die een goede patholoog meteen zou oppikken. Die zou de veelzeggende sporen van ijskristallen in de spieren opmerken, vooral in het hart. Maar toch moest het proces op de een of andere manier worden vertraagd.

Ze zette de enorme vrieskist in de hoek aan. Hij was in geen jaren gebruikt. Niet meer sinds de dag dat pa het hele gezin voor de elektriciteitsmeter had gezet en vol ontzag had laten toekijken hoe de rode wijzertjes zoemden als de vriezer aanstond en hoe ze vertraagden als hij uit werd gezet. Die energieverslinder werd alleen aangezet voor feestjes en midden in de zomer, als ma ijs maakte. Flea vulde de ijsblokjesvormpjes met water en zette ze op de aluminium bodem met ruitpatroon, het ene op het andere. Ze deed de vriezer weer dicht, maakte de zakken met ijs met haar tanden open en gooide alle blokjes in het oude ijzeren bad dat in een hoek tussen de maaiers en de duikuitrusting stond.

Toen de kofferbak weer openging, was de stank overweldigend. Met alleen het mondkapje en zonder gasmasker moest ze zich even omdraaien en een paar keer diep ademhalen om de overweldigende braakreflex tegen te gaan. Toen ze niet meer kokhalsde, ging ze aan het werk. Het pak ritselde als droge bladeren.

Ze deed de inhoud van Misty's handtas in een groene plastic zak, haalde de hoedenplank uit de Focus en klapte de achterbank naar beneden. Ze legde een stuk plastic op de grond naast het achterwiel en nog een onder de bumper, met de bovenkant in de kofferbak onder Misty's linkerschouder en linkerknie gevouwen. Ze knielde op de achterbank en boog zich naar de kofferbak om twee netten onder Misty's schouders en heupen te schuiven. Toen kroop ze weer uit de auto en liep naar de achterkant, waar ze de losse einden van de netten pakte, ze op de grond op de stukken plastic liet vallen en haar voeten er stevig op zette. Ze boog voorover, pakte de andere kanten van de netten, haalde diep adem en begon te trekken.

Even gebeurde er niets, maar het lichaam gaf met een scheurend geluid mee toen het loskwam van de bekleding en opzij rolde, zodat Misty's gezicht tegen de rand van de achterbumper kwam te liggen. Flea duwde haar knieën eronder om te voorkomen dat ze op de grond viel. Ze haalde een paar keer diep adem.

Misty's achterhoofd zat vol geronnen bloed en nu kon Flea zien waar ze aan was overleden. Daar was het: een enorme klap tegen de zijkant van het hoofd, waar het in aanraking was gekomen met het dak van de auto. Ze kon alle details van Misty's oor zien, dat van haar hoofd was gescheurd. Ze zag de plooien en de spleten en de kanalen en zag even voor zich hoe die jaren geleden waren gevormd, een duizelingwekkende diapresentatie van de vorming van een baby, die werd geboren, opgroeide, haar tanden verloor, enkelsokjes ging dragen en haar knieën schaafde. Ze zag de eerste lippenstift, het eerste vriendje, het eerste liefdesverdriet. Ze zag de drugs en de drank en de diëten. Ze zag het zo duidelijk als ze haar eigen verleden kon zien, en hoewel ze wist wie Misty was en ook dat ze elkaar niets te zeggen zouden hebben als ze elkaar bij leven hadden ontmoet, kreeg ze een koud en leeg gevoel vanbinnen.

Ze draaide haar hoofd af en haalde diep adem. 'Hou op,' siste ze, en ze klemde haar tanden op elkaar. 'Hou op.' Ze bracht haar hoofd opzij en veegde het zweet af aan haar schouder. Het was nog nooit gebeurd dat de berging van een lijk haar te veel was geworden, en dat ging nu ook niet gebeuren.

'Oké.' Ze keek weer naar Misty's kapotte hoofd en naar het dikke blonde haar. 'Het spijt me. Het spijt me dat ik dit moet doen. Ik hoop dat je dat kunt geloven.'

Ze zweeg even, alsof Misty antwoord zou kunnen geven. Toen liet ze het lichaam met een grom van inspanning langzaam op het plastic zakken. Ze was eraan gewend dit met drie andere personen te doen, maar Misty was niet zwaar en rolde gemakkelijk. Haar rechterarm viel langs haar lichaam, zodat haar gezicht vrijkwam. Flea bleef met haar handen op haar knieën staan uithijgen en bekeek haar even. Misty was zo opgezwollen dat zelfs haar moeder haar niet herkend zou hebben, laat staan de roddelbladen en de fans. Hoe lang zou het langs de weg hebben geduurd voor ze in deze toestand zou zijn geraakt? Langer dan de vier dagen dat ze in de auto had gelegen.

Ze legde het plastic in de lengte over Misty's gezicht, vouwde de bovenkant dicht, maakte punten van de uiteinden en bond die dicht met zip-ties. Ze voelde haar rug toen ze de cocon naar het bad droeg en hem voorzichtig tussen het ijs legde.

Ze bleef even op Misty staan neerkijken, naar de onduidelijke contouren van het lichaam. Er kwam al een vage mist van het ijs, die haar omhulde en ijskoude lucht door het plastic naar de huid, de spieren en de zenuwen stuurde.

'Ik weet dat er geen God bestaat. Maar als ik het mis heb en hij toch ergens daarboven zit, in jezusnaam...'

Ze trok haar handschoenen uit en liet ze op de vloer vallen. Ze voelde hoe het gewicht van de hele kwestie haar naar beneden probeerde te trekken.

'In jezusnaam, laat hem voor je zorgen, Misty. Laat hem voor je zorgen.'

14

Tegen de tijd dat Flea zich had gedoucht, haar haar had gewassen en een zwarte legerbroek en het zwarte poloshirt van de duikeenheid had aangetrokken, was de maan op. Door het raam had ze een wolkendek over de top van Claverton Down zien kruipen en langzaam naar het huis zien marcheren. Een van de wolken had de vorm van een hand. De uitgestoken klauwen reikten naar beneden en schoven door de tuin en over het dak. Ze deed het raam dicht en op slot.

Ondanks de ventilator hing de geur nog steeds in de garage. Ze schepte het ijswater weg met een steelpan, voegde meer blokjes toe en vulde de vormpjes in de vriezer bij. De kofferbak van de Focus stond open en de hele bekleding was eruit gehaald. Ze had eerder met een elektrische handzaag de hoedenplank en de bekleding in stukjes gesneden. De stukjes zaten in een zwarte vuilniszak die tegen de deur stond.

Ze kon zich gemakkelijk voorstellen hoe de garage er van de buitenkant uitzag met de kranten tegen het raam en het licht dat er opeens urenlang brandde. Het zou de Oscars opvallen. Ze deed het licht uit, pakte een zaklamp en scheen daarmee een tijdje langs de muren om de restanten van haar familieleven te bekijken. Er was een oud droogpak dat haar vader had weggedaan en waarvan het neopreen schilferde bij de ellebogen en de knieën, een gewichtsgordel, een verzameling maskers. Duiken op de meest gevaarlijke en extreme plekken die de planeet te bieden had was pa's grote liefde geweest. Hij had het hele gezin ermee besmet.

Ze trok een kruiwagen weg die tegen de muur stond en vond wat ze zocht. Een oud blik motorolie vol siroopkleurige strepen, met afgemaaid gras eraan vastgeplakt. Ze pakte het op, vond aan de andere kant van de garage een leeg blik en een stuk rubberen slang, pakte de vuilniszak en nam het allemaal mee naar de Clio.

De klauwwolk hing nog steeds boven het huis. Het was nog niet gaan regenen. Ze draaide de auto de oprit af en nam de weg naar beneden, door de verlaten woonstraten aan de voet van Solsbury Hill. Daar vond ze het smalle spoor dat tegen de helling van Charmy Down Hill op liep. De bovenkant van de heuvel was plat. In de oorlog was hij gebruikt als landingsbaan voor de Hurricanes die 's nachts het luchtgevecht aangingen. Je kon aan de verkeerstoren en de afwijkende kleur van het gras nog zien waar de landingsbanen zich hadden bevonden.

Ze parkeerde de Clio op het vliegveld, naast een bunker uit de oorlogstijd, zodat hij volledig schuilging achter de vlinderstruiken en de vlierbessen, die krioelden van de insecten. Toen stapte ze uit en bleef even in westelijke richting naar de van onderen verlichte wolken kijken, die afgingen op de spitsen en hoger gelegen delen van Bath. Het was vreemd om kilometers in het rond alles te kunnen zien. Ze draaide zich om en keek naar het verlaten vliegveld, naar de pollen gras en onkruid die tot aan haar middel reikten, naar de vervallen gebouwen, de hopen banden en het roestende boerengereedschap. Er was hierboven geen levend wezen te bekennen, zelfs geen vogel, vos of kat. Het was alsof ze in een dode wereld was beland.

Eén uur in de nacht. Het moest nu gebeuren. Ze gooide de kofferbak open, haalde de vuilniszak met de bekleding en de in stukjes gesneden hoedenplank eruit, gooide alles op de grond en ging het blik olie pakken. Met haar voeten ter weerszijden van de zak maakte ze het blik open en liet de olie er in lange bogen op lopen tot alles ermee bedekt was. Ze pakte het stuk slang uit de kofferbak, haalde de dop van de benzinetank en stak de slang in de tank en het andere uiteinde in het lege blik. Ze kneep haar neus dicht, gebruikte haar tong als spatlap, sloot haar lippen over de slang en zoog hard tot de benzine omhoogkwam. Ze haalde snel haar mond weg, duwde de slang in het blik en hield hem daar terwijl de benzine uit de tank liep.

Ze hield haar voeten een heel eind uit elkaar om te voorkomen dat er spetters op kwamen toen ze de benzine over de vuilniszak liet sijpelen. Toen ze dat gedaan had, deed ze de dop weer op het blik, zette het bij het olieblik in de kofferbak van de Clio, deed de dop weer op de benzinetank en sloot de auto af. Ze had een doosje lucifers in de zak van haar broek. Ze streek er een af, liet hem op de vuilniszak vallen en deed een stap achteruit. De benzine vatte meteen met een blauwe zucht vlam, brandde in een seconde op en liet een vlammetje in het midden achter, waarvan voorzichtig een eenzaam kringeltje zwarte rook opsteeg. Ze ging honderd passen achteruit en bleef naast de auto staan om toe te kijken hoe de donkere vorm van de zak een sliert rook en vette lucht uitstootte en vervolgens door de vlammen werd verzwolgen. Nu ze er zeker van was dat het vuur niet uit zou gaan, haalde ze de telefoon uit haar zak en belde Thom.

De telefoon ging steeds weer over en schakelde toen over op het antwoordapparaat. Ze belde zijn huisnummer en keek naar de gloed van het vuur, dat de onderkant van het gras en de bomen om haar heen verlichtte. Toen de huistelefoon ook op het antwoordapparaat overschakelde, belde ze zijn mobiel weer. Dit keer ging hij vier keer over. Toen volgde er een gedempte klik en het geluid van zijn ademhaling.

'Thom?'

Stilte. Ze legde een elleboog op het dak van de Clio. 'Zeg iets tegen me. Ben je daar?'

Nog een korte stilte en toen zijn stem, dik en nasaal, alsof hij had gehuild. 'Ja, ik ben hier. Het is al heel laat.'

'En Mandy? Is ze nog...'

'Die slaapt. Ik wil haar niet wakker maken.'

'Oké. Stap in je auto en kom naar me toe. In Saltford. In de pub aan de rivier.'

'Nee.'

'Je moet me laten zien waar het gebeurd is.'

'Dat weet ik niet meer.'

'Natuurlijk wel.'

'Ik meen het. Ik weet het niet meer.'

'Dan rijden we rond tot je het weer weet. Ik zie je over een halfuur.'

'Nee!' siste hij.

Ze drukte een vinger tegen haar neusbrug. 'Hoor eens, als we dit nu niet afhandelen, wordt het alleen maar erger. Dan maakt het ons allebei kapot.'

'Ik kan het niet.'

'Het is zeker gebeurd in Farleigh Park? Ergens bij de afkickkliniek?'

'Ik weet het niet meer.'

'Nou, dat moet wel. Ze kan niet ver gelopen hebben.'

Er viel een stilte aan de andere kant van de telefoon. Ze duwde zich van de auto af en bleef met haar hand in haar rug staan, net boven haar heup, de plek waar haar pantsering soms pijn deed. 'Thom, dit gaat niet zomaar weg. Wat je ook denkt of hoopt, het zal een keer uitkomen. En als je de zaak op zijn beloop laat, komen ze erachter dat je haar hebt opgeraapt en verdomme in de kofferbak van de...' Haar stem ging omhoog en ze ging steeds sneller praten. 'Jezus, voor je het weet zit je in de gevangenis. En ze zullen daar weten dat je zus bij de politie is. Zelfs als je de status van beschermde gevangene krijgt, zit je midden tussen de gekken.'

'De gekken? Hoezo?'

'De lui die ze vasthouden ter bescherming van de maatschappij. De kinderlokkers, de verkrachters, de echte gekken. Dat is niet goed. Dat is helemaal niet goed. Stap in de auto en kom naar me toe.'

'Maar dan komt Mandy erachter. Dan weet ze alles. Ze vermoedt toch al iets. Ze weet dat er iets aan de hand is door de manier waarop je tegen haar praatte.'

'Je zult het haar toch een keer moeten vertellen.'

'Dat kan ik niet. Ik kan het gewoon niet.'

'Dan doe ik het. Ga haar wakker maken. Geef haar de telefoon.'

'Nee! Nee, alsjeblieft. Alsjeblieft!'

'Thom! Word nou eens wakker, wil je? Word nou eens wakker.'

Er viel een lange stilte. Er dwarrelden vonken en zwart plastic door de lucht. Daarachter gloeide de maan, heet en wit, zwak door de wolken. Toen Thom weer iets zei, was zijn stem dik. Nors. 'Oké, oké, ik doe het. Ik zal het haar vertellen.'

Ze ademde uit. 'Goed. Doe dat. En bel me als je dat gedaan hebt.'

15

De maan komt snel op in Somerset; hij racet over het laagland, tegen de hellingen van de Mendips op en de Quantocks in. Hij beschijnt de glinsterende ramen van de steden in het uiterste noorden van het graafschap en kruipt in de auto op het parkeerterrein van het mortuarium, waar Jack Caffery de sleutel in het contact steekt. Hij vindt Flea Marley in het noordoosten op de top van een heuvel, terwijl ze staat te kijken naar de opstijgende rook. En zestien kilometer ten oosten van haar, in een heel andere omgeving, blijft hij hangen op een eenzaam grijs huis. Een huis dat ver van een verlaten weggetje af staat en wordt omringd door braakliggend boerenland, schuren en bijgebouwen en een zwembad dat niet meer gebruikt wordt. Het maanlicht betast de ramen van de uitbouw van één verdieping. Hij probeert langs de bouwblokken in de aangepaste kamer te komen, maar dat lukt niet.

Binnen heeft het licht een andere kleur. Hier is alleen een onaardse blauwe gloed te zien, afkomstig van zeven gespecialiseerde vrieskasten, waarvan de deuren wijd openstaan om de inhoud zichtbaar te maken: stapels zorgvuldig geïnventariseerde bakjes, elk tot aan de rand gevuld met formaline.

De man bevindt zich midden in de ruimte op de grond. Hij is poedelnaakt, zit met gekruiste benen bijna in een yogahouding en laat het rustgevende licht van de koelkasten over hem heen spoelen. Hij zal nooit de huid van een vrouw op zijn werkbank zien. Dat begrijpt hij. Al jaren. Het behoort tot het rijk van de fantasie.

Maar deze verzameling... Deze verzameling is zijn realiteit. Hij is ermee begonnen als een kleine concessie aan die fantasie, maar ze is uitgegroeid tot veel meer. Veel meer. Dit is zijn levenswerk. Zijn reden om te blijven ademen. Hij zal de verzameling tot het uiterste verdedigen. Daar doet hij alles voor, daar zal hij zelfs voor doden.

Hij ziet in een flits een beeld voor zich van een gezicht op een ziekenhuisbrancard. De brancard wordt onder de tl-buizen vandaan gerold. De patiënt is verdoofd, maar als het karretje verdwijnt gebeurt er iets, iets wat de ziekenbroeders aan weerszijden niet opmerken. Het hoofd van de patiënt gaat naar achteren, draait iets en opeens schieten haar ogen open, zonder dat een van de aanwezigen het ziet. Ze is wakker. Wakker en alert en ze kan alles zien. Alles.

Hij slaat zijn handen voor zijn gezicht en concentreert zich.

'Ssshhh.' Zijn stem is zacht. Een fluistering. Alsof hij een kind troost. 'Ssshhh. Het is al goed. Het is al goed.'

Het is verkeerd gegaan, maar hij heeft alles rechtgezet. Het ligt achter hem. Hij hoeft alleen maar rustig te blijven en op zichzelf te vertrouwen.

'Ssshhh...'

Hij blijft nog even zitten.

Dan staat hij geïrriteerd op. Hij loopt door de kamer en slaat de deuren van de vriezers dicht.

Hij haat dit leven. Hij haat het.

16

De volgende morgen rukte er een lagedrukgebied op vanaf de Atlantische Oceaan. De Mendips gingen schuil achter de wolken, in de steden regende het hard en er traden overstromingen op. Het verkeer wierp vuil water op op de snelwegen. In groeve nummer twee, bijna aan het eind van de Elfengrotten, drong geen enkel licht door in het water; het voelde alsof de schemering vroeg was ingetreden. Flea moest de duiklamp meenemen.

'Wat is dat toch met jou, hoofdagent?' Wellards stem klonk luid in haar oor. 'Je hebt alweer publiek. Weer lui van de verkeerspolitie. En zelfs een paar van Moordzaken, geloof ik.'

Ze maakte haar veiligheidslijn vast, oriënteerde zich en begon te zwemmen.

'Volgens mij vallen ze op je, hoofdagent. Of misschien ook niet. Waarschijnlijk niet op jou. Op mij. Ik heb mooiere ogen.'

'Geef eens een rukje aan de lijn.'

'Hè?'

'Geef verdomme een rukje aan de lijn.'

'Oké, oké.' Wellard trok haastig aan de zuurstoflijn. Die trok aan haar borst. 'Alles goed?'

'Alles goed.'

Een stilte. Toen: 'Een beetje last van de hormonen, hoofdagent?'

'Hou je mond. Ik probeer me te concentreren.'

Thom had nog steeds niet gebeld. Ze had de halve nacht zitten wachten en nu was ze nijdig. Heel erg nijdig. Ze vroeg zich af hoe lang ze kon wachten voor ze het zat werd. En hem voor de leeuwen gooide.

'Weet je zeker dat alles goed is?'

'Natuurlijk weet ik dat zeker. Hou je kop nou en geef me nog een bar.'

Dit was de eerste keer sinds het ongeluk met de zuurstoflijn dat ze dook, en de lui van de veiligheids- en gezondheidsdienst zouden ontploffen als ze wisten hoeveel uur slaap ze had gehad. Ze bleef denken aan de hallucinatie. Deze groeve bevond zich aan het eind van het hoefijzer en slechts vierhonderd meter van groeve nummer acht, waar ze een stikstofvergiftiging had opgelopen en bijna was verdronken. Misschien waren er wel tunnels tussen de twee groeven. Oude luchtgaten die nu onder water stonden en waardoor zich dingen bewogen.

Onzin. Gelul. Stikstofvergiftiging. Dat was het geweest. Meer niet. Ze had op vijftig meter gezeten. Niemand kon op die diepte rondzwemmen.

'Weet je zeker dat alles goed is, hoofdagent?'

'Jezus, Wellard. Ja.'

'Niets wat je dwarszit?'

'Nee. Ik verheug me erop te zien wie die vent is. Meer niet. Om zijn lijk uit het water te halen. Wil je nu verder je kop houden?'

Het karwei was die morgen al vroeg binnengekomen. Drie uur geleden, toen de kinderen bij school werden afgezet, was er een Lexus gestolen in een klein stadje in het noorden van Somerset. Achterin zat een negenjarig schoolmeisje in een tuniek en een grijze blazer, omdat het een exclusieve privéschool was. De dief had meer dan dertig kilometer met haar rondgereden en al die tijd tegen haar gepraat voordat hij in Wells stopte en haar uit liet stappen, waarna ze tien minuten huilend en trillend langs de weg had staan kijken naar de auto's die op weg waren naar het werk, tot een taxichauffeur het benul had te stoppen. Daarna was de autodief nog acht kilometer verder gereden naar de Elfengrotten, waar hij de Lexus via een verlaten autoschadebedrijf van de weg had gereden, recht groeve nummer twee in.

Het was precies hetzelfde als bij een andere autodiefstal, van een jaar of zo geleden. Die keer was het slachtoffer een zesjarig meisje geweest. Flea was van mening dat het om dezelfde man ging. Volgens haar was hij helemaal geen autodief, maar een pedofiel. Als de autodief van vandaag dezelfde was, was hij niet de eerste pedofiel die een poging deed zijn fantasieën na te spelen, daarin faalde en vervolgens zelfmoord pleegde. Ze hoopte dat hij de raampjes dicht had gehouden en dat ze niet kapot waren gedrukt toen hij het water in was gereden. Ze hoopte dat het een tijdje had geduurd voor hij dood was.

Ze kwam aan het eind van het eerste stuk van twintig meter in de groeve en draaide zich om. Ze wou dat het nacht was. Auto's waren 's nachts een makkie; de koplampen bleven vaak aan, zelfs in het water, maar ondanks de regen had de autodief zijn lampen waarschijnlijk niet aangehad. Het team zocht meestal naar aanwijzingen voor er gedoken werd, dingen die erop konden wijzen waar de auto het water in gegaan was, maar die waren er vandaag niet geweest. Geen olie op het wateroppervlak of bandensporen aan de rand. Beetje vreemd. Ze moesten er dus van uitgaan dat de Lexus in het water was beland op de enige plek waar een weg van het parkeerterrein leidde, de weg aan de westkant.

Ze pakte het gewicht aan de lijn, dat ze gebruikten om het zoekpatroon af te zetten, en liet het vallen. Harder dan nodig was.

'Zeg, hoofdagent? Laten we hopen dat het een lijk is wat je naar boven moet halen.'

'Hè?'

'Ik hoop dat het niet iemand is die met je op de vuist wil. Als zich ergens toevallig lucht heeft opgehoopt, weet je wel.'

'Jezus, Wellard, heb je weer te dicht bij de uitlaat van je auto gestaan? Hou je mond nou eens, wil je?'

Het team was op het bureau geweest toen de melding binnenkwam en ze waren binnen anderhalf uur bij de groeve geweest. Maar de getuige die de Lexus het water in had zien rijden, had geen mobiele telefoon. Hij had acht kilometer gereden naar een telefooncel, dus waren er minstens twee uur voorbijgegaan. Nee. Geen kans dat de schoft nog leefde.

Ze zwom verder zonder over haar schouder te kijken. Ze dacht niet aan de meters donker water achter haar, maar richtte haar aandacht op de grond, die steil afliep in het pikkedonker. Er kwam een beetje modder van de grond omhoog. In de duisternis daar beneden begon iets vorm aan te nemen. Ze besefte dat ze naar een boot keek, begroeid met mos en heel oud, iets waar ze het mijnbouwbedrijf naar moest vragen. Ze keek erin. Hij was leeg en dik van het wier. Misschien hadden ze hem achtergelaten als attractie voor duikers. Ze legde er een hand op en trok zich vooruit, afgaand op het kompas.

Ze stopte een metertje voorbij de boot, hield haar positie vast en tuurde de duisternis in. Daar zag ze iets, ongeveer drie meter onder haar, tussen een paar planten en boomtakken op de bodem van de groeve. De modder wervelde omhoog en zakte weer neer.

Er ging iets kouds door haar heen, zoals water soms door haar wetsuit stroomde. Ze dacht dat ze wist wat ze zag. Ze schopte met haar benen en zwom langzaam naar beneden. Het voorwerp zat vast tussen twee rotsblokken. Ze richtte de lamp erop. Bekeek het. 'Wellard? Weten we of die mensen van de Lexus... Hadden ze een...'

Ze zweeg. Nee. Dit kon vandaag niet uit die auto zijn geslingerd. Het was in staat van ontbinding, dat zag je aan de fijne mist van verontreinigingen die er als een wolk omheen dreef. Dit lag al langer dan een paar uur in het water.

'Hadden ze wat, hoofdagent?'

'Niets. Geef me even een moment.'

Ze legde haar handen eronder en tilde het op, en toen ze zag hoe het er aan de onderkant uitzag, wist ze dat het hier niet toevallig terecht was gekomen.

'Hé,' zei ze. 'Stuur eens een lijkenzak naar beneden.'

'Heb je de gezochte?'

'Nee.' Ze liet het voorwerp los en het viel terug. Even voelde ze zich misselijk. Er hing een wolk van ontbindende materie om haar heen. 'Nee. Maar roep de technische recherche er even bij, wil je. Zeg maar dat het om iets vreemds gaat. Zeg dat ik de gezochte niet heb gevonden, maar dat ik toch een lijkenzak nodig heb. Maak er trouwens maar twee van, Wellard.'

17

Er was een hele tijd voorbijgegaan, dus de autodief kon niet meer in leven zijn, maar de ambulance en de brandweer waren toch uitgerukt. Ze hingen doelloos rond aan de rand van de groeve, tuurden in het water en zagen de verschillende politie-eenheden arriveren. Terwijl de technische recherche videobeelden maakte en het duikteam aan het werk was, gaven de nooddiensten hun wake een voor een op en reageerden ze op andere oproepen. De laatste ging net weg toen hoofdagent Marley met de lijkenzakken uit het water kwam.

Caffery zat in het zware middaglicht met het autoraampje naar beneden en zag hoe de mannen op de ponton de zakken van haar aannamen, haar losmaakten van de zuurstoflijn en een aluminium warmtedeken over haar heen gooiden. Ze spoelden haar af en hielpen haar uit haar droogpak. Toen de technische recherche weg was en ze alleen op de achterklep van het busje van het duikteam zat, liep hij naar haar toe met een kop koffie die hij eerder bij de brandweermannen los had gebedeld.

Haar gezicht was vlekkerig en dik en haar neus liep. Ze keek suf naar de koffie.

'Hé,' zei hij. 'Nu even glimlachen, dan ben je er vanaf. Voor de hele dag.'

Ze bekeek hem van top tot teen. 'Dus ze hebben de afdeling Zware Misdrijven erop afgestuurd. Blij toe. Ook al is hij er niet, ik ben blij dat jullie dit keer belangstelling tonen. Ik heb altijd geweten dat hij het nog eens zou doen, die autodief.'

'Ik ben niet door de eenheid gestuurd.' Caffery ging naast haar op de achterklep zitten en gaf haar de koffie. 'Ik ben uit mezelf gekomen. Ik wilde je spreken.'

'O, ja?' Ze klonk niet erg geïnteresseerd. 'Waarover?'

'Vrijduiken. Ooit van gehoord?'

'In wedstrijdverband je adem inhouden. Ja, ik heb ervan gehoord.'

'Wat weet je ervan?'

'Ik weet dat het de snelste manier is om zelfmoord te plegen. Dat, of van de hangbrug in Clifton springen. Het is niet te voorspellen wat het effectiefst is. Hoezo? Beetje depressief de laatste tijd?'

'Ik heb gehoord dat het mogelijk is om tot meer dan honderd meter diepte te duiken zonder zuurstofapparaat. Dat hebben ze me verteld.'

Ze schudde haar hoofd. 'Ik ga hier niet op in. Je vergeet dat ik in mijn werk vaak optreed als getuige-deskundige. Ik heb in mijn tijd genoeg zalvende advocaten gehoord om te weten dat ik me geen woorden in de mond moet laten leggen.'

'Hé, dat is gek. Ik dacht niet dat ik dat probeerde.'

'Jawel. Je wilt dat ik in die Tokoloshe van jou ga geloven.' Ze bewoog haar vingers. 'Enge monsters in het water.'

'Ik wil alleen weten wat de mogelijkheden zijn. Ik wil weten waar de Tanzaniaan die we in de cel hebben toe in staat is.'

'Dan moet je de feiten weten. Ruim honderd meter is een wereldrecord – een wéreldrecord – van iemand in absolute topconditie met gebruik van zwemvliezen, een touw, een gewichtsgordel, een team helpers en inhalatie van zuivere zuurstof. Alles erop en eraan. Een gewoon iemand kan niet zomaar in het water springen en een eind gaan duiken. Hij zou buitengewoon veel geluk hebben als hij tien meter diep kwam. Dus als je suggereert dat iemand even tot vijftig meter kan duiken zonder...'

'Ik zei geen vijftig. Ik zei honderd. Dat is het record. Waarom dacht je dat ik vijftig gezegd had?'

'Honderd, dan. Honderd meter dus zonder zwemvliezen en zonder van tevoren capsules met zuurstof te slikken, dan zeg ik dat je je moet laten nakijken. Weet je hoe professionele vrijduikers het doen?'

'Nee.'

'Ze houden hun hersenen voor de gek.' Ze tikte tegen de zijkant van haar hoofd. 'Ze schakelen het deel van hun hersenen uit dat hen eraan herinnert adem te halen. Heb je ooit een van die lui omhoog zien komen na een duik? Neem maar van mij aan dat het niet grappig is. Ze zijn zo goed als dood. Ze moeten geslagen worden om hen weer aan het ademen te krijgen.'

'En als ze kleren dragen?'

'Kleren?'

'Ja. Of iets wat aan hun lichaam is vastgemaakt. Plastic of rubber of zoiets. Protheses.'

'Zoiets maakt het alleen maar moeilijker. Het bestaat niet dat iemand die niet op wereldniveau aan vrijduiken doet honderd meter diep kan duiken.'

Caffery zweeg even. Er zaten rode striemen op Flea's gezicht van het masker en haar ogen waren bloeddoorlopen. Maar er was meer. Meer dan alleen de vermoeidheid na een duik. 'Je bent van streek. Ik heb je van streek gemaakt.'

Ze ademde uit. 'Jij niet.'

'Wat dan wel?'

'Niets. Echt niet. Het is...' Ze keek naar het stille water dat de naderende wolken weerspiegelde. Er viel een lange stilte. Toen wreef ze over haar armen alsof ze het koud had. 'Het is alleen wat ik in de groeve heb gevonden. Daar ben ik een beetje van over mijn toeren. Dat is alles.'

'Jij over je toeren? Ik dacht dat je van gietijzer was. Waarom is het vandaag anders?'

'Ik weet niet. Ik was gewoon niet bedacht op een dier.'

'Een dier?'

'Die autodief ligt niet in de groeve. God mag weten wat de getuige heeft gezien of dacht dat hij had gezien of waar de Lexus is, want die verdomde groeve is leeg. Maar er was een hond. De technische recherche heeft hem meegenomen.'

Caffery keek op naar de bomen, waaraan de nieuwe bladeren dof en glansloos waren op deze grijze ochtend. Die morgen had Hinton, het bedrijf dat voertuigen ophaalde, nijdig brigadier Turnbull gebeld. Toen ze bij groeve nummer acht waren aangekomen, was er geen scooter geweest van welke kleur dan ook. Groeve nummer acht lag achter die bomen. En de parkeerhaven waar Lucy Mahoney haar auto had neergezet, was maar anderhalve kilometer verderop. Zij had een hond bij zich gehad. 'Hij had toch geen halsband om?'

'Niet voor zover ik gezien heb.'

'Wat voor hond was het? Kan het een spaniël zijn geweest?'

'Misschien. De grootte klopte wel zo ongeveer. Maar het was moeilijk te zeggen na wat ze ermee hadden uitgehaald. Hij lag al een paar dagen in het water. Het zou zeker nog een week hebben geduurd voordat hij was gaan drijven. Je weet wel – dan verzamelt zich genoeg gas om het hele geval op te tillen. Zelfs na wat er mee gedaan was, hielden de buikvliezen de gassen binnen. Het hele geval zou uiteindelijk omhoog zijn gekomen. Wat er ook mee gedaan was.'

'Mee gedaan?'

'Mee gedaan. Een rat zou erheen zijn gezwommen om ervan te eten als hij had gedreven. Maar niet op die diepte. En er is geen ander wild dat hiervoor verantwoordelijk kan zijn geweest. Misschien een paar watersalamanders. Verder niets.'

'Wat wil je nu eigenlijk zeggen?'

'Ik heb bij mijn werk al aardig wat dode honden gezien, en meestal laat ik ze gewoon liggen. Je kunt ze niet allemaal naar boven brengen, tenzij er een bepaald doel mee gediend is, begrijp je. Maar er zijn er een of twee waarvan je denkt: dat klopt gewoon niet.' Ze knikte naar het team, dat de uitrusting aan het verzamelen was. 'Heb je gezien waar ze de hond in hebben gedaan?'

'In twee zakken?'

'Een voor het lichaam.'

'En de andere?'

'Voor de huid. Wie het beest daar ook gedumpt heeft...' Ze keek over het water van de verlaten groeve. 'Welke schoft dat beest daar ook gedumpt heeft, hij heeft het arme dier eerst gevild.'

18

Flea deed het papierwerk voor de duik, ruimde de uitrusting op en trok een fleecevest aan. Ze keek op haar telefoon – niets van Thom. Ze hielp de jongens met het inpakken van de bus, gaf er een klap tegen en keek hem na toen hij door de modder wegrolde. Het was halverwege de middag en de wolken boven de groeven waren in beweging gekomen. Op het weggetje stond nog steeds de BMW van de verkeerspolitie. De agent die erin zat, dronk koffie uit een thermoskan. Een meter of zes daarboven stak Jack Caffery op de helling af tegen de wolkenlucht. Hij leek over de groeve uit te kijken alsof hij zich concentreerde op iets in de lucht.

'Ben je klaar?' vroeg hij toen hij haar de helling op zag klauteren. 'Ben je al een beetje warm?'

'Hier.' Ze gaf hem een visitekaartje. 'Het nummer van de technische rechercheur. Voor de hond. Ze brengen hem naar een dierenarts om hem te laten scannen en te kijken of hij een chip heeft. Wil je het nog hebben?'

'Natuurlijk. Dank je.'

'Jack. Het was niet mijn bedoeling...'

'Ja?'

Ze aarzelde. Ze wist nog steeds niet precies wat ze aan hem had. Had nog steeds niet besloten aan welke kant hij stond. 'Ik wilde je nog iets vragen. Over de zaak Kitson.'

'De zaak Kitson?' Hij fronste zijn wenkbrauwen. Ze wist dat hij dit niet verwacht had. 'Wat is daarmee?'

'Beleefde belangstelling, meer niet. Weet je, ik heb eens nagedacht over dat getreiter van Pearce. Het klonk alsof ik misschien wat beter had moeten opletten.'

'Pearce? Die afgekamde halvegare?'

Ze glimlachte een beetje en wreef langs haar neus. 'Nou ja, ik word ervan beschuldigd dat ik niet professioneel bezig ben en dat begint me...' ze trok met haar schouders '... een ongemakkelijk gevoel te geven. Zoiets.'

'Ik zie niet wat jij verkeerd hebt gedaan. Je team heeft het meer doorzocht. Je dacht niet dat je haar daar zou vinden, maar je hebt wel gezocht. Het is niet jouw fout dat ze in het niets is verdwenen.'

Er vielen een paar druppels regen en Flea ritste haar fleecevest dicht. De agent in de patrouillewagen had het portier opengedaan en goot het restant van de koffie uit de thermosfles op de grond.

'Dus jullie weten het helemaal niet meer. Geen idee waar ze naartoe is gegaan?'

'Ha.' Hij schoof zijn handen in zijn zakken. Keek naar de wolken. 'Nee. En het spijt me als het cynisch klinkt, maar eigenlijk kan het me ook geen moer schelen wat er met haar gebeurd is. Ze duikt waarschijnlijk op in een of andere studio in Soho, zo stoned als een garnaal. Of in een strandhut in Antigua.'

Op de weg onder hen was de verkeersagent uit de wagen gestapt en veegde hij kruimels van zijn broek. Flea zag hoe hij zijn buik introk en zijn overhemd in zijn broek stopte. 'Maar dat is toch zeker niet de officiële opvatting? Dat jullie niet geloven dat ze dood is.'

'Ik geloof helemaal niets. Dat heb ik ook nooit gedaan. Ik werk niet aan die zaak.'

Ze hield de agent inmiddels zorgvuldig in de gaten. Er was iets aan zijn uiterlijk, de bovenkant van zijn hoofd, de inhammen in zijn kort geschoren haar. Toen ging haar een lichtje op. Het was agent Prody. De verkeersagent die Thom naar huis was gevolgd en haar, Flea, had laten blazen. Hij begon tegen de helling op te klimmen. Vier, misschien vijf passen. Het was genoeg.

'Neem me niet kwalijk,' mompelde ze. 'Ik ben iets vergeten te doen.'

Ze haalde haar autosleutels voor de dag en gleed de helling af, weg van de agent. Ze stapte in de Clio, sloeg het portier dicht en wilde net de sleutel in het contact steken toen Caffery haar inhaalde. Hij stak zijn hoofd door het open raampje. 'Je hebt mijn telefoontjes niet beantwoord.'

'Ik heb het druk gehad.'

'Ik heb je drie keer gebeld.'

'Dat weet ik.' Ze speelde onhandig met de sleutels. Haar hand trilde. 'Ik heb het druk gehad.'

'Te druk om een telefoontje te beantwoorden?'

'Ja.'

'Ik wilde je alleen iets vragen.'

'Ik zeg toch dat ik het druk heb gehad.'

'Hé!' Opeens boog hij zich door het raam naar binnen. 'Hé. Wat is er aan de hand? Wat heb je opeens?'

Ze liet de sleutels met rust en wierp een blik op Prody. Hij was halverwege de helling blijven staan en stond haar verbaasd aan te staren. Ze legde haar handen op het stuur en richtte haar blik op een punt in de voorruit. Haalde vijf keer diep adem. 'Neem me niet kwalijk. Ik heb nogal veel aan mijn hoofd.'

Er viel een stilte, en toen ging Caffery met een zucht iets naar achteren, zette een elleboog in het raamkozijn en haalde zijn hand door zijn haar alsof hij moe was. 'Jezus. Ik ook. Het spijt me.'

'Wapenstilstand?'

'Wapenstilstand.'

Hij glimlachte. Hij keek naar de auto, naar de wielen, de achterbank, de bekleding. Nonchalant, alsof hij erover dacht hem te kopen. 'Nieuwe auto?'

'Ja.'

'Mooi. Ruikt nieuw.'

Het zweet brak haar uit en liep langs de zijkant van haar lichaam. 'Ruikt nieuw?'

'Ja. Wat is er met de oude gebeurd?'

'De oude?' Op de helling stak Prody met een onzekere glimlach zijn hand op. Alsof hij wilde zeggen: 'Hoi. Even goede vrienden, toch?' De zweetdruppels kwamen samen op haar rug en vormden een stroompje. 'Ik denk erover hem te verkopen.'

'Jammer. Een goede auto, de Focus, heb ik gehoord. Er zijn meer Focussen in het Verenigd Koninkrijk dan schapen. Of zoiets. Niet dat ik veel van auto's weet.'

Er vielen een paar druppels regen en Prody deed een stap naar voren. Ze draaide de sleutel om en zette de auto in zijn achteruit. Caffery hield het portier vast alsof hij haar zou kunnen tegenhouden. 'Als je wilt praten, weet je waar je me kunt vinden.'

'Als ik wil praten.' Ze keek nog eens naar Prody, maakte de handrem los en reed achteruit het parkeerplekje af. Ze gaf zoveel gas dat Caffery een stap naar achteren moest doen om te voorkomen dat ze over zijn voeten reed.

19

Hij zag hoe de wielen van de Clio doordraaiden. Ze wierpen modder naar achteren toen de auto het afgezette weggetje beklom en verdween. Toen de auto weg was, liep hij de helling weer op.

De verkeersagent stond een paar meter verderop, met hulpeloos geheven handen en een verbaasde uitdrukking op zijn gezicht. 'Ze vond het zeker niet leuk dat we zaten te kijken.' Hij keek naar de verzamelde auto's en busjes en haalde zijn schouders op, alsof hij zag dat elke sukkel in het korps was komen gapen en het vreemd vond dat hij de zwartepiet toegespeeld kreeg. 'Het spijt me. Ik hoorde de melding en kwam net voorbij. Ik had niet beseft dat zij...' Zijn stem stierf weg en hij liet zijn handen zakken alsof alle lucht uit hem verdwenen was. 'Ik dacht dat we niet boos meer op elkaar waren. Ik dacht in alle oprechtheid niet dat zij nog wrok koesterde.'

'Wrok?'

'Nee. Nee, niet zo. We kennen elkaar niet. Niet echt.'

'Wat is er dan gebeurd?'

'Het was stom. Ik heb haar aangehouden. Laatst – maandag.'

'Waarvoor?'

'Te hard rijden.'

Caffery had bijna gefloten. Het idee dat hoofdagent Marley de wet had overtreden stond hem wel aan. Het paste op de een of andere manier bij haar.

'Het was middernacht. Ik had dienst in de buurt van Frome. Dat is normaal gesproken niet mijn terrein, maar ik was bij een dronkaard geroepen en toen ik daar aankwam, had iemand anders dat geval al overgenomen. Dus was ik op de terugweg naar Almondsbury toen die auto voorbijzoefde. Niet die, een Ford.'

'Een Focus.'

'Ja.' Hij keek Caffery traag aan. 'Ja. Zilverkleurig. Hij slingerde over de weg en probeerde de helft van het asfalt mee te nemen. Dus ik erachteraan, zwaailicht en sirene aan, en die auto gaat er gewoon vandoor met mij op zijn staart. Ik liet natuurlijk het kenteken natrekken, omdat ik dacht dat ik achter een dronken bestuurder aan zat. En tegen de tijd dat ik de naam kreeg en hem herkende, was zij al gestopt en het huis in gegaan. Ik klopte en ze kwam naar de deur met het stomme smoesje dat ze moest plassen of zoiets.'

'De bekende blaasverdediging.'

'De blaasverdediging. En natuurlijk ben ik toen in de fout gegaan. Ik had het er verder bij moeten laten zitten, hè? Maar ik was kwaad. Ze had me zo nijdig gemaakt. Dus maakte ik het haar zo lastig als ik kon. Ik liet haar blazen.'

'Echt waar?'

'Echt waar. En ik moet eerlijk zeggen dat ze broodnuchter was. Dus toen heb ik het dossier gesloten. Maar weet je...' De agent zweeg even en krabde op zijn hoofd. '... ze wil duidelijk geen verontschuldiging van me horen.'

Caffery keek naar de plek waar de Clio was verdwenen. 'Op welke dag zei je dat dat was?'

'Afgelopen maandag.'

Maandag, dacht Caffery. Dat was toevallig de avond dat Misty Kitson uit de kliniek was weggewandeld. Het was ook de avond voordat hij en Flea die kleine Tanzaniaan en zijn misselijkmakende baas hadden gearresteerd. Er was die dag niets met haar aan de hand geweest. Maar ze was het grootste deel van de tijd zo gesloten als de hel, dacht hij terwijl hij naar zijn auto liep en instapte. God mocht weten wat Flea Marley in haar eigen tijd uitvoerde.

Hij stak de sleutel in het contact en bleef even zitten denken over wat hij ging doen voordat hij hem omdraaide. Hij had Flea maar hoeven aankijken om te weten dat het tijdverspilling was om achter haar aan te gaan of haar zelfs maar te bellen. Hij wachtte nog even om alles op een rijtje te zetten. Toen draaide hij de sleutel om.

Hij ging niet achter haar aan. Hij ging achter de technische recherche aan. Hij wilde meer weten over die hond.

20

Beatrice Foxton woonde vlak bij Glastonbury Tor, in het laagland, waar zich slechts driehonderd jaar geleden een grote, moerasachtige zee had bevonden. Caffery trof haar en haar honden in een veld bij het huis en ze stonden samen in het natte gras, terwijl Beatrice sigaretten rookte en stokken gooide voor de honden. Het was in zekere zin geruststellend om een vrouw die voor haar werk dode mensen opensneed te zien roken. Het deed hem zich afvragen waarom hij al die moeite deed om ermee te stoppen.

'Bedankt dat je naar buiten bent gekomen.'

'Dat geeft niet. De honden moesten worden uitgelaten.'

Ze had er twee, een grote, slanke setter en een trage, goedmoedige Duitse herder. Ze draaiden om hen heen en gingen in het gras zitten wachten op een stok. 'Ze wordt oud, de herder. Het is een ex-politiehond, maar ze heeft het een keer slecht gehad bij Pilton en toen hebben ze haar met pensioen gestuurd.'

'Pilton' was de naam van de plaatselijke bevolking voor het Glastonbury Festival. Elk jaar ontsproot er een zomerstad in de droge vallei aan de bovenloop van de rivier de Whitelake, ten oosten van Glastonbury Tor. Op de heuvels verschenen tenten in alle kleuren van de regenboog, de vlaggen op de middeleeuwse kastelen wapperden in de wind en de mensen kwamen hier vier dagen wonen. Ze aten en dronken, scheten en sliepen, dansten en bestalen elkaar, vrijden en zongen. Sommigen stierven daar zelfs.

'Je kent die lui wel die na het festival blijven rondhangen, die betaald krijgen om het terrein op te ruimen en alle achtergelaten tenten naar de kringloopwinkel te brengen. Nou, een van hen, een zwerver die volgens mij Geordie heet, bedacht dat het gemakkelijker zou zijn om eventuele achtergelaten drugs te vinden met een drugshond, dus brak hij een politiebusje open en nam hij haar mee. Hij sleepte haar twee dagen lang aan een touw over het terrein en toen ze niets vond, sloeg hij haar verrot en brak allebei haar achterpoten.'

'Jezus.'

'Er waren blijkbaar twee mensen nodig om hem bij haar weg te halen. Hij had niet eens de moeite gedaan om te controleren of ze wel een drugshond was. Dat was namelijk niet zo. Ze was een gewone politiehond. Iets heel anders, heel andere training. Daarna kon ze natuurlijk niet meer werken. Maar ze is nog steeds een prachtige hond. En haar heupen houden zich ook goed.'

'Je houdt van dieren.'

'Meer dan van mensen.'

'Dat geldt voor een heleboel pathologen.'

'Ja, nou, we zien vaak het ergste waar mensen toe in staat zijn.'

De setter kwam aanlopen en liet de stok aan Caffery's voeten vallen. Hij pakte hem op, aaide de hond over zijn kop en voelde de zijdezachte huid bewegen over het harde bot.

'Dit is iets voor jou. Lucy Mahoney.'

'Wat is er met haar?'

'Ze hebben net haar hond gevonden.' Hij gooide de stok weg. De setter sprong weg en zijn staart liet littekens achter in de lucht. 'Hij was verminkt. Gevild. En in een groeve gegooid.'

Beatrice bleef even stil. Toen gooide ze haar sigaret in het gras. 'Net als je denkt dat je weet hoe diep mensen kunnen zinken. Wat was het voor hond?'

'Een spaniël.'

'Lieve honden.' Haar gezicht stond bitter. 'Heel zachtaardig.'

‘Ik kwam bij de post mortem van Lucy Mahoney kijken omdat ik bezig ben met een andere zelfmoord. Een jongen bij de Elfengrotten.’

‘Nu gaat hij eindelijk vertellen waarom hij gisteren mijn mortuarium kwam binnenvallen.’

‘Er was met de jongen gerotzooid na zijn dood. Iemand had zijn haar afgeknipt, wat deed denken aan de zaak waar ik belangstelling voor had. Zijn lichaam bevond zich niet zo ver van de plek waar Lucy Mahoney is gevonden. Ik hoopte gisteren in het ziekenhuis op overeenkomsten, bijvoorbeeld dat haar haar was geknipt, maar er was niets. Jammer, maar dan komt die verdomde hond van haar voor de dag. Dus wil ik je het volgende vragen: ben je er honderd procent zeker van dat er niemand met haar geknoeid heeft nadat ze was overleden? Weet je zeker dat alles was zoals het behoorde te zijn? Geen twijfels?’

Beatrice pakte de stok van de herder op en gooide hem weg. Hij wervelde door de lucht en verspreidde druppels speeksel en dauw. Ze keek de hond even na en stak toen nog een sigaret op. ‘Ik hoop dat je mijn rapport hebt gelezen voordat we hierover gaan praten, Jack. Ik vind het irritant om een lang gesprek te voeren over het werk als mijn rapport niet is gelezen.’

‘Ik heb het gelezen. Van voor naar achteren.’

‘Je liegt dat je barst. Je hebt het niet eens gezien. Ik heb het vanmorgen pas aan District F gemaild.’ Ze schudde haar hoofd. ‘Ik zal het deze keer maar door de vingers zien. Omdat jij het bent. En omdat je er best leuk uitziet als je je jasje uittrekt.’ Ze zoog haar longen vol rook, bracht haar hoofd naar achteren en blies de rook in een rechte lijn naar buiten. ‘Er waren een paar kleine dingen. Een paar dingen die een beetje eigenaardig aandeden. Maar als je ze in hun context ziet, stellen ze niet veel voor.’ De setter kwam terug met de stok en met zijn tong uit zijn bek. Beatrice pakte de stok van de hond aan en gooide hem weer weg. ‘Er zaten geen experimentele sneden op haar polsen. De meeste mensen die zelfmoord plegen, beginnen voorzichtig. Ze moeten er nog achter komen of het pijn doet, of ze het kunnen verdragen of niet. Dat had zij niet gedaan.'

'Waarom niet?'

'God mag het weten. Je kunt er geen conclusies aan verbinden, niet op zichzelf. Het is geen wet van Meden en Perzen.'

Caffery staarde haar aan. Ze had hier niet eerder iets over gezegd. Het was het laatste wat hij verwacht had. 'Je hebt het over haar dood? Je bedoelt dat je niet voor honderd procent zeker weet dat het zelfmoord was?'

'Het toxicologierapport is interessant.'

'Kalmerende middelen?'

'Dat ligt voor de hand, omdat er een potje *temazepam* naast het lichaam is aangetroffen. Ze is gestorven aan de doorgesneden polsen, maar toen ik haar maag leeghaalde, zaten er zeven of acht gedeeltelijk opgeloste tabletten temazepam in. Dat is niet zo vreemd. Mensen gebruiken vaak beide methoden. Eerst raken ze versuft door drank en pillen, dan snijden ze hun polsen door om er dubbel zeker van te zijn dat alles volgens plan verloopt. Maar ik stond daar naar de maaginhoud en naar het potje pillen te kijken en ik dacht: waarom? Waarom heeft ze ze niet allemaal ingenomen?'

'Zaten er nog pillen in het potje?'

'Een stuk of vijf. Waarom heeft ze die niet ingenomen?' Beatrice glimlachte en nam nog een haal van de sigaret. 'Zie je, toevallig ben jij niet de enige rechercheur in de stad. Toevallig is mevrouw Foxton zelf ook niet op haar achterhoofd gevallen. Want ik keek naar de pillen in haar maag en ik vroeg me iets af. Ik vroeg me af of die zeven of acht pillen misschien helemaal niet voor Lucy bestemd waren. Of ze soms voor mij bedoeld waren.'

'Voor jou?'

'Om me om de tuin te leiden, om een vals spoor uit te zetten. Ik zei tegen mezelf: mevrouw Foxton, als deze jongedame op jouw tafel geen zelfmoord heeft gepleegd, wat is er dan gebeurd? Zou het misschien mogelijk zijn dat een geheimzinnige persoon A deze jongedame iets heeft toegediend? In haar drankje, misschien? Dat zou hem met temazepam niet lukken, omdat het niet goed oplost. Ze zou het poeder onder in het glas zien. Hij moest iets hebben dat kleurloos en smaakloos is, een straatdrug misschien, omdat alles wat je op voorschrift kunt krijgen vol Bitrex zit – je proeft het meteen. En als ze eenmaal goed onder zeil is en als was in zijn handen, kan de geheimzinnige persoon A haar een paar pillen hebben laten slikken. Patholoog B zou die pillen in haar maag aantreffen, meteen conclusies trekken en alleen testen op dat soort benzodiazepine.'

'Dan moet je nieuwe tests doen.'

'Ik ben je voor. Ik heb Chepstow gevraagd haar te testen op alle straatdrugs: Rohypnol, GHB, ketamine, *clonazepam* en Xanax, zo'n beetje alles wat ik kon bedenken. Er is een heel mooie rekening op weg naar District F. Ik heb uitgebreide en zeer bevredigende fantasieën gehad over het gezicht van die sukkel van een inspecteur als die in zijn bakje belandt.'

'Wat kwam eruit?'

Ze glimlachte grimmig. 'Daar gaat het mis. Alles tests waren negatief. Inmiddels was de hoeveelheid temazepam torenhoog, veel, veel hoger dan je zou verwachten na wat ze in haar maag had. De enige verklaring is dat die zeven pillen in haar maag de tweede dosis waren. De eerste had ze eerder geslikt en hadden tijd gehad om op te lossen. Dus werden ze wel ontdekt in haar bloedsomloop, maar waren ze al uit haar maag verdwenen.'

Caffery keek naar de herder, die vergeefs probeerde de setter bij te houden. Clement Chipeta had misschien de gelegenheid gehad om Lucy te vermoorden, maar hij was niet sluw genoeg om het op die manier te doen. En het monster, de Tokoloshe? Als hij bestond, droeg dit ook niet zijn stempel. Geen van hen was in een positie om een gezonde, weldenkende blanke vrouw over te halen pillen te slikken. 'Er waren geen sporen van geweld? Dat ze gedwongen was iets te slikken?'

'Natuurlijk niet. Denk je dat ik dat gemist zou hebben?'

'Hoe heeft hij het dan gedaan?'

'Wil je mijn WWG?'

'Je wat?'

'Mijn Wetenschappelijke Wilde Gok?'

'Ga door.'

'Hij heeft haar niet overgehaald. Hij heeft haar niet gedwongen. Want niets van dit alles is gebeurd. Omdat we in Fantasialand verkeren, Jack, en onze verbeelding op hol is geslagen. Er was geen geheimzinnige persoon A. Geen slim plan. Lucy Mahoney heeft besloten zelfmoord te plegen. Ze heeft een zelfmoordbriefje uitgeprint. Dat heeft ze ondertekend. Toen heeft ze iets van tien temazepams genomen, is in haar auto gestapt en is met haar hond op de achterbank en een fles cognac en een stanleymes op de voorbank naar de groeve gereden. Daar heeft ze de auto geparkeerd en ze heeft de hond losgelaten omdat hij daar meer kans had dan opgesloten in het huis. Tegen die tijd is ze bang dat de temazepam niet voldoende werkt, dus neemt ze er nog wat, de pillen die ik uiteindelijk in haar maag aantref. Ze loopt – of strompelt waarschijnlijk, de arme meid – het laatste stukje naar de spoorlijn, gaat zitten en maakt het karwei af, hoewel het me verbaast dat ze op dat moment haar hoofd nog omhoog kon houden.'

'Zelfmoord, dus.'

'Zelfmoord. En ik ga mijn oordeel niet wijzigen omdat ik een raar gevoel heb. Er is geen diefstal, geen verkrachting, voor zover wij konden vaststellen. Dit is niet meer dan mijn Londense achterdocht, die ik heb losgelaten op het zachtaardige volk in het westen. Als je dit wilt koppelen aan je andere zelfmoordgeval, die jongen bij de groeve, ga dan gerust je gang. Maar de twee lichamen zijn een heel eind van elkaar gevonden. Er is niet veel dat hen met elkaar verbindt.'

'Behalve de hond. Mijn verdachte heeft een voorgeschiedenis van handel in lichaamsdelen. Heb je gehoord over Operatie Noorwegen, eerder deze week? Daarom denk ik dat hij het haar van mijn zelfmoordenaar bij de groeve nodig had.'

'Haar is één ding. Het klinkt alsof Noorwegen over dat soort zaken ging. Maar een hond? Een hond is iets anders.'

Het duurde even voor Caffery antwoord gaf. Ze had natuurlijk gelijk. Het wás anders en het viel een beetje uit de toon, dat zielige hondenkarkas onder in de groeve. Als dat gedaan was door Clement Chipeta of door de Tokoloshe, waarom hadden ze de huid dan achtergelaten bij het lijk? De dierenarts die de hond had bekeken, had gezegd dat er behalve de pels niets ontbrak aan het lijk, geen deel dat kon worden gebruikt voor muti.

'Hoe dan ook,' zei hij, 'als we aannemen dat er niet iemand anders rondloopt die ziek genoeg is om een hond te villen...'

'Daar lopen er zat van rond, neem dat maar van mij aan. Kleine aso-kinderen van de wijk Southmead die een verdwaalde spaniël vinden, die zouden tot zoiets in staat zijn.'

'Als ik aanneem dat mijn verdachte het heeft gedaan, heb ik een groot probleem. Ik moet twee verschillende werkwijzen met elkaar zien te rijmen. Afgeschoren haar bij de eerste zelfmoordenaar en een verminkte hond bij de tweede.' Hij haalde zijn schouders op. 'Ik weet het niet. Het klopt van geen kanten.'

De honden brachten de stokken terug, lieten ze vallen en gingen als boekensteunen naar Beatrice zitten kijken, wachtend tot ze ze weer weg zou gooien. De setter had witte vlokken speeksel op zijn snuit.

'Nou, Jack Caffery.' Beatrice negeerde de stokken. 'Als je me niet gaat verleiden of een Lady Chatterley met me wilt doen tegen een boomstam, denk ik dat ik mijn trouwe vrienden maar eens thuis moet brengen.'

Hij keek haar na toen ze naar de auto liep, een paar dekens neergooide en de honden floot. Toen ze het achterportier had dichtgeslagen, riep hij: 'Beatrice?'

'Wat is er?'

'Ik wou dat je het meende. Echt. Over die Lady Chatterley.'

Ze lachte even. De wind blies haar grijze haar voor haar gezicht. 'Ik wou het ook. Ik wou echt dat ik de energie had om het te menen.' Ze liet de sigaret vallen en trapte hem met haar sportschoen uit. 'Ik zal eens met de inspecteur praten, Jack. Ik zal hem vertellen dat ik mijn twijfels heb over de manier waarop Lucy is gestorven. Maar alleen mondeling. Ik ga mijn rapport niet herschrijven. Ik herroep geen enkel oordeel.'

Caffery zag haar wegrijden en keek neer op de sigarettenpeuken die ze had achtergelaten. Hij dacht er nogmaals aan hoe fantastisch het was in de openlucht te staan roken met iemand naast je. Hij zou nu wel iemand naast zich willen hebben. Omdat hij moest uitzoeken wat de Tokoloshe met een hond had gemoeten. En waarom hij de pels niet had meegenomen nadat hij de moeite had gedaan om het dier te villen.

21

Ian Mallows had Operatie Noorwegen overleefd, al was het niet helemaal heelhuids. Hij had vijf nachten op de intensive care gelegen, maar was daar nu vanaf. Ze hadden hem in een eenpersoonskamer gelegd, niet op een zaal, want wat het personeel ook tegen hem zei, hij kon zichzelf er niet van weerhouden naar andere patiënten te schreeuwen dat ze *verdomme moesten ophouden hem aan te staren*. Ze hielden natuurlijk niet op met kijken. Wie zou dat kunnen, onder deze omstandigheden?

Toen Caffery arriveerde, was Mallows rustig. Hij lag op zijn zij, met zijn gezicht naar de deur. Diep in slaap. Het laken was tot aan zijn hals omhooggetrokken en de tv aan de muur stond zacht.

Caffery deed stilletjes de deur dicht en zette de stoel naast het bed. Hij legde de tweehonderd Bensons die hij bij zich had op de grond, trok zijn jasje uit, hing het over de rugleuning van de stoel en ging zitten wachten, met zijn blik op de tv en zijn handen in elkaar gevouwen op zijn schoot. Zijn duimen lagen over elkaar.

'Ja? Wat is er? Wat moet je?'

Caffery keek op. Mallows had zich niet verroerd. Zijn ogen waren nog steeds dicht, maar zijn mond was open en er was iets nats en roods in te zien. Zijn haar, dat hij had afgeschoren, kwam terug als een blauwzwarte schaduw. Boven zijn linkeroor stond een tatoeage van een spinnenweb met dikke en wazige lijnen. Gedaan in de gevangenis, met een borduurnaald. Mallows had beslist niet vooraan gestaan toen de goeie genen werden uitgedeeld, dat was wel zeker, dacht Caffery. Hij zou nooit iets bereiken in dit leven. Zelfs niet zonder de verwondingen die hij bij Operatie Noorwegen had opgelopen. Die lagen nog steeds verborgen onder het laken.

'Schiet op.' Hij deed zijn ogen niet open. 'Vertel me wat je wilt.'

'Ik ben van de politie.' Caffery wilde zijn kaartje pakken, maar bedacht zich. 'Ik ben inspecteur Jack Caffery. Denk maar eens terug. Dan weet je wel weer wie ik ben. Ik ben degene die je eruit heeft gehaald.'

Nu deed Mallows zijn ogen open. Hij keek naar hem. 'Dus jij was met die meid? Die fitte?'

Caffery sloeg zijn benen over elkaar en trok de rechtervoet op zijn knie. 'De dokters wilden me eerder niet bij je laten. Je bent de hele week in kritieke toestand geweest. Ze dachten dat ze je kwijt zouden raken.'

'Daar zal ik nog wel wat over te horen krijgen van mijn maats. Wie laat zich nou redden door een wijf. Het heeft ook nog in de kranten gestaan.' Mallows rolde zich op zijn rug en duwde zich op zijn ellebogen overeind. Caffery hield ermee op met zijn voet te tikken en staarde. Mallows armen waren onder het laken uit gekomen. Zijn handen waren in het kraakpand verwijderd en zijn verbonden armen eindigden in ballen ter grootte van meloenen. Hij bewoog ze langzaam en pijnlijk. Het was alsof je een enorme, groteske bidsprinkhaan op het bed zag bewegen.

Hij zag hoe Caffery staarde en lachte. 'Ik weet het. Verdomde akelig om te zien, hè? De dokters zeggen dat ze drie keer zo dik zijn als normaal.'

'Je bent gisteren geopereerd.' Hij kon zijn ogen niet van de vormen afhouden. Het was alsof Mallows peddels had in plaats van armen. 'Dat hebben ze me verteld.'

'Ze wilden het eerder doen en bleven maar aan de stompen knippen. Er stierven stukjes huid af en ze konden er helemaal niets aan doen tot ze konden zien wat voor spieren er nog zaten. Necrose, noemen ze dat. Necrose. Dood vlees.'

Caffery keek weg van het verband en richtte zijn blik op Mallows' gezicht. 'En wat nu?'

'Ze hebben enorme lappen huid van de achterkant van mijn benen gehaald en hieraan gezet.' Hij bekeek zijn armen en draaide ze om en om. 'Ergens tussen nu en middernacht groeien de aderen in de huid. Ze maken verbinding en met een beetje geluk heb ik dan een normale huid over de stompen.' Hij liet zijn hoofd op het kussen vallen en staarde naar het plafond. 'Gaaf, hè?'

'Je doet het goed, Ian. Heel goed. Ik ben blij het te horen.'

Mallows stootte een keelgeluidje uit. 'Ja, maar je bent hier niet om mij een veer in mijn gat te steken, of wel soms? Wat moet je? Ik heb al een verklaring afgelegd.'

'Die was niet volledig. Je was er nog niet helemaal bij toen je die aflegde en je hebt het een en ander weggelaten. Maar nu ben je aan de beterende hand en willen we nog meer van je weten. Vooral wat je je herinnert.'

'Waarover?'

'Nou, over Dundas, om te beginnen. De jongen die is omgekomen.'

'Wat is er met hem?'

'Heb je hem ooit gezien? Hebben ze jullie aan elkaar voorgesteld?'

'Wat, zoiets als: "Leuk je te ontmoeten, makker. Mooi weer vandaag, niet? Welk stuk willen ze van jou afhalen?" Ik heb jullie dit al eerder gezegd. Ik heb hem niet gezien, ik wist niet eens dat hij er was. Het was daar net een doolhof. Je wist niet wat zich in de andere kamers afspeelde.'

'Wist je dat ze zijn haar hebben afgeknipt?'

'Ik wist dat ze zijn hoofd eraf hebben gehaald. Dat wist ik wel. Ik denk niet dat hij er erg mee zat dat zijn haar er ook aan ging, jij wel?'

'Clement Chipeta, de man die bij je was.'

'O, is dat zijn echte naam?'

'Toen we binnenkwamen en de arrestaties verrichten, was hij toen al een tijdje bij je?'

'Hoe bedoel je?'

'Hij was niet weg geweest? Was hij de laatste paar uur bij je in het kraakpand?'

'Ja. Hoezo?'

'We willen zijn gangen nagaan.'

Mallows schudde zijn hoofd. 'O, nee. Zie je, hier stopt dit gesprek. Ik ben geen verklikker. Ik geef jullie mijn kamergenootje niet. Hij heeft me nooit kwaad gedaan.'

'Gek. Als ik me goed herinner, was hij het die je aan Oom heeft voorgesteld.'

Mallows gaf geen antwoord.

'Je beschermt hem, Ian. Daar is een woord voor.'

'O, ja?'

'Ja. Het Stockholmsyndroom. Dat gebeurt met mensen die lang genoeg gevangen hebben gezeten; ze kiezen de kant van hun ontvoerders. Dat doe jij nu ook.'

'Hij is nooit mijn ontvoerder geweest. Hij wilde er helemaal niets mee te maken hebben. Hij is ertoe gedwongen. Hij is hier illegaal. Voor zover ik kon zien, had hij geen keus.'

'Had je ook seks met hem? Wil je hem daarom beschermen?'

'Rot toch op.'

'Clement Chipeta heeft ons verteld dat hij mensenhaar verzamelde.' Caffery keek hoe Mallows daarop reageerde. 'Hij zegt dat het een traditie was. Hij gebruikte het om een armband te maken. Heeft hij daarover met jou gesproken?'

'Hoor eens, ik heb net gezegd dat ik niet jouw werk voor je ga doen. Ik ben geen verklikker.'

Caffery stak zijn hand onder de stoel, haalde er het pak van tweehonderd Bensons onderuit en legde dat op het nachtkastje. Mallows staarde ernaar. 'En hoe moet ik die oproken? Met mijn tenen?'

'Je hebt een vriend nodig om je te helpen. Eigenlijk, Ian, denk ik dat je een heleboel vrienden nodig hebt als je hier uiteindelijk wegkomt.'

'Ik houd mijn vrienden door niet met varkens als jij te praten.'

'Weet je wat ik denk? Ik denk dat er nog iemand in dat kraakpand was, iemand over wie jij ons niet hebt verteld.'

Mallows ogen flitsten. Hij keek Caffery niet aan, maar er veranderde iets in zijn ogen. De irissen en de haarvaatjes verwijdden zich even en lieten zien dat de woorden doel hadden getroffen.

Caffery haalde adem en zijn eigen hartslag werd sneller. Hij boog naar voren en zei zachtjes: 'Ik heb gelijk, nietwaar? Er was nog iets in dat pand wat je niet kon verklaren.'

Er klopte een bleke ader in Mallows' slaap.

'Ian,' fluisterde Caffery, 'heeft iemand je verteld hoeveel mensen er uit dat kraakpand zijn gekomen? Jij. Dat is één.' Hij telde mee op zijn vingers. 'Dan was er nog die klootzak die het brein was achter de hele zaak, de man die jij Oom noemde. Twee.'

'Ik hoef hier niet naar te luisteren.'

'Dan was je vriendje Clement er nog. Drie. En er was een lijk. Dundas. Een, twee, drie en jij maakt vier... Ah, dat verbaast je, hè? Je dacht dat ik vijf zou zeggen.'

'Ik voel me niet goed. Haal een verpleegster.' Mallows hief beide armen en probeerde de knop aan de tralies van het bed in te drukken. 'Ik moet een steek hebben.'

Caffery ging staan en haalde de knop tussen de tralies uit. Hij hield hem net buiten Mallows' bereik.

'Geef hier. Ik moet een verpleegster hebben. Ik moet schijten.'

'Dat zijn maar onthoudingsverschijnselen.'

'Ik weet heus wel wat het is. Daar hoef jij me verdomme niets over te vertellen.'

'Geven ze je er niets voor?'

'Methadon.'

'Hoe vaak?'

'Twee keer per dag.'

'En dat is niet genoeg?'

'Wat? Ga je hier blijven staan kijken terwijl ik in mijn broek schijt? Vind je dat leuk? Raar. Ik had nooit gedacht dat jij daarvoor in was. Je weet wat ik voor de kost doe, toch? Als ik hier weg ben, moeten we maar eens praten, als je wilt. Ik ben heel redelijk.'

Caffery sloeg zijn armen over elkaar en keek hem geduldig aan. 'Je zult met me moeten praten, Ian. Uiteindelijk zul je moeten praten.'

'Rot op.'

Caffery knikte bedachtzaam. 'Ik weet waar je handen zijn.'

Er viel een stilte. Een lange stilte. Toen Mallows uit het kraakpand was gehaald, had hij voortdurend liggen gillen over zijn handen. Het enige wat hij wilde, was zijn handen terug. Nu keek hij Caffery met kille blauwe ogen aan. 'Wat?'

'Ik zei, ik weet waar je handen zijn. De lijkschouwer kan ze nog niet vrijgeven, maar ik kan je vertellen waar ze zijn.'

'Waar dan?'

'Dan moet je me eerst zeggen wie er verder nog in dat pand was.'

'Dat meen je niet.'

'Jawel.'

'Trek je jasje uit.'

'Wat?'

'Ik wil zien of je een microfoontje draagt.'

'Jezus.' Caffery trok zijn jasje uit, liet het op het bed vallen en stond in zijn hemdsmouwen, met zijn armen opzij. 'Ben je nu blij?'

'Doe je overhemd open.'

Hij maakte de knoopjes los, trok het hemd van zijn schouders en draaide zich om. Mallows keek strak naar hem. Naar zijn naakte buik. Zijn borst.

'Wat? Staat het je wel aan?'

'Ik zal dit nooit herhalen.' Mallows' ogen waren hard. 'Als het voor de rechter ter sprake komt, ontken ik het. Dan zeg ik dat je me hebt aangerand. Terwijl ik hulpeloos in het ziekenhuisbed lag.'

'Hoe zat het met die armband die hij aan het maken was?' Caffery trok zijn overhemd weer aan en ging zitten. 'Wat was het doel daarvan?'

Een lange stilte. Toen mompelde hij: 'Bescherming. Tegen kwade geesten. Hij scheet in zijn broek voor die geesten. Echt doodsbang.'

'Bang? Waar moest hij nou bang voor zijn?'

Mallows keek naar hem met een blik die zei dat politiemensen een mysterie waren dat nooit zou worden opgelost. Een andere soort. En onder die blik begon Caffery het van een andere kant te zien. Hij zag een illegale immigrant, doodsbang te worden teruggestuurd naar een land waar hij in een oogwenk gevild zou worden. Hij snapte het en geneerde zich omdat het zo lang had geduurd.

'Over die Clement,' zei hij. 'Weet jij of hij wreed was tegenover dieren?'

'Iedereen in dat pand was wreed tegen alles. Zo schat ik de situatie in.'

'Heeft hij het er ooit over gehad om een hond met een mes te bewerken of zo?'

'Geen hond. Blijkbaar haten ze honden in Tanzania. Dat vonden ze ongedierte. Ze raakten ze niet aan.'

'Maar de bende waarvoor hij werkte, handelde in Tanzania in bedreigde diersoorten.'

'Niet in honden. Honden zijn niet bedreigd.'

Wat had Beatrice gezegd? *Aso-kinderen uit de wijk Southmead zouden tot zoiets in staat zijn.* Had ze gelijk? Had de hond echt niets met deze zaak te maken?

'Waarom moesten ze jou hebben, Ian? Jij bent blank.'

'Dat weet ik niet. Clement hield van blanke mensen.'

'Hij dacht zeker dat wij meer macht hadden? Dat je van onze lichamen betere muti kon maken?'

'Misschien wel.'

Caffery verschoof op zijn stoel en deed alsof hij zijn manchetten dichtknoopte. 'De reden dat ik je vraag wie zich allemaal in dat kraakpand bevond, Ian, is dat een paar van mijn getuigen in deze zaak hebben gezegd dat ze iets hadden gezien waarvoor ze geen verklaring hadden.'

Mallows' adamsappel bewoog, maar hij zei niets.

'Hun verbeelding draaide natuurlijk overuren, maar ze hadden het erover dat ze een monster hadden gezien. Je vriend Chipeta zegt dat hij dat was. Verkleed.'

'O ja, zegt hij dat?'

'Ja. Vertelt hij de waarheid?'

'Dat moet je hem vragen.'

'Ik vraag het aan jou. Nogmaals. Was daar iets waar je geen verklaring voor had?'

Geen antwoord.

'Was het er toen je daar binnenkwam? Is het ontsnapt?'

Stilte.

'Heeft het me gezien? Hield het me in het oog?'

Weer stilte.

'Ian, je zei dat je met me zou praten. Dat was de afspraak.'

Mallows keek hem fel aan. 'En ik heb je alle antwoorden gegeven die ik heb. Als je nog meer wilt weten, ga je maar naar City Road. Ik neem aan dat je weet waar City Road is?'

'Ja.'

'Dat dacht ik wel. Ga daar maar eens met de hoeren praten. Er is er een, een blonde meid met een wit jasje. Praat daar maar eens mee. Vraag haar mening over monsters.'

Caffery hield op met het dichtknopen van zijn overhemd en keek Mallows aan. Hij dacht eraan hoe zijn auto in een steegje bij City Road geparkeerd had gestaan toen er iets op de kofferbak was geknald. Hij had die nacht een prostituee bij zich gehad. Dat was niet iets waar hij trots op was, maar het was wel waar. Haar naam was Keelie. Ze had bij hem in de auto gezeten. 'Weet je haar naam? Van dat meisje? Die hoer?'

'Nee. Een van de velen. Je weet hoe het gaat.'

Caffery zocht in zijn zak naar een stukje papier dat daar al dagen in zat. Daar stond het niet meer in gebruik zijnde nummer op dat met de telefoon van Ben Jakes was gebeld. Hij had het een keer gebeld vanaf zijn werk, niet met de telefoon waar hij zijn persoonlijke contacten in had staan, maar hij had het nog nooit met zijn eigen telefoon geprobeerd. Nu toetste hij het nummer in. Hij moest even wachten en het scherm werd leeg, maar toen verscheen er een knipperend icoontje met de woorden 'belt Keelie City Road mobiel'. Iemand – de Tokoloshe? – had Jakes' telefoon gebruikt om Keelie te bellen. De prostituee. Er kwam een idee bij hem op.

Hij stond op, trok zijn jasje aan en knoopte het dicht. 'Dank je, Ian. Ik wens je sterkte tot je volgende dosis.'

'Hé.' Mallows kwam haastig overeind. 'Waar denk je dat je heen gaat? Je hebt me iets beloofd. Je zei dat je me zou vertellen waar mijn handen zijn. Ik moet weten of ze ergens zijn waar die schoft van een Oom erbij kan. Ik wil niet dat hij ze nog eens aanraakt.'

'Ze zijn veilig.' Caffery bleef even staan, met zijn hand op de deurknop. 'De patholoog heeft ze onderzocht, ze hun eigen post mortem gegeven, en nu liggen ze achter slot en grendel. Te wachten tot de lijkschouwer vertelt wat ermee gedaan moet worden.'

'Waar?' Mallows zat met uitpuilende ogen overeind. Door het zachte licht op het bed leek hij wel iemand uit een hels religieus schilderij. Van Bosch of Goya. 'Je zei dat je me zou vertellen waar ze zijn.'

Caffery deed de deur open en bleef even in de opening staan. 'Ze zijn hier. In het mortuarium in de kelder. Zal ik je eens wat vertellen?' Hij schudde zijn hoofd om de ironie van het geval. 'Ze zijn al die tijd hier geweest. Al die tijd. Niet meer dan negen meter onder je.'

22

Flea zat in de stoel van haar vader met haar benen recht vooruitgestoken en een glas Tanqueray met tonic in haar hand naar Farleigh Park Hall op de tv te kijken. Het neoklassieke gebouw met de veranda's en de zandstenen loggia was voor het programma opgeknapt door de eigenaren van de kliniek: de ramen waren pas gelapt, de twee fonteinen aan de voorkant spoten water en een stel pauwen liep doelloos in het gras te pikken. Er verscheen een meisje in beeld dat via de trap naar beneden liep. Haar gele haar was dof, alsof het zonlicht kon absorberen. De sandalen, dacht Flea. Die hebben ze verkeerd. Ze waren zilverkleurig, niet goudkleurig. Zilverkleurig. Maar al het andere... al het andere is precies goed. De neongroene jurk, de paarsfluwelen jas. In haar hand had ze een tas met lovertjes, die glinsterden als ze bewoog. In die tas zat waarschijnlijk ook een met hartjes bedrukte Nokia. Elk detail was belangrijk.

Die morgen om elf uur, terwijl zij in groeve twee had gedoken, had de afdeling Zware Misdrijven een reconstructie opgenomen van Misty's laatste uren bij de kliniek. Toen de camera's uitzoomden voor een brede opname van de kliniek, kon je zien hoeveel mensen er waren komen opdagen. De geïmproviseerde parkeerterreinen in de velden stonden boordevol voertuigen, op tv-busjes was het een wirwar van satellietschotels, verslaggevers stonden voor hun camera's aan hun haar en hun das te frunniken en hele zwermen medewerkers stelden driepoten en microfoons op. Er stonden groepjes politiemannen zachtjes te praten. Een grijsharige man in een donkerblauwe regenjas bij de fonteinen leek verdacht veel op de hoofdcommissaris.

Het pessimisme viel als een zwaar gewicht op Flea's schouders. Er was een wonder nodig eer het korps deze zaak zou laten vallen.

Ze zette de tv uit en nam haar glas mee naar de keuken. Ze kon hier niet langer blijven wachten tot Thom belde. Ze moest nu meteen iets doen en gaan zoeken naar de plek waar het ongeluk gebeurd was. De laatste roddeltjes luidden dat de forensische dienst in Chepstow haren en vezels bekeek die waren gevonden op plekken waar iemand het terrein van de kliniek zou kunnen verlaten, gewoon om een idee te krijgen welke kant Misty uit was gegaan. Flea had geen toegang tot de techniek en het budget waarover het korps beschikte. Het enige wat zij had, waren haar hersenen. Ze zou dieper, sneller en beter moeten nadenken dan het hele politiekorps bij elkaar.

In de keuken pakte ze een paar dingen van de tafel – een pepermolen en de aardewerken mok waar mam altijd bestek en servetten in had bewaard – en spreidde het papierwerk erop uit dat ze van kantoor had meegenomen: de foto's van Misty's kleren en de kaarten die de eenheid had gebruikt toen het drie dagen geleden het meer van Farleigh Park had doorzocht. Ze zat op de plek waar ze haar hele leven had gezeten, aan de linkerkant, tussen de plaatsen waar Thom en pa altijd zaten en tegenover mam, en probeerde na te denken.

De politie wist in welke richting Misty was vertrokken. Ze hadden haar mobiele telefoon gepeild. Daar had Pearce het met Caffery over gehad bij het lijk aan de Strawberry Line. Telefoonmasten hadden over het algemeen antennes die elk een segment voor hun rekening namen en samen een bereik van 380 graden hadden. Het signaal van een bepaalde mobiel kon binnen een van die segmenten vallen: sommige masten hadden wel zes antennes, zodat deze segmenten ongeveer 60 graden bestreken, dus was het mogelijk te bepalen in welke hoek de telefoon zich had bevonden ten opzichte van de mast, maar niet hoe ver er vandaan. Tenzij een andere mast het signaal ook had opgevangen.

En dan, vooral als de telefoon zich dicht bij een van de masten had bevonden, werd het zoeksegment soms ingekrompen tot bijna een speldenpunt.

Misty had een Nokia gehad die je open kon klappen. Flea had de foto bestudeerd. Het ding was van roestvrij staal met een lcd-scherm erin, ongeveer zoals haar eigen telefoon, alleen had Misty die van haar versierd door er steentjes op te plakken in de vorm van een hart. Hij zat niet in de handtas vol lovertjes, hij zat niet in haar jaszakken en Thom had hem ook niet in zijn zak gestoken, daar was ze zeker van. Waar was hij dan?

Ze haalde haar laptop uit de tas, zette hem aan en ging naar Google Earth. De satellietfoto's van Farleigh Park Hall waren gemaakt op een zomeravond. Het gebouw en de omringende bomen wierpen enorme schaduwen over de grasvelden. Ze pakte een potlood en papier, trok de kaart naar zich toe en vergeleek die met de satellietfoto, waarbij ze haar vingernagel over het bos en het meer liet glijden. Pearce, de zoekadviseur, had gezegd dat ze een 'ping' hadden gekregen van een van de telefoonmasten. Daar stond hij op de satellietfoto, met zijn lange schaduw over het veld. Volgens de kaart stond hij ongeveer achthonderd meter naar het noorden. Ze schetste uit de losse hand taartpunten vanuit de mast en bekeek de zuidoostelijke punt. Daar was een witte lichtflits te zien. Ze zoomde in en zag de roomkleurige streep van een pad ernaartoe lopen. Het meer. Het meer dat ze niet had willen doorzoeken.

Ze deed de laptop dicht en leunde achterover met de kaart in haar hand. Misty's telefoon had zijn laatste signaal afgegeven in dat segment van 60 graden, maar het was niet te zeggen of die telefoon zich een halve meter of kilometers van de mast had bevonden. Dus had ze verschillende vierkante kilometers te doorzoeken. Als Misty de telefoon had uitgezet, kon ze overal heen zijn gewandeld. Ze had naar een heel ander segment van de mast kunnen gaan. Of naar een segment van een andere mast. Ze had Farleigh Park Hall kunnen verlaten en recht naar het zuiden of recht naar het oosten kunnen lopen, en dat betekende dat het ongeluk op drie verschillende stukken weg had kunnen gebeuren: de A36, de A366 en de B3110. Het kon ook op een van de talloze C-weggetjes zijn geweest die daar tussen de velden door liepen. Flea krabde op haar hoofd. Ze moest kilometers weg afzoeken. En zij had gedacht dat ze iedereen voor kon blijven. Ze had gedacht dat de wetenschap dat Misty op een weg was verongelukt, haar in het voordeel zou brengen ten opzichte van de politie.

Ze moest daar een minuut of tien naar de kaart hebben zitten kijken terwijl het ijs in haar glas smolt, toen ze opeens ergens aan dacht. Ze dacht aan Lucy Mahoney. Aan haar lichaam dat gisteren in de zak was verdwenen en aan hoe haar schoenen eruit hadden gezien.

Ze haalde een diepvrieszak uit de la en haar latex handschoenen uit de garderobe, waar ze de spullen van haar werk bewaarde, en een pincet uit haar toilettas.

In de garage was het vochtig, ook al stond de ventilator stilletjes in de hoek te zoemen. Nu het lichaam was gekoeld en de bekleding van de kofferbak was vernietigd, was de stank afgenomen tot een vaag onplezierige geur, alsof iemand een zak afval had laten staan. Ze trok handschoenen en een masker aan en ging naar het bad. Ze had het ijs vervangen zodra ze was thuisgekomen en de plastic hoes had nu de kleur van melk, alsof Misty aan de binnenkant geademd had. Hier en daar waren haar contouren zichtbaar: een stuk groene stof tegen het plastic, een doffe gele cirkel van huid waar de achterkant van haar pols contact met het plastic maakte, en ergens onder dat alles de suggestie van blond haar.

'Ik ben het. Ik ben het maar. Ik moet je verleggen.'

Ze pakte de onderkant van de cocon en trok hem naar zich toe, zodat Misty's voeten op de rand van het bad kwamen te liggen. Het ijswater golfde en spatte op de grond. Met snelle bewegingen maakte ze de zip-tie los en vouwde ze het plastic open. De binnenkant daarvan was besmeurd met strepen van een half bevroren, bruine brij. De voeten in de zilveren sandalen waren koud en hard.

Ze nam een hak in haar hand, tilde de schoen op en bekeek hem zorgvuldig. Op de hoge hakken waren gras en modder vastgespietst, samen met andere plantendelen. Ze pakte heel zorgvuldig een stuk met het pincet en liet het in het diepvrieszakje vallen. Terwijl ze door haar mond bleef ademen, tilde ze de andere voet op en pakte daar ook zo'n stukje van af, waarbij ze ervoor zorgde dat ze zo veel mogelijk verschillende soorten blad en aarde te pakken kreeg.

'Dank je, Misty.' Ze verpakte de voeten weer en liet het lichaam in het bad terugglijden. God, dit was verschrikkelijk. 'Ik zal je niet meer storen.'

Toen ze weer in de keuken kwam, splitste de zakkende zon de wolken en zond hij luisterrijke lichtstralen langs de hemel. De kasten en de muren waren goud geschilderd, als de vlammen van een vuur. Ze pakte een stuk keukenpapier en legde de stukjes modder en steen en blad erop. Ze schonk zich nog een borrel in en begon met het pincet zorgvuldig de rommel te sorteren.

Het meeste was gras, bijeengeplakt met rode aarde, misschien klei. Ze keek naar de kaart. Pa was een enthousiast amateurgeoloog geweest en de planken in het huis stonden nog vol met de stenen die hij in de loop der jaren had verzameld. Hij had haar en Thom bij het ontbijt les gegeven; de Avon Vale, het stuk land dat langs de rivier lag, was klei. Het maakte plaats voor oöliet op hoger gelegen grond. Dat kon betekenen dat Misty naar het oosten was gegaan in plaats van naar het westen, naar de rivier in plaats van ervandaan. Maar toch kon Flea er niet zeker van zijn waar de klei ophield en het oöliet begon. Ze haalde de stukjes plant uit de massa en duwde het gras opzij, tot ze met een blik alsof ze goud had ontdekt keek naar iets wat eruitzag als een verfrommeld stukje bruin papier.

Met haar tong tussen haar tanden van de concentratie vouwde ze het met gebruik van haar vingernagel en het pincet open.

Toen het openlag, zag ze dat het geen papier was, maar twee blaadjes op elkaar, die waarschijnlijk geel waren geweest voordat ze geplet en half bevroren waren. In het midden zat een stukje meeldraad. Ze keek er heel lang naar. Er hadden vier blaadjes moeten zijn om de hele bloem te hebben. Die zou maar klein zijn geweest. Maar hij was taai, veel te taai voor zijn omvang. Er kwam een gedachte bij haar op; misschien is het een deel van een grotere bloem... En daarna kwam het antwoord al snel.

Koolzaad.

Ze trok de computer naar zich toe en googelde op koolzaad. Een vloek voor mensen met astma, een verrukking voor boeren die van subsidies leefden. In de jaren negentig van de vorige eeuw was er een tijdlang te veel koolzaad geweest in Engeland. Elke heuvel en elk dal vertoonden de opvallende, gifgele bloem. In deze tijd van het jaar begon het net te bloeien en de groene velden kleurden geel, en hier op het scherm zag ze een blad dat identiek was aan dat op tafel.

Misty Kitson was door een veld koolzaad gelopen om bij de weg te komen waar Thom haar had aangereden.

Flea schakelde over op Google Earth en zoomde uit tot het scherm ongeveer het zoekgebied benaderde. Ze boog zich ernaartoe en concentreerde zich op de satellietschotel op de kliniek met zijn loden daken en pilaren, en daarna zoomde ze uit om de huisjes in de omringende dorpen te zien. De boerderijen, de benzinestations, de *bed-and-breakfasts* langs de hoofdweg. En het meer.

Op het tijdstip waarop de foto was gemaakt, was het koolzaad op zijn felst. Maar hoewel er ten westen van de kliniek een roodgeel veld lag, was er niets wat op koolzaad leek. Ze zoomde uit, zodat ze het hele gebied op het scherm had.

Twee rechthoekige stukken geel staken zo fel af dat ze wel licht leken te geven. Ze waren kilometers van de kliniek vandaan, een heel eind buiten het gebied dat het team had afgezocht. Een ervan lag in het zuiden, op een afstand van bijna vier kilometer, en viel over de rand van het mastsegment. Het andere was aan de linkerkant, nog verder weg, en raakte de andere rand. Beide waren te ver weg om binnen de parameters van die pedante lul van een zoekadviseur te vallen.

Ze zette het glas in de gootsteen, stopte de handschoenen en het pincet in de zak van haar jas en pakte nog wat diepvrieszakjes. Toen haalde ze een zware zaklamp uit pa's studeerkamer, een paar rubberlaarzen, een T-shirt met lange mouwen en een fles water. Uit de bak met oud papier pakte ze een paar stukken stevig papier, advertentiefolders die bij de krant van afgelopen zondag hadden gezeten. Ze haalde haar oude Bergen-rugzak uit de studeerkamer.

Op de stoep bleef ze staan. Een metertje verderop stond Katherine Oscar in het grind, gekleed in een Musto-jas onder een nappa bodywarmer die beslist heel 'country' was, want hij zag er erg oncomfortabel uit. De late middagzon maakte een stralenkrans van het haar om haar magere gezicht. In de vingers langs haar lichaam hield ze losjes een exemplaar van de plaatselijke krant. Op haar gezicht lag een trek die Flea meteen herkende na al die jaren naast de Oscars te hebben gewoond. Die trek wilde zeggen dat niets wat de Marleys deden haar nog kon verbazen.

'Phoebe!' Ze was een van de weinige mensen op de wereld, behalve Mandy, die Flea bij haar echte naam noemde. 'Wat ben je toch een fascinerend iemand.'

Flea sloeg de deur achter zich dicht en stapte het grind op. 'Fascinerend? Hoezo? Wat heb ik nu weer gedaan?'

Katherine lachte. Ze bracht haar hand naar de zijkant van haar hoofd en duwde haar haar op zijn plek. 'O, je weet wel. Het soort auto's dat je altijd hebt. Zoals deze. Is hij nieuw?'

'Ja.'

'Wat is het?' Ze bukte even om te kijken. 'Ah! Een Renault. Een lief klein Renaultje. Het is zeker een soort stadswagen?'

'Een soort stadswagen?'

'Ja. Een boodschappenautootje. Je weet wel.'

'Het is geen Landrover. Bedoel je dat?'

'Nee. Nee, dat is het niet, hè?' Ze glimlachte, sloeg haar armen over elkaar en keek met veel vertoon om zich heen. Het licht in de garage was uit, maar in de gang brandde het nog, zodat het bruine papier in de raampjes zachtjes gloeide. 'Ik zie dat je de ramen van de garage hebt geblindeerd. Wat doe je daar, geheimzinnige meid dat je bent?' Ze lachte. 'Je snijdt toch geen lijken aan stukken, mag ik hopen? Met jouw baan gaat je verbeelding gewoon met je op de loop.'

'Je hebt me door. Ik geef het toe. Ik snijd lijken aan stukken. Van mensen die me irriteren, snap je wel. Ik heb een lijst. Wil je hem zien?'

'Ik moet altijd zo lachen om jullie Marleys.'

'We maken het iedereen graag naar de zin.'

Ze liep Katherine voorbij en wees met haar sleutels op de Clio. Hij ging open en knipperde met zijn lichten. Ze had haar hand al op de portiergreep toen Katherine haastig naar de neus van de wagen liep. 'Neem me niet kwalijk, Phoebe, we zijn weer verkeerd van start gegaan. Weet je, het is alleen omdat ik hoop dat je je zult bedenken. Over de tuin. De pers is er heel duidelijk over. Kijk, het staat hier in de krant. De kredietcrisis doet zich gelden en de prijzen van onroerend goed dalen. We hebben je een goed bod gedaan. Daar blijven we natuurlijk bij.'

De tuin bezorgde Flea hoofdpijn. Het zou het gemakkelijkste zijn als ze hem zou verkopen, of zelfs maar de helft ervan, de helft met het tuinhuis, en Katherine de verantwoordelijkheid te laten overnemen. Maar toen dacht Flea aan haar moeder, die altijd buiten bezig was. Ze gooide de zaklamp op de passagiersstoel van de Clio en stapte in. 'Ik dacht het niet.'

Katherine aarzelde even en haastte zich toen met een blos op haar gezicht naar het raampje. 'Mijn god, je bent verdomme net zo erg als je ouders.'

Flea sloeg het portier dicht. Ze deed het raampje open en keek naar Katherines voeten. 'Ik geloof dat dit gesprek voorbij is. Wil je dat ik je naar huis rijd, of ga je lopen?'

Katherine zweeg even, maar toen kwam ze overeind, weg van

de auto. ‘Nee, dank je. Ik loop liever.’

‘Mooi,’ zei Flea. ‘Dan vind je het vast niet erg als ik achter je aan rijd, hè?’

23

Dat met de prostituees was begonnen nadat Caffery in Bristol was gearriveerd. In Londen had hij vriendinnen gehad, vrouwen van wie hij dacht te houden. Vrouwen die van hem hadden gehouden. Met een of twee van hen had hij zelfs samengewoond; hij had ze bij zich laten intrekken in het kleine rijtjeshuis dat hij van zijn ouders had gekocht. Het huis waaruit Ewan was verdwenen. Maar nu hij de veertig naderde, was het besef tot hem doorgedrongen dat hij wat vrouwen betrof alleen echt talent had om ze pijn te doen. Dus wendde hij zich tot meisjes die hij nooit meer zou zien. Meisjes als Keelie.

Het was druk in de straten rond City Road. Het was nog niet eens donker, maar de meisjes waren al buiten. Hij zag Keelie meteen – ze viel nogal op. Daar zorgde ze voor door altijd hetzelfde te dragen: een wit donsvest met zilveren strepen aan de zijkant. Het was een straattechniek om ervoor te zorgen dat haar vaste klanten haar op een afstand zouden herkennen. Het stelde ze gerust. Ze zei dat ze van streek zouden raken als ze andere kleren aantrok of een ander kapsel nam, dat ze zich zouden gaan afvragen voor wie ze zich verstopte en of ze soms klanten afzette. Hij ging haar niet openlijk benaderen – hij wist niet of de Tokoloshe zich ergens in de duisternis verborgen hield om te kijken – en besloot te wachten in het portiek van Claires Accessoirewinkel en alle meisjesprulletjes en roze glitterdingen te bekijken tot ze hem in het oog kreeg.

Ze gingen naar een kamer boven een pub. Onder het jasje droeg ze een spandex minirokje en een zilverkleurig T-shirt. Ze was een lange meid met harde kuiten vol sproeten, die niet schudden toen ze voor hem de trap op liep. Ze zou eruit hebben gezien als een hockeytrainer als haar haar geen highlights in de kleur van koud bier had gehad en haar hielen niet over de randen van haar sandalen hadden gehangen.

Ze had een nieuwe telefoon. Ze was er trots op dat ze zo goed voor zichzelf zorgde. Ze deed het nooit zonder condoom en deed ook nooit alsof. *Dat doen de meeste meisjes. Die hebben bovenbenen als breekijzers. Ze vetten ze in en houden stevig vast. Als hij dronken genoeg is, merkt hij het verschil toch niet.* Maar dat deed Keelie niet. Zij was een vakvrouw. Gebruikte altijd een condoom. Belde altijd voor de veiligheid met haar mobieltje om de naam van de klant, zijn uiterlijk en zijn kenteken door te geven en waar ze naartoe gingen. Dat had ze die nacht dat ze samen in Caffery's auto in het steegje hadden gezeten ook gedaan, maar nu hij naar haar keek, twijfelde hij er opeens aan of ze echt wel met iemand sprak. Ze stond met haar rug naar hem toe en met haar heup tegen het aanrecht en hield met één vinger het vuile gordijn omhoog om naar haar collega's op straat te kijken. Ze wilde waarschijnlijk geen extra kosten maken door te telefoneren. Hij kreeg een beetje een triest gevoel als hij nadacht over deze poging om hard en verstandig over te komen. Alsof dat haar op de een of andere manier zou kunnen redden.

'Waarom heb je een ander telefoonnummer genomen?'

Ze deed de telefoon in haar tas en kwam naar zijn stoel. 'Wat denk je? Ik geef het alleen aan vaste klanten.' Ze benadrukte het woord 'klanten' alsof het dan klonk of ze jurist was, of bedrijfsspion of binnenhuisarchitect. 'Maar soms worden ze lastig. Dan denken ze dat ik een sekstelefoon beman en dat het leuk is om me om zes uur in de morgen te bellen, terwijl hun vrouw onder de douche staat of zo.' Ze legde een voet op haar knie en begon de sandaal los te maken. 'Of anders krijgt de vrouw het nummer te pakken en krijgt ze een rolberoerte aan de telefoon. Wil je dat ik ze aan laat? De schoenen?'

'Nee.'

Ze trok de gehavende schoenen uit, schopte ze onder de stoel, deed haar tas open en haalde er een sigaret uit. Ze stak hem op. 'Kijk het rookalarm eens.' Ze knikte naar het plafond. Op de sensor was de vulling van een beha geplakt. 'Dat vinden de meeste meiden van kamers waar je niet mag roken.' Ze stond op, stapte uit haar slipje en schopte het onder de stoel. Er zat een etiket van Ann Summers in. Ann Summers. Respectabele seks. Tegenwoordig te koop in de hoofdstraat. Dat was wel anders geweest toen hij was begonnen in Londen; toen moest je helemaal naar Berwick Street om een sekswinkel te vinden. 'Je bent vanavond mijn laatste. Ik heb een goede dag.'

'Je kunt het wel aanhouden.'

'De schoenen?'

'Het slipje.'

'Hè?'

'Ik wil alleen praten.'

Ze keek naar hem. 'Je hebt me al betaald. Als je me eenmaal betaald hebt, is het bezegeld. Als je dan nog van gedachte verandert, is dat voor jouw rekening.'

'Je kunt het geld houden.'

Ze nam een paar halen van de sigaret en bekeek hem van top tot teen. 'Ik kan hier niet langer dan een kwartier blijven. Dat is het. Praten is niet goedkoper dan seks. Oké?'

'Het gaat over een klant.'

'O nee, dit gaan we niet doen. Ik weet dat je bij de politie zit, Jack.'

'Sinds wanneer?'

'Ik heb het altijd geweten.'

'Hoe dan?'

'De manier waarop je loopt. Alsof je denkt dat je elk moment iemand op je nek kan krijgen.'

'Is dat waarom je me nooit aan wilt kijken?'

'Nee. Ik kijk je niet aan omdat je niet wilt dat iemand je aankijkt. Dat wist ik de eerste keer dat ik je zag. Dit is iemand die niet wil worden herinnerd aan wat hij aan het doen is, dacht ik. Het moet een politieman zijn.'

Hij verschoof op het bed. 'Mag ik een sigaret van je?'

Ze stak hem het pakje toe. Hij pakte er een en liet hem door haar aansteken. Haar nagels waren uitgebreid gelakt; op elk stond een sneeuwvlokmotief in zilveren glitterlak. Het was iets waar een meisje uren mee bezig kon zijn en dat een man niet eens zag in zijn haast om de behoeften van zijn lul te bevredigen.

'Je zult het niet erg vinden om over deze klant te praten. Dat gevoel heb ik gewoon.'

'Is dat een dreigement?'

'Je hebt geluk dat ik je betaal voor je tijd. Ik kan je ook een nacht opsluiten. Of de hele straat laten schoonvegen, zodat er het hele weekend niemand kan werken. Dan ben je meteen het snoepje van de maand.'

Ze zuchtte, stond op en tikte de askegel in de wasbak. Ze pakte haar slipje en trok het aan.

'Vooruit dan maar.' Ze ging op de stoel zitten met haar benen naar voren en haar tenen naar binnen. Nors. 'Wat moet je weten?'

'Je hebt gehoord over de arrestaties.' Hij haalde een kussen onder de rode sprei vandaan en ging erop liggen, met zijn voeten gekruist op het bed. 'In het weekend. Die jongen van wie ze het hoofd half hadden afgesneden.'

'Dat was niet hier. Dat was aan de andere kant van de snelweg. In Easton.'

'Maar een van de verdachten was hier klant. Ik denk dat je je hem wel zult herinneren. Zwart. Afrikaans. Heel klein.'

Ze lachte. 'Bedoel je Chip? Als je meteen had gezegd dat je over hem wilde praten, had je me niet hoeven bedreigen. Dat soort dingen is gratis.'

'Noemde je hem Chip? Heette hij zo?'

'Ik geloof van wel. Zijn achternaam.'

'Clement Chipeta?'

'Nee. Hij heette Amos. Amos Chipeta.'

Caffery had de sigaret naar zijn mond gebracht, maar hield hem daar. 'Amos? Weet je het zeker?'

'Ja, dat griezeltje. Om helemaal akelig van te worden.'

Caffery liet zijn sigaret zakken en staarde haar aan. 'En,' zei hij met droge mond, 'hoe zag die *Amos* Chipeta eruit?'

'Je zei dat je dat wist.'

'Ik zei dat hij klein was. Meer weet ik er niet van.'

'Nou, dat is hij ook. Een dwerg, zou ik zeggen. Maar geen gewone lilliputter. Hij was echt eng, weet je wel, zoals de Olifantman. Hij had zo'n parka waarvan hij altijd de capuchon op had, zodat je niet kon zien hoe hij eruitzag, en hij hing hier altijd rond. Altijd aan het kijken. En op een avond komt hij naar me toe. Hij heeft al zijn geld opgespaard. Hij biedt me twee keer mijn normale bedrag en ik denk, om de dooie dood niet. Ik heb zoiets van, o, dat is kut, alleen de gedachte al. Ik ga niet naar bed met een gemuteerde engerd. Zelfs niet voor tweemaal het bedrag.'

'Wanneer heb je hem voor het laatst gezien?'

'Geen idee. Een paar weken geleden.' Ze nam nog een haal van de sigaret. 'En dan? Wil je zeggen dat hij iets te maken had met die toestand in Easton?'

'Misschien.'

Ze huiverde. 'Getverderrie.'

Caffery rookte en dacht aan de gebogen gestalte in de Noorwegenvideo. Er is een plek waar mythe en werkelijkheid elkaar raken, dacht hij. Amos Chipeta. Misschien was de Tokoloshe net uit de schaduwen gestapt.

'Keelie, weet jij waarom hij belangstelling voor mij zou kunnen hebben?'

'Jaaa.' Ze liet het woord op en neer gaan, alsof ze wilde zeggen: waarom vraag je me zoiets raars? 'Hij wil net als jij zijn, schat.' Ze boog naar voren, hield haar hoofd opzij en glimlachte een beetje te breed naar hem. 'Hij wil jouw magie, lieverd. Omdat jij cool bent, jongen.'

'Ik hou de klok in het oog, Keelie.'

Ze zuchtte en zakte onderuit in de stoel. 'Hij wil gewoon wat jij hebt.'

'Waarom ik?'

'Omdat ik het met je gedaan heb. Hij is jaloers.'

'Hoe weet hij dat ik het met jou gedaan heb?'

'Omdat ik hem dat verteld heb, slimmerd.'

'Maar je hebt, mmh, wel tien verschillende mannen op een avond?'

'Op een goede avond. Een heel goede avond. Eerder vijf.'

'Vijf verschillende mannen per avond. Volgt hij die allemaal?'

'Nee.'

'Waarom kiest hij mij dan uit?'

'Weet je dat niet?'

'Nee.'

Keelie liet de rook uit haar mond stromen en keek hem lang aan, bijna alsof ze medelijden met hem had. Toen stond ze met enige moeite op en liet de peuk in de wasbak vallen. Hij siste even.

'Zal ik je pijpen?'

'De tijd is om.' Hij hield haar zijn pols voor, zodat ze zijn horloge kon zien. 'Negen uur.'

'Je krijgt meer tijd.'

Hij keek naar haar gezicht met de neergeslagen wimpers. Hij zag de behoefte en even wilde hij haar in zijn armen nemen. Maar hij deed het niet.

'Dat hoeft niet. Maar ik vind het wel lief van je, Keelie. Echt. Dank je.'

'Dus we zijn klaar?'

'We zijn klaar.'

Hij stond op, ging naar de wasbak en trok het gordijn opzij. Het was al laat, maar tussen de gebouwen door was de hemel lichtgevend blauw. Bijna indigo. Het was erger in de zomer, dit werk van de meisjes. Wat mannen als hij deden. Op de een of andere manier voelde het erger aan. In de winter was het oké om in het donker te leven, om de gekloofde huid bedekt te laten en elkaar niet in de ogen te kijken.

In de zomer voelde het als een belediging.

24

Caffery wist niet zeker of hij in Bristol bleef. De ontsnapping aan wat hem jarenlang in Londen had vastgehouden – Penderecki, de pedofiel die zijn broer Ewan had vermoord –, had hem losgeslagen in plaats van hem rust te geven. Hij had zijn huis in Brockley verkocht en was met een dikke bankrekening en zonder enig verlangen om zich ergens permanent te vestigen naar het westen gekomen. Hij was naar een woningbouwvereniging gegaan en had een borgsom betaald voor het eerste huis waar hij meteen in kon trekken, zonder er zelfs maar een foto van te zien. Het was een stenen, vrijstaand huisje gebleken van waaruit je nog net de oude en verlaten Priddy Circles kon zien.

Priddy was een vreemde plek, die verdwaald leek in de vochtige Mendips. Het onbevolkte en sombere terrein zat vol loodmijnen en moerassen en er deden vele legenden over de ronde. De plaatselijke bevolking zwoer dat Jezus zelf de neolithische kring stenen eens had bezocht. Ze zeiden dat hij in een lage boot uit Glastonbury aan was komen drijven over wat in die tijd een zee was geweest en trots op de boeg had gestaan. Zijn oom, Jozef van Arimathea, had zich op het achterdek bevonden. En wie kon zeggen dat ze het mis hadden? 'Zo zeker als dat de Heer in Priddy heeft gewandeld,' had Caffery een vrouw in de plaatselijke krantenkiosk nog maar twee dagen eerder horen zeggen. Voor haar was dat net zoiets als de vraag: 'Is de paus katholiek?'

Caffery voelde zich er niet thuis. De kamers waren te klein en 's morgens moest hij bukken om uit het slaapkamerraam te kunnen kijken, zo laag zat dat. Met zijn rieten dak leek het in de verte een nostalgische prent, maar 's morgens werd hij meestal wakker van het gekrabbel van de eekhoorns die erin nestelden en een daarvan had al een manier gevonden om het huis binnen te komen en de keukentafel onder te schijten. Het huisje had Caffery geen warm welkom gegeven, dus had hij er op zijn beurt een hekel aan gekregen. De meeste van zijn dozen stonden nog in de garage en zelfs na twee maanden had hij nog een heleboel kleren niet uitgepakt. Ze lagen op het bed in de logeerkamer in kostuumtassen stof te vergaren. Misschien waren meisjes als Keelie wel zijn manier om andere relaties te mijden. Misschien waren ze ook een excuus om niet naar huis te gaan. Naar de leegte, de geurtjes en de schaduwen.

Hij kwam om negen uur thuis en zette de ramen open om de eekhoorngeur te verjagen. Hij wist dat hij iets moest eten. In plaats daarvan ging hij naar de zitkamer en schonk een glas vol Glenmorangie. Hij bleef even naar het glas staan kijken, pakte de whiskyfles toen op en ging er met gebogen hoofd de smalle, ongelijke trap mee op. De plafonds waren laag, het pleisterwerk, waar waarschijnlijk paardenhaar in zat, was oud en brokkelde af, en hij had ondervonden dat hij niet hoefde te proberen iets aan de muren te hangen. Maar de slaapkamer was redelijk oké. Er was een satellietaansluiting en op een oude kist bij het bed stond een tv.

Hij zette de fles op het nachtkastje, trok zijn schoenen, sokken, das, overhemd en broek uit, zette de tv aan en ging in zijn ondergoed en met zijn handen achter zijn hoofd naar het scherm liggen kijken. Er was een programma op over een vrouwenvoetbalteam uit IJsland. Een van de spelers had een hazenlip die slecht was hersteld. De geboorte was een loterij, dacht hij. De kleinste mutatie in een gen kon een monster tot gevolg hebben. De IJslandse vrouw. De Tokoloshe. Amos Chipeta.

De databases van de *Guardian* en Interpol hadden het bevestigd: Clement Chipeta had een broer die Amos heette en die tegelijk met hem uit Tanzania was vertrokken en nog niet was gevonden. Hij was opgegroeid in de mangrovebossen van de

Rufiji-delta en had voordat hij twintig was de kost verdiend bij de bendes die illegale duikers – soms zonder zuurstofflessen – gebruikten om scheepswrakken leeg te stelen. De plaatselijke wetshandhavers deden er niets tegen en er ging een heleboel geld om in deze operaties. Voor Amos was dat slechts het begin geweest van een carrière in de misdaad, die hem in aanraking had gebracht met de handel in lichaamsdelen en hem uiteindelijk in het Verenigd Koninkrijk had doen belanden. Afgelopen december was een zekere Andrew Chipeta bij een huisarts in het Londense Southall geweest om te worden doorverwezen naar een specialist. De dokter had naar de vervormde ruggengraat, de buitenmaatse ribbenkast en de kaak van het formaat van die van een gorilla gekeken en had een hele serie diagnoses in zijn hoofd gehad, zoals scoliose, kyfose en diastrofische dysplasie, maar 'Andrew' was haastig weggegaan toen de dokter de routinevragen had gesteld die elke nieuwe patiënt moest beantwoorden: zijn adres, zijn leefomstandigheden, zijn leeftijd en zijn geboorteland.

Amos Chipeta. Wie of wat was dus de Tokoloshe? Gewoon een jongeman met aangeboren gebreken? Liep die nu ergens buiten rond, levend van God mocht weten wat, op zoek naar hulp in een koud, vreemd land, maar nog steeds in staat om schoonheid en zuiverheid en misschien zelfs liefde te bespeuren in het gezicht van een prostituee uit Hartcliffe die twintig pond rekende voor een wip? Of was hij een monster? Een half mens die weggleed in de modder en het vuile water en aan de kost kwam door graven te ontheiligen en het haar van lijken te knippen?

Caffery deed eerst één oog dicht en toen het andere en liet het licht van de tv door het vloeibare goud in zijn glas schijnen. Jaren geleden – hij moest een jaar of vijftien zijn geweest – was hij in Londen verliefd geweest op een meisje van zijn school. Hij wist haar naam niet meer. Maar hij herinnerde zich wel de naam van de jongen op wie zij verliefd was: Tom Cadwall. Hij wist ook nog hoe hij op een vroege morgen de tuin van de Cadwalls was binnengedrongen en in een boom was geklommen.

Hoe hij als een smerige buidelrat in een boom had gehangen. Hij was daar de hele dag gebleven in de hoop Tom Cadwalls kamer in te kunnen kijken. Hij wilde weten wat Cadwall had wat hij niet had.

Caffery doezelde weg waar hij lag, met één hand om het glas op zijn borst. Hij zag Tom Cadwall. Hij zag hem al die jaren geleden bij het slaapkamerraam staan. Hij zag een vrouw de kamer binnenkomen en met hem praten. Zij was tenger en pezig en had een dikke bos haar, gebleekt door de zon en zout water. Ze liep de kamer door en boog zich naar Tom toe. Ze rook aan zijn borst, legde haar hand tegen zijn achterhoofd, duwde haar vingers in zijn haar en begon eraan te trekken.

Caffery werd met een schok wakker. Het glas rolde van zijn borst en viel kapot op de vloer. Zijn hart bonsde en de haartjes in zijn nek stonden rechtop. Iets had hem wakker gemaakt. Er was iets in de kamer.

Langzaam en zonder de rest van zijn lichaam te bewegen, maakte hij één hand vrij en bracht hem omhoog, zodat hij klaar was om uit bed te springen. Hij haalde traag en beheerst adem, zodat iemand die naar hem keek zou denken dat hij heel rustig was, en keek de kamer rond om te zien waar die ellendeling zich verstopt had. Hij dacht aan de Hardballer, buiten in het handschoenenkastje van die verdomde auto.

Hij rolde met één beweging op zijn rug, griste de fles van het nachtkastje en hield hem voor zich, terwijl hij de duisternis in tuurde. 'Oké.' Hij hijgde. 'Wat je ook wilt, kom maar op. Dan is het maar voorbij.'

Het enige wat hij zag, was het geflikker van het tv-scherm. Een verzekeringsreclame, waarin een buldog naar de camera knikte. Hij hoorde het gezoem van de koelkast, beneden in de keuken. Hij trok de sprei weg en liet zijn handen licht over het laken gaan. Het was hobbelig. Vochtig. En nu rook hij stilstaand water. Rivieren en groeven. De schoft had in zijn bed gelegen.

Hij gooide de sprei op de vloer. Onder zijn kussen glinsterde iets. Een schaar. Zijn eigen nagelschaartje uit het kastje in de badkamer. Het soort schaar dat was gebruikt om Jakes' haar af te knippen.

Hij ging met zijn handen over zijn achterhoofd. Helemaal onderaan, in zijn nek, ontbrak een stukje. Ter grootte van een penny.

Hij ademde langzaam in en uit om te kalmeren.

Boven in het raam stond een ruitje open. Daar kon niemand en niets doorheen zijn gekomen. En beneden? Kon iemand een van de deuren open hebben gedaan en naar binnen zijn geslopen zonder dat hij het merkte? En de badkamer? Hij legde het schaartje op het nachtkastje en stond op, nog steeds met de fles voor zich uit gestoken.

Een geluid. Beneden. Het zachte geluid van de voordeur die opengingen. Een heel zacht gekraak. Het was genoeg. Toen hij boven aan de trap kwam, zag hij nog net een schaduw, een suggestie van iets wat iets donkerder was dan de omgeving, de voordeur uitglippen.

Hij sprong naar beneden, met twee treden tegelijk, rukte de deur open en rende op zijn blote voeten naar buiten. Er hingen wolken voor de maan en zo ver in de Mendips stonden geen straatlantaarns, dus lag de tuin er donker bij. Hij kwam midden op de oprit tot stilstand en bleef met de fles nog steeds in zijn hand staan luisteren. Uit het bos aan zijn rechterkant kwam het spookachtige geroep van twee uilen, die streden om het territorium. Ergens aan de andere kant van de bomen aan zijn linkerkant hoorde hij de beek die langs zijn tuin liep, en een heel eind naar het noorden het monsterlijke gejank van een verre jet die afdaalde naar Bristol. Verder niets. Geen scooter. Geen voetstappen.

De autosleutels lagen in de woonkamer. Hij ging ze halen. Toen hij weer buitenkwam, was het nog steeds stil in de tuin. Hij haalde de Hardballer uit het handschoenenkastje. Sloeg het portier dicht. Luisterde weer. Er was iets aan het eind van de oprit wat hij de eerste keer niet had opgemerkt. Een meter of tien van hem vandaan. Een glinstering in het donker. Een veeg licht die daar niet hoorde te zijn.

Hij sloeg het magazijn in de kolf van het pistool en hield het wapen naar beneden gericht, weg van zijn lichaam, omdat je alleen in een film een geladen pistool in de lucht hield, waar het gemakkelijk uit je handen kon worden geslagen, en liep zachtjes naar de vorm. Het was een schoen. Een rubberen Croc. Hij keek op en bestudeerde de duisternis nogmaals. De stille bomen. De lege muren van het huisje. Hij pakte de schoen op en ging naar binnen.

Het was donker in het huis. Hij deed de ketting op de voordeur en ging de keuken binnen. Toen hij het licht aandeed, zag hij twee kastjes openstaan. Op de vloer lag een zak rijst, de inhoud verspreid over de tegels. En in het kastje, waar zich de gebruikelijke vrijgezellenverzameling blikjes had bevonden met bonen, soep en andere dingen die hij in vijf minuten warm kon maken, was nu niets meer te zien. Alleen wat gedroogde pasta en de witte achterkant. Hij controleerde wat er weg was. Voedsel, alles wat hij aan eetbare dingen in huis had gehad. De cd-speler op het aanrecht stond er nog. En een draagbare tv stond nog steeds in de doos op de grond.

Hij zette de Croc op tafel, naast het pistool, en ging zitten, met zijn ellebogen op de tafel. De sandaal was donker kakikleurig, stoffig en heel groot. Hij draaide hem om. Maat vierenveertig.

Verdomde griezel.

Verdomd als je mij in bed ziet met zo'n griezel.

Hij keek naar zijn handen. Ze trilden. Dat was genoeg. Dit was te veel voor hem alleen. Hij moest met iemand praten.

25

Er had klei aan Misty's schoenen gezeten. Dat betekende waarschijnlijk niet veel, maar ze had niets anders om op af te gaan.

Dus koos Flea het koolzaadveld dat het dichtst bij de rivier lag.

Als ze gelijk had, moest Misty vanaf de kliniek in zuidoostelijke richting zijn gelopen. Ze moest verdwaald en in de war zijn geweest en had uren gelopen over moeilijk terrein, gedeeltelijk in het donker. Als ze ook maar enig gevoel voor richting had gehad, had ze geprobeerd terug te gaan naar de kliniek toen ze eenmaal op de weg was beland en moest ze dus naar het westen zijn gegaan. De botsing had niet lang nadat ze op de weg was beland plaatsgevonden; de modder, het gras en het koolzaad waren nog niet van haar schoenen gelopen, dus had ze zich niet lang op de weg bevonden. Flea ging het hele stuk weg van de kliniek tot anderhalve kilometer voorbij het koolzaadveld nauwkeurig bekijken. Als ze niets vond, zou ze omdraaien, naar het andere veld gaan en daar hetzelfde doen.

Ze liet de auto achter op de parkeerplaats van een pub in Norton St. Philip – daar viel hij minder op dan in een parkeerhaventje langs de weg – en liep bijna een kilometer over een voetpad naar de weg, waarbij ze de lampen van de weg aan haar rechterkant hield. Ze was nog voor tien uur bij het zuidwestelijke uiteinde van de weg. Ze liet de rugzak vallen en zocht erin tot ze de stukken papier en de zaklamp vond. Met een stuk elastiek bond ze het papier over de lamp en met een tweede stuk plakte ze de open zijkant af. Ze hield de lamp met uitgestrekte arm vast, draaide hem van de ene kant naar de andere en plakte er nog meer papier op, tot er geen licht meer weglekte aan de randen. De straal was nu wit en dun. Niet fel genoeg om vanaf een afstandje gezien te worden, tenzij iemand er echt naar uitkeek.

Ze richtte de lamp naar beneden en liep langzaam over de weg. Ze bleef aan de zuidkant en telde de stappen voor zichzelf. Een. Twee. Drie. Vier. Ze hield haar aandacht bij de weg, maar lette vanuit haar ooghoek ook op of ze tekenen van leven zag in de paar gebouwen die ze passeerde. Sommige stonden dichtbij, andere op een afstandje; huiselijke lichtflitsen tussen de bomen. Er kwam geen verkeer voorbij. Er waren alleen een paar koeien in de donkere velden en ze hoorde niets anders dan haar voetstappen op het asfalt en haar eigen ademhaling.

Honderdtien, honderdelf, honderdtwaalf, honderddertien.

De maan kwam op en de weg glansde zilver en liep als een rivier van haar weg. In dit licht hadden de planten geen kleur; de gewassen, de bomen en het gras hadden dezelfde uniform grijze tint als de schaduwen die ze voor haar voeten wierpen.

Honderdeenentwintig, honderdtweeëntwintig, honderddrieëntwintig...

Ze bleef staan en de haartjes in haar nek stonden overeind. Ze had een geluid opgevangen, bijna onhoorbaar boven het geluid van de rugzak op haar rug. Een geschuifel in de heg. Ze draaide zich voorzichtig om, met de lamp als een wapen voor zich uit gestoken, en keek het weggetje af. Het was aan de andere kant van de heg geweest, ongeveer twee meter achter haar. Zonder te weten waarom wist ze zeker dat het ongeveer ter hoogte van haar middel had geklonken.

'Hallo?'

Haar stem klonk hol en vlak in de koude lucht. Ze tuurde naar het zilveren kantwerk van de heg en de boom. Daar zou vee kunnen lopen. Of een vogel of een vos. Beslist een dier. Ze dacht aan groeve nummer acht. Ze dacht aan een huis waar ze was geweest in het kader van Operatie Noorwegen, een huis met donkere kamers. Een plek die haar het gevoel gaf dat ze overal gevolgd werd door een kleine schaduw, zo hoog als haar middel.

'Kom maar voor de dag,' siste ze. 'Ik heb haast.'

Weer stilte. Het verre geluid van een vliegtuig dat in de aanvliegroute van Bristol verdween, de flauwe beweging van een licht briesje in de heg aan haar linkerkant. Ze ging een paar stappen achteruit, naar de plek waar het geluid had geklonken, en schopte tegen de heg. Haar voet raakte twijgjes. Verder bewoog er niets. Ze liep een paar meter verder en deed het nog eens. En nog een paar meter verder. Geen reactie.

Ze haalde een paar keer diep adem en vermande zich. Ze leek Jack Caffery wel met zijn spoken. Ze stak nijdig een vinger op naar de heg, draaide zich om en pikte de zoektocht op waar ze ermee was opgehouden. Het weggetje liep een helling op en op gezette afstanden waren er passeerplekken met toegangen tot de akkers, en ze liep dicht langs de rand, met haar zaklamp op de grond gericht, op zoek naar dingen die er niet hoorden. Inmiddels stond de maan hoog aan de hemel en na ongeveer honderd meter kwam ze een hoek om en merkte ze dat ze op vlak terrein was gekomen en dat het weggetje zich verbreedde tot een mooie, vlakke weg met een middenstreep. Je kon bijna een halve kilometer ver zien. Als je in een auto zat, zou je hier harder kunnen gaan rijden. Je zou gas kunnen geven en snel genoeg kunnen rijden om iemand op slag te doden als je hem aanreed.

Het veld lag aan de linkerkant. De bloemen waren grijs in het maanlicht. Maar het was onmiskenbaar koolzaad. Het helde aan haar linkerkant af naar de weg. Verderop, waar het land aan de rechterkant omhoogliep, twinkelden een paar lichtjes tussen de bomen. Er had zich een klein gehucht tegen de helling genesteld en de maan bescheen pannendaken, een schoorsteen, twee rieten daken. Iemand in die huizen zou de zaklamp op die afstand niet zien, maar haar wel, want ze stak onbeschermd af tegen de weg. Ze ging naar de kant van de weg, waar een keurige rij rechte populieren stond, net als op de Romeinse wegen in Frankrijk. Ze bleef in de schaduw van de bomen en liep schoorvoetend verder, terwijl ze de zaklamp van de ene kant naar de andere bewoog om de boomstammen, het gras en het asfalt te bekijken.

En toen bleef ze staan.

Ongeveer zes meter verder stond een stel heel duidelijke remsporen op de weg.

Ze staarde ernaar en haar hart begon sneller te slaan. Ze waren zo volmaakt dat ze zich om wilde draaien om te controleren of het geen truc was. Of er niet iemand naar haar stond te kijken en sluw lachte om haar reactie.

Ze kwam langzaam dichterbij en liet het licht van de zaklamp over de sporen glijden. Ze bogen iets af naar het midden van de weg, alsof iemand iets had willen ontwijken. Ze liep het hele spoor zorgvuldig af, ongeveer twaalf meter van het begin tot het eind en tot een meter of zo op de andere weghelft.

Ze haalde nu sneller adem. Welke wielbasis de auto ook had gehad, hij was niet te breed of te smal en als zij er een gok naar had moeten doen, zou ze zeggen dat de sporen afkomstig waren van een gewone sedan. Een Focus, misschien. Als Thom deze sporen had gemaakt, moest hij uit het oosten zijn gekomen. Misty moest aan deze kant van de weg hebben gelopen, de kant die het verst van het veld met koolzaad af lag. Hij zou haar van een afstand van bijna zestig meter hebben gezien. Zijn reactiesnelheid zou niet best zijn geweest – hij had die avond twee flessen rode wijn gedronken. Hij zou op de rem zijn gaan staan en haar hier ergens hebben geraakt, in het midden van het spoor op de weg. Misty was over het dak gevlogen, was waarschijnlijk van de auto gevallen, omdat de deuk zich boven de bestuurder had bevonden, en was ergens op de andere weghelft of in de tegenoverliggende berm terechtgekomen.

Flea scheen met de zaklamp over de grond en inspecteerde het asfalt. Hier glinsterde een stukje glas, daar een papiertje van kauwgom. Net waar het gras over de weg heen hing, die iets afliep omdat het asfalt in de zon zachter was geworden, zag ze een haarspeld. Hij was roze. Hij had van een klein kind afkomstig kunnen zijn. Een meisje dat verdrietig was geweest omdat ze hem door het open raam van de auto was verloren. Maar hij kon ook van Misty Kitson zijn geweest.

Ze deed haar rugzak af en haalde er handschoenen en een plastic diepvrieszakje uit. Snel, omdat er ieder moment een auto voorbij kon komen, hurkte ze aan de kant van de weg en plukte ze het speldje voorzichtig met een nagel van het asfalt. Het leek meer op een kinderspeldje nu ze het beter zag. Maar ze deed het toch in het plastic zakje. Toen viel haar oog op iets links van haar.

Ongeveer een meter verderop was het gras in de berm platgedrukt. Dat moest door iets groots en zwaars zijn gedaan. Niet zo groot als een hert, maar groter dan een das. De grasstengels waren in een bijna ronde vorm afgebroken, alsof iets daar even was gaan liggen om te slapen. Boven de plek, tussen de berm en het koolzaadveld, bevond zich een laag muurtje van opgestapelde stenen. Vier stenen aan de bovenkant waren verschoven. Een ervan hing gevaarlijk boven het veld. Hij zag eruit alsof hij ieder moment kon vallen.

Ze bukte en scheen met de zaklamp om zich heen. Het fluitenkruid tegen de muur was afgebroken en de toppen hingen slap naar beneden. Er zat iets donkers op. Ze zorgde ervoor het platgedrukte gedeelte niet aan te raken toen ze een stengel afplukte en die op haar hurken ging zitten bekijken. In dit licht was het niet gemakkelijk precies te zien wat ze in haar hand had, maar toen ze de zaklamp neerlegde, haar handschoen met haar tanden van haar hand trok en een vingernagel over de stengel haalde, vielen schilfers van het donkere spul in haar opgeheven hand.

Bloed. Ze kende de eigenschappen en het gedrag ervan maar al te goed. Het was opgedroogd bloed. Dus hier, op dit onopvallende stuk weg, was er een eind gekomen aan Misty's leven.

Er verscheen een beeld in haar hoofd: Thom die uit de auto sprong, met een van schrik vertrokken gezicht. Zijn paniek – want dat zou hij hebben gedaan, hij zou in paniek zijn geraakt – toen hij het gehavende lichaam tegen de heg zag liggen. Hij huilde toen hij Misty optilde en in de kofferbak schoof. Haar handtas moest hier ergens op de weg hebben gelegen en de lovertjes moesten in zijn ogen hebben geglinsterd: hij moest die ook hebben opgepakt en...

Op haar hurken in de berm, met het fluitenkruid in haar ene hand en in de andere de schilfers bloed, en de latex handschoen tussen haar tanden, bleef Flea opeens heel stil zitten. Er lag iets in de begroeiing aan haar linkerkant. Iets kleins. Het weerspiegelde een zachte, metalen gloed door het maanlicht. Als het een donkere nacht was en je niet op je hurken zat, zou je het nooit hebben gezien, dacht ze. Ze legde snel het fluitenkruid over haar knieën. Tastte in haar rugzak naar een diepvrieszakje. Ze liet de schilfers bloed erin vallen, gevolgd door het fluitenkruid, dat ze doormidden brak. Toen schuifelde ze op haar hurken naar voren en trok de handschoen weer aan. Voorzichtig duwde ze haar hand in het gras en tussen de wortels van een vlierboom en een haagdoorn.

Misty's telefoon.

Ze trok hem tussen de begroeiing uit en hield hem in beide handen. Een Nokia met een roestvrijstalen kast met diamantjes erop, net als op die nagemaakte foto's. Maar waar was de aan/uit-knop? Op haar eigen telefoon moest je de knop om een gesprek af te breken ingedrukt houden en dan kwam hij tot leven, maar op deze zat een klein, verzonken knopje boven op de kast. En nog drie aan de zijkant. Elk van die knoppen kon het toestelletje aanzetten. En dat zou meteen weer een signaal naar de telefoonmasten sturen.

Ze kon het niet laten vallen. Ze kon het niet laten liggen. De batterij. Haal de batterij eruit. Ze herinnerde zich vaag dat bepaalde telefoons met gps-technologie ook zonder batterij actief bleven. Of bleven ze actief als de telefoon uit stond? Ze kon het zich niet herinneren. Nee. Als er gps op zat, had de politie hem allang gevonden. Ze kon veilig de batterij eruit halen. Dat moest wel.

Ze draaide hem om. Stak haar vingernagel onder het dekseltje waarachter de batterij zat. Vanuit het bos achter haar hoorde ze een auto naderen. Snel.

Ze griste de zaklamp van de grond. Kroop op haar hurken naar de schaduw van een grote plataan. Het licht van de koplampen raakte de onderkant van de bomen aan de andere kant van de weg al. Ze trok zich in een dichte bal rond de zaklamp, met haar knieën in de grond.

Het licht viel op de heg naast haar. Ze duwde haar kin op haar borst en hield de telefoon en de zaklamp dicht tegen elkaar aan. De auto passeerde en verdween tot ze alleen nog de naklank hoorde van de nokkenas en de muziek in de stille nacht.

Toen hij de bocht om was, liet ze zich naar voren vallen en keek ze naar de telefoon. Hij was donker en stil; ze had hem niet per ongeluk aangezet. Ze liet alle lucht in één keer uit haar longen stromen, legde haar hoofd tegen de boomstam en staarde naar de plek in de lucht boven de bandensporen, waar een enkele haar het maanlicht ving terwijl hij als een veer in de luchtstroom van de auto naar beneden wiegde. Wit en krom zigzagde hij door de luchtstromingen.

Ze wist van welk hoofd die haar kwam. Dat van Misty Kitson. Niet in leven en met open ogen op een stil weggetje, met haar handtas en haar mobiel in haar hand geklemd, maar stil en dood. Vol aangekoekte lichaamsvloeistoffen lag ze zestien kilometer verderop in het geheim in een bad.

26

Het was al na middernacht. Caffery vond twee flessen cider in de voorraadkast, trok zijn RAB-jack aan, sloot alle deuren af en stapte in de auto. Hij zette de radio hard en reed doelloos rond, zonder na te denken over waar hij heen ging. Hij liet zich leiden door zijn instinct en werd naar smallere wegen getrokken, de wegen die rond de Mendips kronkelden, bijna helemaal tot Wiltshire in het oosten. Bij elk veld en elk toegangshek dat hij passeerde, remde hij af en rekte hij zijn hals om over de heg heen te kijken. Niets, geen rode gloed van een vuur, geen flakkerende vlammen in het donker.

Toen Caffery bij de Londense politie was vertrokken, had hij maar één reden gehad om voor Bristol te kiezen: de persoon vinden die ze de Wandelaar noemden. De Wandelaar was veroordeeld wegens het martelen van een pedofiel die Craig Evans heette en die zijn dochter had vermoord. Caffery had het idee dat dit detail hem en de Wandelaar verbond, want als er iets was wat Caffery wist, was het wel hoe je moest leven met wraak in je hart. Ivan Penderecki, de oudere Poolse pedofiel die aan de andere kant van de spoorweg achter de tuin van de Caffery's had gewoond, was weggekomen met de moord op Ewan Caffery en met het verbergen van zijn lijk, en dat had Jacks leven jarenlang vergiftigd. Maar toen Penderecki was gestorven, was zijn ziel verder weggerot door het feit dat hij nooit wraak had genomen.

Dus was hij hierheen gekomen om iemand te zoeken die wel wraak had genomen, het soort wraak dat hij op Penderecki had moeten nemen. Wat Caffery niet had verwacht, was dat er een vreemde, halfslachtige vriendschap leek te ontstaan tussen hem en de Wandelaar.

Hij reed over een B-weg die recht door het gebied reed dat was doorzocht door het team dat Misty Kitson probeerde te vinden. Hij liep onder langs een heuvel en recht langs de ingang van Farleigh Park Hall, een groot, verlicht gebouw met schitterende zuilengangen en een indrukwekkende trap. Hij remde af en probeerde zich voor te stellen dat Misty dat gebouw uit was gekomen en rechtsaf was gegaan, of was het linksaf? Ironisch, dacht hij, terwijl hij naar het bord aan het begin van de oprit keek, dat glom in het licht van zijn koplampen. Ironisch dat Lucy Mahoney ongeveer even lang werd vermist als Kitson en dat het korps alle middelen, heel de krachtige motor van de afdeling Zware Misdrijven, had ingezet om Kitson te vinden, terwijl Lucy Mahoney het had moeten doen met een fat van een inspecteur die niet eens de post mortem helemaal had bijgewoond en een contactpersoon die te lui was om haar nabestaanden te laten weten dat ze gevonden was voordat Beatrice Foxton al haar ingewanden uit haar lichaam had gehaald en ze had gewogen, in stukjes gesneden, getest en weer in haar ribbenkast had teruggestopt.

Caffery reed langzaam verder, langs een veld met koolzaad dat tegen de heuvel op lag en zich uitstrekte naar het meer dat het team van Flea Marley had doorzocht. Aan de overkant twinkelden de lichtjes van een gehucht tussen de bomen. Hij bevond zich nu buiten het zoekgebied. Hij kwam op een weg met populieren erlangs, die Europees aandeed, en gaf gas. Op de kruising ging hij linksaf. Na nog eens acht kilometer zag hij aan de linkerkant een weggetje dat hij herkende. Hij was hier aan het begin van de week geweest met de Wandelaar.

Hij sloot de auto af, klom over een hek en liep bij het licht van het zaklampje aan zijn sleutelring de lange heuvel op. Het blauwe licht leek nietig en onbetekenend onder het gewicht van de duisternis. In de verte wierp Bristol een oranje stralenkrans de hemel in. Hij stopte op de plek waar het kampvuur van de Wandelaar zich een paar nachten geleden had bevonden, knoopte zijn jack dicht, knielde op de koude grond en snoof de vage geur van geblakerde aarde op. Het was koud.

'Hé,' mompelde hij in het donker. 'Ben je hier?'

Er kwam niets terug, behalve de verre beweging van de wind in de bomen. Geen Wandelaar.

Hij ging terug naar de auto en reed achteruit het spoor weer af. Daarna ging hij verder terug, sloeg op de A36 links af en nam na achthonderd meter een klein, bochtig laantje, dat hij bijna tien minuten bleef volgen. In de achteruitkijkspiegel ving hij af en toe een glimp op van zijn ogen. Blauw. Met donkere wimpers eromheen. De ogen van zijn moeder. Zij was een goed katholiek meisje uit Toxteth geweest. Hij had haar in geen twintig jaar gezien, niet meer sinds ze alle hoop had opgegeven en uit Londen was vertrokken om de hele kwestie met Ewan achter zich te laten. Ze koos er zelfs voor om haar jongere zoon Jack te vergeten. Op dat moment wist hij niet of ze nog leefde of dood was. Maar één ding wist hij zeker: als ze dood was, was ze haar graf in gegaan met een rozenkrans rond haar vingers, en daar zou niemand vreemd over hebben gedacht. Hij stelde zich een armband voor van mensenhaar om boze geesten af te weren. Powers had het over primitieve geloven gehad. Er waren een heleboel wegen naar God, dacht Caffery, die zijn achterhoofd betastte, waar het haar ontbrak. Een hele wereld aan verschillende wegen.

Hij trapte op de rem. De gloed was zo zwak dat hij hem bijna gemist had. Ergens in de velden aan zijn rechterkant, waar de rivieroever dicht begroeid was met modder en lisdodden, brandde een vuur. Hij reed de auto achteruit op het stille weggetje, kwam omhoog op zijn stoel om over de heg te kunnen kijken, maakte een driepuntsdraai en stuurde de wagen het eerste boerenpad op dat hij zag, vanwaar hij een veld op hobbelde, zodat de uitlaat over de gegroefde aarde bonsde. Hij deed de motor en de lampen uit en bleef even naar het vuur zitten kijken.

De Wandelaar.

Hij had Caffery's auto gehoord, maar keek niet op. Hij bleef onverschillig naast het vuur in zijn olieachtige baard zitten krabben en staarde in de vlammen alsof die hem een verhaal hadden verteld waar hij nu nog over nadacht. Zijn bezittingen lagen om hem heen, roodverlicht door het knetterende vuur: zijn slaapzakken, zijn regenspullen, zijn plastic flessen cider. Er stonden twee borden klaar voor het eten dat hij aan het koken was. Twee borden, merkte Caffery op. Niet een. Hij werd verwacht. Zo ging dat met de Wandelaar. Het was niet mogelijk om de Wandelaar gewoon te vinden; hij besloot wanneer de tijd rijp was en dan oefende hij een achteloze aantrekkingskracht uit op Caffery, alsof hun gedeelde geschiedenis hen samenklonk. Hij gooide een onzichtbare lasso uit en trok hem naar zich toe.

Hij stapte uit de auto en nam de tweeliterflessen cider mee.

'Het heeft wel lang geduurd voor je me gevonden had,' zei de Wandelaar toen Caffery naderde. Hij zorgde heel goed voor zijn voeten en droeg dure buitensportkleding, maar als je hem zo zag, zou je denken dat hij in de teer geweekt was; hij was zwart van top tot teen, alsof hij in de houtskool van zijn kampvuren sliep. 'Je bent me al twee uur aan het zoeken.'

'Hoe weet je dat?' vroeg Caffery, hoewel het hem niet verbaasde.

De Wandelaar gaf geen antwoord. Hij stookte het vuur op en duwde de tinnen borden dichter naar de vlammen. Caffery zette de cider neer. De Wandelaar had meer dan twee miljoen pond op een bankrekening staan, maar hij dronk goedkope cider, de slechtste die de plaatselijke appelpersen produceerden. En hij sliep nooit ofte nimmer onder een dak. Zo leefde hij nu eenmaal.

'Ik heb je routes uitgezet op een kaart.' Caffery rolde het schuimrubberen matrasje open dat de Wandelaar voor hem naast het vuur had gelegd om op te warmen. 'Ik begin een patroon te zien.'

De Wandelaar snoof. 'Ja. Uiteraard voel je de behoefte om me te bestuderen. Je bent immers een politieman.'

'Ik heb een database om me te helpen. Als mensen je zien, melden ze dat.'

'Omdat ze bang voor me zijn.'

'Ze weten waartoe je in staat bent.'

Craig Evans, de moordenaar van de dochter van de Wandelaar, was aan het eind van de marteling nog maar half in leven geweest. Ze dachten in de ambulance al dat hij was gestorven. En toen ze hem toch nog hadden opgelapt en hadden gezien wat de Wandelaar hem had afgenomen, waren de meeste hulpverleners stiekem van mening dat hij beter dood had kunnen zijn. Zonder ogen of genitaliën werd het geen best leven. Het zou beter zijn geweest als Penderecki zo was geëindigd. Maar dat was niet gebeurd. Hij had Caffery de kans ontnomen en zelfmoord gepleegd door zich te verhangen aan een balk in zijn badkamer. Het stak nog steeds dat Caffery de kans niet had gekregen.

'Ik heb je laatst wat krokusbollen gegeven. En nu vraag ik me steeds af: wat ga je daarmee doen?'

'Ze zijn hier.' De Wandelaar klopte op zijn borstzak. Er klonk een ritselend geluidje in de nacht. 'Veilig opgeborgen.'

'Wanneer ga je ze planten?'

De Wandelaar keek op. Zijn ogen hadden dezelfde kleur als die van Caffery: donkerblauw, met donkere wimpers. 'Als de tijd er rijp voor is. En hoe weet je dat ik er niet al een paar geplant heb? Ik wil niet dat je er nog eens naar vraagt. Jack Caffery. Politieman.'

Caffery glimlachte wrang. Hij was dit gewend van de Wandelaar. Hij begon te begrijpen hoe het werkte, dat dingen mettertijd zouden worden uitgelegd. Terwijl de Wandelaar zich boog over het eten, maakte Caffery de cider open, schonk voor hen allebei een tinnen beker vol en leunde achterover op het matrasje. Een van zijn handen dwaalde naar de kale plek op zijn hoofd. De nacht omhulde hen. Hij hoorde de rivier gorgelen en door de velden stromen en de afkoelende motor van zijn auto tikken. En het zwakke elektronische gezoem van een stuwdam, verder stroomafwaarts. Een meter of vijftien verderop had iemand, misschien wat kinderen, een band aan een touw in een boom gehangen die over de rivier was gegroeid. Hij hing roerloos in het licht van de sterren en de geesten van alle kinderen die er in de loop der jaren in gehangen hadden met hun geschreeuw en gelach en geplons krioelden er stil omheen.

'Je hebt het gezien, nietwaar?' zei Caffery na een tijdje. 'De laatste keer dat ik bij je was. Het was niet mijn verbeelding. Iemand keek naar me vanuit het bos.'

De Wandelaar gromde. 'Ja. Dat klopt.'

'Jij was er niet bang voor.'

'Waarom zou ik? Hij kwam niet voor mij.'

'En als dat wel zo was geweest? Als je mij was geweest? Zou je dan bang zijn?'

De Wandelaar zweeg even om hierover na te denken. Hij schepte het eten op de tinnen borden en voegde er verse kruiden aan toe die hij gedurende de dag had verzameld, misschien uit particuliere tuinen waar hij in geslopen was. Het eten naast het kampvuur behoorde tot het lekkerste dat Caffery ooit had gehad, zonder tierlantijnen en altijd kokend heet. De Wandelaar verdeelde het over de borden, legde er een vork bij en schoof een van de borden naar hem toe.

Caffery nam het bord aan en herhaalde: 'Zou jij bang zijn?'

'Ik weet het niet.' Hij ging zitten en zweeg even om de stoom van het eten op te snuiven, terwijl hij zijn mond openhield als een hond die een geur in zich opnam. 'Ben jij bang?'

'Ik weet niet wat het... wat hij wil. Ik weet niet waartoe hij in staat is.'

De Wandelaar nam een hap eten en keek Caffery met een scheve glimlach aan.

'Wat is er? Waarom lach je?'

De Wandelaar wees met zijn mes naar hem. 'Ik lach om jou. Omdat je niets los kunt laten. Omdat je je baan gebruikt als je straf.'

'Mijn straf? Waarvoor?'

'Dat weet je best.'

'Heb je het weer over Ewan?'

'Natuurlijk heb ik het over je broer. Je doet nog steeds boete omdat hij is gestorven en jij niet. Het is de boete die je moeder van je eiste. En dat is de belangrijkste manier voor jou om dood te blijven.'

Nog maar een paar dagen geleden had de Wandelaar tegen Caffery gezegd dat hij de kans had om te kiezen tussen leven en sterven. Hij had gezegd dat hij zich met Ewan kon blijven bezighouden, het kind dat was verdwenen, door helemaal op te gaan in zijn werk. Maar hij kon zich ook gaan bezighouden met 'het kind dat zou kunnen zijn'. *Het kind dat zou kunnen zijn.* Caffery had de laatste paar dagen steeds nagedacht over deze woorden. Er waren geen kinderen in zijn leven en die zouden er ook nooit komen. Dat stond in zijn hart gegrift. Je kon ze beter nooit krijgen dan het risico lopen ze te verliezen.

'Als je een kind hebt, is er een lijntje van jou naar dat kind dat voor altijd blijft bestaan en dat niet verbroken kan worden. Op het moment is het enige kind waarmee Jack Caffery een lijntje heeft een dood kind. Daarom is het een band met de dood. Maar jij weet en ik weet – we weten allebei – dat er voor jou een kind zou kunnen zijn dat leeft. Hou op met naar de dood te kijken, Jack Caffery.' De Wandelaar veegde met zijn vinger zijn bord schoon en likte die zorgvuldig af. Hij zette het bord neer en keek eerst naar de sterren en toen bedachtzaam naar de bomen, alsof zich daar iets bevond, iets dat hen allebei in de gaten hield. 'Als je ophoudt met naar de dood te kijken, houdt de dood op zijn handlangers naar je toe te sturen.'

27

Het is warm in de kamer, dus is de man naakt. Zo is het gemakkelijker. Niet zoveel troep. Hij staat bij een werkbank en is druk bezig een konijn te ontleden. Hij trekt de huid van het vlees tot die alleen nog bij de staart, de poten en de kop vastzit. Dan hakt hij met een zware stalen kloofbijl de poten en de staart van het dier.

Een dier villen is minder moeilijk dan een mens villen. Dat heeft te maken met het feit dat er zo weinig vet in de onderhuidse laag van het dier zit.

Hij snijdt in de nek van het konijn tot de nekwervels blootliggen, als kleine, besmeurde tanden. Dan breekt hij met een snelle draai de kop van de ruggengraat en trekt hij de pels met zijn zwaardere uiteinden weg. Hij prikt erin met een vinger en wrijft hem, zodat de buitenste en binnenste zilverkleurige bindweefsels over elkaar glijden. Dan buigt hij voorover en snuift om de geur door zijn neusgaten op te nemen tot achter in zijn keel. Het is een simpele geur, houtachtig en scherp. Volkomen anders dan de geur van mensenhuid.

Hij komt weer overeind, tilt de huid op zijn vinger op, laat hem even boven de afvalbak hangen en laat hem dan vallen.

Zo gaat het altijd met dierenhuid. Teleurstellend. Zelfs als je een pels weekt in een loogoplossing, onthaart en spant, is hij nooit hetzelfde als het echte werk. En hij is trouwens helemaal niet geïnteresseerd in de huid. Het is niet de huid zelf, maar het proces dat hem boeit. Het scheurende gevoel als de onderlaag loskomt van de onderliggende spieren.

Hij vilt minstens één keer per week een dier. Meer als het verlangen erg sterk is.

Deze week heeft hij er vijf gedaan.

28

De volgende morgen vroeg lagen de weggetjes rond het koolzaadveld er stil bij. Het zonlicht glinsterde op de diamantpuntjes dauw in het gras. Flea bracht de Clio op het asfalt tot stilstand, stapte uit en liep in haar sportschoenen over de weg langs de plek waar Misty was omgekomen. Honderd meter verderop bleef ze staan, draaide zich om en liep terug.

Het was nog maar zeven uur in de ochtend, maar ze wist nu al dat het een warme dag werd. De lijn dauwdruppels in het gras lag een paar centimeter achter de schaduw die over de heuvel kroop. Een paar koeien stonden zwaar ademend naar haar te kijken, gehuld in wolken van adem en stoom. Weer terug bij de auto bleef ze even om zich heen staan kijken en luisteren om te controleren of er niemand aankwam. Het was een stil weggetje. Deze plek was niet alleen een heel eind van de kliniek, hij bevond zich ook buiten het segment van de telefoonmast. En eigenlijk binnen het bereik van een andere mast. Misty had de telefoon lang voor het ongeluk uitgezet. De afdeling Zware Misdrijven zou er nooit aan denken om hier te zoeken.

Ze keek langs de heuvel omhoog: als de zaak nog langer in onderzoek werd gehouden, zou de aandacht op plekken kunnen komen te rusten die zo ver weg lagen als deze. Misschien niet om te doorzoeken, maar om de huizen af te gaan en vragen te stellen. In dat gehucht daarboven, bijvoorbeeld. De slaperige daken en schoorstenen van een korte rij victoriaanse huizen en vijf of zes oudere huisjes boven het rijtje. Sommige hadden een rieten dak, andere deden haar denken aan het huis van haar ouders met hun bemoste en vochtige dakpannen. Onder de huisjes, lager en dichter bij de weg, stond een moderne bungalow. Hij viel uit de toon in de omgeving en had puntgevels aan de zijkanten en kunststof kozijnen.

Er flitste iets aan de achterkant van het huis, een licht of een weerspiegeling.

Ze hief langzaam een hand, bracht hem boven haar ogen en keek. Daar was de flits weer. Een kortstondig vierkantje wit licht. Dan niets meer. Misschien een raam dat open en dicht was gegaan. Er liep iemand rond in de bungalow. Misschien werd ze in de gaten gehouden.

Ze liet haar hand zakken, zette de kraag van haar jasje op, ging terug naar de auto en reed een kilometertje verder de weg op, tot aan de bomen onder aan het gehucht. Aan de rechterkant was een kleine inham. Ze reed erin en parkeerde de auto diep tussen de bomen, waar niemand zou komen, stapte uit, deed hem op slot en liep een smal voetpad op dat van de inham in de richting van de bungalow liep. Het pad was overgroeid door brandnetels, maar klom gestaag naar het gehucht. Ze bleef staan toen ze tussen de bomen uit kwam en over een lage stenen muur naar de achtertuin van de bungalow kon kijken.

Die was groot en slecht onderhouden. De tuin strekte zich uit over de heuvel en door de bruine overblijfselen van het woekerkruid van vorig jaar kwamen gras en de eerste paardenbloemen omhoog. Braamstruiken strekten hun tentakels uit over het gras en overal in het natte gras stonden tuinornamenten van composietsteen: katten en dolfijnen, een Pegasus met een gebroken vleugel, een ezel naast een voerbak. In de bomen hingen plastic vogelhuisjes in verbleekte tinten roze, oranje en geel. Onder een ervan zat een Siamese kat, dit keer een echte in de kleur van crème brulée, slaperig naar Flea te knipogen.

Het huis was net zo slecht onderhouden als de tuin. De verf op de raamkozijnen was eens dieprood geweest, maar was na jaren van zon en regen verbleekt. Ook het huis was bezaaid met dierenbeeldjes: tegen de muren vlogen bladderende vlinders met stukjes eraf, drie betonnen katten zaten op het dak en een ander leek met zijn kop vooruit de schoorsteen in te klimmen. Er stond geen enkel raam open. Maar ze kon zien waar de weerspiegeling van de zon vandaan was gekomen. Niet van een raam. Op de patio, naast de openslaande deuren, stond een telescoop op een driepoot. En daarnaast, ook op een driepoot, stond een camera.

Ze klom steels over de muur. Daarna liep ze snel naar de zijkant van het huis en naar een verhard stuk grond met barsten van de zon, waarop een verbleekte oude Volkswagen stond, overdekt met witte vogelpoep. Het was bijna stil in het huis – alleen het zwakke geluid van een tv met een schelle en aanzwellende stem. Ze deed een stap naar de openslaande deuren. Luisterde nog eens. Er verroerde zich niemand daarbinnen. De telescoop stond iets verderop. Ze keek ernaar en probeerde te zien waar hij op gericht was. Ze keek naar de weg. Je kon de bandensporen van hier af zien. Ze waren net een baken. Je kon ze niet missen.

Genoeg. Dit was genoeg. Het was mogelijk dat iemand hier het ongeluk had gezien.

Ze liep weer terug door de tuin. Ze kwam bij de inham, ging op de warme motorkap van de Clio zitten, waar ze vanaf de weg en vanaf het huis niet gezien kon worden, haalde haar telefoon voor de dag en belde het informatienummer van het politiekorps.

Zij en Thom moesten heel erg voorzichtig zijn. Elk risico, hoe klein ook, moest worden uitgesloten.

29

Onder in Flea's marineblauwe rugzak zat een identiteitskaart voor een duikersconferentie die ze een maand eerder had bijgewoond. Ze hing hem om haar nek, duwde al haar haar onder een honkbalpet en liep het pad naar de bungalow op. De afdeling Communicatie hield gegevens bij over elk adres in hun jurisdictie. Het ging om details over de bewoners en hun contacten met de politie. Volgens die gegevens was de bungalow het eigendom van ene mevrouw Ruth Lindermilk en was er in de laatste tien jaar maar één incident geweest waar de politie bij was geroepen: mishandeling van een man door een vrouw van middelbare leeftijd. Een luchtbuks was vrijwillig overgedragen en naar het arsenaal van het hoofdkwartier gebracht, maar niemand was gearresteerd.

De bel deed het niet en er was geen klopper, dus rammelde ze twee of drie keer met de brievenbus. Geen reactie. Ze klopte eens en deed toen een stap achteruit om naar boven te kijken. Vandaar kon ze zien dat de kattenstaart die uit de schoorsteen stak verbleekt en gebarsten was.

Ze keek achterom naar de rest van het gehucht. Dit was het enige huis dat zicht had op de weg. 'Geweldig uitzicht op het witte paard van Westbury,' zou een makelaar zeggen. Ze wilde zich net omdraaien om het terras weer op te lopen, toen ze hoorde dat de ketting van de voordeur werd gehaald.

'Ja? Wat moet je?'

De voordeur werd op een kier opengedaan, waardoor een stel ogen met wallen eronder haar vanonder een zeilpet bekeken. Ze behoorden toe aan een vrouw, dat zag je aan haar omvang en aan iets zachts aan de ogen. Een behoedzame, argwanende vrouw. Ze was heel bruin en haar neus was plat, alsof ze een hard mannenleven in de buitenlucht had geleefd en daar nog steeds de tekenen van vertoonde.

'Goedemorgen.'

De ogen bekeken haar achterdochtig. 'Wie ben jij? Jehova's getuige? Maak dan maar dat je van mijn terrein komt.'

'Nee.'

'Als je iets komt verkopen, kun je ook ophoepelen. Ik hou er niet van als verkopers bij mij aankloppen.'

'Nee. Ik wil u alleen even spreken.'

'Je denkt zeker dat ik gek ben. Maak dat je wegkomt.'
'Bent u Ruth?'
Er viel een stilte.
'Ruth Lindermilk?'
'Wie ben jij?'
Flea zette haar pet af en ging met een hand door haar haar, zodat ze zo duidelijk mogelijk te zien was. 'Mijn naam is Phoebe.'
'Ja, maar wie bén je?'
'Ik ben van de...'
'De?'
'De verkeerspolitie.' Ze liet de identiteitskaart zien, met haar vinger over het woord 'duikconferentie'.
'Van de gemeente, dus?'
'Jawel.'
Er veranderde iets in Ruth Lindermilks gezicht. 'Over de brieven?'
'De... Ja. Kan ik binnenkomen?'
Ruth Lindermilk keek de weg af om te kijken of iemand hen zag. 'Ben je alleen? Niemand anders bij je?'
'Niemand anders. Alleen ik. Mag ik binnenkomen?'
Ze aarzelde. Ze bekeek Flea nog eens van top tot teen, het T-shirt en de legerbroek. Toen deed ze met een grom de deur open. Flea stapte naar binnen. Mevrouw Lindermilk sloeg de deur weer dicht en liep door de smalle gang. Het was hier donker. Flea volgde de spookachtig witte vlek van de pet van de vrouw en boog haar hoofd iets omdat ze voelde dat de plafonds opeens laag zouden kunnen blijken, net als thuis. Er hing een geur in het huis van lang geleden gekookt eten en alcohol. Geen whisky. Iets zoeters. Rum met mixdrankjes, misschien.
'Ik ben net een slang.' Mevrouw Lindermilk bleef in het donker staan en haalde scherp adem. Vanonder een deur voor hen kwam een zwak streepje licht. 'Een verdomde slang.'
'Sorry?'
'Een slang in een aquarium. Ze zouden allemaal naar me ko-

men gluren als ze konden. Gluren en wijzen. De rotzakken. Het enige wat ze willen, is mij het leven zuur maken. Nou, je hebt geen afspraak gemaakt, dus je moet alles maar nemen zoals het is. Goed?'

'Prima.'

Ruth Lindermilk deed de deur van een grote, rommelige kamer open. Voor de openslaande deuren aan de andere kant hingen verticale jaloezieën, maar ze waren niet helemaal dicht en er kwam een smalle waaier zonlicht doorheen, die de veelheid aan meubels bescheen: stoelen, tafeltjes en grote leunstoelen. De planken lagen vol met tijdschriften en paperbacks en overal stonden miniatuurtjes: slechte kopieën van Dresdener herderinnetjes, dikke kinderen met mutsjes die elkaar kusten, steigerende paarden en slapende katten. Elk stukje van de muur was bedekt met ingelijste foto's in verschillende vormen en afmetingen. In de hoek flikkerde een tv: een fors blond meisje in hotpants probeerde haar evenwicht te bewaren op een gymnastiekbal. Door de smalle opening tussen de jaloezieën zag Flea het glanzende oculair van de telescoop op de patio.

'Dit is het. Kijk maar goed. Zo ben ik en ik ben niet van plan me daarvoor te verontschuldigen.' Mevrouw Lindermilk liep rond om lampen aan te doen en katten van stoelen te jagen. 'Ga toch zitten.' Ze wees naar een bank aan de andere kant van de kamer. Nu Flea haar beter kon zien, zag ze dat ze vrij gezet was. Ze droeg een witte korte broek en een roze poloshirt met een anker op de borst, en ze had korte, gespierde benen met smalle enkels en harde mannenkuiten, die ze in sandalen met stilettohakken had gestoken. Haar dunne haar onder de scheef staande pet was kort en had een bloedeloze, okerrode tint. 'Duw de katten maar weg. Ga zitten of blijf staan. Dat moet je zelf weten.'

Flea wierp een blik op de bank. Twee langharige cyperse katten lagen in elkaar gedoken tussen een stapel knuffelbeesten. Onder de dieren was het leer droog en gebarsten en er zat een korrelige vlek op, zo te zien van zweet of zout water. Ze schoof de knuffels opzij en ging naast de katten zitten. Een ervan gromde even en kroop dichter tegen zijn partner aan. Ze voelde de warmte tegen haar been en dat vond ze wel troostend.

'Iets drinken? Je wilt zeker wel iets drinken?'

In de hoek stond een bar van zwart glas en chroom met gekleurde glazen op de rand, een goudkleurige ijsemmer en een rij mixdrankjes. Flea keek naar de flessen sterkedrank achteraan. 'Graag.' Ze legde haar pet op de armleuning. 'Ik neem wel wat u drinkt.'

Mevrouw Lindermilk veegde haar handen af aan haar shirt en liep naar de bar. Ze draaide twee glazen om, legde haar hand op een fles Bacardi, bleef zo staan en wierp Flea een ziekelijke glimlach toe, alsof ze wilde zeggen: *daar had je me bijna gesnapt. Bijna. Niet helemaal.* 'Cola, dus,' zei ze. Ze haalde twee blikjes onder de bar vandaan, trok de sluiting eraf en schonk in. Ze gaf een van de glazen aan Flea.

'Mevrouw Lindermilk...'

'Ruth. Je mag me wel Ruth noemen, als je wilt.'

'Oké, Ruth. Is er ook een meneer Lindermilk?'

'Die was er wel.' Ze pakte haar glas en ging ermee in een versleten leunstoel zitten, naast een wankel bijzettafeltje met een afstandsbediening en een asbak. Haar blote benen waren bruin en pezig en werden gemarkeerd door zwarte groepjes spataderen. 'Nu zijn alleen ik en Stevie nog over.'

'Je zoon?'

'Ja. Dat is hem.' Ze knikte naar de muren. Op sommige ingelijste foto's stonden boten. Een of twee lieten een veel jongere Ruth aan het roer zien met een scheefstaande pet op, naast een grijsharige man in een hawaïhemd. Een andere foto was van een jongere man in een wit shirt zonder mouwen en een honkbalpet met een anker erop aan het roer van een kleine boot, die recht naar de camera keek. Zijn haar was dik en blond en hij was heel bruin, maar een gesloten trek om zijn mond zorgde ervoor dat hij toch niet knap was. 'Hij heeft zijn eigen zaak. Hij doet het goed, onze Stevie.'

‘Ruth, een aantal jaar geleden is de politie hier geweest. In verband met jou en een van de buren.’

‘Hoe weet jij dat verdomme?’

‘We hebben toegang tot dat soort informatie.’

‘Ik was niet begonnen. Staat dat ook in jullie gegevens? Hè?’

‘Dat stond er niet bij.’

‘Nou, het was zijn schuld. Hij vergiftigde de eekhoorns. Hij wist dat mijn katten het gif zouden kunnen opeten, hij wist dat ik me daar druk over zou maken. En dat gebeurde ook. Het was zijn verdiende loon.’

‘Je hebt hem bedreigd met een vuurwapen?’

‘Een luchtbuks. Niet bepaald een AK47, hè?’

‘Het is nog steeds een vuurwapen. Je kunt er een boel schade mee aanrichten.’

Ruth Lindermilk stak haar hand op. ‘Nee. Je gaat hier niet met modder gooien. Je komt hier verdomme niet zomaar binnen zonder afspraak om mij in een slecht daglicht te zetten, vergeet het maar.’

‘Oké, oké.’ Flea hield haar stem neutraal. Ze wilde naar de telescoop kijken, maar richtte haar blik op Ruth. ‘Het was helemaal niet mijn bedoeling om iets slechts over je te zeggen. Echt niet. Ik probeer alleen een beeld te krijgen van de situatie.’

‘Is het zo niet duidelijk genoeg? Je hebt de brieven toch die ik geschreven heb, of niet soms?’

‘Ja. Ik... Houd je de weg vaak in de gaten?’

‘De meeste avonden.’

‘Hoe laat ga je naar bed?’

‘Laat.’

‘Wat bedoel je met laat?’

Ze verschoof op haar stoel. ‘Ben je hier om me te helpen of niet?’ Ze trok uitdagend haar wenkbrauwen op. ‘Nou?’

Flea’s blik ging naar het glas dat Ruth Lindermilk in haar hand had. Die draaide er afwezig rondjes mee, zodat de cola rondklotste. Zoals je zou doen als er drank in zat. Dit werd nog een hele strijd. Maar de drank. Ze had beslist een drankprobleem.

Dat zou nuttig kunnen zijn. 'Mag ik eens door de camera kijken?' vroeg ze. 'Of de telescoop?'

Lindermilk gaf geen antwoord. Ze bleef Flea bedachtzaam aankijken. Haar blik ging weer naar de legerbroek. Naar de identiteitskaart die ze in haar T-shirt had gestopt.

'Ruth? De camera?'

Ze glimlachte. 'Natuurlijk mag je kijken.'

Ze stond op en maakte de openslaande deuren op. Ze stapten naar buiten, waar het inmiddels stralend licht was geworden. De zon weerkaatste op de dauw op het gras en in de bomen. Een of twee katten liepen achter hen aan, lieten zich op de opdrogende patio vallen en knipperden met hun ogen tegen de zon. Flea ging op haar tenen staan en keek in de zoeker van de camera. Hij was gericht op de weg onder haar. Niet op de plek van het ongeluk, maar verderop, dichter bij de plek waar zij haar auto had laten staan. Ze drukte op het knopje om de genomen foto's te bekijken. Er waren er maar een stuk of twintig van katten, een zonsondergang en een das die kattenvoer at, die allemaal in de achtertuin genomen leken te zijn. Er waren geen foto's van haar, op de weg naast de Clio.

Flea zette de camera weer op fotograferen, deed een stap opzij en bracht haar oog naar de telescoop. Die was ook gericht op de weg.

'Weet je hoe je ermee om moet gaan?' vroeg Ruth Lindermilk.

'Ja. Hiermee kun je scherp stellen, nietwaar?'

'Het is een heel goede. Voor op zee. De buren vinden het vreselijk dat ik erdoor kijk.'

Flea deed alsof ze de telescoop scherp stelde. Ze draaide hem naar de heuvel boven het koolzaadveld, langs het pad dat daarvandaan naar de rand van de weg liep. Ze duwde hem nog iets naar rechts. En zag een roze vlek.

Ze keek op. Ruth Lindermilk was een paar passen het grasveld op gelopen en stond met haar handen in haar zij naar de telescoop te grinniken. Boven in haar mond was een stukje van een tand, naast de hoektand. 'Kun je het goed zien?'

'Ja.'

'Nog iets bijzonders opgemerkt?'

'Alleen jou. Je staat in de weg.'

'Iets speciaals aan mij? Kom op, zeg maar wat je gezien hebt.'

Dat je gek bent? Dat je alcoholist bent? 'Wat had ik dan moeten zien?'

'Dat ik verdomme niet achterlijk ben.' Ze kwam weer naar de telescoop, trok hem weg en deed de dop op de lens. 'Dat had je moeten zien.'

'Ik probeer alleen mijn werk te doen, mevrouw Lindermilk.'

'Nee, dat doe je niet. Je probeert je werk niet te doen omdat je helemaal niet van de gemeente bent. Je bent niet van de verkeerspolitie en ook niet van de gemeente.'

'Jawel, hoor.'

'Denk je soms dat ik van gisteren ben? Zij hebben je gestuurd, nietwaar?' Ze draaide zich om en wees naar het gehucht. 'De buren die tegen me samenspannen en in mijn huis willen kijken. Vooruit, zeg het maar. Zeg maar: "Ja, zij hebben me gestuurd."'

'Ik heb toch gezegd dat ik van de gemeente ben.'

'Nou, als dat zo is, ben je niet van de afdeling die ik wil hebben. Jij bent van milieu, zeker?'

'Nee.'

'Vertel me dan eens over de brieven die ik gestuurd heb. Wanneer was de laatste? Wat was de datum daarvan?'

'Ik heb per week verschillende zaken als deze. Ik kan de exacte data niet onthouden.'

'Vertel me dan waar de brieven over gaan.'

'De weg.'

'Wat is er dan met de weg?'

Flea stak haar handen in haar zakken, ging op haar tenen staan en keek in de verte.

'Als je echt van de gemeente bent, kun je me zeggen waarom ik belangstelling heb voor de weg.'

Flea liet zich weer op haar hakken zakken en keek de andere

vrouw aan. 'Ik weet het niet,' gaf ze toe. 'Ik weet het gewoon niet.'

'Godverdomme.'

'Vertel me wat je daar gezien hebt. Dat wil ik weten.'

Ruth Lindermilk pakte het statief, klapte het in, stak het onder haar arm, nam het mee naar de openslaande deuren en zette het in de kamer. 'Kom op, wegwezen. Ik wil je nu meteen over dat pad weg zien lopen.'

'Vertel me alleen waar je naar hebt gekeken.'

Maar er was geen land meer met Ruth Lindermilk te bezeilen. 'Nee. Absoluut niet. Maak dat je wegkomt, anders bel ik de politie.'

30

Toen Caffery stijf en koud wakker werd bij een verlaten kampeerplek, waar slechts de gevlekte as van het vuur bewees dat de Wandelaar er geweest was, was zijn allereerste gedachte die aan Benjy, die verdomde hond van Lucy Mahoney. Hij had over het beest gedroomd; een hond zonder vacht in een lijkenzak op de tafel van een dierenarts. Over de geur en de witte staar in zijn ogen, als een ei zonder schaal. Mallows zei dat de Tanzaniaanse broers honden haatten en er niet bij in de buurt wilden komen. In Afrika werd de hond vaak beschouwd als ongedierte. Er stond genoeg in de boeken over lichaamsdelen van bedreigde diersoorten als muti, maar niets over honden. Was de hond dan toch door kinderen gevild? Of door Amos Chipeta? En als het Chipeta was, waarom dan? Terwijl Caffery zijn matras oprolde en zijn mond spoelde met water uit een fles, besloot hij dat hij meer wilde weten over wat er gebeurd was in de nacht dat Lucy Mahoney zelfmoord had gepleegd.

Hij belde het politiebureau van Wells en toen hij daar een uur later aankwam, stond er al een agent op hem te wachten met een pen in de hand om hem te laten tekenen voor item acht, drie sleutels van insteeksloten en een Yalesleutel, dat hij wilde meenemen uit het archief met ingenomen eigendommen. Beatrice Foxton had gezegd dat Lucy Mahoney zelfmoord had gepleegd, dus vielen persoonlijke bezittingen van het slachtoffer eigenlijk onder het beheer van de lijkschouwer, maar de agent had erkend dat het onwaarschijnlijk was dat iemand de sleutels zou missen als ze een paar uur weg waren.

Lucy had in een nieuwbouwwijk aan de rand van Westbury-sub-Mendip gewoond. Caffery reed langs de rijen bakstenen starterflats en maisonnettes met piepkleine voortuintjes en lege opritten, waarop 's avonds Mazda's en goedkopere Peugeots zouden staan, want dit was een wijk voor arbeiders en niet voor gezinnen. Lucy had een maisonnette op de begane grond. In het voortuintje stonden twee afvalbakken en een recyclingcontainer met '32' in witte letters. Toen hij de sleutel in het slot stak, kon hij door het ruitje de folders van afhaalketens op de vloer zien liggen. Domino's, Chilli's Curry, het Thai House.

Hij keek over zijn schouder en stapte naar binnen, maar deed het licht niet aan. Hij bleef achter de deur staan en trok blauwe plastic schoenhoezen en een paar nitril handschoenen aan. Toen deed hij de deur dicht, maakte de binnendeur open en liep door.

De woonkamer was donker en vol. Niet wat je zou verwachten als je het huis vanbuiten zag. Op het bureau in de hoek stonden een nieuw Dell lcd-scherm, een scanner en een digitale camera, maar verder was alles versleten en een beetje gehavend. Een kaal Turks tapijt op de vloer, overal geborduurde kussens en met bloemen en ranken beschilderde meubels. Elk oppervlak stond stampvol houten beeldjes, aromatherapieflesjes, beschilderde papier-maché uit Nepal, een verbleekt beeld van een waadvogel dat er Aziatisch uitzag. Aan de woonkamer zat een klein eetgedeelte vast en daarachter bevond zich een keuken met handbeschilderde tegels boven het aanrecht. De gordijnen waren weggetrokken van een groot raam met uitzicht op verre heuvels. Glastonbury Tor was te zien als een stipje aan de horizon.

Hij liep de weinige kamers rond, keek naar de spullen en probeerde de sfeer van het huis te vatten. Lucy was een verzamelaar. Ze leek zich vooral op presse-papiers te hebben gericht. Presse-papiers met bloemen erin. Presse-papiers met vulkanische uitbarstingen in rood en oranje. Presse-papiers met kleine, bijna doorzichtige schelpen. Het was er echter wel schoon, schoner dan je zou verwachten. Vreemd, zei hij in zichzelf terwijl hij een blik in de keuken wierp. Vreemd schoon. Niets om opgewonden over te raken; mensen die zelfmoord pleegden, deden soms een volledige voorjaarsschoonmaak voordat ze aan de *co-proxamol* gingen. Maar toch leek het vreemd, niet op zijn plaats. Opeens kwam er iets bij hem op dat Stuart Pearce, de zoekadviseur, had gezegd: *de zelfmoord van Lucy Mahoney was tegen alle regels in gegaan.*

Hij ging naar boven en deed een lamp aan. Er kwamen drie deuren uit op de overloop. Een ervan was van een badkamer met donkerblauwe tegels, een plastic toiletbril met zeeschelpen erin en twee paar dikke, gestreepte maillots die aan de stang van het douchegordijn te drogen hingen. Die had het hondenteam natuurlijk laten hangen omdat er geen geur meer aan hing. Ze zouden in plaats daarvan pyjama's hebben gepakt en ondergoed, dingen die in de wasmand zaten. De tweede deur zat op slot. Hij rammelde eraan. Geen beweging in te krijgen. Hij ging naar beneden en zocht in de laden naar sleutels, en toen keek hij op de kapstok in de gang. Niets. Hij ging weer naar boven en ging op het vloerkleed liggen, met zijn gezicht bij de deur. Hij deed zijn mond dicht en ademde de lucht in die onder de deur door kwam.

Parfum. Parfum en wierookstokjes. En nog iets, terpentijn, misschien. De kamer moest zijn opengemaakt door het team dat hier naar haar was komen zoeken toen ze als vermist was opgegeven. Daarna moest er iemand in huis zijn geweest die de deur weer had afgesloten. Lucy's ex, misschien. Hij stond te boek als naaste verwant, omdat haar ouders dood waren.

De laatste deur was die van de slaapkamer. Groenfluwelen

gordijnen, kristallen en dromenvangers van hertenleer in de ramen, en buikdanssjaals met lovertjes over de lampen, alsof ze de laatste tijd een minnaar had gehad. Hij liep naar het raam en bekeek de foto in het lijstje op de vensterbank; een klein meisje op een feest met een brede, zwarte strohoed op en een ouderwetse lappenpop in haar armen. Dat zou Daisy zijn, de dochter. De agent in Wells had gezegd dat de Mahoneys een dochter hadden en dat ze ergens bij Gloucester verbleef met de ex-man en ex-schoonmoeder.

Er klonk geluid onder aan de trap. Een zwak gestommel en geschuifel. Caffery pakte de zwaarste presse-papier die hij kon vinden en ging naar de overloop. Hij bleef in de deuropening staan, woog de presse-papier in zijn hand en telde in zichzelf.

Er ging een lamp aan bij de voordeur. De deur ging open en er verscheen een gezicht onder aan de trap. Het was de ex-man in een gekreukt pak, zodat hij wel een verzekeringsagent leek. Hij keek met knipperende ogen op naar Caffery, naar zijn handen in de nitril handschoenen en de presse-papier. Toen keek hij naar de hoezen om Caffery's voeten. 'En wie ben jij ook alweer?'

'Inspecteur Caffery.' Hij liep de trap af. 'We hebben elkaar gisteren in het ziekenhuis gesproken. Ik weet uw naam ook niet meer.'

'Colin Mahoney.'

'Wat doet u hier?

'Ik kom de post ophalen.'

'U bent gescheiden.'

'We waren nog steeds vrienden. Ik wist niet dat er een wet bestond dat je niet meer bevriend mag zijn met je ex. Ze hebben me verteld dat ik tot de hoorzitting niets meer zou horen.'

'Dus niemand heeft contact met u opgenomen? Niemand van District F?'

'Nee. Moet dat dan?'

'Hebben ze u nog niet over de hond verteld?'

'Dat wel. Hij is blijkbaar in de groeve gevallen.'

'Dat moet moeilijk zijn geweest. Moeilijk te verwerken.'

'Ja. Nou, soms is het leven hard. En als dat zo is, doet het pijn.'

Mahoney liep naar de zitkamer en ging zitten. Hij legde zijn handen op zijn knieën en keek om zich heen alsof hij ergens in de muren van de volle kamer een antwoord zou kunnen vinden. Caffery liep mee en ging voor hem staan.

'Hier.' Hij gaf hem een paar handschoenen. 'Probeer niets aan te raken.'

Mahoney pakte ze aan. 'Voor welke afdeling zei je ook weer dat je werkte?'

'Dat heb ik niet gezegd. De afdeling Zware Misdrijven.'

'Zware Misdrijven? Dat zijn toch moordzaken?'

'Precies.'

'Vrijdag zei je nog dat het jouw zaak niet was. En nu is het wel jouw zaak.' Hij keek naar de handschoenen. 'Ik heb nooit geloofd dat Benjy in die groeve gevallen is. Geen seconde. Zo stom was hij niet. Ik mocht hem niet zien, en dat was ook vreemd.' Hij keek op. 'Nou? Is het moord? Kom je dat vertellen?'

'Nee.' Hij zette de presse-papier op de koffietafel naast de twee huiszoekingsformulieren op A5-formaat die het zoekteam had achtergelaten. 'We doen steekproeven, af en toe bekijken we eens een zelfmoord. Het is een nieuw programma van het ministerie van Binnenlandse Zaken, dat hier in Avon and Somerset wordt uitgeprobeerd. Daarna willen ze het in het hele land gaan doen.'

'Is dat waar?'

Caffery keek hem recht aan.

'Nou?'

Caffery schraapte zijn keel en knikte naar de handschoenen. 'Wilt u die aandoen?'

'Waarom? Het huis is al doorzocht. Is er iets veranderd?'

'Doet u ze alstublieft aan.'

Mahoney deed wat hem gezegd werd. Caffery ging tegenover hem zitten. Meneer Mahoney, ik heb nog wat vragen voor u.'

'Dat dacht ik al.'

'U denkt dat Lucy niet het type was om zelfmoord te plegen?'

'Natuurlijk niet. Dat zeg ik de hele tijd al. Staat dat niet ergens in je aantekeningen?'

'Zoals ik al zei bekijk ik deze zaak opnieuw. Ik weet er niets van. Ik heb er vrijdagmorgen pas voor het eerst over gehoord. Kende ze de Strawberry Line? Was ze goed bekend in dat gebied?'

'Ze wist dat hij bestond, maar ik heb nooit gemerkt dat ze er wel eens heen ging.'

'Had ze geen vrienden in die buurt?'

'Niet dat ik weet.'

'En de groeven bij de Elfengrotten? Groeve nummer acht? Die noemen ze de zelfmoordgroeve.'

'Ik weet niet eens waarom jullie daar gezocht hebben.'

'Haar auto is daar in de buurt gevonden. Nog geen kilometer verderop. Maar u zegt dat ze daar nooit kwam?'

'Nee. Vreemd, nietwaar, dat ze daar geparkeerd heeft? En ze zou Benjy daar zeker nooit mee naartoe hebben genomen. Ze wilde niet dat hij bij water in de buurt kwam. Ze hield er niet van als hij nat werd.'

'Er was een stanleymes.'

'Dat hebben ze me verteld.'

'Weet u waar dat vandaan kwam?'

'Van boven. Uit haar studio. Ze gebruikte het voor haar inlijstwerk.'

'Dat is de deur die afgesloten is.'

'Ja.'

'Waarom?'

Hij haalde zijn schouders op. 'Ze vond het niet prettig als daar mensen kwamen. Al haar schilderijen staan daar. Daar was ze onzeker over. Ze vond het niet erg als ik ze zag, maar ze vond het vreselijk als er andere mensen in de studio kwamen. Toen het zoekteam er eenmaal was geweest, heb ik hem weer afgesloten.'

'Kunnen we naar binnen?'

'De sleutel ligt bij mijn moeder. Dat is heen en terug een uur rijden.'

'Maar het is zeker dat het mes weg is?'

'Ja. Ik heb het gecontroleerd nadat ze haar gevonden hadden.'

Caffery keek de kamer rond. Naar de presse-papiers die het licht vingen. Allemaal schoon en stralend. 'U hebt Lucy het laatst op zondag gezien?'

'Toen was ik hier. We hebben samen koffiegedronken. Ik ben om halfzes weggegaan.'

'En toen leek er niets aan de hand?'

'Helemaal niets. Ze was heel ontspannen.'

'Ze heeft u niet verteld dat ze zich ergens zorgen over maakte? Dat ze depressief was?'

'Helemaal niet.'

'Heeft een van haar vrienden iets gezegd over depressiviteit?'

'Nee. De politie heeft haar adresboekje doorgenomen en iedereen die erin stond verhoord, maar niemand kon er iets over zeggen. Ze zijn allemaal net zo verbijsterd als ik. Iedereen denkt...' De zin stierf weg en Caffery zag de blik in zijn ogen. Hij zag die blik en meteen zag hij zijn moeder weer voor zich, schreeuwend in de keuken, zich vastklampend aan een agent in de gang, smekend: 'Vind mijn kleine jongen. Doe het gewoon. Ga naar buiten en vind mijn kleine jongen.'

Caffery sloot zijn ogen. Toen deed hij ze weer open. 'Het is hier erg schoon. Hebt u hier schoongemaakt?'

'Nee. Ze heeft het zo achtergelaten.'

'Was het normaal dat het huis zo schoon was?'

'Nee. Dat was niet normaal. Lucy had...' Hij aarzelde even. '... prioriteiten. Zoals je kunt zien, had ze smaak. Niet altijd dezelfde als ik.'

Caffery pakte de presse-papier op de salontafel op, draaide hem om en bestudeerde de onderkant. Op een gouden, ovale sticker stond 'The Emporium'. 'We hebben haar telefoon nooit gevonden.' Hij zette de presse-papier terug en pakte een andere. Dezelfde sticker op de onderkant. 'Ik was in Wells en heb daar alles bekeken wat ze bij zich had. Ik zocht naar rekeningen, maar de dienstdoende agent zegt dat hij die hier heeft gelaten. Hij zei dat het een hels karwei is geweest, omdat een groot deel van de bankafrekeningen en rekeningen ontbraken. Hij zei zelfs dat er bijna geen papieren in huis waren.'

'Ik weet het. Mij is verteld dat ze die hebben opgevraagd. Orange moet de ontbrekende rekeningen overhandigen.'

Mahoney had gelijk. Maar ook hier had het systeem Misty Kitson bevoordeeld, wier telefoongegevens binnen een paar uur bekend waren gemaakt. Toen Caffery het controleerde, bleken de gegevens van Lucy Mahoney nooit gearriveerd te zijn. Ze zaten ergens vast in het systeem en nu haar lichaam was gevonden, deed niemand meer moeite om ze op te sporen. Caffery had Turnbull een tweede bevel laten aanvragen om ze los te krijgen, maar het zou nog dagen duren voor hij ze in kon zien, dagen voordat hij erachter kwam wat er echt met Lucy Mahoney gebeurd was in haar laatste uren.

'Had ze hier geen plek waar ze haar papierwerk bewaarde?'

Mahoney wees naar een doos naast de computer. 'Daarin.'

Caffery zette de presse-papier neer, ging naar het bureau en maakte de doos open. Er zaten vier telefoonrekeningen in, vooral van het jaar daarvoor. Er was er maar één van dit jaar – januari. Er waren twaalf elektriciteitsrekeningen, twee aanslagen voor gemeentebelastingen en tien bankafschriften, allemaal van meer dan twee jaar geleden. Hij draaide zich om en hield Mahoney de doos voor. 'Was dit ook al zo toen u hier voor het eerst rondkeek?'

'Precies zo.'

'Weet u waarom ze de rekeningen voor deze maanden heeft bewaard en die van andere maanden niet?'

'Ze was heel gesloten, meer kan ik er niet over zeggen. Toen de politie haar vrienden verhoorde, kwamen ze niets over haar te weten. Zo was ze al toen we nog getrouwd waren. Ik wist nooit waar ze aan dacht.'

Caffery keek naar de muren en het samengeraapte meubilair.

'Ik zie hoe ze leefde, maar ik heb geen idee hoe ze eruitzag. Geen foto's.'

Mahoney stond op. Hij ging naar de computer, deed hem aan, trok een krukje naar achteren en maakte een uitnodigend gebaar. 'Ga je gang. Het staat allemaal hierin.'

Caffery ging zitten. De computer was het allernieuwste model. Hij was goed en snel, met een 2,9 gig processor. Hij keek snel haar documenten door. Niets belangwekkends. Het zoekteam zou er met een vlooienkam doorheen zijn gegaan. Hij opende haar e-mailaccount – twee nieuwe e-mails. Allebei spam. Hij klikte verder naar Explorer en vroeg de zoekgeschiedenis op. De zoektermen waren 'potplanten', '*Hollyoaks*', 'mascara', 'bodytoning' en 'kristallen'. Niets wat heel interessant was. Hij opende haar videobestanden en koos er op goed geluk een.

De clip begon in een veld. Het was ergens in de zomer, want het gras was groen en de bomen waren dicht bebladerd. Centraal in beeld stond een lange, zware vrouw in een zwarte jurk tot op haar kuiten. Haar armen waren uitgestrekt en ze probeerde de benen te pakken van een tenger meisje in een roze korte broek, die wiebelige handstands maakte. De vrouw lachte. Ze had heel kort, kastanjebruin haar. Haar gezicht was rood en ze had zware trekken. Het was een hele sprong naar de zwart geworden hoop op de tafel in het mortuarium.

'Dat heb ik gefilmd.' Mahoney kwam naast hem staan. 'Dat was drie zomers geleden. Het jaar dat Daisy besloot dat Nastia Liukin concurrentie had.'

'Daisy? Uw dochter?'

'Ze logeert bij mijn moeder. Ze is er helemaal kapot van, uiteraard.'

Daisy maakte nog een handstand. Dit keer ving Lucy haar benen op. Er volgde een lang, wankel moment waarin Daisy haar positie probeerde te bewaren. Toen knikten haar armen. Lucy probeerde haar omhoog te houden, maar Daisy rolde op de grond en bleef met haar handen op haar buik op haar rug liggen giechelen. De camera zoomde in op Lucy. Zij lachte ook, maar toen ze zag dat ze gefilmd werd, verdween de glimlach. 'O, nee!' Ze schudde haar hoofd en stak een hand op om het beeld te blokkeren. 'Niet doen. Alsjeblieft. Ik ga er van blozen. Laat me met rust.'

De camera draaide weg. Er waren wat beelden van een grasveld en het geluid van de camera die werd uitgezet. Het scherm werd wit.

'"Maak me niet aan het blozen."' Mahoney liep weg en ging op de bank zitten. 'Ja. Dat was echt Lucy. Alles bracht haar in verlegenheid.'

'Ze hield van Daisy.'

'Iedereen houdt van Daisy.'

Caffery opende een ander document. Dit was van slechts drie maanden geleden. Er was een kleine kamer te zien. Door het raam viel dof daglicht. Een vrouw werd vanaf de zijkant gefilmd voor een ezel met een doek erop. Lucy. Haar rode haar viel over haar rug – het was nu veel langer – en ze droeg ook andere kleren, met veel meer kleur. Ze droeg een rood giletje over een saffierblauwe blouse en om haar hoofd zat een gebloemde bandana met de knoop naar voren. Ze had een kwast vast in haar ene hand en de andere hand prutste aan de blouse. Ze was nu ook slanker. Veel slanker. Ze had in drie jaar een middel gekregen.

'Wie heeft dit gefilmd?'

'Geen idee. Een vriendin, misschien. Ik was er niet bij.'

De camera zoomde in. Lucy draaide zich om en keek vast in de lens. Ze bloosde niet. Ze probeerde zich niet af te wenden. Ze glimlachte ironisch, stak de kwast omhoog en zei met een zogenaamd Frans accent: 'Welkom in mijn atelier, kleintje. Hier gebeuren magische dingen.'

De video stopte en even was het stil in de kamer. Caffery tikte met zijn vinger op de mousepad. *Hier gebeuren magische dingen.* Wat probeer je me daar te vertellen, Lucy? Wat probeer je te zeggen?

Hij draaide zich om toen hij een geluidje achter zich hoorde. Mahoney zat voorovergebogen naar de tafel te kijken. 'Dat is vreemd,' mompelde hij. 'Dat is heel vreemd.'

Caffery duwde de kruk naar achteren. 'Wat?'

'Deze.'

Hij keek naar wat Mahoney aanwees en zag niets ongewoons, alleen de formulieren, de presse-papier en Lucy's sleutels, die hij daar eerder had neergelegd.

'Haar sleutels? Die heb ik opgehaald op het bureau in Wells.'

Mahoney boog nog verder naar voren. Hij pakte ze op. 'Hebben jullie ze zo gevonden?'

'Ze zaten in haar zak. Ja.'

'Alleen deze twee, de Chubb en de Yale?'

'Ze passen op de voordeur.'

'Maar er ontbreekt er een. Er moet ook nog een sleutel van de achterdeur zijn. Die hangt meestal daar, aan die spijker.'

Caffery draaide zich om. Er hing niets aan de spijker. Hij keek naar de voordeur en toen naar de achterdeur. Even voelde hij zich net een klein kind. Alsof er iets de kamer in was gekomen en bij hen was gaan zitten.

'En...' Hij kuchte even. 'En ik neem aan dat u hem niet hebt?'

Mahoney keek hem aan. Zijn pupillen waren nog slechts speldenknoppen. 'Nee. En als jij hem ook niet hebt,' zei hij, 'wie heeft hem verdomme dan?'

31

De straten rond Hanham waren rustig op het lunchuur en toen Flea de hoek om kwam, zag ze Thoms zwarte Escort net wegrijden. Hij racete met knipperende richtingaanwijzer naar het eind van de weg. Bij de T-splitsing ging hij rechtsaf. Ze bleef er dicht achter en tastte naar haar telefoon op de passagierstoel.

Mandy reed uiteraard. Dat kon niet anders. Flea wist wat de

jongens van het team over Mandy zouden zeggen. 'Dat is nu eens een meid met een grote scheur.' Of iets dergelijks. De Escort stopte bij het verkeerslicht en Flea ging erachter staan en toetste met haar duim Thoms nummer in. Voor zich zag ze Mandy opzij kijken naar Thom, die in zijn jaszakken zocht. Hij zei iets tegen haar toen hij de telefoon voor de dag haalde, maar in Flea's oor klonk de begroeting van het antwoordapparaat, en ze zag hem opzij leunen om het toestel weer in zijn zak te doen. Hij legde zijn voorhoofd tegen het zijraampje en staarde naar buiten.

Flea drukte het gaspedaal van de Clio diep in, drukte op de claxon en zette haar knipperlichten aan. Mandy keek op; een glimp van verraste ogen in de achteruitkijkspiegel. Flea stak haar hand uit het raam en gebaarde dat ze de auto moest parkeren.

Er was een kort tussenspel terwijl de twee auto's bijna bumper aan bumper over de weg rolden en Mandy de tijd nam om te registreren wat er aan de hand was. Toen kwam ze bij de ingang van een begraafplaats en schoot de Escort naar links om net binnen het hek tot stilstand te komen. Flea zette de Clio er met een ruk achter, sprong eruit en liep snel naar de bestuurderskant, terwijl ze een draaiende beweging maakte om Mandy duidelijk te maken dat ze het raampje moest laten zakken.

Maar een moment lang bleef haar bleke gezicht Flea door het glas aanstaren. Aan de passagierskant was Thom onderuitgezakt tot zijn kin bijna op zijn borst lag. Zijn gezicht lag voorover op zijn uitgespreide hand, zodat niemand de uitdrukking erop kon zien.

'Doe het raam open.'

Mandy deed het. 'Ik schrok me dood. Wat is er aan de hand?'

'We moeten praten.'

'Ik ben op weg naar mijn werk.'

'Nu, Mandy. Nu.'

'Okeee,' zei ze voorzichtig. 'Je bent boos.'

'Stap uit.'

Ze deed wat haar gezegd werd, langzaam en met haar handen omhoog, alsof Flea een pistool tegen haar hoofd hield.

Thom maakte zijn gordel los en stapte ook uit; zijn gezicht verscheen aan de andere kant van het autodak. Hij was zenuwachtig. 'Flea, dit is niet nodig. Ik zal het haar vertellen.'

'Wat zul je me vertellen?'

'Mandy, luister niet naar haar. Alsjeblieft. Ik zweer dat ik het je net wilde vertellen.'

Flea stak haar hand op. 'Ga weer in de auto zitten, Thom.'

'Laat mij het vertellen.'

'Gá weer in de auto zitten!'

Hij keek zijn zus met zijn handen op het dak aan en zijn gezicht had nu geen enkele kleur meer. Een ader aan de zijkant van zijn hals klopte blauw.

'Doe wat ze zegt,' zei Mandy. 'Kom op, ga zitten.'

Thom had zijn zus nog kunnen negeren, maar tegen zijn vriendin kon hij niet op. Hij stapte in de auto en ging onderuitgezakt op de stoel zitten. Mandy wendde zich tot Flea en sloeg haar armen over elkaar onder haar enorme borsten. 'Wat is er in godsnaam aan de hand?'

'Er is een ongeluk gebeurd. Thom heeft... een ongeluk gehad.'

Mandy bukte zich heel langzaam om over de bestuurdersplaats heen naar Thom te kijken. Hij hield zijn handen weer voor zijn gezicht. 'Hij ziet er niet uit alsof hij een ongeluk heeft gehad.'

'Hij was niet degene die gewond is geraakt.'

'Wie dan?'

'Een vrouw.'

'Een vrouw?' Mandy trok vragend haar wenkbrauwen op, alsof het idee dat Thom iets te maken had met een vrouw belachelijk was. Ook al was het via een ongeluk.

'Hij zat in de auto. Een paar avonden geleden. Hij was dronken en zij stapte de weg op. Hij had geen enkele kans om op tijd te stoppen.'

'Wat is er met haar gebeurd?'

Flea schudde haar hoofd. Er was geen manier om de feiten te verzachten. 'Het spijt me.'

Mandy deed heel langzaam haar ogen dicht. 'Dood?' Ze deed ze weer open en keek Flea strak aan. 'Wil je zeggen dat hij haar gedood heeft?'

'Ja.'

'Wanneer?'

'Afgelopen maandag.'

'De avond dat hij bij jou was?'

'Ja.'

'Hij kan toen geen ongeluk hebben gehad. Hij is de hele avond bij jou geweest. En met de auto is niets aan de hand.'

'Hij is niet bij mij gebleven. Hij heeft tegen je gelogen. Hij wilde niet dat je wist dat hij een zakelijke bespreking had, omdat hij niet wilde dat je dacht dat hij zich weer met zo'n kansloos zaakje in liet, dus is hij naar mij toe gekomen en heeft hij mijn auto genomen. Hij heeft die van hem buiten laten staan voor het geval je langs zou rijden om hem te controleren.'

Mandy wendde zich af en keek afwezig naar de graven, naar de plastic bakken onder de standpijp en naar de zijden bloemen die grijs waren van de autowalmen van de weg. Ze keek ernaar zonder ze te zien. 'Dit is niet te geloven. Niemand heeft er iets over gezegd.'

'Omdat niemand het wist. Het is niet gemeld.'

'Niet gemeld? Wat is er dan gebeurd met...' Dit nieuwe feit sloeg in als een bom. Ze zette haar ellebogen op het autodak en liet haar gezicht in haar handen zakken. 'Mijn god. Mijn god. Mijn god.'

'We kunnen iets doen.'

'Nu is alles afgelopen.'

'Mandy, rustig aan. Thom en ik hebben erover gepraat en we kunnen iets doen. We moeten met hem naar het ziekenhuis. We moeten een zaak opbouwen. Er is niet veel tijd.'

'Een zaak opbouwen? Bedoel je dat je gaat liegen? Waarom? Waarom zou je dat doen?'

'Omdat hij mijn broer is. Omdat ik verdomme woedend op hem ben en nu meteen zijn ogen eruit zou willen rukken. Maar hij is nog steeds mijn broer en ik hou van hem.'

Mandy legde haar vinger tegen haar keel alsof ze daar een kleine bult voelde. Toen trok ze haar mouw naar achteren en keek op haar horloge, alsof ze wist dat de tijd op de een of andere manier alles op zijn plek zou houden en zou voorkomen dat de wereld op zijn kop kwam te staan. In de verte rolde de donder. Een vogel, een roek misschien, vloog op van de rij smalle cipressen langs de begraafplaats. 'We moeten hier rustig over nadenken,' zei ze uiteindelijk.

'Oké.'

'Alleen, bedoel ik.'

'Ik ga wel even in mijn auto zitten.'

'Nee. Langer dan dat. We moeten naar huis om er rustig over na te denken. Er een nachtje over slapen. Ik bel je nog wel.'

'Wanneer?'

'Morgenochtend. Misschien 's middags. Ik moet 's morgens werken.'

'Zo lang kunnen we niet wachten. De dingen... veranderen. Het lijk.'

'Het... jezus.' Mandy schudde haar hoofd. 'Jezus christus.'

'Bel me morgenochtend meteen.'

'Ergens in de morgen.'

'Als ik tegen twaalf uur niets van je gehoord heb, sta ik voor de deur. En als we dan niet meteen iets doen, ben ik gedwongen om...'

'Om wat?'

'Twaalf uur. Ik zie jullie om twaalf uur.'

32

Het is vier uur in de middag en Ruth voelt zich kiplekker. Ze heeft een glas in haar hand en de muziek staat hard. Ze zou het liefst alle ramen opengooien, zodat de buren weten dat ze er is. Omdat hun trucje van vandaag, die slet die ze hebben gestuurd om haar te bespioneren, niet geslaagd is. Helemaal niet. Het heeft de dingen eerder duidelijker gemaakt. Als ze er nog niet zeker van was geweest dat er dingen moesten veranderen, staat dat nu voor duizend procent vast. Het wordt tijd om hier weg te wezen. Om terug te gaan naar waar ze thuishoort. Naar de zon. Zij en haar katten en misschien Stevie, naar een betere plek dan dit kankeroord.

Ze neemt het glas mee naar haar slaapkamer en zet het op het nachtkastje. Ze knoeit een beetje, dus trekt ze haar T-shirt uit om de troep weg te vegen. Als ze overeind komt, vangt ze een glimp op van haar spiegelbeeld in de spiegel van de grote oude kast. Ze bekijkt zich uitgebreid, maakt haar korte broek open, laat hem naar beneden glijden en stapt eruit. Nu staat ze in haar ondergoed, haar beha en haar slipje, op haar hoge hakken. Ze gaat rechtop staan en beoordeelt haar spiegelbeeld.

Ze heeft goede benen. Altijd al gehad. Kort, een beetje gespierd, maar goed gevormd, met mooie knieën en enkels. Benen die er goed uitzien in hoge hakken. Goede tieten ook. Ze duwt haar borsten naar elkaar en buigt zich naar de spiegel. Tuit haar lippen. Daar heeft ze wat hulp mee gehad; Oost-Europese hulp. Maar wat niet weet, wat niet deert, en ze heeft altijd goed met bepaalde typen mannen kunnen omgaan. Wat belofte, een beetje opwinding. Tweerichtingsverkeer. Ze krijgen wat ze willen... en zij krijgt wat zij wil. En op dit moment is dat de mogelijkheid om hier weg te gaan. Weg van die nieuwsgierige aagjes en de regen en al die mensen die de katten kwaad willen doen met hun vergif en hun snelle wagens.

Er wordt een nieuw winkelcentrum gebouwd tussen het gehucht en Trowbridge. Dat brengt allerlei eenzame mannen hiernaartoe, een project als dat: architecten, ingenieurs, investeerders. Er zijn er al een of twee in de pubs in Rode verschenen. Een van hen heeft laatst een drankje voor haar gekocht, dus dat gaat de goede kant uit. Niet dat ze naïef is; ze krijgt heus geen

Pierce Brosnan te pakken of zo. Ze zal compromissen moeten sluiten.

Ze neemt een slok van de rum-cola. Zet het glas neer en kijkt weer in de spiegel. Ze pakt het losse vlees vast dat over haar slipje heen hangt. Knijpt erin en ziet de vetbobbels. Gebruinde huidplooien vol deuken en bobbels. Stevie. Dat heeft ze aan hem te danken. Niet dat ze er spijt van heeft, maar dit hier is Stevies buik. Ze schudt er een beetje mee, strijkt de plooien glad tegen haar heupen en draait zich half om. En daarna naar de andere kant. Ze bewondert de verandering in haar gestalte als ze de boel zo strak trekt.

Het is maar een klein karweitje. Een piepklein litteken. Ze heeft gelezen dat ze het kan laten doorgaan voor een keizersnede. Een filmster of iemand uit de jetset zou er verder geen woorden aan verspillen. Ze zouden het onderhoud noemen. Ze zouden zich niet zoveel zorgen maken en er niet zoveel over nadenken. Ze zouden het gewoon doen, of niet.

Ruth drinkt haar glas leeg. Ze gaat naar beneden en staat een beetje wankel in haar ondergoed en op haar hoge hakken aan de bar om ijs in het glas te scheppen en het weer te vullen. Ze neemt het mee naar de computertafel en begint dingen uit laden te trekken. Er zijn hele stapels foto's, en ze moet ze doornemen om de mapjes met afschriften van de bank en de creditcardmaatschappij te vinden. Ze legt ze op tafel, gaat zitten en maakt er stapeltjes van.

Na een tijdje beseft ze dat ze een probleem heeft. Ze legt ze op volgorde van datum en begint nog eens, en dit keer maakt ze aantekeningen en telt ze dingen op. Het helpt niet. Twee glazen rum-cola later is ze er nog steeds niet achter hoe het zo erg heeft kunnen worden. Ze schenkt zich er nog een in en gaat met één vinger onder haar hoofd zitten denken.

Ze heeft overmorgen een afspraak. Gemaakt door kleine Sue. Goeie meid, die Sue, ze houdt contact, ondanks de scheiding. Maar een vreemd gezicht, alsof het is ingedrukt. Alsof er iets van een rog in de genen van de Lindermilks zit. Maar in wezen is het een goeie meid, en ze heeft ervoor gezorgd dat tante Ruth korting krijgt op haar buikwandcorrectie. Vijfentwintig procent, blijkbaar.

Maar zelfs met die korting heeft ze niet genoeg. Dat ziet Ruth nu in.

Wat moet ze nu? Nog een hypotheek nemen op het huis? Dat zou een eeuwigheid duren, en met de situatie van tegenwoordig kan niemand meer een hypotheek krijgen, zelfs dokters en advocaten niet. Ze kijkt op en ziet zichzelf in de spiegel. Ze denkt over het geld. Ze denkt aan haar bankafschriften. En opeens is alles verkeerd. Opeens maakt het niet meer uit hoe ze er naar kijkt, alles is fout. Ze ziet er afschuwelijk uit. Haar buik ziet er afschuwelijk uit. Haar gezicht ziet er afschuwelijk uit. Met die kapotte tand voorin. God mag weten hoeveel het zal kosten om dat te repareren. Ze zou waarschijnlijk een implantaat moeten hebben.

'Verdomme,' zegt ze tegen het zwarte katje aan haar voeten. 'Verdomme.'

Ze gaat weer naar de bar. Maakt de fles rum weer open en schenkt zich nog een paar centimeter in. Morst een beetje op het blad van de bar. Ze kijkt ernaar. Vraagt zich af of ze het op moet likken. Verandert van gedachte en legt een papieren servetje neer. Een uit hotel Puente Romano in Marbella. Ze hadden een keer aangelegd in de jachthaven van Cabopino en hadden iets gedronken in de bar. Stevie heeft die avond zo'n honderd servetjes gestolen. Ze gebruikt ze nog steeds. Goeie jongen, Stevie.

Ze pakt haar mobiel en bladert door het adresboek. Stopt bij het nummer van Stevie en blijft er lang naar kijken. Hij heeft een mooi zaakje in Swindon, in witgoed. Uit niets opgebouwd. Hij zou niet willen dat zijn moeder iets tekortkwam. Haar duim blijft boven het knopje met het groene telefoontje hangen.

'Nee,' zegt ze tegen de kat, en ze legt de telefoon neer. 'Ik stoot mijn kind niet het brood uit de mond. Dat doe ik niet. Zo'n moeder ben ik niet.'

Ze schenkt de cola in en doet er voor de lol een roerstaafje bij. Er stond laatst iets in een tijdschrift over een vrouw die naar haar dokter was gegaan en had gezegd dat ze depressief werd van haar kleine borsten. *Depressief.* De dokter had haar doorgestuurd en ze had een nieuw stel gekregen via het ziekenfonds. Had haar geen stuiver gekost. Waar ging het heen met de wereld?

Ze kijkt weer naar de telefoon. Naar Stevies nummer en dan naar de klok. Het is bijna vijf uur. Hij zal onderweg zijn naar de pub. Ze belt en krijgt de voicemail. 'Stevie, schat, met mam. Liefje, wil je je moeder even terugbellen? Kom me eens opzoeken, wil je? Ik moet ergens met je over praten.'

33

Caffery hing uit het raam van het bureau in Kingswood en rookte stiekem een shagje. Hij keek naar de man in de halal slagerij. Een van de agenten op kantoor vertelde steeds het verhaal dat de sukkels in de Chinese supermarkt, twee deuren verder, jaloers waren geworden op de goede zaken die de slager deed. Ze hadden besloten dat het allemaal te maken had met dat woord: halal. Ze hadden het heel zorgvuldig gekopieerd en het op een bord in het raam gehangen. Halal rundvlees. Halal kip. Halal varkensvlees. Halal varkensvlees. Dat was de slager te veel geworden en hij was ten strijde getrokken tegen de Chinezen. Een tijdlang leek het wel een bendeoorlog daarbuiten. Caffery rookte op zijn gemak en keek naar de slagerij. Hij kwam uit Londen. Hij snapte niet waarom de agent het de moeite van het vertellen vond. Dat soort dingen gebeurde voortdurend in Lewisham.

Hij liet de peuk uit het raam vallen en liep naar zijn bureau. Hij moest Powers spreken, maar de hoofdinspecteur was er niet. Hij was naar Glyndebourne, hoe verzon hij het, en zijn telefoon stond uit. Hij had dagen van zestien uur gemaakt sinds hij de zaak Misty Kitson had gekregen, maar vandaag had zijn vrouw kaartjes voor de première van *La Cenerentola* en hij was niet zo stom om geen rekening te houden met wat ze in de loop der jaren allemaal te verduren had gekregen. Na de persconferentie van die morgen was hij rechtstreeks naar zijn auto gelopen en naar huis gereden, en had hij zijn smoking en de picknickmand uit de mottenballen gehaald. Maar hij had wel een boodschap voor Caffery achtergelaten: foto's van de actrice die bij de reconstructie Misty Kitson had gespeeld, waren zorgvuldig over de foto's van de lijkschouwing van Ben Jakes en Jonah Dundas heen geplakt.

Hij maakte het plakband los en haalde het voorzichtig weg. Toen maakte hij een stapeltje van de foto's en schoof ze in een envelop. Hij bleef even hangen bij een foto van Misty's jas. Paars, gemaakt van fluweel. Iets aan de stof raakte hem. Het was iets met een auto, iets deed hem denken aan een auto en de jas. Auto, jas. Auto, jas. Hij probeerde de twee beelden over elkaar heen te leggen, maar ze gleden elke keer weg en vervaagden.

Er was nog niets uit de reconstructie gekomen. Er was geen verdachte ontdekt in de struiken met zijn lul in zijn hand, zoals de psychiaters hadden voorspeld. Het hele team werd er gek van dat ze zo weinig hadden om op af te gaan, alleen de getuigenverklaringen van mensen uit de kliniek, waar ze het laatst gezien was, en een verklaring van haar vriend. Het enige wat ze zeker wisten, was dat een van de andere patiënten wat lekkernijen had binnengesmokkeld en dat ze een feestje hadden gebouwd. Kitson was iets na tweeën via de voordeur het gebouw uit gegaan. Ze had de vriend gebeld terwijl ze het terrein van de kliniek verliet. Het was een huilerig gesprek geweest; ze had hem verteld dat ze een eindje ging lopen omdat ze moest nadenken en dat ze het geen seconde meer uithield op die plek. Ze had gezegd dat ze voor vijven weer in de kliniek zou zijn. De vriend was al nijdig op haar, dat had hij toegegeven bij het verhoor; het waren de harde centen die hij op het middenveld verdiende waarmee de kliniek betaald werd. Ze hadden ruzie gemaakt. Zij had opgehangen. Hij had niet teruggebeld. Pas toen de kliniek hem uren later belde, had hij beseft dat er iets mis was.

Caffery's mobiel ging. Het was Powers. Hij deed de foto's in de bovenste la en trok de stoel strak tegen het bureau. Tijd om te praten.

'Avond, baas. Nog steeds in Sussex?'

'Hou erover op. *Cenerentola*, godsamme. Ik heb tot de pauze moeten wachten om mijn telefoon weer aan te kunnen zetten, en nu krijg ik boze blikken.'

'Hoe is het weer?'

'Het is hier een modderpoel. Ze zeurt steeds dat haar Jimmy Choo's helemaal naar de maan zijn. Wie is dat, verdomme? Heb jij ooit van hem gehoord? Jimmy Choo?'

Jimmy Choo, pak-me-schoenen. Niet iets wat Powers na een huwelijk van dertig jaar over zijn vrouw zou willen horen. 'Ik zag je vanmorgen op de tv,' zei Caffery. 'Bij de persconferentie over Kitson. Je zag er heel meelevend uit. Ik dacht even dat je zou gaan huilen.'

'Goed, hè? Daar heb ik jaren aan gewerkt. Heb je dat leugentje nog gehoord?'

'Dat het korps er alle vertrouwen in heeft dat het haar zal vinden?'

'Nee. Toen ik zei dat ik alle beschikbare mankracht op de zaak had gezet. Toen ik zei dat het hele team zich voor de volle honderd procent inzette.'

'Ja. Nou. We moeten praten. Slecht nieuws.'

Er viel een korte stilte. 'Oké. Moet ik mijn glas laten bijvullen voordat we verdergaan?'

'Misschien.'

'Dit gaat me niet aanstaan.'

'Ik heb me afgevraagd hoeveel moorden wij te boek hebben staan als zelfmoord. Als je daarover nadenkt, krijg je vanzelf hoofdpijn.'

'Je hebt het zeker over Ben Jakes. Was dat geen zelfmoord?'

'Nee. Dat is het leuke ervan. Jakes was zelfmoord, maar zag eruit als moord. Ik heb iets anders, een moord die eruitziet als zelfmoord. De naam is Mahoney. Lucy Mahoney. Gevonden op vrijdag bij de Strawberry Line.'

'Wat zegt de patholoog?'

'Nou, die houdt het op zelfmoord. Maar ze heeft het mis. Hoor eens, baas, er klopt hier iets niet. De ex van de vrouw zit maar tegen me te zeuren dat de hond vermist is – de hond was bij haar toen ze verdween – en wat duikt er gisteren in de groeve op?'

'Zeg maar niets. De hond.'

'Hij was verminkt. De jongens van de technische recherche zeggen dat het wel lijkt of iemand een jas van het beest wilde maken. En nu zegt de ex dat een van haar huissleutels weg is.'

'En wat heeft dat te maken met wat jij met Noorwegen aan het doen bent?'

'Niets.'

'Waarom zit het je dan zo dwars?'

'De tijd die je me gegeven hebt om het probleem met Noorwegen op te lossen. Die wil ik hieraan besteden. Ik wil met de lijkschouwer praten.'

'O, verdomme.' Powers zuchtte diep. Caffery zag zijn gezicht voor zich. Hij wist dat hij moeite moest doen om hem niet door de telefoon af te maken. 'Dus als ik het goed heb, zit het zo. Jij wilt zeggen dat je Noorwegen hebt laten vallen, maar in plaats van mee te werken aan de zaak Kitson, heb je besloten een ander spook na te jagen. Ik kan mijn oren niet geloven. Ik zou bijna gaan denken dat je iets tegen die meid hebt. Het is alsof je de zaak verdomme wilt mijden. Alsof alles beter is dan dat. Het is niet te geloven.'

Caffery trommelde met zijn vingers op de tafel. 'En? Is dat een ja?'

'O, briljant. Heel grappig.' Hij nam de tijd en haalde zorgvuldig adem. Misschien was hij naar een van die alternatieve therapeuten geweest die je leerden hoe je je door een stressvolle situatie heen moest ademen. 'Hoor eens, als District F die vrouw en haar hond wil zien als iets anders dan zelfmoord, is dat hun zaak. En als dat gebeurt, en als ze na de evaluatie na achtentwintig dagen vinden dat de zaak naar ons toe moet, dan is dat de zaak van het evaluatieteam. En daar zal ik niet mee in discussie gaan. Want tegen die tijd hebben we Misty Kitson gevonden en wordt ze veilig en wel gefotografeerd met dat voetbaltuig van haar en met hun afschuwelijke schoothondjes in haar keuken in Chislehurst of Chingford of waar die mensen ook wonen. Het spijt me, Jack.'

'Doe ik echt zo moeilijk?'

'Nee. Je moet alleen een beetje meewerken. Dat heb ik nodig.'

Er werd zoveel mankracht ingezet op de zaak Misty dat je de tandraderen kon horen knarsen. Het korps had alles in de strijd gegooid. Alles. Haar telefoongegevens waren binnen achtenveertig uur binnengekomen. Die van Lucy waren zoek en dat had niemand zelfs maar gemerkt.

'Weet je wat?' zei Caffery. 'Je hebt gelijk. Ik kom morgen vroeg naar kantoor en dan ga ik bij de meisjes van HOLMES zitten. Om helemaal op de hoogte te raken. Wat dacht je daarvan?'

'Ja, nou,' zei Powers nors.

'Ik help je de lijst met activiteiten voor die dag op te stellen, als je wilt. Ik ben er toch, dan kun jij uitslapen.'

'Ik vind het al genoeg als jij me zegt dat mijn inspecteur aanwezig zal zijn als ik morgenochtend op het bureau kom. Ik geloof niet dat dat te veel gevraagd is.'

'Komt voor elkaar,' zei Caffery. 'Nog een fijne avond. Ik hoop voor je dat het ophoudt met regenen.'

Hij hing op en bleef even naar de slagerij staan staren. Het begon te regenen. Hij liep naar zijn bureau en keek de lijst met telefoonnummers na, op zoek naar dat van het politiebureau in Wells. Hij keek op zijn horloge. Halfzeven. Hij had nog tijd. Hij zou even vragen of de inspecteur die de zaak Lucy Mahoney deed nog dienst had, hem om alle getuigenverklaringen vragen van toen ze vermist was, die mee naar huis nemen en ze stuk voor stuk van voor naar achteren doorlezen.

De Wandelaar had gelijk. Dit zou hem nekken. Hij wist gewoon niet van opgeven.

34

In de hele wereld kweken wetenschappers huid. Ze gebruiken huid die verwijderd is bij cosmetische ingrepen, oogsten de cellen en voeden ze in een petrischaaltje met agarose, glutamine, hydrocortison en insuline. Ze voegen er melanocieten aan toe om de huid pigment te geven, drogen de bovenlaag en stellen die bloot aan ultraviolet licht om hem te verouderen. Daarna wordt de huid gebruikt om cosmetica op te testen of via het internet verkocht om brand- en andere wonden te bedekken.

De man heeft wat van deze synthetische huid besteld bij Amerikaanse fabrikanten. Ze is hem toegestuurd in voorgevormde polystyreen blokken: vijf slappe schijven ter grootte van zijn handpalm in een kweekvloeistof met agar, verzegeld in een heel sterke polytheen zak. Hij bestudeert de huid terwijl de avond over het boerenland om zijn eenzame huis valt. Hij ruikt eraan, legt haar op zijn handen en houdt haar tegen het licht. Hij knijpt zijn ogen dicht en drukt haar tegen zijn gezicht. Klemt zijn tanden op elkaar en wacht tot hij zich beter voelt.

Hij is gesnapt. Weer.

Wéér.

‘Ssshhh.’ Hij wiegt een beetje heen en weer. Laat de huid de vorm van zijn kaak aannemen. Het probleem is opgelost. Hij weet zeker dat het opgelost is. Niets om je druk over te maken. ‘Ssshhh.’

Hij haalde de kunsthuid van zijn gezicht. Kijkt er boos naar. Ze heeft geen haar, geen pigment en geen van de Langerhanscellen die echte huid in staat stellen zich te verdedigen tegen infecties. Ze heeft geen bloedvaten en geen zweetklieren. Ze is niet beter dan de huid van een konijn of een hond. Hij slaat de huid vol walging van zijn vingers in de vuilnisbak, waar ze tegen de zijkant blijft plakken. Hij kijkt ernaar en als ze geen aanstalten lijkt te maken om te vallen, staat hij op en duwt hij het stuk huid met een lange looipriem naar beneden.

Het leven is niet eerlijk. Nooit.

35

De gastronomische pub bevond zich boven aan een steile stadsweg in Clifton. Hij had roodstenen vloeren, zachte banken, een Zweedse houtkachel en rijen vintagewijnen achter glas. Caffery en Colin Mahoney bestelden glazen vruchtensap en elk een sandwich en deelden een mandje brood. Ze zaten in een van de grote erkers, waar ze de kantoormensen voorbij konden zien rennen, op weg naar hun lunch.

'Hoe is het met Daisy?' vroeg Caffery. 'Redt ze het een beetje?'

'Wat denk je? Daar zijn gewoon geen woorden voor.'

'Heb je haar verteld over de hond?'

'Ik vond dat ik haar dat beter kon besparen.' Mahoney droeg een grijs pak, een wit overhemd en een ouderwetse paisley das. Hij zag er moe uit. 'Ik heb van niemand iets gehoord sinds je gisteren gekomen bent. Helemaal niets. Niets. Nog geen kaart of een bloemetje van de contactpersoon.'

'Die contactpersonen. Die zijn gewoon bang een band met je te krijgen.'

'Ik had in ieder geval verwacht dat iemand me zou bellen om te zeggen dat de zaak een andere status had gekregen. Je weet wel, die van een moord.'

'Ja, ach.' Caffery klopte op zijn zak, voelde de tabakszak en dacht eraan dat hij naar buiten zou moeten om te kunnen roken. Hij was die morgen op het bureau geweest en had de actielijst van HOLMES doorgenomen voor Powers. Zoals hij had beloofd. In zijn lunchuur mocht hij doen wat hij wilde. 'Ik ben ermee bezig. Echt waar. Ik heb de patholoog gesproken.'

'En?'

'Ze heeft er problemen mee om de uitspraak zelfmoord te herroepen. Ze houdt haar poot aardig stijf. Het enige wankele eraan is de temazepam. Als ze een aanknopingspunt heeft, is dat het. Toen Lucy stierf, zat ze vol benzodiazepine.'

'Haar huisarts zei altijd dat ze eraan verslaafd zou raken, dat ze beter een lekkere gin-tonic kon nemen. Maar ze wist hoe ze hem moest bewerken. Het badkamerkastje stond er altijd vol mee. Dat vond ik een angstaanjagend idee, met Daisy in de buurt. Nou? Krijg ik nog antwoord? Behandelen jullie dit als een moord?'

'Officieel niet. Maar laten we eens even aannemen dat jij en ik ervan uitgaan dat het moord is.'

'Dat hoef ik niet aan te nemen. Het is een feit.'

'Dan komen we op de vraag wie het gedaan heeft. Verdachten en motieven en zo.'

Mahoney stak zijn handen op om te laten zien dat hij geen idee had.

'We denken dat iemand die vermiste sleutel heeft gebruikt om bij haar binnen te komen. Misschien nadat het gebeurd was, oké? Om op te ruimen. Of was er iets anders wat hij wilde hebben? Heb je gecontroleerd of er iets ontbreekt?'

'Niets, voor zover ik kan zeggen. Alleen het stanleymes en de sleutel.'

'Degene die de sleutel heeft, kan nog steeds in en uit.'

'Helemaal niet. Ik heb de sloten veranderd. Met mijn eigen handen, vanmorgen.'

Het voorgerecht bestond uit haloumibrood, warm en glanzend van de olie, met stukjes kaas en karweizaad in de korst, als kleine zwarte adertjes. De mannen aten en keken naar de hangbrug. De zon glinsterde op de chocoladekleurige rivier daaronder.

'Ik heb de hele nacht getuigenverklaringen zitten lezen van toen ze vermist was,' zei Caffery. 'Vertel eens wat meer over hoe dat gebeurd is. Ze is op zondag om halfzes verdwenen?'

'Dat was de laatste keer dat ik haar zag.'

'En je hebt op maandag de politie gebeld?'

'Ja.'

'Dat was bijna vierentwintig uur later. Waarom heb je zo lang gewacht?'

'Ik dacht niet dat het nodig was. Tot ze niet op kwam dagen om Daisy uit school te halen.'

'Nodig? Maar ze was vermist.'

'Dat wist ik niet. Niet op dat moment. Ze nam alleen de telefoon niet op. Als zij de hele nacht uit wil gaan, is dat mijn zaak niet meer.'

'Hoe lang zijn jullie al gescheiden?'

'Een jaar. Maar we zijn al twee jaar uit elkaar.'

'Jullie waren nog steeds goed bevriend?'

'In het begin niet. Daisy ging met mij mee naar mijn moeder, dat was meteen al zo afgesproken, en in het begin wachtte Lucy tot ik naar mijn werk was voor ze haar opzocht. Ik heb haar een jaar niet gezien; we slaagden erin elkaar te ontlopen. Maar tegen de tijd dat de scheiding werkelijk werd uitgesproken, waren de scherpe kantjes er een beetje af. We legden wat oude ruzies bij, begonnen weer met elkaar te praten, omwille van Daisy. Lucy was intussen veranderd. Dat heb je zeker wel gezien, in de video?'

'Waarom zijn jullie eigenlijk gescheiden? Onder welke omstandigheden?'

'Ik ben vertrokken. Er waren geen dingen meer waar we samen van konden genieten. We groeiden uit elkaar.'

'Uit elkaar groeien. Dat klinkt als een soort smoes.'

Mahoney glimlachte nerveus. 'Ik weet het niet, maar het begint een beetje te klinken alsof ik voor de rechter sta, zoals je nu tegen me praat.'

'Nee, hoor. Ik probeer alleen een beeld te krijgen. Iets van wat jij me vertelt, zou de sleutel tot deze hele kwestie kunnen zijn. Zelfs al besef jij dat niet. Had Lucy een vriend? Ze was een aantrekkelijke vrouw.'

Mahoney legde een servet op zijn schoot. De rest van de maaltijd was al besteld, maar hij pakte toch het menu op en bekeek het.

'Colin? Ik vroeg of Lucy een vriend had.'

Hij hoestte. 'Ik vraag me af of ik niet beter de sandwich met gebraden varkensvlees had kunnen bestellen. In de zomer hebben ze op woensdag altijd varkensvlees voor de mensen die uit kantoor komen. Een heel varken aan een spit. Ze serveren het in een servet. Lekker met appelmoes.'

Caffery leunde achterover en keek naar hem. Hij dacht weer aan zijn moeder, vroeg zich af hoe ze er nu uitzag, of ze pijn had en of die pijn nu lichamelijk was, van gewrichten die het zat waren om langs elkaar te wrijven, van spieren die uitgeput waren van het harde werk, en of er nog steeds de pijn was van het verlies van Ewan. Hij vroeg zich af of de tijd de pijn zou hebben veranderd, verzacht of getransformeerd. 'Colin? Jij bent bij haar weggegaan. Waarom is dit zo moeilijk voor je?'

'Maakt het uit waarom?'

'Ik probeer je te helpen, makker, niet je tegen te werken. Had ze een vriend?'

Mahoney wreef in zijn ogen en legde het menu weg. 'Daar zou jij het antwoord op moeten weten. Het staat vast in de verklaringen die haar vrienden hebben afgelegd.'

'Ik wil het van jou horen.'

'Ja. Ze had een vriend. Oké?'

'Naam?'

'Weet ik niet. En je hebt hem ook niet van haar vrienden gehoord. Zij weten het ook niet, hè?'

'Raar, dat ze haar vrienden de naam van haar vriend niet verteld heeft.'

'Helemaal niet raar. Ze was de meest gesloten persoon die ik ooit heb gekend. En ze beschermde hem. Hij was getrouwd.'

'Zo, dat is interessant.'

'Niet echt. Het was een beetje... los-vast tussen hen. Ze mocht hem graag, maar het was niet echt serieus. O, maak je geen zorgen, ik heb er al over nagedacht of hij iets te maken had met haar... Je weet wel.'

'En?'

Hij schudde zijn hoofd. 'Nee. Het lijkt niet juist. Ze voelde zich niet bedreigd door hem.'

'Voor mij is hij nog steeds interessant.'

'Ik kan wel iets bedenken wat nog veel interessanter is.'

Caffery trok een wenkbrauw op.

'Het geld.'

'Het geld?' Caffery boog naar voren. 'Nou heb je me echt te pakken. Ga verder.'

Mahoney lachte niet. 'Toen we uit elkaar gingen, heb ik Lucy wat geld gegeven, niet veel, net genoeg voor een aanbetaling op het huis en nog iets extra. Ze werkte toen voor een bedrijf in Filton dat kerstdecoraties maakte. Ze ontwierp voor ze, werkte op het kantoor, dat soort dingen. Maar op een dag zei ze dat ze ontslag nam. Ik heb er op dat moment niet echt bij stilgestaan, maar achteraf gezien veranderde er niets aan haar manier van leven nadat ze was gestopt met werken. Ze ging nog steeds elk weekend winkelen en kwam dan met volle tassen thuis, vol ditjes en datjes en presse-papiers. Ze was een echte verzamelaar. Nou, je hebt haar huis gezien.'

'Een lening, misschien?'

'Waartegen? De huizenprijzen zijn in die wijk niet veel omhooggegaan en ze had al een hypotheek van negentig procent. Maar ze is vorig jaar vier keer op vakantie geweest.'

'Heeft hij dat betaald? Die vriend?'

'Nee. Hij heeft niets bijgedragen, dat heb ik uit de eerste hand. Dan zou zijn vrouw erachter komen. En hij is ook niet met Lucy naar het buitenland gegaan. Ze ging alleen of met Daisy. Ik kan het weten, want ik heb haar naar het vliegveld gebracht. En dan...' Mahoney haalde een opgevouwen stuk papier uit zijn binnenzak en schoof het over de tafel. '... is dit er nog. Vanmorgen bij de post.'

Caffery maakte het open. Het waren de gegevens van een huis, afkomstig van een makelaar. Een stenen huis met wit geschilderde ramen en een clematis boven de deur. 'Alleen het witte hek ontbreekt er nog aan.'

'Kijk eens naar de prijs,' zei Mahoney.

'Zeshonderdduizend.'

'De maisonnette is op het ogenblik bijna tweehonderd waard. Maar er zit een hypotheek op van honderdveertigduizend pond.'

Caffery draaide de brief om en keek op de achterkant. Niets.

'Goland en Bulley.' Mahoney knikte naar het raam. 'Daar. Aan de overkant. Wat denk je?'

'Ik denk...' Caffery legde de brief neer en wenkte de serveerster. '... ik denk dat we die sandwiches maar mee zullen nemen.'

36

Het meisje bij de makelaar leek wel wat op Keelie. Of eerder, een beetje zoals Keelie eruit zou hebben kunnen zien als ze in haar tienerjaren geen kennis had gemaakt met de verrukkingen van de cocaïne. Dit meisje had de krachtige schouders van een zwemmer en haar lichaam leek te gebruind en gespierd voor het marineblauwe pakje waar ze het in gepropt had.

'Mevrouw Mahoney?' Ze typte het referentienummer in de brief in. 'Ik kan u natuurlijk niet veel vertellen over onze correspondentie. Die is vertrouwelijk. Maar ik kan u wel vertellen of ze een cliënt is.'

Caffery legde zijn identiteitsbewijs op tafel.

Ze keek ernaar. 'Politie?'

'Politie.'

Een nerveus lachje. En toen kwamen de feiten opeens naar buiten gestroomd, in de reflex die eerlijke mensen vaak hebben. 'Ja, nou, ik herinner me haar natuurlijk wel. Ze wilde iets in de buurt van eh... vijf tot achthonderd. Er moet ook een huis verkocht worden, en dat zouden we komen taxeren op, um...' Ze keek op het beeldscherm. '... morgen.'

'Dat kunt u net zo goed annuleren.'

'Ik begrijp het.'

Caffery was er zeker van dat het niet zo was. Dat ze er helemaal niets van begreep.

'Nou, als ik...' Ze draaide het beeldscherm naar hem toe. 'Staat hier iets waar u wat aan heeft?'

De twee mannen bogen zich ernaartoe. Het scherm stond vol e-mails. Niets ongewoons: Lucy's verzoeken om informatie over huizen. De antwoorden van de makelaardij.

'Wat is de datum van die e-mail?'

'Afgelopen zondag.'

Dat was de dag waarop Lucy was verdwenen. Had ze op de dag dat ze zelfmoord wilde plegen nog bezichtigingen geregeld?

'Zijn we de eersten die hier komen? Geen andere telefoontjes van de politie over mevrouw Mahoney?'

'Niet dat ik weet.'

'Dat kan ook niet.' De stem van Mahoney klonk gedempt. 'Niets hiervan stond in haar mailbox. Ik kan het weten. Ik heb al haar e-mails doorgenomen. Ze moet ze hebben gewist.'

Caffery gaf geen antwoord. Hij dacht aan de zoekgeschiedenis op Lucy's computer. Hollyoaks. Potplanten. *Bodytoning*. Nu hij erover nadacht, pasten die termen helemaal niet bij zijn indruk van Lucy. Ze klonken meer als dingen die je verzon voor een vrouw over wie je niet veel wist. Om het feit te verhullen dat haar mailbox leeg was gemaakt.

En toen viel het hem in. Een idee, hard en compleet, zoals vaak gebeurde. Het zelfmoordbriefje dat bij Lucy was gevonden, was niet met de hand geschreven. Het kwam van een computer.

Het was bij niemand opgekomen zich af te vragen waarom het niet op haar huiscomputer stond.

'Kom mee.' Caffery schoof zijn stoel achteruit en stond op. 'Laten we nog eens naar Lucy's computer kijken.'

37

Mandy belde Flea precies om twaalf uur. Zij en Thom hadden een lang gesprek gehad. Ze waren nu kalmer. Ze wilden vanavond na het werk in Keynsham bij elkaar komen om te bespreken 'hoe we verder moeten'.

'Waar ben je nu?' wilde ze weten. 'Je klinkt ver weg.'

'Ik sta voor het gemeentehuis.'

'Waar?'

'In Trowbridge.'

'Wat doe je daar?'

'Iets belangrijks. Iemand over wie we moeten nadenken. Ik leg het later wel uit.'

Flea deed er niet lang over om de afdeling te vinden die ze moest hebben; ze moest door een gang met vuile ramen en een brandwerende vloerbedekking. Het hoofd van de afdeling was een geplaagde en slordige man. Hij deed niet de moeite een gerechtelijk bevel te vragen, en ze hoefde alleen even haar kaart te laten zien voordat hij haar meenam naar het bureau waar volgens hem de correspondentie met Ruth Lindermilk werd bewaard.

De vrouw die daarover ging, was een uitbundige blondine van in de vijftig met een zonnebankkleurtje en een heleboel gouden sieraden, die zich snel door de brieven heen werkte die uit drie plastic brievenbakjes puilden. 'We noemen dit het verdomhoekje,' zei ze tegen Flea. 'Ik werk in het verdomhoekje, leuk hè?'

'Het verdomhoekje?'

'Ik krijg alles wat de andere afdelingen van zich af willen schuiven. Je weet wel, oude dames die klagen dat het plaatselijke postkantoor dichtgaat en dat de gemeente nou echt eens iets moet doen aan de ufo's boven Salisbury Plain.' Ze wees op een stapel. 'Daar heb ik al antwoord op gegeven. Ik verwacht niet dat ik er nog iets van hoor, maar ik moet ze toch opbergen en een tijdje bewaren, voor het geval dat.' Ze trok een van de bakjes naar zich toe. 'Je zei dat die brief vorige week is gestuurd?'

'Dat denk ik, ja.'

'En de naam?'

'Ruth Lindermilk.'

Er trok een glimlachje in de mondhoek van de secretaresse. 'Lindermilk?'

'Ja?'

'Ik ken die naam. Hij valt nogal op.' Ze pakte twee stapels brieven met elastiek erom en legde die opzij. Daarna keek ze de volgende stapel door, waar al snel een brief met het briefhoofd van de gemeente uit kwam, die was vastgeniet aan een brief op gebloemd papier. 'Deze bovenste is het antwoord dat we aan iedereen sturen. Een standaardbrief, weet je wel, dat de klacht in behandeling is. Blablabla.' Ze vouwde de antwoordbrief om, streek hem glad met haar hand en bekeek het briefje eronder. 'Ja, dit is hem. Ruth de klikspaan, noemen wij haar, omdat ze altijd probeert automobilisten problemen te bezorgen.' Ze gaf Flea de brief. 'Altijd op de bres voor het wild. Ze geeft de egels en de dassen eten en als iemand ook maar een pissebed raakt op de weg, zit Ruth de klikspaan erbovenop. Ze denkt dat we iets moeten doen aan iedere kikker, muis en worm die platgereden wordt.'

Flea nam de brief aan en ging op de lage plastic stoel zitten. De brief was met de hand geschreven binnen een rand van rozen en mussen. Hij was gedateerd op 18 mei. De morgen nadat Misty was aangereden.

Aan wie dit leest.
Sinds mijn laatste brief aan u van 3 januari heb ik helemaal niets meer van u gehoord en ik heb nu nog vier incidenten te melden. Het lijkt mij dat er absoluut niets aan wordt gedaan. Gisteravond was er een echt ernstig incident bij, waarbij een hert is aangereden. Als u mij negeert, zijn de gevolgen voor u.

Datum	Tijd	Incident	Merk auto en kenteken	Opmerkingen
15 januari	22.06	Das aangereden. Kroop naar berm met gebroken bekken. Stierf later onder veel pijn	Zwarte of blauwe Vauxhall	Niet gestopt
22 januari	12.00	Konijn aangereden en gedood	Zilveren Land Rover NO7 XWT	Bestuurder wist het!!! (stopte en staarde naar dood konijn, dus weet precies wat hij deed)
3 maart	19.45	Das overreden. Op slag dood	Niet zeker van merk. Donkere wagen. Eerste letters kenteken S58	Bestuurder nam niet de moeite om te stoppen
17 mei	23.11	Hert(?) aangereden. Of ander groot dier. Kroop weg. Bestuurder wist het!!!	Zilveren Ford Focus. Laatste letters kenteken GBR	Bestuurder wist het

Zoals ik al zo vaak heb gezegd, ben ik van mening dat al deze automobilisten moeten worden gearresteerd en flink aangepakt moeten worden. Als het menselijke slachtoffers waren geweest, had u het probleem ongetwijfeld allang opgelost. Dan heette het doorrijden na een ongeval en zou de politie erbij worden geroepen. Als u ooit zover komt, heb ik bewijzen die ik aan de rechter kan voorleggen.
Ik roep u nogmaals op deze onverlaten op te sporen en aan te pakken. HET IS SLECHTS EEN KWESTIE VAN TIJD VOOR ER WEER EEN VAN MIJN KATTEN AANGEREDEN WORDT. Die angst bezorgt me slapeloze nachten en verkort mijn leven. Ook daarvoor kan ik u voor het gerecht dagen.
Ruth Lindermilk

De secretaresse was opgestaan en had zich over een dossierkast gebogen om papieren uit een van de onderste laden te halen. Flea keek toe zonder haar echt te zien. 17 mei. Tien over elf. Een zilveren Ford Focus met GBR als laatste letters. Een 'hert' dat was aangereden op de weg voor het gehucht.

'Hier zijn de andere.' De secretaresse kwam terug naar het bureau en legde de brieven naast de stapels uit het brievenbakje. 'Deze zijn allemaal van Ruth Lindermilk.'

Flea duwde ertegen met haar vingers en keek naar data die teruggingen tot 2001. Ze waren geschreven in hetzelfde koortsachtige handschrift en vertoonden dezelfde kolommen waarin Ruth zorgvuldig data, tijden en kentekens had genoteerd.

'Ze stuurt ons al jaren brieven. Ze is gek.'

Flea stapelde de oude brieven op en schoof ze naar de secretaresse. 'U hebt gelijk. Zo gek als een deur. Duidelijk.'

De secretaresse nam ze weer mee terug naar de dossierkast en liet ze op hun plek glijden. Flea vouwde Ruths brief van mei op en liet hem in de achterzak van haar spijkerbroek glijden voor de secretaresse het in de gaten had. Ze haalde op goed geluk een andere brief uit het bakje op het bureau en vouwde het antwoord van de gemeente eroverheen om te verhullen dat dit niet Ruths brief was. Deze brief stak ze omhoog om de aandacht van de vrouw te trekken.

'Dank u wel.' Ze schoof de brief zorgvuldig weer onder op de stapel, zodat het de secretaresse een paar dagen zou kosten om hem te behandelen. 'Dat was zeer behulpzaam van u.'

38

In de maisonnette keek Caffery tegen de stille trap op. 'Je hebt die sleutel zeker niet bij je? Van de studio?'

'Ik was niet van plan hierheen te gaan. Zeg het de volgende keer even van tevoren.'

Ze gingen de woonkamer in. Caffery trok handschoenen aan, zette de computer aan en keek in de file waar alle cookies zouden moeten staan. Er waren er maar tien. Even bleef hij achter het bureau zitten, met zijn gezicht dicht bij het lege, witte veld waar de mappen hadden moeten staan. De afvalbak was ook leeg. Soms is dat wat ontbreekt het belangrijkste stukje bewijs wat er is, had een instructeur van de recherche hem eens verteld. Soms is het niet wat je ziet, maar wat je niet ziet.

In de keuken legde Mahoney de sandwiches die ze in de pub hadden gekocht op een bord, dat hij meenam naar de kamer. Hij zette het op tafel en ging achter Caffery naar het scherm staan kijken. Caffery wist dat hij eigenlijk moest wachten. Hij moest de computer doorgeven aan de technische eenheid in Portishead, maar hij wilde dit nu meteen hebben. Hij zocht de sites af waarmee je gratis gegevens kon terughalen en koos een sharewareprogramma – Restoration – dat hij downloadde vanaf een snelle Europese site.

'Wat doe je?'

'Tenzij iemand een programma als Killdisc heeft gebruikt om de hele computer schoon te vegen, staan de documenten nog steeds ergens op de harde schijf. Zolang niemand die heeft gewist en zolang er geen systeemfile over die ruimte is geschreven, moet het er allemaal nog zijn.'

Ze aten de sandwiches op en wachtten tot de computer klaar was met downloaden. Toen drukte Caffery op 'set up' en keek hij toe hoe het programma zichzelf uitpakte. Hij liet drive C afzoeken, tikte 'inclusief gebruikte clusters van andere files' in, vroeg de computer de datum op te geven waarop de file was aangemaakt, en stelde alles in werking. De getallen in het raampje 'gevonden files' gingen duizelingwekkend snel omhoog. Binnen een paar seconden stond het scherm vol met files van elke soort; doc, xls, ppt. Boven aan de lijst stond een Worddocument dat was aangemaakt op 6 mei om halftien 's avonds. Afgelopen zondag. De dag dat ze verdwenen was. De titel was 'Vaarwel'.

Caffery opende het en liet alle lucht in zijn longen in één keer ontsnappen. Het zelfmoordbriefje. Hij had het in Wells al een paar keer gelezen en er stond niets ongewoons in; dezelfde deprimerende dingen die hij al te vaak had gezien – te veel pijn om verder te gaan, een leven dat niets meer waard was, niemand die het begreep. Sommigen pleegden zelfmoord uit lafheid, of door stress omdat ze moesten leven met de wetenschap van wat ze hadden gedaan. Mensen als Penderecki. Maar hij had nog nooit meegemaakt dat iemand een zelfmoordbriefje schreef, het printte en het daarna wiste.

'Dat heeft zij niet geschreven,' zei Mahoney. 'Absoluut niet. Dat is Lucy's taalgebruik helemaal niet.'

'Maar iemand heeft het geschreven. Geschreven en gewist. Als het open en bloot in de computer had gestaan, had de zoekadviseur het gevonden.'

Hij keek de lijst door. 'Daar zijn de e-mails aan de makelaar, allemaal gewist, maar hij heeft andere wel laten staan. Hij verbergt alleen specifieke dingen.'

Mahoney wees naar een map halverwege de lijst. 'Is dat iets?'

'NatWest-afschrijvingen.' Caffery zette ze terug op hun oorspronkelijke locatie en opende de map. Die bevatte vierentwintig jpegs, elk met de naam van een maand in de afgelopen twee jaar. Hij opende die van januari twee jaar geleden. Het was een gescande afbeelding van een bankafschrift. Hij floot zachtjes. 'De vermiste afschrijvingen.'

'Heeft ze ze in de computer gescand? Om ruimte te besparen?'

'Daar ziet het wel naar uit.'

Caffery opende het meest recente afschrift, van afgelopen april. Even staarden hij en Mahoney zonder iets te zeggen naar het scherm.

Toen Lucy Mahoney stierf, had ze een hypotheek van nog maar zevenduizend pond op haar huis, dat tweehonderdduizend pond waard was. Op haar spaarrekening stond nog eens honderdnegentigduizend pond.

'Jezus,' mompelde Mahoney. 'Hoe komt ze daar aan?'

'Alles in contanten binnengekomen.' Caffery klikte naar de andere maanden. 'Hier tweeduizend, in december nog eens achtduizend.'

'Jezus.'

'En kijk eens.' Hij tikte tegen het scherm. 'Hier is het begonnen. Bijna twee jaar geleden.'

Ze keken samen naar het bankafschrift. Zesentwintig maanden geleden had Lucy een regelmatig inkomen gehad van haar werk bij het bedrijf dat kerstdecoraties maakte. Nadat zij en Mahoney waren gescheiden, had ze in mei een eenmalige betaling gedaan van 7121 pond. Met een cheque – geen aanwijzing aan wie ze het bedrag had betaald. Twee weken na die betaling waren de contante stortingen begonnen.

'Enig idee waar die zevenduizend pond voor was?'

Mahoney schudde zijn hoofd. Behoedzaam, alsof hij helemaal niet meer rationeel kon nadenken, pakte hij het bord op. Hij sjokte de keuken in en liet Caffery achter de computer zitten om de ingescande afschriften te bekijken. Het ging om een heleboel geld. Dit was niet afkomstig van een rijke vriend, en als ze geen werk had gehad en ook geen lening had opgenomen, waar kwam het dan in godsnaam vandaan?

'Chantage.' Mahoney was teruggekomen uit de keuken. Hij stak Caffery een stomende mok koffie toe. Zijn ogen waren koud en hard. 'Dat is het, nietwaar?'

'Ik weet het niet,' zei Caffery. 'Het is een verklaring.'

'Het is de enige verklaring. Ze chanteerde iemand. Die werd het zat en besloot er een eind aan te maken.'

Caffery nam de mok aan. 'Weet je wat, laten we hier langzaam en verstandig mee omgaan. Laten we beginnen om de zaak heropend te krijgen.'

39

Caffery reed langzaam terug naar Kingswood en bedacht dat Powers hem nu wel toestemming zou geven een bevelschrift aan te vragen voor de cheque van 7121 pond, zodat de banken er hun archieven op na konden zoeken. Dat zou dagen duren. Maar de cheque was belangrijk. Hoe meer hij erover nadacht, hoe meer hij Colin gelijk gaf; Lucy had iemand gechanteerd. En die zevenduizend pond was de sleutel tot het hele geval. Ze had iets gekocht, iets duurs, en iemand die ze daarbij was tegengekomen, was degene die ze was gaan chanteren. Diegene was het zat geworden. Misschien was ze te veel gaan vragen. Dus was ze vermoord en was er veel moeite gedaan om het papieren spoor uit te wissen. Hij twijfelde er niet aan dat het zo gegaan was.

Mahoney had gezegd dat ze zich niet bedreigd voelde door het vriendje. Dat geloofde Caffery wel. Maar de vriend speelde hier toch een grote rol in. Niet noodzakelijkerwijs omdat hij Lucy had vermoord, maar op de een of andere manier had hij wel de sleutel in handen. Of hij het nu wist of niet.

Caffery ging op de rem staan. Achter hem moest een vrachtwagen uitwijken om te voorkomen dat hij tegen hem aan reed, en de bestuurder toeterde langdurig. Caffery stuurde zijn ongemarkeerde Mondeo naar de stoeprand en kwam tot stilstand bij een bushalte. Hij maakte zijn gordel los, draaide zich om met zijn elleboog op de rugleuning van de stoel en keek door het achterraam. Aan de andere kant van de weg stond een bord op het dak van een grote winkel in elektrische apparaten. Hij moest er honderd keer langs zijn gereden zonder het te zien. Nu gingen hem opeens allemaal lichtjes op.

Het was een gouden ovaal, op zijn kant. In het midden stond in zwarte letters het woord EMPORIUM. Hij wachtte tot het voetgangerslicht achter hem rood werd, maakte een U-bocht naar de andere kant van de weg en reed het weggetje op dat achter de winkel langsliep.

Er was hier iets van een bedrijventerreintje ontstaan, ongepland en bij stukjes en beetjes. Verschillende bedrijven waren gevestigd in een samenraapsel van gebouwen rond een centraal parkeerterrein, dat eens een boerenerf geweest moest zijn. Het Emporium was gevestigd in wat eens een oude boerderij geweest kon zijn. De ruimte was net zo lang en hoog als een hangar en het daglicht en de buitenlucht stroomden van beide kanten binnen. Het geheel gaf het idee van een vuilnisbelt onder een golfplaten dak. Overal lagen hoge stapels afgedankte spullen met vage looppaden ertussen.

Midden in het gebouw stond een klant met gebogen hoofd de draden van een kroonluchter met kristallen eraan uit elkaar te halen. Ze droeg een jurk met een Afrikaanse print en een ceintuur en had een heel bleke huid. Haar donkere haar was naar achteren geborsteld en vastgebonden met een bedrukte sjaal. In profiel had ze prachtige en ongewone trekken, maar van dichterbij zag hij dat de donkere oogschaduw en pruimkleurige lippenstift waren uitgelopen. Ze keek niet op toen hij passeerde.

Hij ontweek rijen uit elkaar vallende schuiframen, een stel draaimolenpaarden en een boegbeeld dat aan het plafond hing. Hij liep langs het inwendige van een ciderpers, een rij messen in een versleten leren gereedschapsriem en een lage, eiken looibank, glad gesleten na jarenlang gebruik. Het kantoor was een vierkant hokje van glas en hout in de verste hoek. Binnen stond elke plank en elk ander oppervlak vol spullen: oude granaathulzen, met stof overdekte kroonluchters, een gebarsten Betty Boop-pop uit de jaren dertig, een vergeelde bruidstaart in de vorm van een kerk met een klein stoffig bruidje en bruidegommetje in de deuropening. In de tussenruimten stonden presse-papiers. Hij liep er even naar te kijken, denkend dat hij alleen was. Toen zag hij een man in de hoek, die hem half gebogen over de open la van een dossierkast aanstaarde en zo roerloos bleef staan dat Caffery even dacht dat hij een van de kermiscuriosa was. 'Hallo.'

'Ja?' De man schoof de la dicht en kwam overeind. 'Kan ik u helpen?'

'U bent?'

'James Pooley. Hoezo?'

Caffery haalde zijn identiteitskaart voor de dag. 'Hebt u even?'

Pooley deed de kast dicht, kwam naar voren en keek naar de kaart. Hij was slank en had iets vrouwelijks. Zijn bruine coltrui was duur en fijn geweven en hij droeg zijn dunne leren jasje open en met de manchetten en de kraag omhoog. Hij had meer sieraden aan zijn handen dan gepast was voor een man. Zijn dikke haar hing over zijn kraag.

'Oeps,' zei hij met een mager glimlachje, waarbij nette tanden te zien waren. 'Betekent dit dat ik weer iets heb opgelopen? Dat ik per ongeluk een virus heb gedownload? Dat zich in de hoekjes en gaatjes een paar niet zo koosjere stukken verscholen houden?' Hij maakte een gebaar naar de enorme hoeveelheid handelswaar aan de andere kant van het raam. 'Het is tegenwoordig zo moeilijk. De helers worden steeds beter en beschaafder. Je ziet het verschil niet meer met een medewerker van Christie's, zo goed spelen ze het.'

'Het gaat over een klant.'

'Oké,' zei hij langzaam, en hij bekeek Caffery eens goed. 'Oké. Gaat u zitten.'

Caffery ging tegenover Pooley in een vintage bureaustoel zitten, waarvan de houten armleuningen dun en glad waren geworden door jaren van gebruik. In zijn zak had hij een exemplaar van de posters die waren gemaakt toen Lucy vermist werd, en hij vouwde hem open en legde hem op het bureau. Pooley bestudeerde hem met zijn neus haast op de foto. Er viel een lange stilte, waarin Caffery alleen de kruin van zijn goed gekapte haar te zien kreeg. Toen keek hij eindelijk op. 'Ja. Ik ken haar. Lucy Mahoney. Ze is een klant van me.'

'Was.'

'Was?' Pooley lachte nerveus. 'Dat klinkt niet goed, de verleden tijd. Ik gebruik hem niet graag als ik het over een klant heb.'

'Ze is overleden?'

'Overleden? Hoe dan?'

Er viel een stilte en toen verloor Pooleys gezicht iets van zijn beheersing, alsof het afbrokkelde aan de randen. 'Goeie god, goeie god.' Hij schudde zijn hoofd. 'Wat een tragedie. Wat zonde. Ze was nog jong.'

'Enorm.'

'Wat verschrikkelijk. Zeg eens... Haar familie? Houden ze zich een beetje goed?'

'Zo goed als verwacht kan worden. Ze had een dochter.'

'Ja, natuurlijk. Nou, als wij hier van het Emporium iets kunnen doen, onze condoleances kunnen aanbieden... Ze was een gewaardeerde klant.' Hij keek naar zijn handen op de tafel. Hij pakte een eenzaam elastiekje op en deed het in een bakje. Hij had heel blonde wimpers – bijna onzichtbaar – en zijn huid was heel glad. De handen die het elastiekje oppakten zagen er ook netjes uit, alsof ze gemanicuurd waren. 'Ik... Ik neem aan dat het een seksueel misdrijf was?'

'Wat?'

'Een seksueel misdrijf. Dat was het zeker?'

Caffery sloeg zijn armen over elkaar en keek Pooley aan. 'Maakt u een grapje?'

'Nee. Goeie god, nee. Ik dacht alleen...' Hij zweeg even en

hield zijn hoofd scheef. 'Weet u het dan niet van haar?'

'Wat moet ik weten?'

Pooley keek naar Caffery, die er op zijn gemak bij zat, alsof hij voorlopig niet wegging. Hij keek door het raam naar de donkerharige vrouw met de sjaal, die nog steeds met gebogen hoofd met de kroonluchter stond te prutsen. Toen duwde hij met een korte glimlach zijn stoel achteruit, stond op, ging naar een glazen kastje aan de andere kant van het kantoor en maakte het open. Hij haalde een met fluweel bekleed kistje voor de dag en zette het op tafel. Caffery boog zich ernaartoe.

In het groene fluweel lagen verschillende stukken roestvrij staal. Het duurde een paar seconden voor hij besefte wat hij voor zich zag. Seksspeeltjes. Prachtig gesneden instrumenten. Dildo's. Anuspluggen. Tepelklemmen. In ivoor, jade, glas. Een zweep van mensenhaar met een gouden handvat. In sommige stukken waren Chinese karakters gegraveerd. De prijzen op de labels begonnen bij honderd.

'Kocht ze dit soort dingen van u?'

'Inderdaad.'

'Hoe lang kwam ze hier al?'

'Achttien maanden? Langer. Ik kan het niet met zekerheid zeggen.'

Lucy, dacht Caffery, je bent niet het meisje dat ik dacht dat je was. Je hebt nog een andere kant. Speelde jij seksspelletjes? Misschien heeft iemand je toen die pillen gegeven. Zei hij dat ze de seks fijner zouden maken?

'Was ze altijd alleen als ze hier kwam?'

'Ik geloof van wel.'

'En ze leek nooit bezorgd?'

'Nee.'

'Ze zei nooit dat ze het gevoel had dat ze gevaar liep?'

Er viel een stilte. Toen zei Pooley behoedzaam: 'Ze kocht dingen van me. Ik geloof niet dat ze hier kwam om haar geheimen met me te delen. Ik kende haar goed genoeg om een praatje te maken. Ik wist wat ze verzamelde en soms kocht ik dingen met haar in mijn hoofd, maar onze band was zuiver esthetisch.'

Caffery keek naar de zweep van mensenhaar. Naar de anuspluggen. 'Esthetisch?'

Pooley bewoog een neusvleugel, alsof Caffery stonk. 'Ik deelde haar smaak in verzamelobjecten, meneer Caffery.' Hij deed de doos dicht. 'Haar smaak in de slaapkamer? Nou, alstublieft – ze was een klant.'

'Ze kocht ook presse-papiers van u.'

'Dat was haar andere liefhebberij.' Hij liep terug naar de kast, zette de doos er weer in, haalde er een stel presse-papiers uit, beide diep hemelsblauw, en hield ze als twee dikke pruimen in zijn handen. 'Mooi, niet? Ik heb ze uit een winkel in Andover. Die parochiewinkeltjes hebben de helft van de tijd geen idee wat ze in handen hebben. Deze zijn Frans. Van de Clichy-fabriek. Heel oud. Ik heb ze voor haar gekocht. Ik dacht dat ze de kleur mooi zou vinden.' Hij zette ze op zijn bureau. Toen ging hij met zijn tong tussen zijn tanden terug naar het kastje, liet zijn handen zachtjes over de andere objecten erin gaan, koos er een paar en bracht ze naar de tafel. 'Deze waren ook voor haar bedoeld.'

Hij zette nog drie presse-papiers neer, twee met felle oranje en rode tinten erin, de derde eenvoudig wit maar met een oppervlak dat naar boven stak alsof het glas naar de hemel reikte. 'Niet echt iets voor mij, om eerlijk te zijn, te modern, maar ik denk dat mevrouw Mahoney ze mooi zou hebben gevonden. Ik was van plan ze aan haar te laten zien. Ziet u? Je zou ze zo kunnen neerzetten. Misschien in een vensterbank.' Hij ging zitten en zette zijn handen tegen elkaar, zodat ze een hoge, smalle spits vormden. 'Als je de aandacht wilde vestigen op iets aan de andere kant van het raam, bijvoorbeeld.'

'De dingen die ze van u kocht.' Caffery vroeg zich af wat de presse-papier, die in het midden stond, had dat een snaar bij hem raakte. 'Hebt u daar gegevens van? Bonnetjes?'

'Bonnetjes. Ja, ik...' Pooley zweeg even. Hij vermande zich en glimlachte rustig. 'Die bewaar ik meestal thuis. Kan ik daar contact met u over opnemen? Ik zou ze even langs kunnen brengen.'

Caffery haalde zijn portefeuille uit zijn zak en nam er de tijd voor omdat hij na zat te denken en probeerde te bepalen of er nog iets anders was, een andere vraag die hij zou moeten stellen. Maar net toen het antwoord omhoog begon te komen, ging de telefoon in zijn zak. Hij haalde hem eruit. Het nummer van Beatrice Foxton flitste op het schermpje.

'Wat ben je aan het doen?' Haar stem galmde. Hij vermoedde dat ze zich in het mortuarium bevond. 'Waar zit je?'

'In Brislington.' Caffery schoof de stoel achteruit en ging staan. Hij haalde een visitekaartje voor de dag en legde het voor Pooley op het bureau. 'Bel me,' bewogen zijn lippen. 'Hoezo, Beatrice? Waar wil je me hebben?'

'Het ziekenhuis in Southmead. Nu meteen, liefst.'

40

Fester en Lurch, de mortuariumassistenten, waren bezig het lichaam te fatsoeneren toen Caffery arriveerde. Hij liet zijn jas achter in het kantoor en trok net de witte laarsjes aan die het mortuarium verschafte toen Beatrice met een masker onder haar kin en een glazen laboratoriumbeker in haar hand in de deuropening verscheen. 'Hallo, Jack.' Ze schudde de beker voor zijn gezicht, zodat de inhoud heen en weer klotste. Hij ving de scherpe geur van braaksel op. 'Blij dat je kon komen.'

'Dank je.' Hij draaide zijn hoofd af, voelde in zijn zakken naar kauwgom en wierp een zijdelingse blik op de beker. 'Maaginhoud?'

'Coca-Cola, salade, stukjes van iets wat volgens mij een pizza geweest is, koffie en ongeveer acht half verteerde tabletten temazepam. Net als Lucy Mahoney.'

'O, jezus,' zei Caffery dof. Hij legde zijn hand tegen de beker en duwde hem weg van zijn gezicht. 'Dit is níét wat ik wil horen.' Hij keek over haar schouder de snijkamer in, waar Lurch in een zonnige gele tuniek en met een masker voor zijn mond de lange Y-incisie in het lichaam op tafel dichtnaaide. 'Wat heb je daar?'

'Zelfmoord. Of eerder een moord die eruit moet zien als zelfmoord. Kom maar.'

Caffery stak twee stukjes kauwgom in zijn mond en liep achter haar aan de kamer in. De vrouw op het blok was bij leven mollig geweest en ze had een bleke huid en blond schaamhaar. Op haar rechterborst had ze een tatoeage van een zwaluw, maar haar gezicht en haar waren niet te zien. Een tweede assistent stond bij haar hoofd en rolde met beide handen zachtjes haar gezicht weer omhoog over de schedel. Beatrice had een incisie aan de achterkant van de schedel gemaakt en had de huid en het haar over de voorkant van haar hoofd getrokken, zodat ze in plooien onder haar kin terecht waren gekomen. Nu de sectie voorbij was, was het Lurch' werk het gezicht weer omhoog te rollen en plat en presentabel te maken voor de nabestaanden. Achter hem stond een man met een marineblauwe regenjas half van hem afgewend, met een mobieltje tegen zijn oor. Een inspecteur van de plaatselijke politie, vermoedde Caffery.

'Ze is zeker nog niet lang dood?' Caffery liep om de tafel heen en bestudeerde het lichaam en de donkere hechtingen die diep in haar vlees staken. De Y-snede liep om de navel heen, zodat die nog vastzat aan de linkerflap van de maagwand. Lurch naaide het klompje kraakbeen weer aan de tegenoverliggende huidflap. 'Ze is nog niet stijf.'

'We denken dat het gisteravond is gebeurd, ergens voor middernacht. Haar naam is Susan Hopkins.'

Beatrice stak haar hand uit naar de technische rechercheur, die haar een stapel foto's gaf. Ze overhandigde ze aan Caffery. Op de foto's lag Susan Hopkins in een spijkerbroek met riem en een zwart-met-witte blouse met bloemopdruk op de vloer van een garage, met een donkere plas bloed om haar heen. Ze was jong, vrij knap en had een plat gezicht en een kleine neus. Haar blonde haar was kortgeknipt. Netjes, niet opvallend.

'Ze was verpleegster in een particuliere kliniek bij Yate. Ze had een vroege dienst gedraaid en zou om zeven uur iets gaan drinken met haar vriend – ze hadden iets te vieren, omdat haar vriend na drie weken van de olieplatforms bij Aberdeen was gekomen. Ze kwam niet opdagen. De politie vond haar vanmorgen om drie uur in haar eigen garage. Niet aangerand, het ondergoed zat gewoon op zijn plaats. Niet beroofd. De ouders – arme zielen – zijn op vakantie in Kroatië. Iemand probeert ze op te sporen.'

'En je bent er niet van overtuigd dat ze zelf de stekker eruit heeft getrokken omdat...'

Beatrice wierp een blik op de inspecteur om zich ervan te verzekeren dat hij niet mee stond te luisteren. 'Ze lag op haar rug,' fluisterde ze. 'Net zoals nu. Net zoals Mahoney.'

'En?'

'De meeste mensen die zelfmoord hebben gepleegd, zitten. Half, in ieder geval. Is dat je nooit opgevallen? Als ze hier arriveren terwijl de lijkstijfheid nog niet is geweken, is het alsof je een stoel op de tafel legt; de benen steken alle kanten uit. Maar nee. Ik breek geen botten om ze plat te krijgen, voor het geval je daar iets over gehoord hebt. Ik heb andere methoden.'

'Dus ze is erbij gaan liggen. Is dat verdacht?'

'Goed, goed.' Beatrice zuchtte. 'Geef een oude dame een kans. Natuurlijk betekent het niets als ik een zelfmoordenaar krijg die plat op zijn rug ligt, met zijn handen langs zijn zij. Het is een beetje ongewoon, dat is alles. Maar als je het toevoegt aan het grote geheel... Ik weet het niet. Misschien verveel ik me hier gewoon in de wildernis. Misschien zoek ik op elke hoek moorden.'

Ze tilde Susans rechterhand op en liet Jack de binnenkant van haar pols zien. Het was een onhandige snee, in de lengterichting net als bij Mahoney.

'Geen oefensneetjes?'

'Net als bij Mahoney. Ze zijn allebei recht op hun doel afgegaan. Het is net als met dat liggen. Als je het op zich bekijkt, betekent het niets. Maar er zijn andere dingen.'

'Wat voor andere dingen?'

'Ze heeft het op dezelfde manier gedaan als Mahoney. Benzo's en het mes. En net als bij Mahoney is de temazepam maar half verteerd.'

'Wat betekent dat voor ons?'

Beatrice wreef met een vingertop over haar voorhoofd. 'Zeg jij het maar. Lucy Mahoney had temazepam voorgeschreven gekregen vanwege een operatie, maar Hopkins...' Ze keek naar hem op. 'Tot dusver kan niemand erachter komen hoe ze aan die tabletten gekomen is.'

Caffery keek naar de snee in Hopkins' pols. Hij kon het mechanisme van de arm zien: de grijsbruine pezen, de glibberige fascia van de spieren. 'Ik weet het niet. Het lijkt mij een beetje vergezocht.'

Beatrice duwde een losse lok grijs haar van haar voorhoofd en slaakte een geërgerde zucht. 'Weet je, ik had niet verwacht dat je meteen op je knieën zou vallen om me ten huwelijk te vragen, maar ik moet zeggen dat ik toch op een andere reactie had gehoopt, Jack. Ik had gehoopt op iets van waardering. Al was het maar een knikje. Een glimlach omdat ik de moeite heb genomen je te bellen, misschien.'

Caffery keek naar de inspecteur, die niet had opgekeken en nog steeds in de telefoon stond te praten, met één vinger in zijn oor om het geraas van de airconditioning buiten te sluiten. 'Dat komt zo,' mompelde hij, terwijl hij zich naar haar toeboog. 'Als je gelijk hebt, kan ik alleen maar zeggen: God bewaar me.'

'En ík kan alleen maar zeggen, dat ik het gekletter hoor van God die aan komt galopperen. Want ik heb wel gelijk. Je hebt alleen nog niet alles gehoord.'

Caffery keek opzij, recht in haar ogen.

'Ja,' fluisterde ze met opgetrokken wenkbrauwen. 'O, ja.'

Ze gebaarde naar Fester en Lurch. Net als Mahoney was Hopkins een stevige meid geweest; er waren twee personen nodig om haar om te rollen. En toen ze dat deden, hield Caffery op met kauwen. Hij stond heel stil, met zijn handen in zijn zakken.

'Zie je wat ik bedoel?' zei Beatrice. 'Zie je waarom ik niet geloof dat ze zelfmoord heeft gepleegd?'

Op de achterkant van Hopkins' hielen was een stuk huid weggeschaafd. Er zaten kleine stukjes zwart in de schaafwonden: grind.

'Is ze gesleept? Wil je me zeggen dat ze de garage in gesleept is?'

Beatrice lachte zacht en zonder enige humor. 'Eindelijk,' fluisterde ze. 'Eindelijk zitten we op hetzelfde spoor.'

41

Flea parkeerde in de schaduw onder de bomen, net buiten het zicht van de weg, en liep het pad op naar de bungalow van Ruth Lindermilk. De hitte van de dag trok net weg. Het was stil in het gehucht; het enige geluid kwam van een woedend blaffende hond in een van de huisjes. Flea ging niet het pad naar de deur op. Ze maakte het hek open en liep langs de zijkant van het gebouw naar de plek waar het terrein steil afhelde naar de weg.

Ruth stond een meter of drie verderop met haar rug naar Flea toe. Ze was blootshoofds en droeg een korte witte rok en een spijkerjasje, en ze was druk bezig vogelzaad in een van de voederkokers te doen.

'Hallo.'

Ruth keek om, zag Flea, zette het zaad op de grond en liep naar het huis.

'Ruth, alsjeblieft.'

'Rot op. Ik haal mijn geweer.'

'Je hebt geen geweer. Dat heeft de politie je afgenomen.'

'Ik heb een ander gekocht. Ik ga het halen.'

'Jezus, Ruth, we zitten hier verdomme niet bij *The Beverly Hillbillies*.'

Ze bleef staan en draaide zich langzaam naar Flea om. Zonder pet leek ze ouder. Haar slecht geverfde haar was kortgeknipt en werd grijs op haar achterhoofd. Haar make-up zat samengeklonterd in haar ooghoeken. Ze transpireerde en hijgde. 'Jij hebt verdomme lef, dat je je hier nog laat zien.'

'Het spijt me van de laatste keer, maar de buren hebben me niet gestuurd. Dat zou je op zijn minst moeten geloven.'

Ruth schudde haar hoofd. 'Wie ben je dan? Met je legerbroek en je pet. Heeft niemand je ooit verteld dat dat jongenskleren zijn? Je bent net een knul.'

'Ik ben privédetective.'

'Privé... Waarom heb je me dan verteld dat je van de verkeerspolitie was?'

'Het was het eerste wat bij me opkwam.'

'Ik had meteen al kunnen weten dat je niet van de gemeente kwam. De gemeente zou nooit naar me toe komen. Als ik nou steun trok, zou het anders zijn; als ik van de soos leefde, waren ze hier meteen...' Haar stem stierf weg. 'Een privédetective? Wat wil je van me?'

'Kunnen we even praten? Binnen? We hoeven geen voorstelling te geven voor de buren, toch?'

Ruths mond trok. Haar sluwe hersentjes waren bezig met de situatie. Ze keek naar de weg en naar de andere huizen in het gehucht. Haar ogen waren grijs en hard in haar opgezette gezicht. Onverzettelijk. 'Je hebt vijf minuten. Dan bel ik de politie.'

Ze gingen de woonkamer in. Hij leek groter nu de openslaande deuren wijd openstonden, en het rook er naar schoonmaakmiddel en verbrande toast. Flea duwde wat katten weg en ging op de bank zitten. 'Ik zal eerlijk tegen je zijn.'

'Dat kun je helemaal niet.'

'Ik zal eerlijk tegen je zijn. Ook al zou ik dat eigenlijk niet moeten doen, ik zal je de waarheid vertellen. Ik zit in de problemen.'

'En wat dan nog? Denk maar niet dat het mij ook maar iets kan verdommen.'

'Deze zaak is mijn laatste hoop. Als ik het niet goed doe, raak ik mijn baan kwijt. Daarom heb ik tegen je gelogen. Ik was wanhopig.'

'Wanhopig?' Ruth likte langs haar lippen. 'Wat erg voor je. Zit je soms aan je laatste miljoen of zo?'

'Het is een moeilijke zaak. De man van mijn cliënt gaat vreemd. Hij is vorige week dronken thuisgekomen. Hij had een ongeluk gehad. Er zat een deuk in de voorkant van hun auto. Hij heeft mijn cliënt verteld dat hij in Bristol geparkeerd stond bij een feestje van zijn werk en dat er op het parkeerterrein iemand tegenaan was gereden.'

'En?'

'Mijn cliënt geloofde hem niet. Ze dacht dat hij naar zijn vriendin in Tellisford was geweest. Als dat zo is, moet hij hierlangs zijn gereden om thuis te komen. Ik denk dat hij die deuk in zijn auto hier op de weg heeft opgelopen. Er staan remsporen. Toen ik die gisteren zocht, zag ik je telescoop vanaf de weg. Daarom ben ik naar boven gekomen.'

Ze keek Ruth strak aan. 'Dat ongeluk is afgelopen maandag gebeurd. Ergens voor middernacht. Weet jij er iets van?'

'Natuurlijk. Hij heeft een hert aangereden.'

'Hoe weet je dat het een hert was?'

'Dat hoorde ik aan het geluid van de botsing.'

'Dus je hebt het niet gezien?'

'Ik heb het gehoord. Dat was genoeg. Het hert moet zijn weggestrompeld, want toen ik daar later met de camera kwam, was er niets meer te zien. Het is waarschijnlijk op een van de velden doodgegaan, het arme...' Ze brak de zin af en keek Flea argwanend aan. En toen grinnikte ze. Een benevelde glimlach die liet zien dat ze tanden miste. 'O,' zei ze. 'Daar ga je weer. Je denkt dat ik gek ben.'

Flea keek haar onbewogen aan. 'Ga je nog met me praten of niet?'

'Dat hangt ervan af.'

'Waarvan?'

'Van wat je me in ruil kunt geven.'

'Ik weet niet wat ik je in ruil moet geven. Waar denk je aan?'

'Wat denk je dat ik dacht?'

'Geld, neem ik aan. Maar daar kom je niet ver mee. Het is niet ethisch om te betalen voor informatie.'

'Ethisch? Voor wie niet?'

'Voor mij niet. Voor mijn bedrijf niet. Voor mijn cliënt niet.'

'O, ik weet zeker dat je wel iets kunt vinden. Tienduizend. Dat is alles. Niet veel. Niet voor iemand als jij.'

'Het zou je verbazen wat veel is voor iemand als ik.'

'Dat geeft niet.' Ruth ging naar de bar en pakte een gebarsten glas met drank op. Ze hief het naar Flea. 'Als het interessant genoeg is voor jou, is het ook interessant genoeg voor iemand anders.'

Flea kwam overeind.

'Waar ga je naartoe?'

'Er is geen geld. Ik ga naar huis.'

Ruth haalde haar schouders op. Ze zette het glas neer en liep naar de computertafel. Uit de bovenste la haalde ze een cellofaan envelop en liet er een zwart-witafdruk uit glijden. 'Mijn bewijs.' Ze kwam de kamer door en stak hem Flea toe. 'Ik heb niet zijn hele kenteken kunnen opnemen, alleen de laatste drie letters. Anders had ik meteen de politie gebeld.'

Flea keek naar de foto en haar hart bonsde langzaam en zwaar in haar borst. Hij was genomen vanaf de patio en toonde de weg bij nacht. Midden over de weg liep een dubbel bandenspoor en waar dat eindigde, stond een auto met het portier open. Er stond een man achter de auto, alsof hij net de kofferbak had dichtgeslagen. Hij stond van de camera afgewend en hoewel hij te ver weg was om te kunnen zien hoe hij eruitzag, wist je dat Thom daar stond als je hem kende.

De kentekenplaat was onleesbaar vanwege het licht, maar de letters waren wel duidelijk: GBR. En net boven de nummerplaat was iets donkers te zien. Als je niet heel goed keek, zag je het niet. Maar Flea zag het wel. En ze wist dat het een stukje was van een fluwelen jas. *Hij had haar al in de kofferbak gelegd en wilde wegrijden... Dus je hebt niet alles gezien. Je hoorde de botsing, maar je wist niet dat hij een mens had geraakt. Je hebt niet gezien dat hij Misty in de kofferbak legde. Daarom dacht je dat het om een hert ging...*

Ze stak haar hand uit naar de foto, maar Ruth was snel. Ze schoof hem weer terug in de envelop, ging naar het bureautje in de hoek, duwde de envelop in de la en draaide de sleutel om. Ze keek met een glimlach om naar Flea, met iets sluws in haar gezicht. 'Nee, nee, nee,' zei ze. 'Dat zou te gemakkelijk zijn, vind je niet?'

'Leen me de foto, Ruth. Hij zou bewijzen dat de man van mijn cliënt hier was.'

'Nee.' Ze liet de sleutel in haar beha glijden. Knipoogde. 'Ik denk niet dat ik dat doe.'

'Ik zal er een kopie van maken. Ik kan er binnen een paar minuten mee naar een winkel met een kopieerapparaat lopen. Dan is mijn zaak afgesloten en kan ik je met rust laten.'

'De prijs is omhooggegaan. Vijftienduizend. Dat kost hij.'

Flea deed haar mond open. Sloot hem weer. Wat bewees die foto nou helemaal? Dat Thom was gestopt. Dat hij uit de auto was gestapt om te kijken wat hij geraakt had. Dat zouden ze in zijn verhaal moeten opnemen. Ze zouden Misty ver genoeg in het veld leggen om aannemelijk te maken dat ze door de heg was geschoten en dat hij haar van de weg niet had kunnen zien toen hij was uitgestapt om te kijken. Dan moest hij zeggen dat hij had aangenomen dat hij een hert had geraakt en dat het dier weg was gestrompeld. Precies zoals Ruth het had verteld.

'Ik dacht het niet.' Ze keek op haar horloge. Het was halfzeven. Ze moest over vijfenveertig minuten in Keynsham zijn voor haar afspraak met Mandy en Thom. 'Het spijt me, maar ik denk echt niet dat dat gaat gebeuren.'

42

Op de plek in Keynsham waar het oude sluiswachtershuisje had gestaan, was een moderne ciderpub gebouwd. Flea, Thom en Mandy gingen naar de gammele vissteiger, zodat het gebrul van de dam hen zou overstemmen, en probeerden zo normaal mogelijk te doen. Ze bestelden grote glazen dikke, oranje cider, maar geen van hen had er zin in. Thom zette zijn glas op een steunbalk en bleef met over elkaar geslagen armen naar zijn teen staan kijken, die hij in kringetjes bewoog alsof hij er iets mee schreef. Hij wilde geen van beide vrouwen aankijken.

Flea stond schouder aan schouder met Mandy en staarde somber naar de rivier. Ze had er eens een lijk uit gehaald. Een zeventigjarige man met keelkanker. Terwijl zijn vrouw naar Somerfields was, was hij met een houten hamer en een steenbeitel naar de tuinmuur gegaan, had zeven bakstenen eruit gehakt, de bakstenen in een rugzak gedaan die hij stevig had omgehangen en was toen hiernaartoe gekomen en recht het water in gestapt. Bruiloftsgasten op het terrein van de pub aan de overkant zagen het hem doen. Zijn lichaam was meteen naar beneden getrokken en door de stroming tegen de dam vastgehouden. Het had het duikteam zes uur gekost om hem eruit te krijgen en toen dat gelukt was, bleek zijn gezicht, dat al zwaar te lijden had gehad van de behandeling, zo vaak tegen de dam aan te zijn geslagen dat het eruitzag als een rauwe hamburger.

'We moeten een plan bedenken.' Mandy droeg een zwarte linnen jurk tot halverwege haar kuiten en verbleekte blauwe Birkenstocks. Op haar zware bovenarmen zaten overal rode vlekjes. 'Dat is in ieders belang, om een plan te hebben. We moeten besluiten hoe we hier allemaal het beste uit kunnen komen.'

Flea keek op naar de pub. Er stonden een paar mensen op het terras. Sommigen droegen een pak, anderen een korte broek en een T-shirt. Niemand lette op hen. Ze deed toch een stap naar Mandy toe en dempte haar stem. 'Hoor eens, het zal gemakkelijker zijn dan je denkt. Er is op dit moment een grote reorganisatie aan de gang in het forensische systeem en de meeste rechercheteams hebben om te beginnen al geen groot budget voor forensisch onderzoek. De autopsie zal aantonen dat ze geraakt is door een auto. Met een bekentenis van Thom kijken ze er verder niet al te nauwkeurig naar. Er is geen reden om extra tests aan te vragen.'

'Wat voor extra tests?'

'Tests die zouden aantonen dat ze niet al die tijd in de openlucht heeft gelegen. Dat is het enige probleem. Als ze erachter komen dat ze in de auto is gelegd...'

'Je hebt het al helemaal uitgedacht.'

'De auto moet kloppen, want ze zullen kijken waar die haar geraakt heeft. Ik heb de bekleding van de kofferbak verbrand en jullie zullen ergens heen moeten gaan, Londen misschien, om een nieuwe te kopen. Jullie zullen contant moeten betalen. Ik zorg ervoor dat er geen vezels uit de kofferbak op haar kleren zitten. Het enige andere probleem is het lijk.'

Mandy's gezicht vertrok. 'Ja. Dat.'

'Ze is in de kofferbak op een heel andere manier tot ontbinding overgegaan dan in de openlucht zou zijn gebeurd. Langs de weg zouden er dieren zijn geweest. Sporen van ratten, muizen en vossen. Die zijn niet zo kieskeurig als er vlees op het menu staat.'

'Jezus christus,' mompelde Thom. 'Dit is een nachtmerrie.'

Mandy wierp hem een scherpe blik toe. 'Hou je mond.'

'Nou, dit is het meest cruciale deel. We moeten haar ergens verstoppen waar ze heel goed zelf terechtgekomen kan zijn, maar waar ze vanaf de weg niet gezien kan worden. Ze moet een nacht of nog langer daar blijven liggen, eigenlijk zo lang mogelijk, zodat de dieren hun ding kunnen doen. Met haar kunnen slepen. Sommige sporen kunnen uitwissen om alles geloofwaardig te maken.' Ze nam een slokje uit haar glas en veegde met de rug van haar hand haar mond af. 'En daar wordt het lastig.'

'Wat?'

'Het is op een afgelegen plek, maar iemand heeft er zicht op. Goed zicht. Dan kom jij eraan te pas, Mandy. Ik ga je vragen iemand af te leiden.'

'Hoe moet ik dat doen?'

'Dat weet ik nog niet. Je houdt toch van dieren? Misschien kun je tegen haar zeggen dat je kat zoek is en dat je hem in die buurt zoekt.'

'Ik ben geen actrice.'

'Dat hoeft ook niet. Die vrouw is alcoholist. Als we het tijdstip goed kiezen, hoef je niet veel moeite te doen om haar te overtuigen.'

Ze nam nog een slokje cider, zette het glas neer en haalde een stukje kauwgom uit het pakje in haar zak. Rustig aan met de drank; het laatste wat zij moest doen, was dronken worden. 'En het moet vanavond. We moeten het vanavond doen.'

Mandy en Thom zeiden niets. Ze staarden haar allebei aan.

'Ik weet het, ik weet het. Maar het moet gedaan worden. Dan zullen we ons allemaal beter voelen.'

'Oké.' Mandy krabde over haar hoofd. 'Nog één ding.'

'Wat dan?'

'Vertel nog eens precies wat er echt is gebeurd, die avond. Want jij hebt me toen verteld dat hij in de achtertuin bezig was. Ik heb je drie keer gebeld en je hebt me iedere keer gezegd dat hij in de achtertuin was.'

'Daar hebben we het al over gehad.'

'Ik wil het alleen even goed op een rijtje hebben.'

Flea zuchtte. 'Oké. Zoals ik al zei, dekte ik hem. Hij is met een paar mensen gaan praten over het importeren van kroonluchters uit Tsjechië, nietwaar, Thom? Hij dacht dat je kwaad zou worden als je het wist. Dus hebben we gelogen. Simpel.'

'Het is alleen, de avond dat ik belde heb je me steeds weer verteld dat hij helemaal onder aan de terrassen was. Je zei dat hij een boom snoeide of zoiets.'

'Mandy.' Flea bleef geduldig. 'Concentreer je. Luister naar wat ik zeg. Ik. Loog. Thom was er niet. Hij had een borrel met die zakenrelaties gedronken en kwam aangeschoten thuis. Kom op, Thom. Heb jij dit niet uitgelegd? Ze luistert niet naar me.'

'Ik...' begon hij aarzelend. 'Ik... ik weet niet wat ik moet zeggen.'

'Leg het in godsnaam gewoon uit. We staan hier onze tijd te verdoen.'

Hij wierp een blik op Mandy en keek snel weer weg. In zijn ogen lag precies dezelfde afwezige uitdrukking die hij als kind kreeg als pa probeerde hem ergens op vast te pinnen. 'Ik... ik kan het me niet herinneren,' mompelde hij. 'Het is een soort waas, snap je..'

'Een soort waas? Een soort waas? Word wakker, Thom. Dit is ernst.'

Mandy stak haar handen op. 'Rustig aan, Phoebe. We proberen alleen maar te achterhalen wat er echt gebeurd is.'

'Wat er echt gebeurd is? Dat heb ik je verteld.'

'Ja, maar zie je ons punt niet? Dat zei je ook tegen me op de avond van het ongeluk. Toen zei je ook dat je de waarheid vertelde. Maar dat was niet zo. Je loog, dus hoe weet ik dat je nu ook niet staat te liegen?'

'Ik lieg verdomme niet, Mandy.'

'Je hoeft niet te schreeuwen.'

'Maar ik lieg niet. Waarom zou ik in godsnaam liegen?'

Mandy's gezicht werd heel rustig. 'Om jezelf eruit te praten? Misschien?'

Flea hief haar hand om het licht uit de pub uit haar ogen te houden en bestudeerde Mandy's gezicht. 'Is dit een grap of zo?'

'Jij reed toch in die auto?'

'Wát?'

'Ik zei, jij reed toch in die auto? Je hebt die agent bezworen dat jij reed.'

'Omdat ik Thom wilde beschermen. Die was helemaal de weg kwijt.'

'Wie zegt dat?'

Flea blies alle lucht uit haar longen. 'Dit is verdomme krankzinnig. Krankzinnig. Ik kan niet geloven dat je dit je strot uit kunt krijgen.'

'Je was die avond zo opgewonden – je weet hoe dat soms gaat bij jou. Je was van streek door je werk, of over je ouders.' Mandy's stem klonk gekwetst en onbegrijpend, alsof dit niet iets was wat ze begreep, maar waar ze soepel over wilde zijn. 'Je reed terwijl je overstuur was en werd gevolgd door die agent. Hij liet je blazen. Daar moet ergens een melding van bestaan.'

'Vertel me alsjeblieft dat je dit niet meent. Zeg me dat je niet probeert dit mij in de schoenen te schuiven.'

Mandy gaf geen antwoord.

Flea floot zacht en ongelovig. 'Kreng dat je bent.'

'Pas op je woorden.'

'Oké.' Ze zette haar glas op de steiger. 'We gaan naar de politie.'

Mandy verroerde zich niet. 'Dat dacht ik niet. Het is jouw woord tegen dat van Thom. En dat van mij. En dat van de agent.'

'Dat gaat je niet lukken, Mandy. Als jij het vuil wilt spelen, meid, dan kun je het schudden. Ik kan bewijzen dat ik niet reed.'

'O, ja?'

'Er is een foto. Die aantoont dat Thom Misty heeft aangereden.'

Mandy zuchtte. 'Wat is dat toch met jou, Phoebe, dat alles wat je zegt zo ongeloofwaardig klinkt? Waar is die foto? Zullen we hem eens bekijken?'

'Hij bestaat.'

'Laat maar zien, dan.'

'Hij bestaat, Mandy. Je kunt me maar beter geloven.'

Mandy glimlachte en legde een geruststellende hand op haar arm. 'Dat zal best. Ergens, misschien in jouw verbeelding. Maar het is niet nodig om dingen te verzinnen, want wij zullen het toch aan niemand vertellen. Nee, je hebt van ons niets te vrezen. Wij zullen je beschermen. We zullen aan niemand iets zeggen.'

Flea rukte haar arm weg. 'Blijf met je poten van me af.'

Ze liep naar de auto. Ging erin zitten met de ramen dicht. Zette de cd van Snow Patrol zo hard ze kon en tikte fel mee op het dashboard. Een of twee mensen keken naar de kleine Clio vanaf het terras van de pub. Thom en Mandy stonden op de vissteiger naar haar te kijken, schouder aan schouder. Hun gezichten bevonden zich in de schaduw, maar ze zag toch dat ze niet met elkaar praatten. Ze deden niets. Ze keken alleen.

Ze dacht aan Ruth Lindermilk. Dacht aan de sleutel die in haar T-shirt was verdwenen. Ze stelde zich voor hoe ze zou reageren als ze er ooit achter zou komen waarom de foto echt belangrijk was. Geen vrouw die zich door de politie bang liet maken om een bewijsstuk af te geven. Vooral niet om Flea te helpen. Ze zou hem nog eerder vernietigen.

Thom en Mandy. Ze stonden er nog steeds. Ze stonden als zombies op de steiger naar haar te kijken. Ze tikte nog harder.

Agent Prody zou getuigen dat hij haar was gevolgd. Niet Thom. Hij zou zeggen dat ze hem keer op keer bezworen had dat zij in de Focus had gezeten. En Pearce; ze wilde niet aan Pearce denken. Hij zou iedereen vertellen dat hoofdagent Marley heel zelfverzekerde theorieën had rondgestrooid over waar Misty wel en niet gevonden kon worden. Niet in het meer, had ze gezegd. We vinden haar zeker niet in het meer. Alsof ze wist waar ze was. Zij met haar grote mond. Ze had het alleen gezegd omdat ze niet dacht dat iemand die zo met haar uiterlijk bezig was als Misty zich zou verdrinken. Het was een stom idee geweest, dat zomaar bij haar was opgekomen.

Ze keek naar de pier.

Thom: *het is een soort waas.*

Mandy: *wij zullen je beschermen.*

Ze zette de muziek uit. Stapte uit en liep terug naar de steiger.

'Flea.' Mandy's hand kwam waarschuwend omhoog. 'Laten we hierover praten en...'

Te laat. Flea was al bij Thom. Ze had hem bij de schouders en sloeg hem tegen de balk. 'Zeg de waarheid!' gilde ze.

'Laat me los.'

Ze trok hem naar voren. Sloeg hem weer naar achteren. Zijn armen vlogen opzij. Het glas viel om en spatte uit elkaar. 'Nu meteen.'

Hij gleed snakkend naar adem langs de balk naar beneden tot hij zat. De mensen op het terras draaiden zich verbaasd om. Ze pakte hem onder zijn oksels, trok hem voorover op de grond, zette haar voeten aan weerszijden van zijn rug en liet zich met haar volle gewicht op zijn billen vallen. Ze begroef haar handen in zijn haar. 'Neem verdomme de verantwoordelijkheid voor wat je doet.'

'Hou op.' Mandy krabbelde aan haar handen. 'Hou op.'

Flea luisterde niet. Ze zag voor zich hoe pa Thom had geslagen, een miljoen jaar geleden. De leegheid op Thoms gezicht. Hoe hij geen enkele reactie had vertoond. 'Zeg de waarheid!' gilde ze.

Hij tastte blindelings achter zich. 'Laat me met rust.' Hij zette zijn vingernagels in haar handen en probeerde ze uit zijn haar te trekken.

Ze klemde haar tanden op elkaar. Boog achterover en trok zijn hoofd omhoog. 'Vertel godverdomme de waarheid...'

Hij gooide zich opzij en zijn benige heupen draaiden tot hij op zijn rug lag, met zijn gezicht naar haar toe. Ze probeerde zijn hoofd tegen de grond te beuken, maar hij hield haar tegen door haar polsen vast te pakken. Terwijl zij zich probeerde te bevrijden, bracht hij twee, drie keer snel achter elkaar zijn knie omhoog en raakte haar in haar kruis. En nu zat Mandy op haar hurken naast haar. Ze gilde niet. Ze was heel stil. Haar gezicht was verwrongen van concentratie terwijl ze Flea met haar vlezige armen vasthield.

'Blijf van me af, kreng.' Flea ramde haar elleboog opzij. Ze miste. Verrekte een spier in haar schouder. 'Blijf van me af.'

Ze wierp zich met wapperend haar opzij. En weer terug om Mandy's greep te breken. Maar Mandy was twee keer zo zwaar als Flea en sterk, en ze hield haar gezicht tegen Flea's schouder, bleef grimmig vasthouden en ging mee met haar bewegingen. Ze rolden op de pier. Ze voelde een stukje glas in haar wang snijden, voelde hoe Thom onder hen vandaan kronkelde en hoorde hoe hij ging staan terwijl zij met Mandy worstelde.

'Laat me los, Mandy,' siste ze. 'Ik vermoord je.'

'Pak haar handen!' riep Thom opeens. 'Pak haar vast.'

Flea schopte blindelings terwijl zijn handen naar die van haar grepen. Ze voelde wraakgierige vingernagels in haar polsen. Voelde dat ze werd opgetild. Hij was sterk. Sterker dan ze ooit gedacht had. Er liep bloed langs haar kin. Uit de bar kwamen de vage gestalten van roepende mensen.

'Ik vermoord je.'

Een schop. Of een stoot. In haar buik. Hoog, vlak onder haar borstbeen. Ze zag niet wie het deed, maar het sloeg alle lucht uit haar longen en het was meteen afgelopen met haar. Mandy liet haar los en ze viel voorover en bleef stilliggen. De agent die getraind was om zich staande te houden bij relletjes, lag op de pier met bloed op haar gezicht, en het enige belangrijke was om weer lucht in haar longen te krijgen.

'Phoebe.' Mandy's stem was niet meer dan een fluistering, dicht bij haar gezicht. Flea rook haar zure zweet. Haar zoete wasmiddel. 'Phoebe, Thom en ik houden heel veel van je. Heel veel. Daarom gaan we je helpen. We gaan je helpen je problemen op te lossen, en samen, sámen, vinden we een manier om niet met je naar de politie te hoeven.'

43

Caffery nam die avond tegen alle regels in alcohol mee naar de teamvergadering. Hij haalde een blikje cola van de dossierkast, dronk het half leeg, maakte een fles Bell's open en vulde het blikje weer bij. Hij koos voor Bell's omdat die niet te vergelijken was met een goede moutwhisky als Glenmorangie en hij eigenlijk een hekel had aan de smaak. Het idee was om te voorkomen dat hij de hele fles leegdronk. Soms werkte het trucje, soms ook niet.

Bij elk korps waar hij gediend had, werd de dagelijkse vergadering met de leidinggevende inspecteur 'de getijden' genoemd. Sommige inspecteurs hielden één keer op de dag getijden om te bespreken wat het team de vorige dag had bereikt. Andere deden het twee keer, 's morgens en 's middags. En er waren er ook die elke keer als de wind van richting veranderde getijden hielden. Zoals Powers. Hij was een verschrikking.

De getijden van die dag gingen vooral over Kitsons telefoongegevens en hoe goed Powers was overgekomen op de persconferentie op de tv. Caffery stond tegen de muur whisky-cola te drinken en dacht niet aan Kitson, maar aan Susan Hopkins. Susan Hopkins en Lucy Mahoney, had hij ontdekt, hadden elkaar waarschijnlijk niet gekend. Mahoney stond niet in Hopkins' adresboekje en andersom ook niet. De familie en vrienden van Hopkins hadden de naam ook nog nooit gehoord, hoewel de vriend van het olieplatform 'Lucy Mahoney' vond klinken als de naam van een pornoster, als hij eerlijk tegen Caffery mocht zijn. En toch hadden de twee vrouwen iets gemeen. Er was iets dat hen met elkaar verbond, daar was hij zeker van. En dan bleef er een akelige waarheid over, een waarheid die aanvoelde als een donker en eindeloos hol, dat vlak bij zijn gezicht in de lucht was ontstaan: het ging hier niet om Amos Chipeta, maar om iemand anders. Iemand die kil en sluw was en die een moord eruit kon laten zien als zelfmoord. Die reden had om een hond te villen.

'Wat was je stil, daarnet?' Powers liep na de vergadering met

Caffery door de gang. 'Ik heb je niet eerder zo stil meegemaakt.'

Caffery bleef staan bij de deur van zijn kantoor. Hij had nog steeds het blikje cola in zijn hand. Hij probeerde niet het te verbergen, want hij wist wat Powers in zijn dossierkast bewaarde. 'Er was niet veel te zeggen.'

'Je was vanmorgen niet op kantoor. Dat had ik wel gehoopt.'

'Ik was er wel. Vroeg. Ik heb de activiteiten uitgezet, zoals ik beloofd had. Daarna ben ik gaan lunchen.'

Powers keek bedachtzaam naar hem en toen naar het blikje cola. 'Jack, ik zal je vertellen hoe het is. Ik drink terwijl ik dienst heb. Dat doe ik gewoon. Zolang het werk gedaan wordt en de verkeerspolitie van Almondsbury me niet ziet spookrijden op de M4, maakt het niet uit. In twintig jaar heeft niemand er ooit iets over gezegd.' Hij keek op. 'Weet je waarom?'

'Waarom?'

'Omdat ik mijn werk doe en er niet mee te koop loop. Ik hou me gedeisd en pas me aan, zodat ze niets kunnen vinden om me op te pakken. Maar als ik wel het soort persoon was dat mensen boos maakte, dat niet meewerkte met het team...' Hij zweeg even. '... dan was het met me gebeurd. Dan hadden ze me binnen de kortste keren te pakken. Dan kon ik het wel schudden.'

Caffery bleef hem lang aankijken. Toen duwde hij de deur van zijn kantoor open en ging naar binnen. Hij zette het blikje neer, ging zitten, maakte zijn jasje los en hing het losjes om zijn bovenlijf. Hij wenkte Powers alsof hij hem uitnodigde hem een goeie mep te verkopen. 'Kom op, dan. Geef me er maar van langs, als je zo nodig moet.'

Powers keek hem behoedzaam aan en kwam toen met enige aarzeling binnen. Hij deed de deur achter zich dicht en ging zitten. 'Ik heb gehoord dat je in Clifton bent wezen lunchen.'

'Het nieuws gaat snel.'

'Turnbull is heel trouw.'

'Fijn. En ik dacht nog wel dat er iets bijzonders tussen ons bestond.'

'En ik heb gehoord dat je naar een post mortem bent geweest.'

'Ja.'

Powers toverde een mild verbaasde blik tevoorschijn. 'Zie je, Jack, ik kan er maar niet achter komen wat een inspecteur van de afdeling Zware Misdrijven moet bij een routinematige post mortem terwijl hij geacht wordt met de rest aan de zaak Kitson te werken. Volgens de plaatselijke politie was het zelfmoord.'

'Maar de patholoog was het daar niet mee eens. Zij denkt dat het moord is. En ik denk dat hij in verband staat met die andere "zelfmoord" waar ik je over heb verteld. Die van Lucy Mahoney. Ik wil beide zaken hier in onderzoek nemen als met elkaar in verband staande moorden.'

'Wát wil je?'

'Ze houden verband met elkaar. Lucy Mahoney heeft geen zelfmoord gepleegd en op dat punt begint de patholoog naar mijn standpunt over te hellen. Ik wil de zaken zelf onderzoeken en ik wil allereerst dat je me toestemming geeft voor een bevelschrift. Ik moet de bankgegevens van Mahoney hebben.'

Powers zuchtte en ging met zijn hand over zijn hoofd. Hij keek niet blij, helemaal niet. Maar hij nam de tijd zichzelf onder controle te krijgen en maakte weer gebruik van de kalmerende ademtechniek. Toen hij weer rustig was, klonk zijn stem zachter. 'We zijn nu bijna een week bezig met de zaak-Kitson. De reconstructie heeft niets opgeleverd en het moreel heeft een dieptepunt bereikt.' Hij knikte naar de briefingruimte. 'Ik ruik het gewoon. En jij betekent iets voor ze, Jack. Ze kijken naar je op. Ze zullen het misschien niet toegeven, maar ze weten allemaal wat je in Londen gedaan hebt. Jij bent hun grote voorbeeld. Een van onze instructeurs heeft een hele Powerpointpresentatie over die pedofiel uit Brixton. Wist je dat?'

'Fijn,' mompelde hij. 'Dat heb ik weer.'

'Maar het feit dat je aan een paar belangrijke zaken hebt gewerkt, betekent niet dat je maar kunt doen wat je zelf wilt. Jij moest zo nodig die wilde ideeën over Operatie Noorwegen najagen en het buitenbeentje spelen, maar zodra dat op niets uitloopt, zit je weer ergens anders achteraan. Iets weerhoudt je ervan mee te werken aan de zaak Kitson. Kom op, zeg me recht in mijn gezicht wat het is.'

Caffery deed wat hem gevraagd werd. Hij keek hem recht aan. Hij deed al het mogelijke om niet met zijn ogen te knipperen en zei het eerste wat bij hem opkwam. 'Het is omdat ik er niet openlijk aan mag werken.'

'Wát?' Powers' ogen versmalden. Hij keek Caffery nauwlettend aan. 'Wil je zeggen dat je een verklikker hebt?'

'Ja.' Het was een leugen. Maar misschien liet Powers hem nu een dag of twee met rust.

'Je bent er vijf minuten bij en je hebt al een verklikker? Op iets als dit? Nee. Je neemt me in de maling, nietwaar Jack? Je neemt me in de zeik.'

'Hoor eens, een hele lading dealers heeft banden met de kliniek. Dat is altijd zo met die afkickplekken. Een of ander plaatselijk stuk tuig voorziet in het geniep in de behoeften van de patiënten. Bij Farleigh Hall komt het tuig uit Bath en Trowbridge.'

'Had Kitson een afspraak met een dealer?'

'Dat hele gesprek met dat vriendje? Wat dacht jij toen ze zei dat ze tijd moest hebben om na te denken?'

'Dat ze tijd wilde hebben om na te denken?'

'Vond je het niet meer klinken als een smoes? Hij zei: "Waar ga je heen?" En zij zei: "Ik ga gewoon een eindje lopen." Klinkt dat waarschijnlijk? Op de hoogste hakken die er zijn gaat zij een eindje lopen? Om de plaatselijke koeienvlaaien te bekijken? Jimmy Choo zou zeer onder de indruk zijn. En hoe kon ze zo precies zeggen wanneer ze terug zou zijn?'

'Wilde ze ergens op tijd voor terug zijn? Ik weet het niet. Het avondeten?'

'Of ze wist dat ze niet langer nodig had voor wat ze ging doen.'

Powers floot zachtjes. 'Ik wist dat je iets verzweeg over deze zaak. Ik wist dat je iets voor ons verborg.'

'Het is één ding om informatie te hebben. Maar het is iets anders om dat voor de rechter te kunnen bewijzen, zoals we allemaal weten. Daarom zit ik te wachten. Ik moet nog een stukje van de puzzel hebben. En daar kan ik niet al te openlijk achteraan zitten.'

'Jij bent ook zo gesloten als een oester, Caffery. Wat moet ik nou met jou?'

'Laat me deze twee gevallen boeken als moorden.' Hij dronk het blikje cola leeg, kneep het fijn en gooide het in de afvalbak. 'Ik moet Kitson even laten zitten, de zaak zijn natuurlijke beloop laten. Laat mij nou maar even doorgaan met de moord op Hopkins en Mahoney. Ik houd de zaak-Kitson in mijn achterhoofd, en zodra ik er iets over hoor, kom ik bij je terug. Wat vind je daarvan? Geef me wat ruimte om te werken.'

Powers bleef Caffery een tijdje strak aankijken. Toen zuchtte hij en hief gelaten zijn handen. 'Ik wil elke dag bijgepraat worden over je verklikker. En donderdag wil ik weten hoe het erbij staat. Oké?'

'Donderdag?'

'Precies.'

'Oké. Afgesproken. Nog één ding. Ik krijg deze keer toch niet Turnbull, hè? Ik heb het even met hem gehad.'

'Je krijgt deze keer niet Turnbull.'

'Mooi. Wie krijg ik dan?'

Powers bleef hem aankijken en herhaalde monotoon: 'Je krijgt deze keer niet Turnbull.'

44

De volgende morgen om halfnegen zaten de negen leden van het duikteam in het bureau in Almondsbury in een halve kring naar een instructeur te kijken die hartmassage toepaste op een oefenpop. Flea en haar teamleden konden allemaal eerste hulp verlenen, maar ze moesten ieder jaar een opfriscursus volgen omdat de vaardigheden verwaterden en de aanbevolen procedures veranderden. Ze wilden nu bijvoorbeeld niet meer vijftien keer drukken tegen twee keer beademen, legde de instructeur uit, maar dertig op twee.

Flea zat aan het eind van de halve kring stijf rechtop in haar stoel. Ze had haar armen over elkaar geslagen en zat met rechte rug onbewust met haar knie te wippen. Haar blik was strak op de instructeur gevestigd, maar ze zag niet wat hij deed. Ze had vier koppen koffie genomen en 600 mg ibuprofen, genoeg om een acute maagzweer te krijgen, en ze was er alleen maar trillerig van geworden. Haar gezicht deed nog pijn en ze had een hoofdpijn die niet van wijken wist, strak en uitgerekt, alsof er een vuist in haar hoofd zat.

'Chef? Chef?' Wellard zat naast haar en boog met gefronste wenkbrauwen naar voren.

'Wat is er?' zei ze. Niemand in de ruimte keek nog naar de instructeur. Ze zaten haar aan te staren. 'Wat nou?'

'Eh... de telefoon? Je weet wel, die in je zak zit?'

En toen had ze het door. Haar mobieltje ging af en ze had het niet eens gemerkt. Ze viste hem uit haar zak. 'Anonieme oproep', stond er op het schermpje. Werk. Ze stak haar hand op naar de instructeur, duwde haar stoel achteruit en liep de kamer uit. 'Ja, met hoofdagent Marley. Kan ik u helpen?'

Het was een zoekadviseur. Niet Stuart Pearce, maar de zeer toegewijde zoekadviseur van de afdeling Zware Misdrijven.

'Ik wil met je praten over Misty Kitson.'

'Wacht even.' Ze ging haar kantoor in, deed de deur dicht en krabde even over haar hoofd tot haar hart ophield met bonzen. 'Oké,' zei ze langzaam. 'Je wilt praten over Misty Kitson. Wat is er met haar?'

'De chef sluist wat geld onze kant uit. Ik breid het zoekgebied uit. Heb je daar een kaart?'

'Ik zit ernaar te kijken.'

'Onze radius was drie kilometer. Dat verander ik in zes. Geen heel intensieve zoektocht, maar wel buurtonderzoek. Jullie doen dat toch wel eens voor ons?'

Flea keek naar de kaart aan de muur. Ze had geen kompas of meetlat nodig om te zien tot hoe ver een radius van zes kilometer zou reiken. Ruths gehucht lag binnen het gebied, precies in het midden.

'Ben je er nog?'

'Ja.'

'Ik zei, jouw team is meestal toch beschikbaar voor buurtonderzoek? Ik wilde voorstellen dat jullie het zuidoostelijke kwadrant zouden nemen. Ik heb wat mensen uit Taunton om de rest te doen.'

Het zuidoosten. Ruths gehucht. 'Wanneer beginnen we?'

'Morgen?'

'Mijn team heeft late dienst.'

'Dan beginnen we 's middags. Zeg twee uur.'

'Twee uur?'

'Is dat een probleem?'

'Nee. Waarom zou het?'

'Je klinkt zo raar.'

'Niets aan de hand, hoor. Met mij is alles prima in orde. Tot morgen, dan.'

Ze hing op, liet zich in haar stoel vallen, legde haar hoofd in haar handen en ging naar het bureau zitten staren, naar het knoestpatroon in het goedkope laminaat. Dit was slim, zo slim. Zoals de wereld haar in de val had gelokt. Thom, haar eigen broer, die op de pier ronddanste en schreeuwde: 'Pak haar.'

Pak haar. Dat was toch verdomme niet te geloven.

Ze pakte de telefoon en prutste wat met de toetsen. In tegenstelling tot haar mobiel, zat er geen nummermelding op uitgaande gesprekken, dus kon het zijn dat Thom opnam in plaats van haar op zijn voicemail te zetten. En met deze telefoon kon je gesprekken opnemen. Ze drukte op de opnameknop en belde een nummer.

Hij nam na vier keer rinkelen op. 'Hallo?'

'Thom. Hang alsjeblieft niet op.'

Hij zweeg en ze hoorde een vaag geschuifel aan de andere kant. Stilte.

'Ben je er nog?'

Weer dat geschuifel, alsof hij met de telefoon rondliep en het signaal wat werd verstoord.

'Ben je daar nog, Thom? Kun je me horen?'

'Ja, ik kan je horen.' Mandy. Niet Thom. 'Ik hoor wat je zegt, Phoebe.'

'Geef me Thom weer. Ik was met Thom in gesprek.'

'Nou, je praat nu met mij.'

'Maar ik mag jou niet, Mandy.'

'En ik mag jou niet.'

'Geef me mijn broer.'

'Hij is heel erg van streek, Phoebe, en hij wil voorlopig niet met je praten. Je kunt ons niet blijven lastigvallen. Waarom bel je?'

Je weet waarom ik bel. Kreng dat je bent.

'Ik wil het uitpraten.'

'Nou, Phoebe, ik weet dat jij ernstige problemen hebt.' Mandy's stem klonk sussend. 'En je weet hoeveel we om je geven. Wij allebei. Thom en ik geven heel veel om je, en we zullen alles doen wat we kunnen om je te helpen met je problemen. Maar voorlopig denk ik dat het een goed idee is als we wat afstand houden.'

Flea keek naar het rode lampje, dat knipperde op de telefoon. 'Ik wil iets doen aan Misty's lichaam.'

'Phoebe, ik...' Er viel een stilte. De telefoon siste. Het lampje knipperde. Aan, uit, aan, uit.

Zeg het dan, kreng. Kom op, zeg het maar.

Maar toen Mandy weer iets zei, deed ze dat op een gekunstelde fluistertoon. 'Aan wat? Aan wie? Bedoel je dat meisje dat vermist wordt? Wat heeft dat met jou te maken?'

Flea leunde achterover en wreef vermoeid over haar gezicht.

'Heb je het nou weer over die avond dat je dat probleem had, Phoebe? Gaat het nog steeds daarover?'

'De avond dat jij een probleem had. Weet je nog? Je telefoongegevens zullen het allemaal laten zien. Je hebt me die avond wel honderd keer thuis gebeld.'

'Weet je wat? Je hebt gelijk. Dat heb ik gedaan. Ik heb gebeld, nu weet ik het weer. Ik weet nog dat ik Thom aan de lijn had. Ik weet nog hoe bang hij was dat er iets met je gebeurd was. Jij was met de auto weg.'

'Mandy, je kunt me beter geloven als ik zeg dat er een foto is. En die laat zien dat Thom haar heeft aangereden. Thom heeft Misty Kitson aangereden in mijn auto.'

Mandy zuchtte. 'Ik wou dat je hulp zocht, Phoebe.'

'Het is waar.'

'Breng hem dan hier. We zijn thuis. Je kunt hier binnen een halfuur zijn. Weet je wat, ik zal theezetten.'

'Dit gesprek leidt nergens toe.'

'Dan zal ik je maar uit je lijden verlossen en je vertellen hoe we dit gaan doen. Je houdt hierover op, je houdt op met die kwetsende fantasieën over je jongere broer, maar je bedenkt bovendien een plan om te verhullen wat je hebt gedaan...'

'Wat Thom heeft gedaan...'

'Wat jij hebt gedaan. De deadline is morgen middernacht.'

'Deadline? Op welke planeet zit jij, Mandy?'

'Je kunt toch zeker wel leven met een deadline, hoofdagent? Dat doe je toch voor je werk? Je houden aan deadlines? Morgen middernacht. Bij ons.' Mandy haalde scherp adem. 'Ik wil dat je komt vertellen wat jij hebt gedaan aan jouw probleem. Ik wil horen dat je het hebt opgelost, of anders maak ik hier een eind aan en ga ik naar de politie.'

'Nou moet je echt ophouden. Ik praat niet meer met jou.'

'Zoals je wilt.'

Er klonk weer geschuifel en toen werd het stil. Het duurde even voor ze besefte dat Mandy had opgehangen. Ze drukte op afspelen en boog zich naar de luidspreker om hun stemmen te beluisteren. '*Ik wil iets doen aan Misty's lichaam.*'

'*Aan wat? Aan wie?*'

Mandy was slim. Een slim kreng.

Er werd op de deur geklopt. Het was Wellard. Een bezorgde Wellard.

'Alles goed met jou?'

Ze drukte snel op de knop om het gesprek te wissen en draaide de stoel naar hem toe. 'Waarom zou het niet?'

Hij haalde zijn schouders op. 'Nou, gewoon.'

Ze raakte voorzichtig haar gezicht aan. 'Dit?'

'Ja.'

'Het is niets. Ik heb mezelf gesneden bij het scheren.'

Hij probeerde te glimlachen. Maar dat lukte niet erg. 'Geen bananencake? Ik dacht dat wij je misschien van streek hadden gemaakt.'

Ze keek hem even aan. Lieve, lieve Wellard. De lieve mannen die voor haar werkten en die nooit vragen stelden bij wat ze zei. Goede mensen.

Ze stond op en pakte haar zonnebril en sleutels uit de bovenste la. 'Neem jij de zaken even voor me waar? Voor een paar uur?'

'Waar ga je heen?'

'Ik ga naar de bank, Wellard. Ik moet even iets regelen.'

45

Mahoney had beloofd de sleutel van de studio mee te nemen naar Lucy's huis. Hij zei dat hij er twee uur over zou doen er te zijn, en dat het voor Caffery geen zin had voor die tijd te komen. Het verbaasde Caffery niet dat hij al in de maisonnette was toen hij tien minuten te vroeg arriveerde.

Hij deed de voordeur voor Caffery open. Ze verspilden geen tijd aan begroetingen.

'Is de studio open?'

'Ja.'

Hij ging Caffery voor naar binnen en liep met zware voetstappen de trap op. Voor de deur van de studio bleef hij staan.

'Ik heb alles precies zo gelaten als het was. Ik heb niets aangeraakt.'

'Dat geloof ik meteen.'

'Alles hier is Lucy's keus. Dingen die zij heeft gekozen. Begrijp je?'

Mahoney stak de sleutel in het slot en deed de deur open. Hij maakte geen oogcontact toen Caffery langs hem naar binnen liep, maar kwam achter hem aan en bleef zonder iets te zeggen en met zijn armen over elkaar geslagen in een hoek staan.

Het was een grote kamer, ongetwijfeld bedoeld als ouderslaapkamer. Caffery herkende de ruimte waarin Lucy was gefilmd op de tweede video. De muren waren beschilderd in metaaltinten en overal hingen doeken. Ze had de ruimte met een beschilderd oosters scherm in tweeën verdeeld. De helft waarop de deur uitkwam, was vol: er stonden bijna twintig schilderijen tegen de muur en nog vier op ezels tegenover het raam. Hij ging naar de andere kant van het scherm, weg van het raam, en bleef even met zijn handen in zijn zakken staan kijken.

Pooley had gelijk. Lucy had een ongewone smaak gehad. Het grote bronzen beeld van een naakte vrouw domineerde deze helft van de kamer. Ze stond voorovergebogen met haar billen in de lucht, en elke centimeter en plooi tussen haar benen was te zien. Een rij kleinere houten beeldjes daarachter was waarschijnlijk geïnspireerd door de *Kamasutra* of zoiets. Aan de wand hingen verschillende naakten, mannen en vrouwen, soms alleen, soms samen. Deze leken het werk van een amateur en waren waarschijnlijk gemaakt door Lucy. Op een tafeltje in de hoek stond een kistje zoals dat in het Emporium. Een met fluweel bekleed kistje met kristallen penissen en tinnen tepelklemmen. Precies zoals Pooley had gezegd.

Hij zei niets. Hij liep rustig terug naar de andere kant van het scherm. Naar de ruimte waar de andere schilderijen in een rij stonden. Hij keek niet naar Mahoney, maar tuurde naar een verzameling penselen in een pot met terpentijn. Hij duwde ertegen met zijn vingers alsof hij eigenlijk helemaal nergens aan dacht en liep toen naar de doeken. Het waren voor het merendeel luchtgezichten: wolken, vogels, een vlieger. Allemaal geschilderd in een tint blauw die hem ergens aan deed denken. Een van zijn exen in Londen was kunstenares geweest en zij praatte altijd over schone of verzadigde kleuren en over tinten die zich aan het blauwe of het rode eind van het spectrum bevonden. Caffery had het nooit helemaal begrepen, en hij had geen woorden om deze kleur blauw te beschrijven. Of om uit te leggen waarom die hem bekend voorkwam.

'Ze zijn allemaal in dezelfde kleur,' zei hij effen.

'Ze hield van die kleur.' Mahoney had hem nog steeds niet aangekeken. Hij keek naar zijn voeten. 'Ze mengde hem zelf. Zei dat het haar specialiteit was.'

Caffery stond even stil tussen de schilderijen naar Mahoneys grijze pak te kijken.

'Colin, dat heb ik je nog helemaal niet gevraagd. Wat doe jij voor de kost?'

'Ik? Ik ben financieel planner.'

'Wat? Zoiets als verzekeringsagent?'

'Ik geef adviezen over indekking.'

'Dus je verkoopt verzekeringen?'

'We noemen het tegenwoordig liever een aansprakelijkheidsconsulent. Of een adviseur op het gebied van risicobeheersing.'

'Maar je bent verzekeringsagent.'

Mahoney keek hem aan. Toen trok hij een doek naar voren en hield het omhoog. Het was maar zestig centimeter in het vierkant en was een portret van een meisje, van heel dichtbij. Ze droeg een lint in haar blonde haar. Weer diezelfde tint blauw. 'Dit was het eerste schilderij dat ze van Daisy maakte.'

'Mooi.' Caffery haalde de foto van Susan Hopkins tevoorschijn en hield hem Mahoney voor. 'Weet je wie dat is?'

Mahoney wendde zijn blik af, alsof de foto stonk. 'Je hoeft hem niet zo dichtbij te houden.'

'Ik zei, weet je wie dat is?'

'Nee, ik heb haar nog nooit gezien.'

'Komt de naam Susan Hopkins je bekend voor?'

'Dat heb je me door de telefoon al gevraagd, weet je nog? Ik heb gezegd van niet.'

'Dit is ernst. Echt. Kijk ernaar.'

Mahoney zette het doek neer, nam de foto aan en keek ernaar. Hij schudde zijn hoofd en gaf hem terug. 'Nee. Echt niet. Wat is ermee?'

Caffery deed de foto in zijn jaszak. 'De zaak is opnieuw geclassificeerd. Ik ben weer naar Lucy's vrienden geweest. Ik weet wat ze over haar verleden zeggen. Over jou.'

'Ik weet niet waar je het over hebt. Wat hebben ze in godsnaam gezegd?'

'Dat je zo stijf bent dat je nog eens zult breken. Dat je haar hebt verlaten. Niet omdat je niet meer van haar hield. Omdat je niet om kon gaan met wat ze aan het doen was. Die verzameling hier. Die schilderijen die ze maakte. Waarom heb je me dat niet verteld?'

'Ik vond het niet gepast.'

'Niet gepast, niet gepást? Neem dat woord niet in je mond, pompeuze sukkel. Weet je niet hoe belangrijk zoiets kan zijn?'

'Hoe kan het nou belangrijk zijn? Het was gewoon haar hobby. Een van de vele dingen die ze verzamelde. Eerlijk gezegd is het gewoon gênant.'

'Ze had prostituee kunnen zijn. Weet je niet hoe vaak er hoeren worden vermoord?'

Mahoneys gezicht werd hard en rood. 'Ze was geen prostituee. Zo was ze niet. Het is maar een hobby.'

Caffery zette zijn handen op het raamkozijn en bleef even staan om zijn woede te bedwingen. Buiten wervelden de wolken en de mist rond de basis van Glastonbury Tor, een eenzaam eiland in het drooggelegde landschap van Somerset, als een omgedraaide pudding aan de horizon. 'Je hebt gelijk. Ze was geen hoer. Maar dat is niet het punt. Je had het me moeten vertellen. Misschien had ze iemand ontmoet en is ze die vervolgens gaan chanteren.' Hij gebaarde naar de andere kant van het scherm.

'Heb je daarom de voogdij over Daisy gekregen? Heb je dit allemaal tegen haar gebruikt? Zie je, ik kijk naar je en dan zie ik de woorden "verregaande morele verdorvenheid, edelachtbare" gewoon voor me. Je bent het type.'

'Doe niet zo belachelijk. Er heeft nooit twijfel over bestaan wie Daisy zou krijgen. Nooit.'

'Lijkt vreemd dat het kind niet aan de moeder is toegewezen.'

'Het is helemaal niet vreemd. Ik ben haar vader. Lucy mocht haar zien, maar ze had geen wettelijk recht. Ze heeft Daisy nooit geadopteerd. Lucy was heel redelijk als het daarom ging.'

Caffery keek Mahoney scherp aan. 'Wat zei je daar?'

'Dat Lucy er heel redelijk over was.'

'Nee, daarvoor. Dat ze haar niet geadopteerd had.'

'Nou, dat heeft ze ook niet gedaan. Niet officieel.'

'Was ze niet haar echte moeder?'

'Ze was haar stiefmoeder. Daisy's echte moeder is dood.'

Caffery keek hem scherp aan. 'Niemand heeft verteld dat ze haar stiefdochter was.'

'We liepen er niet mee te koop. Vooral voor Daisy. Ze heeft Lucy altijd beschouwd als haar echte moeder.'

'Wat is er dan gebeurd met...' Hij aarzelde. Hij dacht aan de keizersnede, de verknoeide ingreep. Hier ontbrak iets. 'Waar is Lucy's andere kind?'

'Lucy's andere kind? Dat is er niet.'

'Weet je het zeker?'

'Heel zeker. Ze heeft nooit kinderen gehad. Ze wilde ze niet.'

'En ze heeft ook nooit een kind verloren?'

'Nee. Zoals ik al zei, waren er geen kinderen. Alleen Daisy.'

Caffery deed zijn mond open om iets te zeggen, maar bedacht zich. Hij zag aan Mahoneys gezicht dat hij echt niet wist dat er een kind was geweest. Hij draaide zich om naar het raam en bleef even in zijn neus staan knijpen, met zijn blik op de Tor gericht, om alles op een rijtje te zetten. Als Lucy's keizersnee niet voor Daisy was geweest, moest ze die gehad hebben ná de scheiding. Er was wel een kind. Maar Mahoney wist er niets van.

'Toen jullie uit elkaar gingen...' zei hij eindelijk, 'toen was Lucy toch niet zwanger?'

'Zwánger? Goeie god, wat wil je nou eigenlijk zeggen?'

'Ik zeg helemaal niets, ik vraag me iets af. Ik vraag me alleen iets af. Meer niet. Heb je me niet verteld dat je haar na de scheiding een hele tijd niet gezien hebt? Bijna een jaar?'

Mahoney bracht zijn duim naar zijn rechteroog en drukte tegen de ooghoek. Hij deed hetzelfde aan de linkerkant. 'Ik weet niet wat je nu eigenlijk wilt zeggen.'

Caffery gaf geen antwoord. Hij keek naar de Tor en zijn gedachten dwaalden af. Hij was er niet zeker van. Hij was er niet zeker van of dit de juiste weg was, maar het was iets. Iets groots. Lucy had een kind gehad waar niemand iets van wist, geen van haar vrienden en zelfs haar ex-man niet. Ze had een kind gehad. Het was verdwenen. En misschien, heel misschien, was dat de reden waarom ze iemand chanteerde.

Hij hoefde er alleen nog achter te komen met wie ze een verhouding had gekregen nadat ze van Mahoney was gescheiden.

46

De bank was gevestigd in een monumentaal gebouw uit de tijd van King George in het centrum van Bath. Langs de muren waren hokjes gemaakt van matglas en vezelplaten, met een ruimte van bijna tweeënhalve meter tussen de bovenkant en de versierde plafonds. Om elf uur bracht de assistent Flea naar een van die hokjes en gingen ze aan weerszijden van een modern, gelamineerd bureau zitten, met een computer tussen hen in, waar ze over koetjes en kalfjes spraken en formulieren invulden.

'Dus u bent van de politie?' Hij keek naar het embleem op haar poloshirt. 'Duikteam? Heeft dat niet iets te maken met de kustwacht?'

'Niet echt.' Ze had lang geleden al geleerd dat er maar twee reacties waren op wat ze voor de kost deed. Fascinatie die grensde aan het ongezonde, of afschuw. En het eerste wat men deed, was naar haar handen en haar kleren kijken. In sommige landen werd je onaanraakbaar als je een baan had die met de dood te maken had, begrafenisondernemer of medewerker bij een slachterij, bijvoorbeeld. Alsof de dood besmettelijk was. 'Waar is dat ding voor?' vroeg ze.

'Hmmm? O dat. De alarmknop.'

'Voor het geval dat?'

'U weet wel.' Hij verschoof zijn das. 'Soms raken klanten van streek.'

'Waarover?'

'Of we ze een lening zullen geven of niet.'

'Denkt u dat dat bij mij ook gaat gebeuren?'

Hij hoestte, sloeg nog een paar toetsen aan en bekeek het scherm. Toen stond hij op en hield de map omhoog die hij had aangemaakt. 'Wilt u me een moment excuseren? Ik moet even overleggen met mijn manager.'

Toen hij weg was, stond Flea op en liep ze naar zijn kant van het bureau om naar het beeldscherm te kijken. Hij had uitgelogd. De woorden 'maar 8% rente' flitsten in blauw over het scherm en toen ze de muis bewoog, kreeg ze een inlogschermpje. Ze liep de kamer rond en keek naar de folders, de levens die je kon kopen voor maar acht procent rente. Haar hoofd deed nog steeds pijn. De pleister die de randen van de wond in haar wang bij elkaar hield, jeukte. Ze ging naar de matglazen deur en keek naar de komende en gaande mensen. Naar de deur waardoor hij verdwenen was. Hij nam de tijd. Ze ging weer zitten en probeerde rustig te blijven. Ze zette haar vingers tegen haar slapen en drukte ertegen om de hoofdpijn te bedwingen.

'Hallo.'

Hij stond in de deuropening. Hij glimlachte even en deed de deur achter zich dicht. Hij leek niet meer zo vriendelijk. Hij legde de map neer, ging achter het bureau zitten, maakte het zich gemakkelijk en logde in. De computer kwam tot leven en verlichtte zijn gezicht. Hij begon getallen in te typen.

'Gaat u me martelen?'

Hij keek op. 'Neem me niet kwalijk?'

'Martel me alstublieft niet. Als het antwoord nee is, zeg het dan gewoon. Krijg ik de lening?'

'Natuurlijk.'

'Natuurlijk?'

'Ondanks de horrorverhalen geven we nog steeds leningen uit, hoor. En u heeft onroerend goed als onderpand en een goede baan, en u bent al twaalf jaar klant bij ons. Er heeft nooit twijfel aan bestaan dat u de lening zou krijgen.'

'U bedoelt dat u al wist dat ik haar zou krijgen?'

Hij keek haar over zijn bril aan alsof hij haar nu pas echt zag en wendde zich toen weer tot de computer. Hij drukte op een knop en de printer kwam tot leven. Hij zette een paar kruisjes op het papier en schoof het haar toe. 'U moet hier en hier tekenen.'

Ze tekende en schoof het papier terug.

'Zo eenvoudig is dat.' Hij deed de dop weer op de pen. 'U kunt het geld over vierentwintig uur opnemen.'

'Vierentwintig...'

'Ja.'

'Maar dat is een dag.'

Hij keek op zijn horloge. 'Morgen rond lunchtijd.'

'Daar heb ik niets aan. Ik moet naar buiten kunnen lopen met het geld op zak.' Ze zweeg even. 'Oké, we gaan voor een andere lening. Waarbij ik het geld meteen mee kan nemen. We kunnen snel even de formulieren invullen.'

'Er is geen lening waarbij u het geld vandaag nog kunt opnemen.'

'Die moet er zijn. Kijk eens naar al die producten. Het kan me niet schelen welke rente u rekent, het kan me gewoon niet schelen. Zoals u al zei, ben ik al twaalf jaar klant. Ik heb een goed onderpand. Er moet een lening zijn die ik kan...' Haar stem stierf weg. Hij keek haar strak aan en zijn blik ging naar het litteken op haar wang en vandaar naar het politie-embleem en haar handen. Ze besefte dat ze half overeind was gekomen, met haar handen op de armleuningen van haar stoel. Hij trok zijn wenkbrauwen op en keek naar de alarmknop.

'Ik probeer het maar even.' Ze zuchtte en ging weer zitten. Dwong zich tot een vermoeide glimlach. 'Het was maar een test.'

47

'Nou?' Steve Lindermilk zit op de bank. De openslaande deuren staan open. Het is een mooie middag en in de tuin bloeien de roze azalea's. Er staat een glas rum-cola bij zijn elleboog, maar hij heeft het nog niet aangeraakt. 'Waar wilde je me over spreken?'

Ruth glimlacht naar haar zoon. Hij draagt een spijkerbroek en sportschoenen. Een shirt van Umbro met strepen langs de mouwen. Hij heeft haar benen: sterk. En haar neus. Stevie heeft niet veel van de Lindermilks. Niet zo'n ingedrukt gezicht als Sue. 'Ik had een vraag, schat. Maar nu niet meer. Ik wilde je alleen weer eens zien.' Ze heft haar glas. Alsof hij gedoopt wordt of het een andere bijzondere gelegenheid is en ze wil proosten op deze fantastische zoon. Ze voelt zich vanmiddag heel goed; nog maar een uur geleden heeft ze gebeld met dat juffertje van een particuliere detective. Het juffertje wist zich misschien niet te kleden, maar ze had wel hersenen. Ze had het geld bij elkaar gebracht. Het wordt morgenmiddag afgeleverd. 'Ik wilde mijn zoon weer eens zien. Mijn lieve, lieve zoon.'

Hij glimlacht zwak. Slaat zijn benen over elkaar en zet ze weer recht. Kijkt naar het glas in haar hand. Kijkt naar de kat die op zijn rug aan haar voeten ligt.

'Ik zie dat je een nieuwe kat hebt.'

'Twee, schat.'

Steve zucht. 'Nog twee?'

'Doe nou niet zo. Anders moesten ze naar een asiel. Wat had ik dan moeten doen?'

'Je had nee kunnen zeggen.'

'Jij bent misschien in staat hard te zijn, Stevie, maar ik niet. Nooit.' Ze tikt tegen haar glas. 'Je gaat toch niet klinken als die lui daarbuiten, hè? Je wilt het me toch niet moeilijk maken?'

'Mam, er is een heel eenvoudige oplossing. Doe gewoon die telescoop weg. Die maakt hen nijdig.'

'Nee. Ik zet hem niet binnen. Als ze weten dat ik kijk, rijden ze misschien wat langzamer.'

'Geef hem aan mij. Ik bewaar hem wel voor je.'

'Hij is niets waard, Stevie.'

'Het kan me niet schelen of hij iets waard is, maar wel wat ze denken. In godsnaam, mam, hou op met foto's maken. We willen geen herhaling van wat er de laatste keer is gebeurd.' Zijn blik gaat naar de foto's van zeemeeuwen en katten en zeekoeten. Dolfijnen. De mooie wezens van deze planeet. Hij staat op en loopt naar de computertafel. Bladert door de foto's die ze 's morgens maakt van de buren in hun auto's. 'Ik bedoel, moet je dit nou zien. Ze denken dat je hen bespioneert.'

'Nou, dat doe ik ook. En het is nodig ook. Ik probeer de onschuldige wezens op deze planeet te beschermen, Stevie. De wezens die nooit iemand kwaad hebben gedaan. Aan wiens kant sta jij eigenlijk?'

'Aan die van jou. Natuurlijk sta ik aan jouw kant, dat zal altijd zo zijn. Maar mam, het huis ziet er idioot uit. En hoe meer foto's je maakt, hoe meer troep je verzamelt, hoe meer de mensen zullen denken dat je gek bent. Doe me een lol. Hou op met foto's maken, mam. Haal de telescoop naar binnen. En die stenen katten op het dak moeten eraf. Ze zijn niet om aan te zien.'

'Ik vind ze mooi.'

'Jij wel, maar de rest van het dorp niet, of wel soms. Dit lijkt verdomme wel het huisje van Hansje en Grietje. Hou op met foto's maken. En gooi de foto's die je hebt weg.'

Ruth tikte tegen haar tanden. De kapotte tand. Ze kijkt hem bedachtzaam aan. 'Schaam jij je ook voor mij, Stevie? Nou?'

Steve schuift zijn glas weg. Hij lijkt niet op zijn gemak. 'Natuurlijk niet,' mompelt hij.

'Wat is er mis met je drankje, liefje? Wil je het niet?'

'Nee. Ik moet rijden.'

'Eén klein borreltje kan geen kwaad. Toen je oom werd aangehouden, had hij drie pinten bier en een halve fles wijn naar binnen gegooid en nog was hij negatief.'

'Dank je, mam, beter van niet.'

'Je bent een goede jongen, Stevie. Een goede jongen.'

'Ja.'

Ze bijt op haar nagels. Kijkt naar de tv. *EastEnders*. Met het geluid zacht. Ze krijgt het warm van de drank. Interessant dat die privédetective het geld zo snel bij elkaar heeft gekregen, denkt ze. Geen gespartel. Het volle bedrag. Ze vraagt zich af wie de cliënt is, want ze ruikt nog meer geld in deze speciale honingpot. Morgenochtend heeft ze een afspraak met de dokter. Heel vroeg. Als hij het geld voor de operatie van tevoren wil hebben, pakt ze vijftienduizend van die privédetective en is ze er gelukkig mee. Maar als hij nog even kan wachten, heeft ze tijd om de bakens te verzetten. Dan weigert ze de vijftienduizend wanneer dat juffertje komt tegen lunchtijd. Dan vraagt ze nog wat meer.

Ze bekijkt de nagels waarop ze gebeten heeft. Duwt een van de nagelriemen terug en steekt haar hand uit om het licht op de lak te zien vallen. 'Stevie? Wil je weten waarom ik je gevraagd heb vandaag te komen?'

'Ik dacht al niet dat het alleen was omdat je me wilde zien.'

'Je hebt gelijk. Ik heb je laten komen omdat ik je een mooi cadeau wil geven.' Ze lacht koket naar hem. 'Iets heel moois, Stevie. Heel binnenkort. Ik ga een... een Porsche voor je kopen. Nee, hoeveel kost een Porsche? Misschien iets...' Ze knippert met haar ogen. 'Hoeveel kost een Porsche?'

‘Geen idee. Tachtigduizend of zoiets, denk ik. Als je een nieuwe koopt.’

‘Iets als een Porsche. Zo goed als een Porsche. Zwart. Met getinte ramen. Een van die SUV’s waar je zo van houdt.’

‘Nee. Dat hoeft niet, mam. Houd jij je geld zelf maar. Geef het aan jezelf uit.’

Ze buigt zich naar hem toe en drukt licht haar vingernagels in zijn arm. ‘Ik zit er goed bij wat geld betreft. Je zult het zien, Stevie, over niet al te lange tijd, je zult het zien en dan zul je heel erg trots op me zijn.’

48

Het was een koele avond, met niets van de hitte van eerder op de dag. Flea droeg een sportsetje van een korte broek en een shirt zonder mouwen en rende een rondje van twee uur over de weggetjes die lui door de heuvels ten noorden van Bath slingerden. Jaren geleden, voor het ongeluk van ma en pa, had ze vriendjes gehad. Een heleboel. Een van hen was een ex-marinier geweest die was opgeleid in Quantico. Ze gingen altijd samen hardlopen. Hij had haar de Fartlek-techniek geleerd en die gebruikte ze nog steeds: een sprint van twee kilometer, vijf minuten wandelen en dan een lange ren met uitgestrekte pas, in een comfortabel tempo, elke driehonderd meter afgewisseld met sprints van zestig meter. Na tien sprintjes controleerde ze haar hartslag; gemiddeld 173. Veel hoger dan normaal. Maar dat had ze vandaag net nodig.

Na anderhalf uur oordeelde ze dat ze al twintig keer de anaerobe drempel had bereikt. Ze kon aan de coolingdown beginnen, het tempo een beetje laten zakken en in een rustige draf naar huis gaan. Maar dat deed ze niet. Ze bleef tot het uiterste gaan en door de straten rennen tot de zon achter Bristol verdween, tot de schaduwen lang over de velden vielen en tot haar benen trilden. Tot ze rustig was. Ze rende tot ze alleen nog een restant verdriet voelde, een pijn die ergens bij haar longen zat en die haar aan haar broer deed denken.

Op weg naar huis, op een smal stuk met bomen erlangs en een hekje en paardenweiden aan de rechterkant, dacht ze dat ze iets bij de inrit zag. Iets kleins, als een dier. Een grote hond misschien, die op zijn achterpoten op het donkere weggetje naar haar keek. Ze vertraagde haar pas. Kneep haar ogen tot spleetjes. Wat het ook was geweest, het was weg. De schaduwen moesten trucjes hebben uitgehaald met haar ogen. Er was niets. Alleen de lange, rechte stam van de eucalyptusboom van de buren, aan de rand van haar oprit.

Ze holde naar de plek toe en liep een rondje over het terrein, zoekend naar ongewone dingen. Er was niets te zien. De tuin was stil. Het was nu bijna donker en uit de ramen van de Oscars, hoog in de muur, kwam slechts wat vaag, geel licht.

Ze wilde de deur openmaken, maar bleef even staan terwijl het zweet langs haar lichaam stroomde. Ze dacht na. Toen haalde ze de sleutel weer uit de deur en liep twee meter langs de muur naar een plek waar de blauweregen zijn zware takken naar beneden liet hangen.

Het was jaren de gewoonte geweest in haar familie om een reservesleutel aan een spijker onder de blauweregen te hangen. Voor noodgevallen. Hij hing verborgen achter de dikke stam, zodat hij zelfs in de winter alleen voor ingewijden zichtbaar was. Ze duwde de bladeren opzij en bekeek hem. Hij hing er precies zoals hij er al jaren had gehangen; een beetje verroest en volkomen verborgen. Er was niets anders aan. Daar was ze zeker van. Er was niets mis. Niets verkeerd.

Ze draaide zich langzaam om en keek naar de stille bomen, de koude schijf van de maan die opkwam met een kantwerk van takken ervoor. Ze dacht aan mensenvoeten die boven haar in de belletjes verdwenen. Aan Caffery: *heb je je ooit afgevraagd of we die dag iemand gemist hebben? Toen we naar het kraakpand gingen?*

Na de overval op het kraakpand in Operatie Noorwegen had Wellard geklaagd dat hij zich 'bekeken' voelde als hij het gebouw uit ging. 'Bekeken' was het woord. Ze hadden het allemaal gevoeld. En die nacht, toen het allemaal voorbij was en ze thuis was, had ze even het gevoel gehad dat er iets mis was met de arrestaties.

Ze haalde de sleutel van de muur, stak hem in haar zak en ging naar binnen. Het was koel in de lege gang, en alleen een mot fladderde om de plafondlamp. 'Hallo?' zei ze. 'Hallo?'

Ze deed in alle kamers op de begane grond de lampen aan, ging naar de garage en bleef een hele tijd naar de gestalte in het bad staan staren, naar de plekken waar het plastic boven de rand uitstak. Ze was voordat ze ging hardlopen nog binnen geweest. Had het water uit het bad geschept en er nieuw ijs in gedaan. Sinds die tijd was er niets aangeraakt. Niets.

Ze ging de keuken in en keek naar de spullen op de plank: de potten en pannen van haar moeder, het oude kluisje van haar vader, dat niemand open kon krijgen. God mocht weten wat erin zat. Ze haalde de sleutel uit haar zak en legde hem op de schoorsteen. Er waren maar twee mensen die wisten waar die sleutel bewaard werd. De een was Kaiser, de vriend van haar vader, en de ander... Nou, de ander was Thom.

Ergens boven in een van de slaapkamers hoorde ze een zacht gekraak. Ze keek naar het plafond. Haar ogen traanden een beetje. De boiler voor het warme water ging elke avond om zes uur aan. Soms hadden de buizen een eigen leven. Ze lieten het oude huis kraken en klagen.

Ze ging de gang in. De maan was opgekomen en het licht viel door de glazen ruit van de achterdeur, zodat alles een wazige, metalige omtrek kreeg: de loper, de gewreven vloerplanken aan weerszijden, de paraplubak en de oude, geslepen spiegel onder aan de trap. Haar rubberlaarzen stonden geduldig bij de achterdeur, alsof er net iemand uit was gestapt. Ze leken wel een miljoen kilometer ver weg. Alsof de gang stiekem langer was geworden terwijl zij in de keuken was.

In de paraplubak stonden geen paraplu's, maar wel een heleboel andere voorwerpen. Een jachtstok, een oude hondenriem van een allang overleden huisdier, een rotan degenstok die pa jaren geleden had meegebracht uit Polen. Met haar blik op de trap en de donkere diepte van de overloop daarboven ging ze naar de bak en trok stilletjes het zwaard uit de schede. Ze hield het voor zich en ging de trap op. De planken kraakten onder haar voeten.

Het was donker op de overloop. Ze liep door de gang met zijn ongelijke vloer en lage plafonds. De slaapkamers in, snel en stil volgens haar professionele training: haar eigen kamer, de slaapkamer van ma en pa, waar het beddengoed in stapels op de vloer lag omdat ze nog niet het hart had gehad om het weg te doen. De kamer waar pa die dag Thom geslagen had. Twee logeerkamers aan het eind. Leeg. Er was niemand, behalve zijzelf en de heetwaterpomp.

Ze ging op de bovenste tree zitten, viste haar telefoon uit haar zak en belde Jack Caffery.

'Ik zit in de auto,' zei hij. 'Ik zet je wel even op de luidspreker.' Er volgde een korte stilte en een tik. Daarna hoorde ze een gedempte bons en de vibratie van de auto, die met een snelheid van tegen de honderdtwintig kilometer per uur in de nacht rondreed. 'Wat is er aan de hand?'

'Heb je hem ooit gevonden?'

'Wie?'

Ze wreef langs haar benen in een poging het kippenvel dat erop was gekomen weg te strijken. 'Dat ding dat je zocht, de Tokoloshe.'

'Ik dacht dat ik gek was. Maar dat blijkt niet zo te zijn. Er wás die dag nog iemand in het kraakpand. Iemand die ontsnapt is. Zijn naam is Amos Chipeta. Hij is een illegale immigrant.'

'Hoe oud is hij? Het kan geen volwassen man zijn. Een volwassene had nooit door dat raam gekund.'

'Maar iemand met een aangeboren afwijking misschien wel. Ooit gehoord van botdysplasie?'

Ze masseerde haar slapen terwijl er een hele reeks beelden door haar hoofd ging. Er had een illustratie van de Tokoloshe gestaan in een boek over Afrikaans bijgeloof dat ze tijdens Noorwegen had gelezen, en toen ze die voor zichzelf naast het soort beelden legde dat ze wel eens in medische boeken had gezien, begreep ze waar Caffery het over had. 'Nee,' mompelde ze. 'Maar ik geloof dat ik me er wel iets bij kan voorstellen.'

'En dit zul je helemaal mooi vinden. Herinner je je onze discussie over vrijduiken nog? Zo is Amos begonnen, met het duiken naar wrakken. Daarna handelt hij in muti en uiteindelijk leert hij de plaatselijke criminelen hoe ze lichamen in stukken moeten snijden. Leuke cv.'

'Jezus,' mompelde ze, denkend aan de voeten in het water. Ze was zo cynisch geweest over die vijftig meter, maar een aantal van de beste vrijduikers ter wereld waren begonnen met het duiken naar wrakken. En toen dacht ze aan de reservesleutel op de schoorsteen, beneden. Amos Chipeta had de mensen van Operatie Noorwegen geleerd lijken in stukken te snijden. Wat zou hij doen met wat er in de garage lag? 'Wat doet de afdeling Zware Misdrijven aan hem? Waar is hij?'

Een stilte. 'Dat weten we niet.'

'Je bedoelt dat hij gewoon ergens rondloopt?'

'Ja. Hij verstopt zich ergens. Waarschijnlijk in de natuur. We weten het niet.'

'Is hij... Als je het hebt over het in stukken snijden van lijken, bedoel je toch niet dat hij nog steeds gevaarlijk is?'

'Gevaarlijk?' Nog een stilte. Het zachte gerommel van de auto die door de nacht suisde. 'Dat weet ik ook niet. Maar ik denk...' Caffery brak de zin af.

'Ja,' fluisterde ze. Haar armen waren nu heel koud. 'Je denkt?'

'De Tor,' zei hij afwezig. 'Die verdomde Tor.'

'Wat?'

'Niets,' mompelde hij. 'Niets.'

En voordat ze nog iets kon zeggen, had hij opgehangen. Ze zat met de telefoon in de hand, terwijl het lampje van het schermpje uitging en het geluid van zijn auto nog natrilde in haar oren.

Ze bleef een hele tijd naar de telefoon in haar hand zitten staren. Haar lichaam was koud. Een illegale immigrant? Ergens daarbuiten? Kruipend door het kreupelhout en de bossen?

Ze kwam overeind en zette zich schrap om de garage weer in te gaan en nog eens naar het lichaam van Misty Kitson te kijken.

Op dat moment werd er op de achterdeur geklopt.

49

De laatste paar keer dat Caffery Flea had ontmoet, hadden ze niet echt ruziegemaakt, maar waren ze ook niet erg vriendelijk tegen elkaar geweest. Dus was het een verrassing, een aangename verrassing, om haar stem te horen. Onder andere omstandigheden had hij de gelegenheid misschien te baat genomen om dieper in te gaan op de reden waarom ze verdomme zo vreemd deed, maar toen zag hij opeens de Tor voor zich en werd die gedachtegang door een sterke lichtflits onderbroken. Hij was aan het inhalen op de M5 met een jonge snelheidsduivel in een Golf GTi op zijn bumper. Hij brak het gesprek af en liet de wagen zo snel afremmen dat de jongen zijn middelvinger opstak.

Het was bijna tien uur. Hij had de halve avond pogingen gedaan te weten te komen wie de vriend van Lucy was geweest, de man die de vader was van die baby, en wat er met dat kind gebeurd was. Hij had een bevelschrift gekregen voor de bank, waar hij de volgende morgen iets mee zou kunnen doen, en dan zou hij ook meteen haar vrienden en Lucy's huisarts nog eens ondervragen en een tweede bevelschrift laten tekenen door de rechter om alle dossiers van de laatste twintig maanden van de plaatselijke kraamafdelingen te kunnen inzien. Hij had alles gedaan wat hij kon doen. Om halfelf had hij zich verslagen en leeg gevoeld en had hij het bureau verlaten.

Nu liet hij de telefoon vallen en stuurde hij de auto naar de middelste rijbaan zonder acht te slaan op de Audi en de opgestoken middelvinger. Glastonbury Tor. De vorm, als een hoge pudding, had zich de laatste paar dagen ergens in zijn achterhoofd bevonden, op de rand van zijn bewuste denken. Pas nu wist hij waarom. Hij hield de auto op de middelste rijbaan en hield een snelheid aan van honderdtwintig terwijl hij het stuur stevig vastgreep. Hij zag de eigenaar van de winkel in tweedehands goederen, James Pooley, voor zich, terwijl hij neerkeek op de presse-papiers en met zijn handen de vorm van de Tor nabootste.

Je zou ze zo op een rijtje kunnen zetten. In een raamkozijn, misschien, had hij gezegd. *Als je de aandacht wilde vestigen op iets aan de andere kant van dat raam.*

Daarom had Pooley geen bonnetjes. Lucy had hem niet betaald voor die stukken. En de andere presse-papiers die Pooley had laten zien en die hij had gekocht omdat Lucy de kleur mooi zou hebben gevonden, hadden precies dezelfde tint blauw als haar schilderijen. Hoe wist Pooley dat ze die kleur mooi vond als hij nooit in haar studio was geweest en de schilderijen had gezien? Hoe wist hij dat ze vanuit het raam van die studio de Tor kon zien? Vooral omdat ze zo beschermend was geweest ten opzichte van die kamer. Waren dat dingen die in een normaal gesprek aan bod kwamen? Hij dacht het niet. Hij vermoedde dat Pooley die video van Lucy in de studio had gemaakt.

Hij belde de leider plaats delict die Susan Hopkins' flat had onderzocht, maar zijn telefoon stond uit, dus sprak hij een bericht in. 'Ik vroeg me af of Hopkins antiek of presse-papiers in haar flat had. Heb je ergens de naam "Emporium" gezien? Bel me zo snel je kunt, makker. Zelfs al hoor je dit om twee uur in de morgen.'

Toen belde hij de centrale om James Pooley te laten natrekken, maar er was niets over hem te vinden. Een zoektocht in de kieslijsten leverde drie James Pooleys op, twee in Wiltshire en een in Somerset. Ze bevonden zich alle drie minstens anderhalf uur rijden van hem vandaan. En terwijl hij probeerde te beslissen welk adres hij eerst zou nemen, zag hij dat hij de afrit naar de rondweg om Brislington passeerde. Hij deed zijn linker richtingaanwijzer uit, verliet de snelweg, ging de brug over en trok hard aan het stuur, zodat de auto over de lege weg in zuidelijke richting reed.

Voor de ingang van het kleine bedrijventerrein stond een hokje met een bewaker. Hij was vast in slaap. Over zijn buik lag een exemplaar van de *Mirror* en op zijn koude koffie zat een geel vel van de melk. Caffery moest tegen het hokje slaan om hem wakker te krijgen. Hij was blijkbaar niet erg bang dat hij zijn baan kwijt zou raken, want hij liet Caffery zonder enig protest binnen, en hoewel hij de identiteitskaart had gezien en wist dat Caffery van de politie was, ging hij gewoon weer slapen toen Caffery onder de slagboom door was gereden, en nam hij niet de moeite de boel in de gaten te houden.

Het eerste wat Caffery aan de achterkant van het terrein zag, was dat de grote, dubbele schuifdeuren van het Emporium openstonden. Vreemd op dit uur van de nacht, zelfs met een bewaker op het terrein. Hij zette de motor uit en draaide het raampje naar beneden. Er was geen kunstlicht, alleen het melkwitte licht van Bristol dat tegen de wolken weerkaatste en alles baadde in een uniforme, rookgrijze tint. Hij kon net de spookachtige omtrekken onderscheiden van de verscheidenheid aan voorwerpen tegen de muren van de hangar. Een meter of zes verderop stonden twee auto's met hun neus naar hem toe. Hij vroeg zich af of hij de centrale nog eens moest bellen om hun kenteken te laten natrekken toen hij een geluid hoorde in de hangar. Een geluid waarvan zijn haren overeind gingen staan.

Hij boog opzij en maakte het handschoenenkastje open. Het wapen lag er nog, achter een kaart en twee pakjes tabak. Niet bestemd voor gebruik. Hij keek er even naar, deed het handschoenenkastje weer dicht en controleerde of hij de knuppel en de pepperspray in zijn zak had. Hij stapte uit, deed zachtjes het portier dicht en liep snel en stilletjes naar de deuren, een beetje van opzij, zodat hij van binnenuit niet gezien kon worden. Het geluid was hier duidelijker, en hoewel hij zijn oren spitste, kon hij het niet thuisbrengen. Het had een dier kunnen zijn, een gewonde, hijgende vos. Of een jammerend kind.

Hij deed zijn mond open om iets te zeggen, want zo hoorde je het te doen. Je hoorde de mensen te waarschuwen dat je van de politie was en dat je binnen wilde komen. Ze een kans te geven. Om wat te doen? Een kans om niet in paniek te raken? Niet te schieten? Of gewoon om weg te rennen? Hij schoof zijn jasje weg van de radio in zijn borstzakje, zodat hij zo nodig op de rode alarmknop kon drukken, en glipte de hangar in.

Die leek groter dan hij zich herinnerde, en hoger. In het halve duister voelde hij de enorme lege ruimte boven zijn hoofd. Het vage licht van de stad kwam met hem naar binnen en voor hem drong het matblauwe licht van een computer of faxmachine door de ramen van het glazen kantoortje. Op de plek waar in zijn herinnering de klant met de kristallen van de kroonluchter had staan prutsen hield hij halt. Hij stond naast een lage eiken bank met één hand aan de pepperspray en de andere als steun tegen de bank en bracht zijn hoofd naar achteren om zich op het geluid te concentreren. Het leek overal en nergens vandaan te komen, alsof het weerkaatste tegen de dakbalken. Wat was het toch? Hij kreeg er kippenvel van, want van één ding was hij zeker. Het werd gemaakt door een levend wezen.

Er was ook een geur. Oud en onbeschrijfelijk, maar vertrouwd. Hij wachtte een tel om die geur thuis te brengen en besefte toen dat hij afkomstig was van de bank waartegen hij leunde. Hij draaide zich langzaam om, omdat hij eigenlijk niet wilde zien waar hij tegenaan stond. Hij hief zijn hand. Wreef zijn vingers over elkaar. Er zat iets op. Hij bracht ze naar zijn neus en snoof. De geur bezorgde hem een koude rilling van argwaan. Het was vet. Dierlijk vet.

Hij herinnerde zich de tafel van gisteren. Een versleten leerlooiersbank met een verticaal blad, ongeveer een meter twintig hoog en beweegbaar. Looiers hadden hem gebruikt om de dierenhuid zachter te maken. Ze zaten op de bank en gingen met de huid langs het blad. De huid kwam meestal van iets groots als een hert of een eland. Of iets kleins als een hond.

Het geluid hield op.

Hij draaide zich om naar de duisternis, en zijn vingers gingen licht over de knuppel. *Laten we naar buiten gaan*, had hij het liefst gezegd. *Laten we naar buiten gaan, waar wat meer licht is en waar mijn auto staat te wachten en waar ik weet dat ik bereik heb op deze waardeloze radio.* Maar in plaats daarvan hield hij zijn stem zacht en effen. 'Ik denk dat we eens moeten praten,' mompelde hij. 'Ik stel voor dat we het licht aandoen en praten.'

Stilte. Een groepje vleermuizen suisde tussen de balken boven hem door en het fragiele gekraak van hun zachte gekwebbel cirkelde omlaag.

'Ben je daar nog?'

Hij dacht aan de gekke klant, die eindeloos de kristallen van de kroonluchter ontwarde. Hij dacht aan de doffe, verslagen blik in haar ogen. Hij dacht aan het pistool in het handschoenenkastje.

'Ik zei: ben je daar nog?'

Een klik achter hem en een luide bons. Hij draaide zich snel om terwijl de enorme dubbele deuren dichtgleden en de nacht buitensloten, zodat hij in het donker achterbleef met alleen het blauwe licht van de computer en zijn bonzende hart.

Hij haalde de pepperspray tevoorschijn en hield het busje met gestrekte arm voor zich uit. Het was maar goed dat het pistool in het handschoenenkastje lag, anders had hij dat misschien gepakt. 'Ik laat niet met me sollen,' zei hij. 'Ik meen het. Ik laat niet met me sollen.'

De duisternis lag hard tegen zijn ogen terwijl hij de bus in een boog voor zich uitzwaaide, klaar om de veiligheidsknop te ontgrendelen als er iets op hem afkwam. Elke vierkante centimeter huid knetterde en zijn oren stonden wijd open om het zachtste geluidje en de geringste beweging in de lucht op te pikken.

'Ik ben in beweging,' zei hij. 'Ik kom naar de deur.'

Hij nam een paar kleine stappen en bleef weer staan. Zijn been was tegen een voorwerp op kniehoogte gestoten. Terwijl hij het terugtrok, werd hij zich ervan bewust dat er links van hem iets stond. Iets bleeks en spookachtigs. Iets op hoofdhoogte, dat naar hem keek. Hij draaide zich niet om. Hij bleef recht vooruit kijken, met alle haartjes in zijn gezicht en nek stijf overeind, en probeerde de vorm vanuit zijn ooghoek te bekijken.

Een gezicht, een bleek, ovaal gezicht, dat strak naar hem keek vanuit de duisternis. Ongeveer een meter van hem vandaan. Groot. Lang en groot.

'Ik kan je aan,' mompelde hij. 'Ik ben hierop getraind en jij niet. Ik kan het je heel lastig maken. Doe dus een stap achteruit.'

Het gezicht bewoog niet. Het bleef hem aanstaren.

'Achteruit, zei ik.'

Nog steeds geen beweging. Met bonzend hart ging Caffery bij zichzelf na wat hij ging doen en berekende hij de reactieafstand en het effect van de spray, niet alleen op de griezel die hem aan stond te staren, maar ook op zijn eigen ademhaling.

Een, twee, drie, telde hij in zichzelf. *Een, twee, drie, en gaan.*

'Achteruit!' Hij hield zijn linkerhand tegen zijn gezicht en zijn rechterhand naar voren. Bescherm allereerst je eigen ogen. 'Achteruit, zei ik, klootzak. Ga verdomme achteruit.'

Drie seconden sprayen en toen liet hij de knop los, liet zijn hand zakken, deed onhandig een stap achteruit, stootte iets omver en tuurde met de andere arm voor zijn gezicht door de wolk van chemicaliën. De gestalte had zich niet bewogen. Hij tilde zijn hand iets op. Zijn ogen traanden van het verstuivende vocht en zijn hart bonsde langzaam en diep in zijn borst. Hij was er nog. Een roerloos, glad gezicht waar de vloeistof langzaam vanaf liep, samenkwam bij de kin en weg druppelde. Open en glazige ogen, niets van het hoesten of braken dat hij had verwacht.

'Verdomme.' Hij liet zijn hoofd zakken. Spuwde op de grond. 'Verdomme.'

Het was een kermisbeeld met een ondoorgrondelijk poppengezicht. Hij draaide zich hijgend om naar de deur. Waar hing Pooley verdomme uit? Langs welk pad was hij weggeslopen? Achter welke stapel meubels verborg hij zich? De deuren, dacht hij. Ga naar de deuren. Hij deed een stap naar voren. Voelde zijn borst ergens tegenaan komen. Voelde een arm om zijn nek en een hand in zijn kruis, die hem machteloos maakten en hem naar beneden trokken.

50

Katherine Oscar stond voor de deur, haar hand geheven om nog eens te kloppen.

'In godsnaam.' Flea liet de degen kletterend vallen en leunde met haar hand tegen haar voorhoofd tegen de muur. 'In godsnaam. Doe dat niet nog eens.'

Katherine bekeek Flea's vermoeide gezicht. De warrige bos haar die wild om haar schouders viel. 'Goede hemel. Wat is er aan de hand?'

'Ik ben moe.' Ze schudde haar hoofd. 'Het was een lange dag.'

Katherine antwoordde met een korte, efficiënte glimlach, alsof ze het niet gehoord had. Ze leek ervan te genieten Flea op haar onvoordeligst te betrappen en behaalde zo iedere dag kleine overwinningen op haar: ongewassen haar, ouderwetse jassen, geen uitnodiging voor Ascot of Cheltenham. Dat waren de punten waar Katherine op scoorde. 'Hoe is het met je, Phoebe? Red je het nog een beetje met die afgrijselijke baan van je?'

Zonder op antwoord te wachten deed ze een stap naar voren en rekte haar hals om de gang in te kunnen kijken. Flea deed een stap opzij om haar het zicht te benemen. Katherine probeerde voortdurend het huis in te komen en een glimp op te vangen van de vele antieke spullen die de Marleys volgens haar tijdens hun reizen hadden verzameld. Er lagen wel een paar dingen in de bovenkamers: Afrikaanse maskers en Russische poppen en dozen met schelpen die haar vader in Palau boven water had gebracht, de degenstok. Maar buiten dat had Katherine het mis. Er was niets wat echt waarde had.

Er viel een korte stilte. Toen leek de actie van Flea tot Katherine door te dringen en deed ze een stap achteruit. 'Néém me niet kwalijk. Echt. Ik ben zo onbeleefd. Mijn moeder zei altijd dat ik geen manieren heb.'

'Hoe lang sta je al voor de deur?'

'Hoe lang? Ik kom net aanlopen. Hoezo?'

'Weet je zeker dat je niet door het raam hebt staan kijken?'

'Wat een dom idee. Natuurlijk heb ik dat niet gedaan.'

'Nou.' Flea legde haar hand tegen de deur om aan te geven dat het gesprek ten einde was. 'Dan zeg ik je maar goedenacht.'

'De meteropnemer was hier vandaag,' zei Katherine. 'Ik heb hem laten zien waar jouw elektriciteitsmeter zit.'

Flea fronste haar wenkbrauwen. Die bevond zich in de schuur boven aan de oprit. 'Ben je in mijn schuur geweest?'

'Ja.'

'Ik heb nooit gezegd dat je daar mocht komen.'

'Je was er niet. Die arme man stond al een eeuwigheid bij je aan te bellen.'

'Ik had de stand zelf wel telefonisch door kunnen geven.'

'Ik wilde alleen maar helpen.'

'Laat de volgende keer maar zitten. Ik regel het zelf wel.' Ze knikte beleefd en begon de deur dicht te doen. 'Goedenavond, Katherine.'

'Hij was verbaasd toen hij de stand las. Hij zei dat die enorm was opgelopen.'

'Goedenavond, Katherine.'

'Hij zei dat je een heleboel elektrische apparaten aan moet hebben staan. Meer dan anders.'

Flea bleef staan, met de deur halfdicht. Het glas in de deur maakte concentrische cirkels van Katherines fijnbesneden gezicht. Er viel een korte stilte. Toen deed ze de deur weer open. Ze wist dat haar gezicht verstrakt was. Ze voelde het bloed stilstaan onder haar huid en blauw worden van de kou. 'Neem me niet kwalijk?'

'Hij zegt...' Katherine keek over haar schouder naar de lege oprit en de sierstruiken die hun ruige schaduwen over het gras wierpen, alsof ook zij vermoedden dat ze in de gaten werden gehouden. 'Hij zegt dat iets in je huis elektriciteit vreet. Hij zegt dat hij nog nooit zoiets heeft gezien.' Haar blik ging naar de garage met het bruine papier in de ramen. 'Hij zegt dat je ernaar moet laten kijken.'

Flea sloot haar ogen en deed ze langzaam weer open. Het kille gevoel van angst was terug. Ergens diep in haar buik. 'Wat wil je daarmee zeggen?' zei ze langzaam.

'Niets. Ik kwam je alleen even vertellen wat er gebeurd is. En vragen of je nog hebt nagedacht over...'

'Nee,' zei Flea kil. 'Ik heb er niet over nagedacht. Mijn besluit staat vast en dat verandert niet. Nou, goedenavond.'

Katherine haalde adem om antwoord te geven, maar bedacht zich blijkbaar. Ze haalde haar schouders op, draaide zich op één voet om en liep liefjes weg, een hand omhoog, met bewegende vingers.

Flea bleef in de deuropening staan kijken tot ze de hoek om was. Toen sloeg ze de deur dicht, deed hem op slot en ging de garage in. Alles was precies zoals ze het had achtergelaten, niets was van zijn plek gehaald. Ze controleerde het papier in de ramen en de grendels op de garagedeur. Ze keek of Misty's lijk niet was aangeraakt. Toen ze er zeker van was dat niemand binnen was geweest of naar binnen had gekeken, ging ze het huis weer in en deed de binnendeur op slot.

In de woonkamer pakte ze een karaf van het oude eiken bureau van haar vader en haalde de dop eraf. Deze port stond al vijf jaar open. Aan de rand van de karaf zat aangekoekte suiker en toen de stop eraf kwam, ging ze bijna onderuit van de rijke kerstgeur, met alle herinneringen die die met zich meebracht aan haar vader, thuis van de universiteit in zijn warme jas, ruikend naar regen en sigarettenrook van het stationsperron, aangeschoten met een feestmuts op tweede kerstdag, slapend en met een glimlach op zijn mond op de bank. Of staand in zijn studeerkamer op een droge zaterdagmorgen, met zijn oude Oxfordshirt aan en zijn bril op het puntje van zijn neus, terwijl hij bedachtzaam de stenen bekeek en af en toe iets naar de keuken riep. 'Jill, dit graniet, is dat van het karstgebied in Telford of uit Castleton?'

Ze pakte een kristallen glas, vulde het tot aan de rand en sloeg de drank in één keer achterover. Ze vulde het glas nog eens en dronk het weer leeg. Toen ging ze op de vloer zitten, met haar armen om haar benen.

Als zij ook maar een beetje leek op die Tanzaniaan van Caffery, Amos Chipeta, zou ze zich niets aantrekken van Misty's lijk in de garage. Ze zou weten wat ze ermee moest doen, het zou voor haar iets heel gewoons zijn. Maar deze situatie was niet gewoon. Ze kon er niet meer verstandig en beheerst over nadenken. Niet meer. Niet meer sinds Thom haar had verraden.

Ze keek op de klok. Elf uur. Over dertien uur had ze het geld. Dan had ze de foto van Thom.

En wat ze dan ging doen, was nog maar de vraag.

51

'Ik had je verdomme bijna vermoord!' Pooley schudde Caffery woedend heen en weer, zodat het bloed naar zijn hoofd stroomde en zijn gezicht opzette. Ze lagen op de vloer nadat ze samen gevallen waren, met hun hoofd tegen een hutkoffer. Pooley had Caffery bij de boord vast. Zijn adem hing muf tegen zijn gezicht. 'Hoor je me? Ik had je wel kunnen vermoorden.'

Caffery's ingewanden gilden het uit omdat Pooley hem bij zijn ballen had gegrepen om hem neer te halen. Hij kreeg amper lucht, maar hij tastte blindelings in zijn zak naar zijn knuppel. Net toen hij die uit elkaar schoof, klaar om er een flinke mep mee uit te delen, duwde Pooley hem tegen de hutkoffer, kroop een eindje weg en bleef met zijn rug tegen een rij victoriaanse deuren met gebrandschilderd glas zitten. Caffery dook in elkaar en hapte naar lucht.

'Wat doe je hier?' Pooley spuwde op de grond. 'Hoe ben je langs de bewaker gekomen?'

Caffery duwde de knuppel weer in zijn zak en nam een paar tellen om bij te komen. Toen ging hij langzaam rechtop zitten en maakte zijn shirt en das los. Er zaten rode, gezwollen plekken in zijn nek, waar de stof in het vlees was gedrukt. Toen hij slikte, was zijn adamsappel hard en pijnlijk. 'Zo.' Hij knikte naar zijn identiteitskaart, die uit zijn borstzak was gevallen en een meter verderop op de gladde betonnen vloer lag. 'Mijn bewijs van toelating.' Hij slikte weer en wreef over zijn keel. 'Waarom val je me zomaar aan?'

'Ik dacht dat je een inbreker was. Er is vorige week bij ons ingebroken.'

'En hoe zit het met die... die martelbank die je daar hebt? Wat doe je daarmee?'

Pooley keek in de richting die hij aanwees. 'Die looiersbank?'

'Waar heb je hem vandaan?'

Pooley hief vermoeid zijn handen, alsof het iets volslagen onbelangrijks was. 'Uit een leerlooierij. Hoezo?' Hij bewoog zijn hoofd een beetje en nu zag Caffery in het blauwe licht van de computer in het kantoortje dat zijn gezicht nat was. Hij had gehuild. Dat enge geluid, als van een hijgend beest.

Caffery pakte de identiteitskaart en deed hem weer in zijn zak. 'Waarom huil je? Om Lucy? Je kende haar beter dan je hebt laten voorkomen, nietwaar?'

Pooley schudde zijn hoofd. 'Jezus. O, jezus.'

'Ik heb gelijk, of niet soms?'

'Ik mis haar... Ik mis haar zo erg... Ik heb haar nooit goed behandeld, nooit. Jane was eraan onderdoor gegaan als ik was vertrokken.'

'Jane? Je vrouw?'

'Je hebt haar gezien.'

'Je vrouw? Gisteren? Met die kroonluchter?'

'Ze is niet in orde.'

Caffery blies door zijn neus. En of ze niet in orde was, dacht hij. Hij zocht in zijn zakken naar de tabak die hij altijd bij zich had. Nicorette-kauwgom was prima spul, maar er waren momenten, dacht hij, dat je je goede bedoelingen opzij moest zetten en de nicotine je lichaam in moest laten stromen. 'Hoe lang had je al iets met Lucy?'

'Twee jaar. Sinds ze bij hem was weggegaan. Bij Colin. Die klootzak.'

Caffery rolde een sigaret en bevochtigde met de punt van zijn tong het lijmstrookje aan de binnenkant van het papier. 'Hoe vaak was je bij haar?'

'Een of twee keer per week.'

'Als je vrouw er niet was?'

'Op de dagen dat ze naar haar familie gaat.'

'En de seksspeeltjes?'

'Zuiver esthetisch.'

'Echt?'

'Echt. Ze vond ze er gewoon mooi uitzien, dat was alles. Maar haar ex, Colin, heeft er nooit tegen gekund. Nooit.'

'Ja. Dat weet ik.' Caffery draaide de sigaret dicht. Voelde in zijn zak naar een aansteker. 'Zo. Was je de enige? Voor Lucy?'

Pooley hief zijn kin en keek hem met harde ogen aan.

'Je hoeft me niet zo aan te kijken. Als je een vrouw een of twee keer per week opzoekt, verwacht je niet dat ze thuis op je blijft zitten wachten terwijl jij het gelukkige gezinnetje speelt.' Hij stak de sigaret op en tuurde Pooley door de rook heen aan. 'Ik wil alleen zeker weten dat jij de vader van de baby bent.'

'De b...' Pooley trok met een geschrokken frons zijn hoofd naar achteren. 'Welke baby?'

'Doe maar niet zo onschuldig. Ergens in de laatste twee jaar heeft Lucy Mahoney een baby gehad. Wat is ermee gebeurd?'

Pooley liet zijn armen slap vallen. 'Nee,' mompelde hij. Zijn stem klonk een beetje bang, een beetje verward. 'Nee. Dat heb je mis. Er was geen baby.'

Caffery keek hem onderzoekend aan. Die kerel kon wel heel goed acteren. 'Nee. Hier trap ik niet in. Je kunt een kind niet wegtoveren, hoe hard je het ook probeert.'

'Dat doe ik niet,' zei Pooley. 'Echt niet. Ik weet niet waar je het over hebt, maar Lucy, mijn Lucy, die heeft nooit een baby gehad.'

52

Het telefoontje kwam net voor de ochtendgetijden. Een van de verpleegsters die in de Rothersfield kliniek met Susan Hopkins had samengewerkt was de hele nacht bij haar vriendje geweest en had haar mobieltje uitgedaan. Ze hoorde pas van Hopkins' dood toen ze die ochtend op haar werk kwam. Ze had het alarmnummer gebeld omdat ze dacht dat ze iets wist wat de politie niet wist, iets wat geen van de andere personeelsleden die gisteren waren verhoord kon weten. De meldkamer zei haar in de kliniek te blijven. Er kwam meteen iemand.

Beatrice Foxton woonde maar een paar kilometer van de Rothersfield kliniek. Toen Caffery belde en zei dat ze moesten praten, zei ze dat het toch tijd werd de honden uit te laten. De kliniek werd omringd door velden, dus waarom spraken ze niet daar af voordat hij naar binnen ging?

Ze stonden te praten in de ochtendzon, kijkend naar de twee honden die in grote kringen om hen heen renden. Caffery rookte weer, zijn schouders iets opgetrokken en spanning in zijn armen en nek.

'Lucy Mahoney.'

'Wat is er met haar?' Beatrice was zomers gekleed in een witlinnen blouse en broek en canvas espadrilles. Vreemd genoeg droeg ze een gehavende tuinhandschoen aan haar rechterhand om een tennisbal te gooien voor de honden.

'Ze heeft een buikwandcorrectie ondergaan.' Hij keek langs de oprit naar de kliniek, naar de netjes gemaaide grasvelden, de buxushagen, de zuilengangen en de dure auto's op het parkeerterrein. Hier moest Lucy's zevenduizend pond heen zijn gegaan. James Pooley had liever niet over de operatie gepraat. Lucy wilde niet dat mensen het wisten, zei hij, en hij begreep niet waarom hij haar privacy niet zou beschermen, ook al was ze dood. Maar hij vertelde Caffery wel waar ze het had laten doen. Hier in de Rothersfield kliniek. De plek waar Hopkins gewerkt had toen ze stierf. Wat Mahoney ook met Hopkins in verband had gebracht, het was aan het eind van deze oprit gebeurd. Caffery wist alleen nog niet wat het was. 'Een buikwandcorrectie. Twee jaar geleden, zegt haar vriend.'

'Ik weet het.'

Hij zuchtte. 'Dat dacht ik al.'

'Het was het litteken dat eruitzag als een keizersnede. Weet je nog? Toen je weg was, heb ik haar opengemaakt en haar baarmoeder was ongeschonden. Ze was nullipara.'

'Nullipara?'

'Een vrouw die nog nooit een kind heeft gekregen. De incisie ging niet dieper dan het oppervlak.'

'Je zei dat het een rotzooi was. Wat bedoelde je daarmee?'

'Niet slordig, het was heel kundig gedaan. Heel kundig. Maar ik heb het gevoel dat de chirurg veel te diep heeft gesneden, lager dan nodig was. Hij had haar halve schaamheuvel weggehaald. En ze heeft een sympathectomie gehad, waarschijnlijk tegelijkertijd, te oordelen naar het helingsproces.'

'Een wat?'

'Ze heeft de sympathische zenuw laten doorsnijden. Dat is de zenuw die ervoor zorgt dat je bloost en dat je transpireert in je gezicht. Weet je nog dat ze sneetjes onder haar armen had?'

Hij wist het nog. Twee littekens in de oksels.

'Dat is iets wat je tegenkomt bij iemand die een longbiopsie heeft laten doen via een kijkoperatie. Je brengt een dunne slang in de borstholte en duwt het scalpel erdoorheen. Maar in dit geval was het voor de zenuwen, niet de longen. Veel mensen laten het doen. Meestal is het een ramp en moeten ze het laten herstellen. En dat lukt ook vaak niet. In de Verenigde Staten komen ze er inmiddels achter dat het niet werkt. Ze klemmen de zenuw tegenwoordig af voor het geval de patiënt zich bedenkt. Maar hier lopen ze nog een beetje achter.'

Caffery zag Lucy's gezicht op de video – *welkom in mijn atelier* – en hij herinnerde zich dat haar handen aan haar buik hadden gefrutseld. Maar ze had niet gebloosd. Het was geen spirituele ervaring of een toegenomen zelfvertrouwen geweest dat het verschil had gemaakt, maar een operatie. En hij had het niet gezien. Hij trok hard aan de sigaret. Alles, alles wat hij dacht te weten over Lucy Mahoney, was onjuist.

'Waarom heb je me niet...'

Beatrice hield waarschuwend haar hand op. 'Ik weet wat je gaat zeggen en jij weet wat ik ga zeggen...'

'Dat het allemaal in je rapport staat? Dat ik het had moeten lezen?'

'Heb je het gelezen?'

'We praten de laatste paar dagen nergens anders over. Er moet een moment zijn geweest waarop je iets had kunnen zeggen.'

'Ik vroeg net of je mijn rapport had gelezen?'

'Je had het me kunnen vertellen. Dat is alles. Je had iets kunnen zeggen.'

'Ik had je heel veel kunnen vertellen.' Ze gooide een tennisbal naar de setter en het dier sprong weg door het gras, zijn achterpoten schoppend als die van een paard. 'Ik had je kunnen vertellen dat ze haar ribben heeft gebroken toen ze, pak 'm beet, een jaar of twaalf was. Of dat ze een slecht gebit had; vier kronen en vijf wortelkanalen. Ik had je de kleur van haar teennagellak kunnen vertellen en het merk van haar beha. Geen van die dingen leek relevant, dus zette ik ze in het rapport en praatte ik er verder niet over. Een cosmetische ingreep van twee jaar eerder, die niets te maken heeft met de doodsoorzaak, is niet iets wat ik speciaal genoemd zou hebben. Het is mijn taak om de doodsoorzaak te bepalen, niet haar gedrag voor haar overlijden, zeker niet dat van twee jaar eerder.' Ze floot de hond en wenkte dat hij terug moest komen. 'Ik ben bang dat dat deel van het onderzoek...'

Caffery zuchtte. 'Ja, ja. Ik weet het.' Hij drukte de sigaret uit en deed hem weer in zijn tabakszak.

Dat deel was zijn werk.

53

'Ik ga hier een incisie maken, door de keizersnede, en dan dit stuk glad trekken.'

Ruth zit op een onderzoektafel. Ze draagt een beha en haar slipje. Ze heeft haar hoge hakken nog aan en heeft haar voeten voorzichtig neergelegd om niet door het papier te gaan en het leer eronder te beschadigen. De kamer is goed verlicht, luchtig en met hout betimmerd, en de diploma's van de dokter hangen ingelijst aan de muur. Buiten maait een tuinman het gras. Deze kliniek is ongetwijfeld het beste van het beste. Niet het soort ziekenhuis waar ze van tevoren geld vragen.

'We moeten de spieren hieronder blootleggen.' De chirurg tilt het vlees rond haar buik op. 'En dan trek ik ze samen. Hier verwijder ik een beetje vet en huid. Als u bijkomt, hebt u een paar drains, een aan elke kant. Alleen voor de eerste achtenveertig uur. Bij een buikwandcorrectie kan deze spier hier, de rechte spier,' hij ging met zijn vinger over haar buik naar beneden, 'een beetje pijn doen. Daar kunt u misselijk van worden, dus injecteer ik erin terwijl u nog onder narcose bent. Oké?'

'Oké.'

'U weet dat u wat ongemak kunt ervaren?'

Wat ongemak? Hier? In de Rothersfield kliniek met zijn mooi aangelegde tuinen en de piccolo's met hun leuke hoedjes? Met satelliet-tv in alle kamers en champagnecocktails op het menu als je je goed genoeg voelt? Dat overleeft ze wel. Ze trekt haar T-shirt aan en kijkt toe hoe hij een ontsmettende gel op zijn handen spuit, ze afdroogt aan een gesteven handdoek en terugloopt naar het grote bureau met het leren bovenblad. Hij is niet knap. Niet echt. Een beetje slonzig. Maar hij is waarschijnlijk schatrijk. Precies het soort man dat zij nodig heeft.

Hij slaat haar map open en krabbelt er een paar woorden in met een krasserige Montblanc. Hij zet cirkels om de buik van de tekening van een mens. Haalt een blad roze papier tevoorschijn en begint hokjes af te vinken.

'Rookt u?'

Ruth wringt zich in haar rok. 'Nee.'

'Drinkt u?'

'Alleen als u er ook een neemt.'

Hij trekt een gepijnigd glimlachje. 'Hoeveel glazen drinkt u per week?'

'Dat weet ik niet. Ik ben een sociale drinker.'

'Tien tot eenentwintig glazen per week, dus?'

'Dat is het wel zo ongeveer.'

'Woont u alleen?'

'Nu klinkt het alsof u me mee uit wilt vragen.'

'Het is een serieuze vraag. We moeten weten of er iemand is die voor u kan zorgen als u uit de kliniek ontslagen wordt.'

'Ja. Ik bedoel, dat doe ik. Ik woon alleen. Maar ik kan mijn zoon vragen om te komen. Dat doet hij graag.' Ze knoopt haar blouse dicht. Die kerel mag dan rijk zijn, hij heeft geen gevoel voor humor. Ze klimt van de tafel, gaat tegenover hem zitten, slaat haar benen over elkaar en spant de spieren, zodat haar kuiten mooi uitkomen. Ze steunt haar vingernagels op haar knie.

'Mijn eh... mijn nicht werkt hier. Ze heeft u aanbevolen.'
'O, ja?' Hij kijkt niet op. 'Aardig van haar.'
'Zij en ik hebben een heel goede band. Ze vertelt me alles. Ze heeft me in vertrouwen genomen.'
'In vertrouwen.'
Hij blijft schrijven, nog steeds niet geïnteresseerd.
'Ze zei dat ze u een van de beste chirurgen vond die ze kende.'
Hierbij kijkt hij op. 'Dank u. Altijd leuk om te horen.'
'Ik denk dat ze met u gesproken heeft over...'
'Over korting?'
Ze ademt opgelucht uit. 'Dat klopt. Korting. Ze heeft er met u over gesproken.'
'Dat klopt. Dat handelt Marsha wel af. Mijn secretaresse. Als u een afspraak maakt, neemt zij dat allemaal met u door. Ik heb eind juni nog wel plek.'
Ruth knijpt haar ogen een beetje dicht. 'Wanneer moet ik betalen?'
'Marsha stuurt u een rekening.'
Haar hart springt op. Rekeningen kosten tijd. Weken. Tijd om juffertje de privédetective nog wat verder uit te melken. 'Wanneer?' vraagt ze.
De chirurg kijkt op. 'Maakt u zich daar maar geen zorgen over,' zegt hij. 'We nemen contact op na de ingreep.'

54

De Rothersfield kliniek verschilde zo te zien niet veel van de Farleigh Park Hall kliniek, dacht Caffery. Met eikenhouten panelen betimmerde wachtkamers, marmeren trappen en kamers met glazen schuifdeuren die toegang gaven tot uitgestrekte grasvelden. Maar daarmee hielden de gelijkenissen op. Hier was een portiersservice, maaltijden van vijf gangen die gekozen konden worden van handgeschreven menu's en niemand verwachtte dat je de toiletten schoonmaakte als onderdeel van de behandeling. Op de oprit stonden Mercedessen en Bentleys, waarin chauffeurs zaten te wachten tot hun rijke werkgevers waren hersteld van hun facelift.

In een klein kantoor achter in het gebouw, met uitzicht over een siertuin waarin een of twee patiënten rondwandelden in badjassen, zat de verpleegster, Darcy Lytton, op hem te wachten. Ze had zich nog niet omgekleed om te gaan werken en het was haar aan te zien dat ze een nacht met haar vriend had doorgebracht; ze droeg een vuile spijkerbroek van Atticus, een riem met sierspijkers en een zwart T-shirt met de woorden 'ik vermoord je liever niet' op de borst. Haar oogmake-up was ook van gisteravond: het zat opgehoopt in de vouwen onder haar bruine ogen. Ze zat met haar handen tussen haar knieën op haar lip te bijten. Ze had gehuild.

'Wat is er gebeurd?' Ze stond op toen hij binnenkwam. 'Heeft ze zelfmoord gepleegd? Heeft ze een briefje achtergelaten?'

'Darcy?'

'Ja.'

'Ik ben Jack. Jack Caffery.'

Ze schudde de hand die hij haar toestak. Haar handpalm was vochtig en koud. 'Zei ze nog waarom? In het briefje?'

'Ga zitten.'

Dat deed ze en hij ging naast haar zitten met zijn voeten iets uit elkaar, zijn knieën niet ver van die van haar en zijn hoofd iets gebogen, zodat hij haar in de ogen kon zien.

'Het heeft je behoorlijk geraakt, nietwaar?'

'Nou, het was niet precies wat ik verwachtte te horen toen ik vanmorgen kwam werken.'

'Ben je in staat om met me te praten?'

'Ik heb al een heleboel gezegd. Ik heb ze verteld dat ik...' Ze keek met haar besmeurde ogen naar Caffery. 'Ik blijf maar denken dat ik iets had moeten doen.'

Hij legde een hand op haar schouder. Stom misschien, omdat hij strikt genomen niet eens hier alleen met haar zou mogen zitten. Je wist nooit waar mensen je van konden beschuldigen. De Oost-Europese meisjes in de cellen in Dover hadden de gewoonte te wachten tot ze alleen waren met een agent, en dan schoven ze hun handen in hun slipje en voordat hij wist wat er gebeurde, veegden ze hun vingers af aan de handen van de agent. Daarna gilden ze dat ze waren aangerand, en wie ging dat ontkennen als hun DNA op zijn handen werd aangetroffen? Agenten werkten tegenwoordig met zijn tweeën. Maar dit meisje zag eruit alsof ze niet eens meer in haar eentje naar het toilet kon, laat staan dat ze hem kon beschuldigen van aanranding.

'Ik ben ook van de politie,' zei hij. 'Maar de vragen die ik heb, zijn misschien wat anders dan wat ze je via de telefoon hebben gevraagd. Is dat goed?'

'Wat stond er in het briefje?' Darcy drukte een verfrommelde zakdoek tegen haar neus. 'Het zelfmoordbriefje?'

'Ze was ongelukkig. Zei dat ze zich in de steek gelaten voelde.'

'Niet in de steek gelaten. Dat kan ik gewoon niet geloven. Ze had hordes vrienden. Haar ouders zijn fantastisch, echt cool, voor ouders dan, snap je. En Paul kwam van boord. Dat was het enige waar ze nog over kon praten. Ze was het grootste deel van de week bezig zich daarop voor te bereiden.'

'Kende je haar goed?'

'Jaren geleden deden we alles samen. We hebben een halfjaar geleden een soort, ik weet niet, een soort ruzie gehad en sinds die tijd gingen we elkaar een beetje uit de weg, maar het was niet ernstig of zo. We hielden het losjes, zodat we niet over de ruzie hoefden te praten. Maar we trokken op het werk nog steeds met elkaar op, om te lachen en te roddelen en zo.'

'De meldkamer heeft me verteld dat je haar gisteren rond de lunch voor het laatst hebt gezien.'

'In de kleedkamer. Ik was me aan het omkleden voor mijn afspraakje. Zij ging net naar het toilet. Ik stond daar in de spiegel te kijken toen ze naar buiten kwam en haar handen waste en... en daarom ben ik een beetje...' Ze beet op haar lip. 'Daarom ben ik een beetje van streek, want ik denk dat ze me iets wilde vertellen en ik had haast, dus luisterde ik niet. Ik heb erover gedacht om haar later te bellen, maar toen ik dat deed, stond haar telefoon uit. Ik heb geen bericht ingesproken.'

'Haar telefoon stond uit toen ze werd gevonden en de oproepgegevens waren gewist. Was dat haar gewoonte?'

'Dat geloof ik niet. Maar één ding weet ik wel, en dat is dat ze nooit haar mobieltje uit zou zetten. Nooit.'

'Vertel eens wat er in de kleedkamer is gebeurd.'

'Het was haar gezicht. Ze...' Darcy zweeg even en overdacht duidelijk hoe ze het het beste kon uitleggen. 'Je weet wel, als mensen iets hebben gezien, maar niet kunnen geloven dat ze het gezien hebben. Dan hebben ze zo'n blik in hun ogen, alsof ze denken dat iemand ze in de maling neemt of zo, maar ze weten het niet zeker.' Ze veegde weer langs haar ogen. 'Ik had haast, dus ik keek in de spiegel en ik zei: "Wat is er, Suse?" En zij schudt haar hoofd en ze zegt: "Ken jij de verpleegsters van de verkoeverkamer?" En ik: "Nee, hoezo?" En zij zegt: "Volgens mij zijn het allemaal sukkels. Ze zien niet eens wat er onder hun neus gebeurt."'

Caffery trok zijn wenkbrauwen op. Darcy knikte. 'Ik weet het. Maar ik ben de sukkel, want ik luisterde maar half, omdat ik dacht dat ze zou gaan klagen over een van de andere verpleegsters, en toen zei ze: "Ik geloof dat ik een beetje kwaad word. Volgens mij heb ik net een van de chirurgen iets zien stelen."'

'Wat dan?'

'Dat zei ze niet. Ik geloof niet dat het om geld of kostbaarheden ging. Het was de manier waarop ze het zei, "stelen". Alsof het niet helemaal het goede woord was. Alsof ze het niet beter kon omschrijven. En toen ik er later over nadacht, was ik ervan overtuigd dat het heel vreemd was, wat ze me wilde vertellen. Dat stond op haar hele gezicht te lezen, alsof ze iets echt afschuwelijks had gezien.'

'Waar kwam ze vandaan?'
'De operatiekamer.'
'Zei ze nog welke chirurg het was?'
'Nee. Ze heeft gisteren met een aantal van hen gewerkt, denk ik.'
Er viel een korte stilte. Ze keek naar Caffery zonder te begrijpen wat de betekenis was van wat ze had gezegd. 'God, het spijt me,' zei ze. 'Jullie hebben niet veel aan mij, hè?'
'Het hoeft je niet te spijten,' zei Caffery. Hij moest zich inhouden om niet nogmaals zijn hand op haar schouder te leggen. 'Het hoeft je helemaal niet te spijten. Je bent juist een grote hulp geweest.'

55

De bedrijfsleider van de kliniek kon zich niet indenken wat Susan Hopkins met 'stelen' had bedoeld. De patiënten hoorden niets van waarde bij zich te hebben in de verkoeverkamer: alles moest bij opname in de centrale kluis van de kliniek worden gelegd. En er moest voor worden getekend. Ze liet Caffery ter bewijs het register zien. Haar dag liep niet precies zoals ze had gepland en Caffery kon wel met haar meeleven, maar hij vond niet dat het een excuus was voor haar onbeleefdheid. Ze was zo gesloten als de rug van een kameel in een zandstorm. En toen hij vroeg met welke chirurgen Susan Hopkins de vorige dag had gewerkt, ging ze helemaal over de rooie. De kliniek verhuurde de ruimte en de faciliteiten aan de chirurgen, hield ze vol, meer niet. Ze wilde hem met alle plezier de namen geven van de drie chirurgen die met Susan Hopkins op het rooster stonden, maar absoluut geen details over de uitgevoerde ingrepen en onder geen enkel beding details over de patiënten. Hij kon het proberen bij de secretaresses van de chirurgen, maar medische secretaresses waren berucht om hun geslotenheid en, legde ze uit terwijl ze hem uit de hoogte aankeek, ze gaf niet veel voor zijn kansen als hij geen gerechtelijk bevel had.

Maar ze had het mis, bleek later. De secretaresse die de boeken bijhield voor twee van de chirurgen, Davidson en Hunt, had een heel lief gezicht. Ze kende Susan Hopkins en had gehoord wat er was gebeurd. De hele kliniek praatte erover.

'Ik wil hun gegevens inzien.'

'Ik mag u eigenlijk niets vertellen.' Ze bleef slecht op haar gemak bij de deur van haar kantoor staan, met haar rug ernaartoe alsof ze een schat bewaakte. 'Dat weet u toch wel? Ik moet eigenlijk wachten op een bevel van de rechter.'

'Susan heeft geen zelfmoord gepleegd. Hebt u dat ook al gehoord?'

'Dat zeiden sommige mensen.'

'Haar dood kan verband houden met andere zaken. U ziet toch wel wat ik bedoel?'

Ze gaf geen antwoord. Ze was zo bleek dat zelfs haar mond elke kleur verloren had.

'Een seriemoordenaar.' Hij boog zich naar haar toe om haar de woorden toe te sissen. De zilveren kogel. De meest angstaanjagende woorden die een vrouw kon horen. 'Ik bedoel dat we misschien te maken hebben met een seriemoordenaar.'

De secretaresse beet op haar lip. Ze keek de gang in om te controleren of niemand hen zag. 'O, jezus.' Ze ging achteruit om hem binnen te laten. 'Ik kan hiervoor de zak krijgen. Snel. Doe de deur dicht.'

Ze ging naar de andere kant van het bureau, boog zich over de computer, bewoog de muis en het scherm kwam tot leven.

'We hebben problemen met de server. Er zou vanmorgen iemand voor komen, maar het is nog steeds... Ah, hier. Nou, wat zoek ik?'

'Het rooster van beide chirurgen voor begin mei twee jaar geleden.' Caffery kwam naast haar staan en zag hoe ze door de gegevens scrolde. 'In het bijzonder een buikwandcorrectie en een sympathectomie in één operatie.'

'We houden gegevens bij van vijf jaar terug. Je weet nooit wat voor claims mensen kunnen bedenken. Ik ben er heel precies in. Daar.' Ze hield op met scrollen. 'Meneer Davidson heeft op de vijfde een buikwandcorrectie gedaan. Dat is het zo'n beetje. Daarna waren het voor het grootste deel neuscorrecties. Meneer Hunt heeft op de vierde drie cosmetische operaties gedaan. Hij is gespecialiseerd in het bijwerken van littekens. U weet wel, als er patiënten binnenkomen met het knoeiwerk van andere chirurgen. Hij is goed, meneer Hunt. Echt goed. Geen sympathectomie.'

'Wie zei u dat de buikwandcorrectie heeft gedaan?'

'Meneer Davidson. Paul.'

'Naam van de patiënt?'

'Karen Cooper.'

'Niets onder de naam Mahoney?'

'Nee.' Ze tikte met haar pen en keek naar het scherm. 'Dat is alles. De namen kunnen vals zijn. Sommige mensen vinden het gênant. Dat hebben we niet in de hand, maar de gegevens in het systeem wel. Dat was de enige buikwandcorrectie in die drie dagen. En niets over een sympathectomie. Niet voor meneer Hunt en ook niet voor meneer Davidson. Ik geloof trouwens niet dat ik ooit gehoord heb dat een van hen die operatie heeft gedaan. Het spijt me.'

Caffery stond op en legde zijn visitekaartje op het bureau. 'Waar kan ik de secretaresse van meneer Gerber vinden?'

'Aan het eind van de gang. Daar zitten drie secretaresses. U moet Marsha hebben. Als u verdwaald raakt, gaat u maar op de koude lucht af.'

'De koude lucht?'

'Dat is een krengige opmerking van me. Ik wilde alleen maar zeggen, veel geluk als u Marsha's domein binnenloopt zonder een bevelschrift en vraagt of u even naar de gegevens van haar chirurg mag kijken. Als u begrijpt wat ik bedoel.'

'Niet erg hulpvaardig?'

'De woorden "steen" en "koud" komen bij me op. Of "Cruella".'

'Bedankt,' zei Caffery. 'Bedankt voor de tip.'

56

Er stonden drie computers in het kantoor, maar het was lunchtijd en er was er maar één bezet. Door Marsha. De ongenaakbare Marsha. Ze was lang en statig en had volmaakt zwart haar dat stomp op haar schouders was afgeknipt, een nogal oranje huid en ovale, zwartomrande ogen. Als ze wist dat ze Cruella werd genoemd, speelde ze het spelletje mee. Ze was gekleed in een lange strakke rok, moordende naaldhakken en een paarse bloes met vleermuismouwen. Haar lippen waren zo donker magenta geverfd dat het je aan een hartaanval deed denken. Geen katje om zonder handschoenen aan te pakken.

'Hallo.' Caffery keek het kantoor rond, zag een stoel en ging zitten met zijn handen in zijn zakken en zijn vingers op de toetsen van zijn mobiele telefoon. 'Bent u de secretaresse van meneer Gerber?'

'Waarom wilt u dat weten?'

Een goed begin, Cruella. Hij haalde met zijn vrije hand nog een visitekaartje uit zijn zak en legde het op het bureau. 'Is meneer Gerber aanwezig?'

'Nee.'

Marsha bekeek het kaartje. Het beeldscherm stond overal van weggedraaid, van het raam en van de deur. Ze zorgde ervoor dat er niemand achter haar kon komen staan om stiekem naar het scherm te kijken.

'Komt hij vandaag nog?'

'Nee. Hij is alweer weg en komt vrijdag pas terug. Waar gaat het om, als ik vragen mag?'

Hij drukte op een toets in zijn zak. De telefoon rinkelde.

'Neem me niet kwalijk.' Hij stond op, liep naar de deur, haalde de telefoon voor de dag met zijn vinger nog steeds op de knop voor de ringtone, keek naar het schermpje en haalde zijn vinger van de toets. Het geluid hield op.

'Hallo?'

Marsha zat hem ijskoud vanaf het bureau aan te kijken.

'Ik moet dit even afhandelen,' zei hij zachtjes. 'Zo terug.'

Hij liep weg terwijl hij deed alsof hij praatte, maar bleef aan het eind van de gang weer staan, buiten het gehoor van de kantoren. Hij belde de receptie.

'UPS hier. Ik heb een pakketje voor ene meneer Gerber. Heb ik het juiste nummer?'

'Ja.'

'Ik kom van de A432. Ik ben over een paar minuten bij u.'

'Neem de tweede weg rechts. Er staat een bordje.'

'Ik zit nogal krap in mijn tijd. Ik moet het snel even afgeven en meteen weer weg. Kunt u ervoor zorgen dat er iemand voor het gebouw staat om het aan te nemen?'

'Ik weet niet. Dit wordt nogal een gewoonte bij jullie.'

'Ja, het spijt me.'

'Ik kan dit niet altijd doen, hoor.'

'U zou me er erg mee helpen.'

'Ja, dan doe ik het natuurlijk meteen.' De receptioniste zuchtte. 'Laat het maar aan mij over. Ik laat zijn secretaresse wel komen om u op te wachten. Voor deze ene keer.'

'U bent fantastisch.'

Tegen de tijd dat hij weer bij het kantoor was, had de receptie al gebeld. Marsha stond overeind en legde net de hoorn op de haak. 'Ik moet even weg. Het duurt niet lang.'

'Dat geeft niet.' Hij ging zitten. 'Ik wacht wel even.'

Ze keek naar hem, naar de stoel waarop hij zat. Toen keek ze naar de computer. Ze bukte en logde heel koeltjes en weloverwogen uit. Daarna pakte ze haar handtas van de stoelleuning en glimlachte strak. Caffery glimlachte terug en stak zijn hand op.

Als je de politie al niet kunt vertrouwen, wie dan wel? Dat zei zijn moeder altijd. Zijn vader moest er altijd om lachen.

Toen ze weg was, liep hij naar het raam en wachtte tot ze op het grind van de oprit verscheen. Ze kwam naar buiten met haar kin omhoog. Strak en beheerst ging ze met haar armen over elkaar de oprit af staan kijken. Met zijn negenendertig jaar ervaring had hij geleerd dat meisjes die zich kleedden en gedroegen zoals Marsha dat in de slaapkamer nooit volhielden. Mannen kregen fantasieën over zwepen en leer en meisjes die op hen kwamen zitten, maar iemand als Marsha wilde meer tederheid tussen de lakens dan de meisjes in angorawollen truitjes. Maar buiten de slaapkamer konden de Marsha's van deze wereld ware roofdieren zijn. Ze had hem goed te pakken door uit te loggen. Dit ging verdorie eindigen met een bevelschrift. Nog meer verspilde tijd.

Hij keek eens naar de computer. Nee, dacht hij. Geen enkele kans dat hij erin kwam. Geen enkele. Maar van de andere kant, redeneerde hij, zou het onbeleefd zijn om het niet te proberen. Hij liep naar haar stoel, ging erop zitten en keek naar het inlogscherm. Twee lege vakken, GEBRUIKERSNAAM en WACHTWOORD. Daar liep het op vast. In de film raadde de held het wachtwoord altijd bij de derde keer. Hij zocht het bureau af, op zoek naar aanwijzingen. Niets. Hij ging met zijn handen over de computer, deed de laden open en voelde of er briefjes aan de onderkant waren geplakt. Niets. Hij draaide Marsha's naamplaatje naar zich toe. Marsha Wingett. Hij typte 'm.wingett', maar dacht, wat kan het mij verdommen, en typte 'Cruella' in het hokje voor het wachtwoord. Toen drukte hij op 'enter'. Meteen verscheen er een berichtje. *Oeps! Wachtwoord vergeten?*

Hij wiste Cruella en typte: 'Cruella1'. Toen drukte hij weer op 'enter'.

Oeps! Wachtwoord vergeten?

Het was alsof iemand hem steeds in de rede viel. En hij wist dat hij niet veel tijd had. Marsha bleef niet de hele morgen op het grind staan wachten op een niet-bestaand pakje.

'Kil wijf'?

Oeps! Wachtwoord vergeten?

'Vijf acht zeven QU nul.'

Er stond een vrouw in de deuropening die hem met een uitdrukkingsloos gezicht aankeek. Ze had zandblond haar in een staart in haar nek, een handtas over haar schouder en – geloof het of niet – een roze angoravest aan. Ze had een kartonnen blad van Starbucks in haar handen met koffie erop. Aan haar vingers bungelden autosleutels.

'Neem me niet kwalijk?'

'Ik zei: "Vijf acht zeven QU nul".'

'Haar wachtwoord?'

'Ja.'

Hij typte de reeks in. Drukte op 'enter'.

Wachtwoord vergeten?

Hij keek naar de vrouw. Zij keek terug.

'Nou?' zei hij, wachtend tot ze iets zou zeggen.

Ze maakte een ongeduldig keelgeluidje, ging iets opzij staan en bekeek het scherm. Ze had witte pareltjes in haar oren. 'De gebruikersnaam is fout. Geen punt na de voorletter.'

'Dat had ik moeten weten.'

'Inderdaad.'

'De server is een ramp. Alles gaat met een slakkengang.'

Ze keek naar hem alsof hij net voor haar ogen van kleur was veranderd. 'Dat weet ik. Ik heb het zelf aan jullie doorgegeven.'

Caffery sloot zijn ogen. Deed ze weer open. Wat waren de kansen? 'Ja. Natuurlijk. Dank u.'

'Graag gedaan. Hoe lang duurt het nog voordat u aan de mijne toekomt?'

'Twintig minuten. Zodra dit klaar is.'

Ze ging naar het bureau in de andere hoek, zette haar koffie neer, haalde de angora van haar schouders en hing hem zorgvuldig over de rug van haar stoel. Babyroze. Zij is degene die in naaldhakken over je heen zal lopen, dacht hij terwijl hij de punt weghaalde. Hij drukte op 'enter' en het scherm lichtte op. Alle consulten van Gerber van vandaag.

Het was hetzelfde systeem als de andere secretaresse had gebruikt en nu hij het een keer in actie had gezien, kon hij gemakkelijk teruggaan, hoewel de database langzaam werkte, omdat de zieke server het tempo aanhield van een werkpaard. Hij ging twee jaar terug en vond de dagen in kwestie. De naam Lucy Mahoney sprong er meteen uit. Op de ochtend van 4 mei had ze om tien uur een buikwandcorrectie en een sympathectomie ondergaan bij Georges Gerber.

Georges Gerber.

Raak. Ik heb je te pakken, schoft.

Hij sloot de database af, logde uit en stond net op toen Marsha in de deuropening verscheen.

'Hallo.'

Ze glimlachte beleefd tegen hem. 'Gaat u weg?'

'Ik ga met meneer Gerber praten.'

'Hij is er niet.' Ze keek naar de stoel waarop hij gezeten had. 'Ik geloof dat ik dat al gezegd heb.'

'Weet u waar hij zich bevindt?'

'Thuis?' Ze liep langs hem heen en bleef nog even naar de stoel staan kijken. Toen hing ze haar handtas over de rugleuning en ging zitten – voorzichtig, alsof ze dacht dat ze zich zou kunnen branden of de stoel zou kunnen instorten. 'Waarschijnlijk thuis, ik weet het niet. Ik heb een paar minuten geleden geprobeerd hem te bellen. Hij nam niet op.'

'Dank je, Marsha. Je bent heel behulpzaam geweest.'

Hij stond al bij de deur toen ze zijn naam zei. Hij wachtte. Met zijn hand aan de deur. Draaide zich langzaam om. Aan het andere bureau was het meisje met de roze angora opgehouden met wat ze aan het doen was, en ze keek over de bovenkant van haar beeldscherm toe.

'Ja?'

'Ik sprak net de andere secretaresse. Ze zeiden dat u de patiëntengegevens wilde inzien.'

'Dat klopt.'

'De database is een beetje langzaam, maar hij werkt nog wel.'

Ze trok het toetsenbord naar zich toe, logde in en het scherm verscheen. 'Ik kan de gegevens van meneer Gerber wel even doornemen, als u wilt?'

Caffery stond half buiten en keek naar haar zwarte haar en haar kleine, scherpe ogen. Even wilde hij lachen. Hij dacht: Marsha, wat ben je toch een prachtmeid. Hij nam het allemaal terug. Je bent een engel, een samaritaan. En waarschijnlijk een heks in bed. 'Dank je,' zei hij. 'Maar ik praat wel direct met meneer Gerber.'

'In dat geval zal ik zijn huisadres even voor u uitprinten.'

57

Home and Away is net afgelopen en Ruth schenkt zichzelf een derde glas rum-cola in als er iemand aan de deur klopt. Ze kijkt op de klok. Pas één uur. Het juffertje heeft later op de middag gezegd. Het ergert haar dat ze te vroeg is. Ze heeft geprobeerd te bedenken hoe ze het onderwerp moet aansnijden, hoe ze het bedrag moet verhogen. Misschien komt het door de rum, maar ze heeft het nog niet op een rijtje en dat ergert haar.

Er wordt weer geklopt. Ze zet geïrriteerd haar glas neer, gaat de gang in en zet de ketting op de deur.

'Ja, wat is er?'

Maar als ze naar buiten kijkt, ziet ze meneer Gerber, de chirurg van de kliniek, voor de deur staan. Hij is wel de laatste die ze verwacht had. Hij draagt iets vreemds, een soort tuniek van spijkerstof, maar hij heeft een fles champagne in zijn hand en een schaapachtige glimlach op zijn gezicht.

'Ruth?'

'Ja?'

'Het spijt me.'

'Wat spijt je?'

'Ik zou hier niet moeten zijn.'

'Waarom niet?'

'Het is niet ethisch. Als ik een hoed droeg,' zegt hij met een spijtig lachje, 'zou ik er nu mee in mijn handen staan.'

Ze doet de deur verbaasd iets verder open. Hij ziet er raar uit, daar in het zonlicht. Hij heeft heel fijne botten, een kleine neus en een bos stug haar met grijze draden erdoorheen, waar hij nerveus zijn vingers door blijft halen.

'Toen ik je vroeg of je alleen woonde, Ruth, ging ik eigenlijk mijn boekje te buiten. Dat is de taak van mijn secretaresse.'

'Hè?'

Hij bijt op zijn lip en kijkt de weg langs. Dan kijkt hij haar weer aan en gaat haar een lichtje op. Ze denkt aan de Mercedessen en de Aston Martins die ze die morgen op de parkeerplaats voor het personeel van de kliniek heeft zien staan. Ze denkt eraan hoe ze wel eens in de pub zit te wachten tot iemand haar aanspreekt. En dan denkt ze aan de manier waarop ze haar benen over elkaar had geslagen toen ze eerder die dag tegenover hem zat.

'Mijn voornaam is Georges,' zegt hij.

'Hallo, Georges.'

'Mag ik binnenkomen? Ik zal niet lang blijven. Niet als je dat niet wilt.'

Ze doet de deur open, laat hem binnen en hij loopt de gang door, van links naar rechts kijkend. Ze gaat achter hem aan, maar blijft even voor de spiegel in de hal staan om de opgehoopte mascara uit haar ooghoeken te vegen. Het stuk kauwgom in haar mond doet ze snel in een asbak, en ze houdt haar handen voor haar mond en controleert haar adem.

Als ze in de woonkamer aankomt, staat hij midden op het vloerkleed.

'Leuk huis.'

Ze doet het bandje van haar beha goed en zorgt ervoor dat haar borsten flink omhoog worden geduwd. Dat ze goed te zien zijn. 'Wil je iets drinken?'

‘Dat zou lekker zijn. Als het niet te veel moeite is. Wat drink jij?’

‘Ik…’ Ze wijst naar het glas op de bar. ‘Rum-cola. Maar ik kan ook iets anders voor je inschenken.’

‘Rum-cola.’ Hij glimlacht. Hij ziet er eigenlijk helemaal niet zo slecht uit. Hij zou zich alleen wat beter moeten verzorgen. ‘Klinkt perfect.’

Hij gaat beleefd met zijn voeten naast elkaar op de bank zitten en kijkt toe terwijl zij het drankje klaarmaakt. Als ze zich omdraait om hem het glas te overhandigen, ziet ze dat hij haar de champagne met beide handen toesteekt. ‘Ik denk dat deze koud gezet moet worden.’

‘O, ja.’ Veuve Clicquot. Stevie is gek op Veuve. Ze zet het glas op het tafeltje naast hem en pakt de fles aan. Hij is een beetje warm. Ze neemt hem mee naar de keuken, doet hem in de vriezer en legt er een zak ijs op. Als ze de kamer weer inkomt, staat Georges naast de bar naar de foto’s te kijken. In het midden staat een foto van een dolfijn in Griekenland. Ze gaat naast hem staan.

‘Prachtig dier.’ Ze pakt haar glas van de bar en neemt een slok. ‘Nietwaar?’

Gerber draait zich om en kijkt haar kalm aan. ‘Ik kan nog wel mooiere dingen bedenken.’

Ze wil giechelen, maar houdt zich in. Georges is niet het soort man dat van gegiechel houdt. Hij is serieus. Hij heeft klasse. Dus glimlacht ze en wijst naar een andere foto.

‘Mijn ex-man. En mijn zoon. Hij woont hier vlak in de buurt en komt af en toe langs. Maar verder ben ik alleen. Zoals ik al gezegd heb.’

‘Het spijt me dat ik je zo ondervraagd heb. Alles van vandaag spijt me. Je maakte me zenuwachtig. Dat is het.’ Hij gaat weer op de bank zitten. ‘Ik heb er een puinhoop van gemaakt.’

‘Nee, hoor. Je was heel aardig, heel lief.’

Hij gebaart naar de muur. ‘Vertel eens over die dolfijnen. Je bent een echte zeerot, neem ik aan.’

Ze vindt het leuk dat hij belangstelling heeft. Ze gaat op de leunstoel zitten en strijkt haar rok glad. Ze begint te praten over de dieren, de dolfijnen in Griekenland, de zeekoeten die ze eens over een haven bij Sitges heeft zien vliegen. Hij laat haar het gesprek leiden, maar stelt een heleboel vragen. Hoe is het om op een boot te wonen? Is ze gelukkiger op het land? Vinden de katten het hier fijner? Het zal wel fijn zijn om zoveel dieren te kunnen hebben. Hij is echt heel lief, besluit ze. Het uiterlijk kan bedrieglijk zijn.

'Je glas is leeg.'

Ze kijkt naar het glas in haar hand en ziet dat hij gelijk heeft; het is leeg. Ze zitten al een hele tijd te praten. Zijn drankje staat nog onaangeroerd op het tafeltje naast hem. Hij draait zich om en kijkt naar de keuken. 'Wat dacht je van die champagne? Denk je dat hij al koud is?'

Ze staat op en gaat naar de keuken. Daar haalt ze de champagne uit de vriezer en pakt twee kristallen glazen die Stevie in een restaurant in Sardinië heeft gestolen. Terwijl ze de fles openmaakt, voelt ze zich even duizelig. Ze zet de fles neer en leunt op het aanrecht om bij te komen. Dit is niets voor haar. Van een paar rum-cola's wordt zij normaal gesproken niet dronken. Ze schept wat water recht uit de kraan in haar mond, droogt haar mond af aan de theedoek en gaat verder met de champagne. Als hij open is en ze twee glazen heeft ingeschonken, voelt ze zich weer vreemd. Ze zet de fles met een klap neer en binnen een paar seconden staat Gerber naast haar.

'Alles goed met je?'

'Prima.' Ze glimlacht. 'Ik voel me prima. Alleen een beetje...'

Ze steekt een hand uit en hij pakt haar bij de armen en leidt haar naar de woonkamer. Hij helpt haar in de leunstoel.

'Ben je duizelig?'

'Ik voel me vreemd.'

'Ik weet waarom. Toen ik eerder op de dag je bloeddruk mat, vond ik al dat die omlaag moest.'

'Mijn bloed... Wat zei je?'

'Blijf maar lekker zitten. Ik heb er wat tabletjes voor.'

'Tabletjes? Mijn bloeddruk is altijd prima. De dokter zegt dat hij heel goed is voor iemand van mijn leeftijd.'

Ze kijkt naar beneden. Hij heeft een bruin potje uit zijn zak gehaald en schudt witte tabletjes in zijn hand. De pillen lijken heel groot en wit.

'Wat zijn dat?'

'Die verlagen de druk. Dan voel je je meteen beter.' Hij knikt naar de computer. 'Wat is het wachtwoord?'

'Mijn wachtwoord?' Ze legt een vinger tegen haar hoofd. De kamer lijkt kleiner dan zij zich herinnert. 'Waarom wil je...'

'Ik moet de dosering controleren. Wat is het wachtwoord?'

'Stevie21.'

'En hoeveel weeg je?'

'Hoeveel... Ik weet het niet.'

Hij gaat naar de computer en ze hoort hem toetsen aanslaan. Haar hoofd is te zwaar om het om te kunnen draaien en te kijken. Ze laat het op haar hand rusten en stelt zich even voor dat het van steen is, als van een standbeeld, en dat het zal barsten als ze het beweegt. Gerber komt terug en laat een hele lading tabletten in haar hand vallen.

'Zoveel?'

'Ze zijn homeopathisch.'

Homeopathisch. Daar heeft ze wel eens van gehoord. Ze brengt ze naar haar mond en neemt het glas cola aan dat hij haar voorhoudt. De tabletten zijn bitter en krassen langs haar keel, maar ze slikt ze met twee slokken cola door.

'Ik denk dat je even een ritje moet gaan maken. Voor wat frisse lucht. Waar staat je auto?'

'Buiten,' mompelt ze. Haar mond lijkt wel vol stof te zitten. 'Buiten op de...' Ze brengt haar hoofd omhoog. Probeert zich op hem te concentreren. 'Naast de patio.'

Ze probeert zich overeind te duwen, maar dat lukt niet. En in plaats van dat het haar angst aanjaagt, merkt ze dat het haar helemaal niets kan schelen. Haar voeten zijn heel ver weg. Haar benen zijn niet meer dan wazige strepen licht. Ze kijkt naar haar schoenen en denkt: wat een mooie schoenen. Rood en glanzend als robijnen. Dank u, God, voor die prachtige schoenen.

'Je sleuteltjes.'

Gerber staat naast haar. Hij schudt haar heen en weer. Ze kijkt op met zware oogleden.

'Waar zijn je sleutels?'

'Ik geloof dat ik iets moet eten.'

'Helemaal niet. Zeg maar gewoon waar je sleutels zijn.'

'In de hal. Daar hangen ze.'

'De voordeursleutels ook?'

'Ja. Maar waar heb jij mijn voordeursleutel voor nodig?'

In plaats van een antwoord hoort ze alleen het verre geluid van vogels. Als ze probeert te zien waar hij is, beseft ze dat hij de kamer uit is gegaan. Ze laat zich weer in de stoel vallen en haar ogen rollen naar boven. Ze ziet sterrenbeelden van licht en elektriciteit. Ze ziet springende dolfijnen en robijnrode schoenen. 'Oost, west, thuis best,' mompelt ze met een glimlach. 'Oost, west, thuis best.' Ze zweeft naar de sterren en Stevie staat naast haar en houdt haar hand vast.

Mam, ik denk dat je beter op kunt staan. Kom op. Opstaan.

Hallo Stevie, schat. Je bent een goede jongen. Een goede jongen.

Luister naar me. Kom verdomme uit je stoel. Teef.

Stevie, wat zeg je nou allemaal?

Hou je bek en...

Haar ogen gaan open. Het licht is te fel. Georges is er, met zijn gezicht dicht bij het hare. Hij glimlacht.

'Kom maar uit je stoel,' zegt hij bemoedigend. 'Kom maar.'

Ze duwt zich omhoog. Hij draagt handschoenen, ziet ze. Dat heeft ze eerder niet opgemerkt. Hij draagt latex handschoenen. Maar alles is vandaag vreemd, heel vreemd, als een droom.

Hij legt zijn hand onder haar elleboog en ze laat zich meevoeren naar de deur.

58

Jaren eerder had een instructeur Caffery verteld dat hij naar iets groens moest kijken, een grasveld of een boom, als hij ooit duizelig werd bij een parade. Kleuren hadden effect op de hersenen, voorkwamen dat ze verstijfden en het opgaven, dus toen hij op het rustige landweggetje voor het huis van Georges Gerber uit de auto stapte, bleef hij even staan en liet zijn blik over de grazige berm dwalen. Hij voelde zich duf en ongeconcentreerd door gebrek aan slaap. Hij moest weer helder kunnen denken.

Darcy had gezegd dat Susan Hopkins Gerber op diefstal had betrapt. Lucy had hem gechanteerd: misschien had ze gedreigd een klacht in te dienen vanwege de buikwandcorrectie. Misschien was zij ook getuige geweest van de diefstal of wat er ook gebeurde in de verkoeverkamer. Het had twee jaar geduurd eer hij de chantage zat werd en Lucy had vermoord. Bij Susan Hopkins was hij er sneller bij geweest. Misschien had ze hem met de feiten geconfronteerd. Misschien had de moord op Lucy hem al zo opgefokt dat hij klaar was geweest om snel daarna weer iemand te vermoorden.

Een vroege vlinder fladderde eenzaam over het grasveld en toen over de heg die langs het huis groeide, aangetrokken door het blauw van een ongebruikt zwembad. Het was heel schoon; er groeide geen slijm op de blauwgeschilderde wanden. Hij ging op zijn tenen staan en keek langs het zwembad. Ongeveer zes meter verder zag hij de opvallende zandhoop en het inspectieluik van een septisch systeem. Het huis zelf stond aan de rechterkant, vierkant en grijs, een heel eind van het stille weggetje. Alles was heel netjes en goed onderhouden. Netjes, maar verkeerd, dacht Caffery, die zich weer liet zakken. Ondanks al die netheid leek er iets niet te kloppen.

Hij likte aan zijn hand, ging ermee door zijn haar en knoopte zijn jasje dicht. Het huis had twee ingangen, en een daarvan was een blauwgeschilderde voordeur aan de linkerkant, die eruitzag alsof hij toegang gaf tot het huis zelf. Niemand reageerde toen hij aanbelde, dus ging hij naar de andere ingang, waar een lage aanbouw was gemaakt die in een hoek op het huis stond. De stenen aanbouw had luiken voor de ramen en een smalle portiek met een antieke schoenenschraper aan de linkerkant. Hij belde bij die deur aan. Terwijl hij stond te wachten, keek hij naar de koperen plaat bij de voordeur: Georges Gerber FRCS (plast) in sierletters.

Geen antwoord. Hij liep langs de zijkant van het huis en keek door de ramen. Aan het eind bleef hij staan. De luiken waren dicht. Hij haalde zijn Zwitserse legermes uit zijn zak, wrikte de grendel los en trok het luik wijd open.

Zo'n tien centimeter achter het raam stond een muur van bouwblokken. Hij drukte zijn neus tegen het glas. De muur liep zo ver hij kon zien door, zowel naar de zijkanten als omhoog. Ongeveer zes blokken naar rechts zat een ventilatiesteen.

Kijk daar eens even, dacht hij met een glimlach. Kijk daar eens even. Meneer Gerber, ik ruik bloed.

59

In Londen was lang en breed gediscussieerd over het recht van de politie om mensen aan te houden en gebouwen te doorzoeken. Toen Caffery agent was, had zijn inspecteur zijn hoofd in het zand gestoken als het om dat probleem ging en het grootste gedeelte van zijn mankracht ingezet op andere misdaden. Caffery kreeg de inbraken toegewezen. In twee korte maanden had hij veel geleerd over de slimme manieren die mensen bedachten om in andermans huis te komen.

Hij reed tien kilometer de weg af naar een ijzerwarenwinkel in een dorp en haalde een paar dingen die hij nodig had. Gerber was zo vriendelijk geweest voor de rest te zorgen in de nietafgesloten onderhoudsschuur bij het zwembad. Wisten de mensen dan niet dat schuren afgesloten moesten worden? Was dat nog niet tot hen doorgedrongen? Je had net zoveel kans dat je schuur werd leeggestolen als je huis. Hé Georges, dacht hij, deze slappe houding ten opzichte van beveiliging is moeilijk te begrijpen. Hij sjouwde de ladder en de boormachine naar de zijkant van het huis, die vanaf de weg niet te zien was. Hij kon een auto op kilometers afstand horen aankomen. Tijd genoeg om het gereedschap op te bergen als er iemand aankwam.

Wat Gerber ook uitvoerde in die beveiligde kamer, hij zou niet willen dat de politie of iemand die de sleutel bewaarde naar binnen ging als het alarm ooit afging. En dat betekende dat het systeem waarschijnlijk niet doorverbonden was naar een meldcentrale en waarschijnlijk alleen bedoeld was om inbrekers af te schrikken. Toch knipte Caffery op een afstand van tien meter van het huis de telefoonkabel door. Hij droeg de ladder terug naar het huis, zette een bitje van negen millimeter in de boorkop, klom naar het alarmkastje en maakte een gat in de 'T' van de bedrijfsnaam, waar de opdruk het donkerst was, zodat het van een afstandje niet te zien was. Hij schudde een bus isolatieschuim, duwde de spuit in het gat en spoot het kastje vol tot het afdekplaatje een zacht geluid maakte en iets naar buiten plopte. Hij plakte een stukje zwarte tape over het lampje, klom naar beneden en zette de ladder weer in de schuur.

Het was stil in het huis en op het terrein. De hele tijd dat hij er was, was er nog geen enkele auto of vrachtwagen of motor over het weggetje gepasseerd. Er kon hier van alles gebeuren zonder dat iemand het wist. Aan de linkerkant van de voordeur zat een raampje met figuurglas, dat eruitzag alsof het bij een toilet hoorde. Hij plakte tape over het bovenraampje en sloeg het met het handvat van de boor kapot. Toen stak hij zijn hand erdoor en maakte de grendel van het grote raam open. Hij klom door het raam op de toiletzitting, sprong eraf en ging de met flagstones beklede gang in.

Hier ergens zou zich nog een kastje van het alarm bevinden.

Als het afging, zou het lawaai oorverdovend zijn. Hij had misschien nog tien seconden.

Hij kwam in een ruimte terecht die eruitzag als een kantoor, met eiken panelen, dikke tapijten en gordijnen tot op de vloer. Het meubilair was klassiek, maar niet bijster elegant: een rijk versierd mahoniehouten bureau met een schrijfblad van groen leer, een Queen Anne-sofa met knopen in de bekleding, grote olieverfdoeken in vergulde lijsten aan de muren. De ramen keken uit op het zwembad. Geen alarmkastje. Hij ging verder, langs een keukentje, een laarzenkamer met een rij rubberlaarzen en regenjassen aan haakjes. Hij kwam bij een tweede gang, waar het zonlicht door de ramen op een dure walnotenhouten vloer viel. Er waren al meer dan tien seconden voorbij en er klonk geen enkel geluid. Maar nu zag hij het kastje aan het eind van de gang, boven een met een hangslot afgesloten, solide eiken deur.

Het lampje flitste niet. Er klonk ook geen sirene. Infrarode ogen knipperden naar hem vanaf beide kanten van het plafond en de deur had twee contactsensors, een aan elke kant. Hij besefte dat de sirene niet afging omdat het alarm niet was afgesteld op iemand die het huis binnendrong. Het was zo afgesteld dat het de kamer van bouwblokken en alleen die kamer beschermde.

Hij ging naar het kastje. Verbrak de infrarode stralen en meteen begon het lichtje te knipperen. Het printplaatje zat meestal net achter en boven de batterij – het was het beste om ze allebei te vernielen. Hij zette de boor tegen het kastje en leunde ertegen. De krullen slijpsel vlogen in het rond toen het bitje gemakkelijk door het deurtje ging en dieper in het apparaatje dook. De boor schokte in zijn handen, kletterde rond in het kastje en richtte daar vernielingen aan. De sirene ging aan en bleef twee seconden oorverdovend gillen voor het bitje het printplaatje vond. Daar sprong het nog wat rond om zijn werk te doen en het gejank stierf abrupt weg.

Stilte. Met suizende oren rammelde hij met de ketting en probeerde de deur open te maken. Die was niet alleen afgeschermd door het hangslot – er zaten nog vier sloten in de deur. Hij ging terug naar het kantoor en maakte alle laden van het bureau open. De bovenste was op slot, dus gebruikte hij de boor nog eens. Het kon hem niet veel schelen wat Powers zou vinden van de schade die Gerber zou kunnen claimen; hij had zich al een heleboel problemen en disciplinaire maatregelen op de hals gehaald door wat hij met het alarmkastje had gedaan. Als je de fout in ging, kon je het net zo goed grondig doen.

De sleutels zaten in de la en pasten op de vier sloten. Nog een les in doeltreffende beveiliging voor u, meneer Gerber. Het hangslot kwam er gemakkelijk af – dertig seconden met een vriesmiddel, een breekijzer ertussen, de juiste draaiing en het viel in vier stukken op de grond. Hij deed de deur open.

Zodra hij de verduisterde kamer in stapte, rook hij iets. Iets wat hij kende van het mortuarium en van begrafenisondernemers. Iets waardoor zijn keel dicht ging zitten. Formaline.

Hij deed de deur achter zich dicht en voor de zekerheid ook op slot. Hij kon vormen onderscheiden in de schemering: een rij plafondhoge koelkasten aan de linkerkant, een enorme werkbank aan zijn rechterkant, als in een ouderwets schoollaboratorium. In de tegenoverliggende muur stond een deur op een kier. Hij ging ernaartoe en keek naar binnen. Hij leidde naar een klein, omsloten trapgat, met daglicht bovenin. Hij luisterde, hoorde niets boven zich, trok de deur dicht, deed ook die op slot en deed het licht aan.

Het was een tl-balk en veel te fel voor de omvang van de ruimte, alsof hier dingen gebeurden waar je goed zicht voor nodig had. De koelkasten stonden tegen de muur aan zijn rechterkant. Voor hem was de muur versierd met medische tekeningen, allemaal van verschillende aspecten van de huid: een ervan toonde de zweetklieren van het lichaam, in rood op een in zwart en grijs getekende, sekseloze omtrek van een mens. Een andere toonde huid die met een haak werd opgetild, zodat de binnenkant, de lederhuid, de opperhuid, het onderhuidse vet, de spiertjes om de haren overeind te zetten en de bloedvaten te zien waren.

Maar wat hij vanuit zijn ooghoek op de werkbank zag, deed pas echt de adrenaline door zijn lichaam stromen.

Er lagen rekken en werktuigen op de bank, in een duidelijk patroon, alsof ze ergens op wachtten. Sommige herkende hij als looierswerktuigen – vleesmessen en vilmessen, een kleine slachtershaak – maar andere had hij nooit eerder gezien. Ze zagen eruit als gespecialiseerde spullen voor een chirurg. In het midden lag een serie blokken met pennen erin. Het soort waarop je een dierenhuid zou spannen.

Dierenhuid.

De gevilde hond in de groeve was duidelijk niet het werk van Amos Chipeta.

Ik zit je op de hielen, vriend. Ik voel je. Ik zit vlak op je.

Hij deed een paar passen naar voren en trok een koelkast open. De deur gaf mee met een zacht gesis, alsof een vacuüm werd verbroken, en de koude lucht stroomde hem tegemoet. Hij keek naar binnen. Elke plank stond vol vacuümbakjes, zoiets als de Tupperware brooddoosjes waar zijn moeder zijn lunch en die van Ewan in deed toen ze nog klein waren. Elk doosje had een etiket en door de zijkant kon hij bruine vloeistof zachtjes zien bewegen door het openen van de deur.

Hij haalde er een uit. Het was koud en een beetje kleverig, en er kwam een geur van formaline af. Op het deksel was een foto geplakt van een jonge vrouw. Eerst dacht hij dat ze dood was. Ze lag op haar rug – de camera had haar van boven genomen, zoals ze soms lijken fotografeerden in het mortuarium – en ze droeg een kapje over haar mond en neus. Ze was naakt, op een verband over haar borsten en een bundeltje met bloemetjes bedrukte katoen bij haar knieën na. Haar ogen waren dicht, maar ze had te veel kleur om dood te kunnen zijn. Hij keek naar het katoen; een operatiehemd. Het bed was een ziekenhuisbed. Ze was niet dood: ze was onder verdoving. Misschien kwam ze er net uit, want dat was geen zuurstofkapje op haar gezicht.

Onder de foto bevond zich een gedrukt etiketje met ingewikkelde regels tekst erop: ‘Naam: Pauline Weir. Geb. datum:

4.5.81. Op. datum: 15.7.08. Op: borstverkleining.' Onder de tekst stond een tekening van een vrouw, een beetje zoals die op de muur. Aan de onderkant van de borsten waren met rode pen twee halve cirkels getekend.

Caffery nam het bakje mee naar de tafel en maakte het voorzichtig open. In de helderbruine vloeistof dreven zeven of acht reepjes huid. Alsof ze werden tentoongesteld in een medisch museum.

Hij klikte het deksel weer dicht, ging terug naar de koelkast en haalde er een ander bakje uit. Nog een foto van een vrouw op een bed, naakt op het hemd na dat tot aan haar knieën was getrokken, met verband over haar buik. Geen enkele anesthesist zou een patiënt die nog niet bij bewustzijn was alleen laten, maar ze hielden haar na een bepaald punt ook niet meer zelf in de gaten als ze aan het bijkomen was: dat werd overgelaten aan de verpleegsters in de verkoeverkamer, die overgehaald zouden kunnen worden om de kamer te verlaten. Als ze opdracht kregen van de chirurg. Had Susan Hopkins dat bedoeld met: *ze zijn niet zo slim, die verpleegsters van de verkoeverkamer, om niet te zien wat er onder hun neus gebeurt?*

Hij deed het bakje open. Er bevond zich een enkel, elliptisch stukje huid in, gebleekt en bobbelig van de formaline. Hij zette het bakje terug en liet zijn vingers langs de rij bakjes gaan tot hij bij de M was gekomen. Mahoney, Lucy. Hij nam het mee naar de tafel, deed het open en daar zag hij het laatste puzzelstukje.

Een deel van Lucy was niet bij de lijkschouwer terechtgekomen. Een stuk van haar schaamheuvel. De haren zaten er nog aan.

Dit was jarenlang het geheim van Gerber geweest.

Jarenlang had hij via een reeks van slimme zetten en op manieren die nooit ontdekt zouden worden de huid gestolen van de vrouwen die hij opereerde.

60

Caffery hoorde de auto van een afstand aankomen. Hij zette de vacuümbakjes weer op hun plek, liep stilletjes de kamer uit en liet de deur achter zich dichtvallen. Hij schopte de metaalkrullen opzij en stapte net door de voordeur naar buiten toen er een onberispelijke blauwe Mercedes de oprit op kwam. Een 500 AMG met alle toeters en bellen.

Hij wist niet of de bestuurder hem uit het huis had zien komen, dus stapte hij weg van het gebouw, het zonlicht in. De Mercedes kwam tot stilstand. Even gebeurde er niets, maar toen ging het portier open en stapte er een kleine man met grijzend haar uit. Hij was een jaar of vijftig en vrij onopvallend, op de vreemde tuniek na die hij aanhad. Hij was gemaakt van geborstelde denim en leek wel wat op wat een kunstenaar in de jaren zeventig had kunnen dragen. Op de voorkant zaten vochtige plekken.

'Georges Gerber?'

Hij keek naar de weg en toen weer naar Caffery. 'Hoezo?'

Hij stak zijn kaart omhoog. 'Inspecteur Jack Caffery.'

Er viel een korte stilte. Gerber deed zijn ogen dicht. En weer open. Alsof hij een foto van Jack nam. Toen verhelderde zijn gezicht abrupt. 'Waar zijn mijn manieren?' Hij streek met een krijtwitte hand het haar uit zijn gezicht. 'Kom toch binnen.' Hij sloeg het portier dicht, haalde een sleutel tevoorschijn, kwam naar voren en maakte de voordeur open. Hij glimlachte. 'Ik zal koffie voor u zetten.'

Caffery deed zijn kaart weer in zijn zak en liep achter hem aan. Terwijl Gerber naar een hoek van zijn kantoor liep en aan de slag ging met het koffiezetapparaat, bleef Caffery naast een hoge leunstoel staan, die hij iets opzij duwde zodat hij drie dingen duidelijk in beeld kon houden: Gerber, die twee zakjes in het apparaat had gedrukt en nu de kopjes liet vollopen, en de twee deuren; de deur waardoor hij naar binnen was gekomen en de andere, die leidde naar de koelkamer en waarvan het hangslot kapot op de vloer lag.

'Nou,' zei Gerber vriendelijk, terwijl hij terugkeerde met de koffie, 'u hebt me snel gevonden. Hoe lang bent u al hier?'

'Ik was er net.' Caffery glimlachte koel. 'Hoezo?'

'Een vraag uit beleefdheid,' zei hij luchtig. 'Gewoon om het gesprek op gang te brengen.'

Hij legde een viltje op een tafeltje naast de stoel en zette de koffie erop. Toen hij weer overeind kwam, zag Caffery dat hij zweette. Niet al te hevig, alleen een vage glans op zijn voorhoofd. 'Mijn vader was ook bij de politie. Hoofdinspecteur in Hampshire.'

'Echt?'

Waarom heb je me nog niet gevraagd wat ik kom doen? Wanneer ga je dat vragen?

'In mijn ogen doe ik net zoiets als de politie.' Gerber trok een tafeltje naast de bank en zette zijn eigen kopje neer. Hij ging terug naar het koffiezetapparaat en bleef even met zijn rug naar Caffery staan om een pakje biscuits open te maken. Iets met een koninklijk zegel op de doos. Hij schudde ze op een bord. 'Dingen rechtzetten. Begrijpt u. De wereld beter maken. Biscuitje?'

'Nee, dank u.'

'Drink uw koffie op.'

'Zo meteen.'

Het laatste wat Caffery ging doen, was in dit huis iets eten of drinken. Er waren geen andere verdovende middelen aangetroffen bij de bloedtests omdat Gerber dokter was en aan de vloeibare vorm van temazepam kon komen. Hij kon het in hun drankje hebben gedaan – dat zouden ze niet gemerkt hebben. Wetend dat de stof gevonden zou worden bij de toxicologische tests en dat vloeibare temazepam, wat Lucy niet voorgeschreven had gekregen, op moord zou kunnen wijzen en misschien ook op iemand in de medische wereld, had hij hun later pillen gevoerd om de hoeveelheid kalmerend middel in hun bloed te verklaren.

'Is er iets mis met uw koffie?'

'Zegt u het maar, meneer Gerber. Is er iets mis mee?'

Gerber bleef heel stil zitten. Toen draaide hij zich snel naar Caffery toe. Er was iets vreemds in zijn ogen geslopen. De vlekken op zijn tuniek waren nog steeds donker. Als het water was, dacht Caffery, zouden ze inmiddels droog zijn. 'S-sorry,' hakkelde hij. 'Is dat een raadseltje?'

'Nee. Het is een heel gewone vraag. Zit er iets in mijn koffie? Vloeibare benzodiazepine, bijvoorbeeld.'

'Wat?' Gerber legde een hand tegen zijn voorhoofd. 'Goede hemel, dit is verwarrend. U brengt me in de war.'

'Ik ben hier niet net, Georges. Ik ben hier al een hele tijd. Lang genoeg om in je kamer te kunnen kijken en te zien wat je daar uitspookt.'

Gerber liet de biscuits vallen. Ze kwamen op de tafel terecht en een paar op de vloer. Hij bleef met zijn handen slap langs zijn lichaam staan en deed geen poging de biscuits op te pakken. 'Daar is een verklaring voor,' zei hij effen. 'Ik kan alles verklaren wat u hebt gezien.'

'Dat kan ik ook. Lucy Mahoney heeft je betrapt, nietwaar? Ze zag wat je deed. Zag wat je bij haar had weggenomen. Of herinnerde ze zich dat ze gefotografeerd werd? Was dat het?'

'Dit is niet meer dan fantasie. Een waandenkbeeld. Als u het me laat uitleggen, zal ik...'

'Ze chanteerde je. En wat is er toen gebeurd? Ik denk dat ze te veel vroeg. Ze wilde een huis kopen, haar eisen werden te hoog. Er was geen uitweg voor jou. Je bent een dief. Al jaren, zo te zien. Je steelt huid, net als een seriemoordenaar die iets van zijn slachtoffers wegneemt. Deze vrouwen zijn jouw slachtoffers.'

'Slachtoffers?' Hij keek Caffery aan. 'Dat is een hard woord. Ik heb geen van hen kwaad gedaan. Ze hebben mijn operatiekamer beter verlaten dan ze er binnen kwamen.'

'Het zijn slachtoffers. Ze hebben geen toestemming gegeven.'

'De huid; dat is onderdeel van mijn levenswerk. Ik b-bestudeer huid. Ik probeer synthetische huid te kweken.'

'Synthetische huid?' Caffery lachte. 'O, dat is een goeie, doctor Frankenstein.'

'Het is de waarheid. Ga nog maar eens in die kamer kijken. Dan ziet u de dozen. Van andere fabrikanten.'

'Ik ben niet stom, Gerber. Ik weet er niet veel van, maar ik zou zeggen dat je helemaal niet bezig bent synthetische huid te maken of wat je me verder ook probeert op de mouw te spelden. Ik zou zeggen dat het daar niets mee te maken heeft en alles met seks.'

Gerbers gezicht verloor even elke uitdrukking. Hij knipperde met zijn ogen.

'Ik zou zeggen dat achter dit soort gedrag altijd een seksuele beweegreden zit, hoe het er op het oog ook uitziet. Wat is je probleem, Georges? Kun je hem niet omhoog krijgen? Of moest je je moeder wassen in bed toen je zes was?'

Gerber knipperde weer met zijn ogen. Eenmaal, tweemaal. Drie keer achter elkaar.

'Je hebt die vrouwen naakt gefotografeerd. God mag weten wat je nog meer met ze gedaan hebt terwijl ze nog half buiten westen waren. En je hebt trofeeën gehouden als herinnering. Ik heb die – die specimens – bekeken en toen kwam vanzelf de vraag bij me op: als ik ze zou testen, zou ik er dan sporen van jouw sperma op aantreffen?'

Gerber hield op met zijn ogen te knipperen. Zijn linkerhand ging open en dicht alsof hij iets wilde aanraken. Hij kwam naar de tafel waar hij de kop koffie had neergezet. 'Geen wonder dat u uw koffie niet opdrinkt. Het tafeltje staat te ver weg.'

'Het staat daar prima.'

'Hier.' Hij bukte om het op te pakken. 'Ik zal het even verzetten.'

'Ik zei, het staat daar...'

Er schoot een kramp in Caffery's kuit, die door zijn lichaam sloeg. Hij rolde weg met een kreet op zijn lippen, kroop over de bank heen en tastte naar de achterkant van zijn been. Hij kwam onhandig overeind, waarbij hij een stoel omverstootte, en draaide zich hijgend om naar Gerber, die half gebogen naast het tafeltje met een iets scheef gehouden hoofd naar hem stond te kijken. Hij had een wapen in zijn hand. Het zag eruit als een klein pikhouweel of een priem, het soort instrument waarmee je leer bewerkt. Er hing een stukje stof aan van Caffery's broek en op de kussens van de bank, waar hij net overheen was gekropen, lagen lange slierten bloed.

'Waarom heb je mijn koffie dan ook niet opgedronken, klootzak dat je bent?'

'Hé,' hijgde Caffery, die zijn hand naar zijn been bracht en gescheurde stof voelde en nog iets anders; aan flarden gesneden kuitspieren. 'Je bent zo doorgedraaid, daar heb je geen idee van.'

Met zijn vrije hand pakte hij de stoel, deed een onzekere stap naar voren en zwaaide ermee naar Gerber, die lenig als een danser opzij stapte en de priem over Caffery's slaap haalde. De pijn duwde iets zwarts in zijn hoofd. Hij viel naar voren, probeerde zich aan allerlei dingen vast te houden, maar zag de poten van de bank naar zich toe schieten.

Wat is er met de bank gebeurd? dacht hij vaag terwijl hij op de vloer terechtkwam. *Waarom staat die bank verdomme opeens tegen het plafond?*

61

Flea moest wachten bij de bank. Het was bijna twee uur toen ze naar Ruth vertrok met het geld in een bankenvelop in het handschoenenkastje. Het was wisselend bewolkt en de zon speelde verstoppertje achter de wolken, maar het was warm en ze deed de raampjes van de Clio open. De stoffige geur van de net in bloei komende heggen vervulde de auto.

Een van de wagens uit Taunton, een Lexus, stond op de kruising met de A36 en ernaast stond een oude Peugeot. Ze deed de zonneklep naar beneden en reed rustig langs, zonder opzij te kijken. Ze had vandaag ziekteverlof en hoorde daar helemaal niet te zijn. Wellard nam de zaken waar. Hij had zijn instructies; wat de inspecteur ook zei, hij moest het team in het noordelijke deel van het zoekgebied houden en het zuiden tot het laatst bewaren. Tot na vijven. Tegen die tijd zou ze de foto hebben. En een manier gevonden hebben om Ruth het huis uit te krijgen.

Bij de volgende bocht flitste een tegemoetkomende motor met zijn lampen en de bestuurder wees met zijn duim over zijn schouder en haalde zijn hand langs zijn keel. Het teken dat er een ongeluk gebeurd was. Ze ging langzamer rijden toen ze die bocht om ging en zag dat er ongeveer vierhonderd meter verderop iets aan de hand was. Een verkeerswagen stond dwars over de weg en blokkeerde die half, en ervoor stond een agent in een fluorescerend jasje.

Haar voet kwam van het gas en de Clio minderde geleidelijk vaart tot hij tot stilstand kwam. Achter de BMW van de verkeersdienst zag ze de Sprinter van haar eigen team pal achter het busje van de lijkschouwer staan. Verdomme. Wat deden ze daar in godsnaam? Wellard had het nog zo beloofd.

Haar auto bleef even staan en de agent keek haar recht aan. Voor ze tot het besluit kon komen om de auto te keren, verscheen er een gezicht achter de Sprinter, dat haar met enige nieuwsgierigheid bekeek. Het was Wellard. Zijn wenkbrauwen gingen omhoog toen hij haar daar zag.

Ze was erbij. Er was geen ontkomen meer aan. Ze zette de wagen aan de kant van de weg.

'Hoi.' Wellard zette zijn elleboog op het dak en glimlachte haar door het raampje toe. 'Een beetje werkverslaafd, hoofdagent? Dat je komt terwijl je ziek bent?'

Ze zette de motor af en bleef naar het stuur kijken. 'Ik dacht dat ik tegen je had gezegd hier pas aan het eind van de dag te komen.'

'Dit karweitje kwam ertussen. De dienstdoende agent wilde

snel iemand hebben. De inspecteur vond het prima. Ik dacht niet dat je het...'

'Oké, Oké.' Ze keek langs hem heen. Achter de schermen stond een auto in het geheime nisje waar ze zelf een keer geparkeerd had om naar het huis van Ruth te lopen. Ze kon net het dak zien. 'De technische recherche is erbij. Wat is er aan de hand?'

'Zelfmoord.'

'Is de houdbaarheidsdatum verstreken? Daarom hebben ze jullie zeker laten komen?'

'Nee, een recent geval. Nog warm. Zoals ik al zei, we zijn hier alleen naartoe gekomen omdat we toch vlakbij bezig waren.'

Het dak van de auto was gebleekt door de zon en zat vol vogelpoep. Nu ze beter keek, ging er een koude rilling over haar rug. 'Dat is de auto, die ik daar zie, zeker?'

'Dat is hem.'

'Een Volkswagen?'

Wellard knipperde met zijn ogen. 'Een Volkswagen? Ja... ik bedoel, ja, inderdaad. Kun je dat van hier af zien?'

Ze drukte haar vingers tegen haar slapen.

'Hoofdagent, voel je je wel goed?'

'Ja... prima.'

Ze stapte uit, liet haar sleutels in het contactslot zitten, en begon te lopen met een rechte rug en stijve benen. Ze liet automatisch haar kaart zien aan de agent met het logboek, dook onder het lint door en passeerde het busje. De twee mannen van de lijkschouwer stonden zoals gebruikelijk in hun grijze pakken net binnen de afzetting te roken en zachtjes met elkaar te praten. Ze liep ze voorbij zonder iets te zeggen.

Het eerste wat ze zag was de lijkenzak op de weg, met daarnaast in de zon een oranje brancard. Daarna zag ze haar eigen mannen rond het open portier staan en naar binnen kijken. Ze keken op toen ze dichterbij kwam. Glimlachten. Riepen een groet. Een grapje, misschien. Ze hoorde het niet. Ze keek naar de plek tussen hun benen, waar ze de kuit van een vrouw kon zien. Een voet in een rode schoen met naaldhak. Een schaafwond op de enkel. Daarboven zag ze de zoom van een korte zwarte jurk. Aan de rechterkant zag ze het andere raampje, met mos tussen de rubbers.

Ze wendde zich af en bleef met haar handen in haar rug staan kijken. Ze hief haar gezicht naar de hemel en ademde in. En uit. De zon was door de wolken heen gebroken in een laatste poging om de wereld te verwarmen, maar ze zag het niet. Ze zag niet hoe hij de verschillende tinten groen van de pas uitgekomen bomen in de verte uitlichtte, hoe hij zijn licht over de verre heuvels liet schijnen.

Wat ze wel kon zien op die mooie morgen in mei, was hoe de hemel haar zou verstikken. Hoe de hemel en de wereld en alle mensen erin haar zo diep neer konden drukken dat ze uiteindelijk gewoon ophield met ademhalen.

62

Ik ben gisteravond zeker een beetje uitgeschoten met de whisky, dacht Caffery. Zijn hoofd bonsde als een razende en bij elke beweging gingen er schokgolven van zijn ene oor naar het andere. Hij haalde een hand over zijn gezicht omdat hij dacht dat er iets overheen moest liggen; het was zo donker. Maar er was niets. Hij stak zijn hand vooruit in de verwachting lakens te voelen. In plaats daarvan raakte hij iets wat hard en ruw was. Hij bracht zijn hand naar achteren en stuitte daar op dezelfde harde, onbeweeglijke barrière.

Zijn ademhaling versnelde. Hij lag niet in bed. Dit was een besloten ruimte, een tombe of een kist van ongeveer tweeënhalf bij tweeënhalve meter. Een weergalmende ruimte met een muffe, vieze geur. Ongeveer drie meter boven hem bevond zich een enkele, wazige lichtvlek.

Denk na. Kom op.

Er kwamen vage beelden terug: een looierspriem, bloed op stof. Hij betastte zijn gezicht. Er zaten bloedkorsten op zijn bovenlip, zijn neus was gevoelig en er zat een bult op zijn tandvlees. Hij liet zijn handen over zijn lichaam glijden. Hij had zijn pak aan, maar er zaten harde korsten op de pijpen. Achter zijn knie was het vlees gevoelig, opgezwollen en warm. Hij liet zijn hand nog wat verder naar beneden glijden en voelde een zacht, kapot stuk, vlees en stof door elkaar.

Verdomme, verdomme. Hij trok zijn handen weg en liet hijgend zijn hoofd weer vallen. De priem. Gerber die rustig naar hem keek. Het bord met biscuitjes. De knal van het handvat tegen zijn slaap. Bloed op de bank.

Hij tastte zijn bovenlichaam af. De radio was weg. De telefoon ook. Geen telefoon, geen knuppel, geen portefeuille, geen traangas, geen Zwitsers legermes, geen handboeien. Hij had alleen zijn horloge nog. Hij tuurde ernaar in het donker. Halfdrie in de middag. Hij was drie uur buiten westen geweest. En hij was zo onregelmatig op kantoor dat tot het eind van de dag niemand zich zou afvragen waar hij zat.

Zijn hoofd hield op met draaien en de lichtvlek kreeg vorm en perspectief. Hij probeerde te horen wat er buiten gebeurde. Aanvankelijk ving hij niets op, alleen stilte en de echo van zijn eigen ademhaling. Toen hoorde hij een vogel zingen en het verre gegrom van een tractor. Hij snoof nog eens. Een doordringende, oude geur, bijna zoet boven de scherpe lucht van zijn bloed en zijn zweet.

En toen wist hij waar hij zich bevond.

Hij lag in Gerbers beerput.

Kreunend kwam hij op zijn ellebogen overeind en tuurde om zich heen. De put was leeg en was waarschijnlijk in geen jaren gebruikt, maar de sporen van de functie ervan waren er nog. Hij kon het ruiken. Het wazige licht boven hem was daglicht dat door de spleten in het toegangsluik filterde. Aan de muur zat een ladder die naar boven liep. Rechts daarvan bevond zich een grote buis die in een rechte hoek met het plafond hing, de overloop die het overtollige vocht moest afvoeren. Op hoofdhoogte zat een gelige laag vet van ongeveer dertig centimeter breed tegen de wanden. Caffery bleef een paar minuten liggen. Hij negeerde zijn bonzende hoofd en bekeek het deksel zoals hij een tegenstander zou opnemen.

Hij telde tot drie en toen duwde hij zich omhoog op zijn goede been. Onvast en zonder gewicht op zijn rechtervoet te zetten hinkte hij naar de ladder en klom een paar treden omhoog. Hij stak zijn goede been achter de trapleer, veegde met de rug van zijn hand langs zijn mond, klemde zijn tanden op elkaar, stak beide armen omhoog en sloeg met twee handen tegen het deksel. Het maakte een krakend geluidje. En bleef zitten. Hij duwde nog eens. Muurvast. Nog eens. Niets.

Hij klemde zich hijgend vast aan de ladder. De meeste inspectieluiken zoals dit werden roestig en vaak was er een moker nodig om ze open te maken, maar het was de enige manier om de beerput in te komen. Het was de enige weg waarlangs Gerber hem hier achtergelaten kon hebben, dus het deksel moest onlangs open zijn geweest. Hij liet zijn handen er langsgaan in een poging het raadsel te ontwarren. Hij vond een uitsteeksel, een driehoekig stuk metaal, de punt van de driehoek midden in het slot. Dit was zo'n deksel dat met een grendel kon worden dichtgemaakt. Normaal gesproken zat het mechanisme aan de onderkant, maar Gerber had het omgedraaid en de grendel van boven af dichtgeschoven. De schoft. Iemand die hierin zat, kon de grendel nooit zonder gereedschap open krijgen.

Hij maakte zijn been los, ging de ladder weer af en tastte de vloer af. Het was een ongelijk mengsel van scherpe stenen en ballast, bedekt met een hard geworden laag vet en toiletpapier. Er groeiden mos en een paar pollen onkruid in, zodat hij glad aanvoelde. Hij liet zijn vingers over het oppervlak gaan en vond een paar roestende moeren en een verpakking, waarschijnlijk erin gewaaid toen de beerput buiten bedrijf werd gesteld. En een lange, dunne buis. Van hard plastic of perspex. Breder dan een naald, maar dunner dan een rozenstengel.

Een perspex buis?

Hij vond er nog een. En nog een. Ze lagen op de plek waar hij had gelegen. Ze tinkelden tegen elkaar als een windgong. Hij ging zitten en hield zijn pols schuin, zodat het licht van zijn horloge erop viel. De uiteinden waren donker en kleverig van het bloed. Hij draaide ze om en om en probeerde te bedenken waar ze voor waren. Het bloed was vers. Nog kleverig. Zijn bloed. Dat moest wel. Maar waarom?

Hij zette de buizen in de hoek tegen de muur, ging staan en gaf de buis aan de rand van de put een scherpe stomp met de palm van zijn hand. Hij hoorde het vage geluid van roestvlokken die naar de vloer dwarrelden en het kraken van oud metaal, maar de buis was nog heel stevig. Hij was in cement of in de stenen geplaatst en er was minstens een moker voor nodig om hem kapot te krijgen. Hij draaide zich om naar de ladder en trok daaraan. Ook zo stevig als wat. Hij moest het gewicht van een man kunnen dragen, dus hij zou hem nooit van de muur kunnen trekken. Hij gaf even toe aan zijn woede en schopte ertegen. Er gaf iets mee achter in zijn been. Hij voelde de wond opengaan en weer gaan bloeden.

Hij bukte en klemde zijn hand stevig om zijn kuit. De pijn was zo hevig dat zijn tanden metaalachtig aanvoelden, maar hij hield zijn hoofd omhoog en iets achterover. Dit was geen moment om flauw te vallen.

Toen hij zichzelf weer in bedwang had, bekeek hij zijn been. Hij haalde zijn hand weg en toen hij dat deed, viel een reep vlees ter breedte van een stuk plakband van de bovenkant van zijn kuit tot bijna op zijn enkel. Aan de onderkant zat het nog vast, zodat het bleef hangen als een stuk afgescheurde bast, binnenstebuiten gekeerd zodat de vlezige onderlaag aan de lucht was blootgesteld. Aan het vlees zaten stukjes steen, hout en dingetjes waar hij niet al te lang over wilde nadenken. Het bloed kwam vers en warm uit de wond en droop in zijn sokken.

Hij scheurde een stuk van zijn broekspijp en trok het met zijn tanden doormidden. Daarna drukte hij de strook vlees onhandig weer tegen de wond en streek hem glad. Het vuil zou er later uit gehaald moeten worden. Voorlopig wilde hij alleen het bloeden stelpen. Hij sloeg de stof van zijn broek om zijn kuit, legde zijn been hard tegen de vloer om druk te krijgen en bond de stof met een van pijn vertrokken gezicht om zijn kuit. Het bloed bleef nog een paar seconden tussen zijn vingers doorsijpelen. Daarna droogde de stroom op tot er alleen aan de randen van de wond nog wat bloed naar buiten kwam.

Hij dacht aan de vlekken op Gerbers tuniek. Lucy en Susan zouden ook veel gebloed hebben. Hij vroeg zich af wat hun laatste gedachten waren geweest. Hij dacht aan hun polsen. Hoe Gerber ze had doorgesneden. Van boven naar beneden. Niet van links naar rechts.

En toen begreep hij het opeens. Alle adem stroomde uit zijn longen en hij liet zich tegen de wand zakken. Het was hem net ingevallen waar de perspex buizen voor waren. En dat was niet goed. Helemaal niet goed.

Het betekende dat Gerber over niet al te lange tijd terug zou komen.

63

Flea's team werd getraind in technieken om zich ergens toegang toe te verschaffen, wat erop neerkwam dat ze deuren intrapten, alleen deed de politie dat met een specialistische uitrusting en met de zegen van de wetgevende macht. De eenheid kreeg er ieder jaar bijscholing in. De laatste sessie was pas een maand geleden geweest en Flea wist dat de betreffende tas met gereedschappen, door Wellard de klotetas genoemd, nog steeds voor het grijpen stond op het bureau.

Ze reed snel terug over wegen waar de verkeerspolitie zich

niet mee ophield, pakte de tas en de zware cilinder van de snijbrander die het team gebruikte om door metaal te snijden, legde ze allebei in haar auto en ging weer op weg naar Farleigh Park Hall. Ze had niet veel tijd.

Ze was nijdig op zichzelf. Het was stom geweest om met Ruth Lindermilk te gaan onderhandelen. Ze had niet zo moeten lopen knoeien. Ze had haar harder moeten aanpakken, naar haar toe moeten gaan, bij de eerste de beste gelegenheid de deur open moeten trappen en de foto van Thom moeten wegpakken. Ze had de tijd door haar vingers laten glippen. En al die tijd had Misty liggen rotten.

Ze parkeerde verder op de weg en zorgde ervoor niet in de buurt te komen van de plek waar het lichaam was gevonden. Er kon nog politie aanwezig zijn. Ze hees de zak op haar schouder en baande zich een weg door het kreupelhout.

Zoals altijd was het stil in het gehucht – het lag er verlaten bij. Er stonden maar een of twee auto's geparkeerd langs de weg die duidelijk maakten dat er iemand thuis was. Ergens zat iemand naar een sportprogramma te kijken; ze hoorde een menigte juichen toen ze langs een raam kwam. Bij de bungalow nam ze een moment de tijd om de tuin in te lopen en over de muur te kijken, alleen om zich ervan te overtuigen dat niemand haar in de gaten hield. Daarna ging ze terug naar het huis en zette ze zich aan het werk.

Eerst voelde ze aan alle deuren en ramen; het had geen zin om zwaar geschut in te zetten als Ruth gewoon een deur open had gelaten. Maar alles was stevig dicht, wat te verwachten was bij iemand die zo paranoïde was als Ruth. Er zaten kleine ruitjes in de benedenramen van de bungalow, die gemakkelijk te breken waren. Ze bekeek die van de keuken. Als ze zich goed herinnerde, bevonden het aanrecht en de vaatwasser zich onder die raampjes. Ze zag een stenen gootsteenbak voor zich. Heel stevig. Die zou haar gewicht wel kunnen dragen.

Ze trok handschoenen aan en rommelde in de tas, op zoek naar het kleinste stukje gereedschap dat erin zat: de kleine automatische centerpunt. Ze hoefde er maar een heel klein tikje mee tegen het ruitje te geven. Een scherpe krak en er ontstond een spinnenweb in het glas. Het was een heel zacht geluid, maar toch hield ze haar adem in en keek ze over haar schouder. De tuin bleef roerloos; geen zuchtje wind, geen enkel geluid van dieren, alleen het verre gezoem van de televisie in de stille lucht.

Met haar tong tussen haar tanden trok ze de stukken glas uit de sponning en maakte de randen schoon met een doek. Het laatste wat ze wilde achterlaten, was bloed, forensisch bewijs dat haar in verband zou brengen met deze inbraak. Toen de sponning schoon was, trok ze de mouw van haar trui helemaal over haar hand en stak haar arm naar binnen, op de tast op zoek naar de grendel. Ze vond hem en trok eraan. Er zat een slot op, dus zocht ze nog wat verder en vond een andere. Die zat ook op slot, en de sleutel zat er niet in. Ze deed vloekend een stap achteruit. Dan moest de kleine koevoet er maar aan te pas komen. Dit keer was het resultaat bevredigender. Hij paste precies onder de sloten. Het eerste kwam er na twee of drie rukken uit, en het tweede kostte helemaal geen moeite. De splinters schoten in het rond.

Ze deed heel voorzichtig het raam open en tilde de tas met gereedschap erdoorheen. De gordijnen waren dicht, zoals gewoonlijk, en toen ze er tussendoor gluurde, zag ze geen licht, alleen het groene lampje op de boiler en het kleine blauwe waakvlammetje. Ze rook katten en eten, lasagne of zoiets. Misschien had Ruth dat de vorige avond gegeten. Had ze geweten dat het haar laatste maal zou worden toen ze het eten in de magnetron zette? Het voelde niet goed, deze zelfmoord. Helemaal niet. Gisteravond aan de telefoon had Ruth nog heel gewoon geklonken. Gelukkig zelfs.

Niet nu. Nu niet over denken. Ze trok haar mouwen op en hees zich met trillende armen in het raam. Hoewel ze er hard aan werkte door in de sportzaal van het bureau met zware gewichten te werken, had ze eigenlijk niet genoeg kracht in haar bovenlichaam voor haar werk. En dat was erger geworden nu ze geen tijd meer had gehad voor de sportzaal en ook niet goed had gegeten. Ze moest flink wat moeite doen om haar eigen gewicht de keuken in te tillen.

Ze viel naar binnen, waar het halfdonker was, stootte een fles afwasmiddel om en kwam tussen de vuile vaat in de gootsteen terecht, waarvan een paar stukken kapotvielen. Ze liet zich op de keukenvloer vallen en merkte dat haar broek doornat was. Het water droop langs de aarde op haar schoenen, bleef op de tegels liggen en liet een volmaakte voetafdruk achter. Ze ging er met haar hak overheen en haalde de ergste modder weg met een theedoek. In het kastje onder het aanrecht vond ze diepvrieszakjes – daar had ze eerder aan moeten denken – en ze trok er twee over haar sportschoenen.

De woonkamer zag er spookachtig uit. Alleen het licht door het gebroken keukenraam achter haar viel over Ruths bezittingen; de boeken en de foto's, de stapels papierwerk en de lege glazen. Op een bijtafeltje stond een groot glas cola, met ernaast een open fles champagne. In iedere hoek glinsterden kattenogen.

Ze ging naar het bureau waar Ruth de foto in had gelegd en trok aan de la. Nog steeds op slot – geen sleutel. Ze keek even of de sleutel soms ergens op het bureau lag, bijvoorbeeld in een kleine beker van papier-maché, en roerde met haar vinger in een bureaubakje vol paperclips. In de haast liet ze er een paar vallen, die ze liet liggen waar ze lagen – het maakte niet uit. Ze kon toch niet verbergen dat er was ingebroken.

Ze haalde het kleine breekijzertje uit de tas en zette de kop in de kier van de la. Vanaf de muur keken Ruth Lindermilk en haar zoon onaangedaan op haar neer. Iemand zegt: 'Ik maak een foto,' en dat laat je dan maar toe, dacht ze. Of je nu wilt of niet, je laat ze hun gang gaan, en voor je het weet is dat moment, dat onvoorziene, ongeplande en onverhoedse moment, alles wat je nog hebt van een leven. En dan ben je dood.

Ze keek weg van de foto's en brak het slot in één keer open. Het gaf met een luid splinterend gekraak mee. Ze liet het breekijzer vallen en trok de la open.

Hij was leeg.

Ze bleef er even stom naar staan kijken.

'Verdomme, Ruth. Verdomme.'

De katten deinsden terug en verborgen zich nerveus achter stoelen en banken. Ze liet de la op de grond vallen en bleef midden in de kamer met haar handen langs haar lichaam staan kijken naar de rijen boeken. Als Ruth de foto niet in de la had gestopt, waar had ze hem dan wel gelaten?

'Kom op, Ruth. Wat heb je er in godsnaam mee gedaan? Wat dacht je?'

Ze draaide zich om. Ruth had de foto's daaruit gehaald – ze herinnerde zich dat ze ze uit het computertafeltje had gepakt. Ze deed de bovenste la open, trok er dingen uit, bekeek de inhoud. Er lagen niets anders dan knipsels uit tijdschriften en oude brochures van kledingzaken. Ze duwde de bank opzij en veegde een hele plank op goed geluk opgestapelde chicklit en romannetjes op de vloer. Ze ging naast de hoop zitten en nam alle boeken in handen. De grote schudde ze even voordat ze ze opzij gooide. Daarna ging ze verder naar de volgende plank en gooide alles op de grond. Binnen vijf minuten waren de boekenplanken leeg en stond ze tot haar enkels in de boeken.

Geen foto.

Ze breidde het zoekterrein uit en ging snel verder. Het was maar een klein huis. Het enige wat ze op de benedenverdieping vond, was een theekistje vol ingelijste foto: trouwfoto's van meneer en mevrouw Lindermilk, zwart-witfoto's van een baby. Niet de foto die ze zocht. Ze sprong met twee treden tegelijk de trap op en hees zich langs het traphek naar een kleine overloop. Tegen de muur stond een kist. Ze gooide hem open en trok alles wat erin zat eruit: kleren, hoeden, sjaals. Niets. Ze zweette toen ze de slaapkamers in ging en laden doorzocht, onder kussens keek en zelfs in de zakken van de jassen in de kledingkasten. Ze was bij de vierde en had net vier winkeltasjes op het bed leeggegooid toen haar blik erop viel.

Hij bevond zich in de muur boven het bed en het was waar

ze al die tijd al naar had moeten zoeken. Bruinzwart van kleur, ongeveer het formaat van een ouderwetse lp. Een kleine, ingebouwde safe.

'O, Ruth,' mompelde ze. 'Dat heb je toch niet gedaan?'

Het antwoord kwam meteen terug. *Natuurlijk heeft ze dat wel gedaan, natuurlijk heeft ze hem daar in gelegd. Ze wist hoeveel waarde hij voor jou had, ze wist dat je zoiets als dit zou kunnen proberen.*

Ze rechtte haar rug, ging naar de kluis en trok eraan. Hij zat stevig op slot. Niets in de klotetas kreeg dit ding open. Alleen de snijbrander zou hier iets kunnen uitrichten. En die lag nog in de auto langs de weg. Ze draaide aan het slot en sloeg er gefrustreerd met de koevoet op. En nog eens. Toen bleef ze staan en spitste haar oren. Ze had iets gehoord. Voor het huis.

Iemand had net Ruths hekje opengedaan.

Ze ging stilletjes naar de trap en gluurde naar beneden.

Er ging een seconde voorbij. En nog een.

Er klonken voetstappen langs de zijkant van het huis, op weg naar de achterkant. Opeens raakte Flea in paniek en ze ging snel de trap af naar de keuken, waar de gordijnen nog dichtzaten. De voetstappen waren tot stilstand gekomen.

Wie het ook was, hij moest op de patio staan. Ze haalde al haar spullen van het aanrecht en telde ze snel na: een, twee, drie, vier, vijf. Nadat ze ze in de tas had geduwd, ritste ze hem dicht, gooide hem over haar schouder en ging op weg naar de gang.

Iemand stak een sleutel in de voordeur. Hij draaide met een kort metalen geluid en daarna kwam het klikken van de pennen. Ze draaide zich weer om naar de keuken en bleef een paar seconden staan om de situatie te bekijken. Tegenover haar, achter de gordijnen, stond het kapotte raam open. Nee. Het zou te veel tijd vergen om erdoorheen te klimmen. In de gang ging de deur dicht. Ze deed de oven open en duwde de tas erin. Ging naar de hoge koelkast, draaide haar gezicht opzij, hief haar armen en drukte zich in de ruimte tussen de koelkast en de muur. Ze boog haar armen bij de ellebogen, zodat haar handen niet zichtbaar zouden zijn, en bleef trillend staan, terwijl ze oppervlakkig ademde door haar mond omdat haar ribben vastzaten.

Er kwam iemand binnen. Een man. Ze hoorde hem ademen terwijl hij de rotzooi in zich opnam. Hij liep wat rond, krakend over het glas onder zijn voeten, en bleef op een meter afstand staan. Ze kon nu zijn voet zien, in een schone witte sportschoen met de naam Nike erop. Er viel een lange stilte terwijl ze naar zijn ademhaling luisterde. Die was snel en zwaar, alsof hij opgewonden was door wat hij zag. Of van streek.

Hij liep de keuken uit. Ze hoorde hem in de woonkamer dingen opzij schoppen. Toen ging hij weer naar de gang, en zodra ze wist dat hij voor het huis stond, kwam ze achter de koelkast vandaan, haalde de tas uit de oven en deed de oven geluidloos weer dicht. Ze liep om het gebroken glas heen, tilde de tas op het aanrecht en trok zich omhoog.

De voetstappen kwamen tot stilstand. Hij had haar gehoord.

'Hallo?'

Ze trok het gordijn wijd open en gooide de tas door het raam naar buiten.

'Hallo? Wie is daar?'

Ze keek de diepte in. Keek achterom naar de hal. Haalde diep adem. En sprong.

64

Caffery ging verzitten. Zijn botten waren koud en deden pijn. Hij had zijn pogingen om eruit te komen opgegeven. Hoe lang zou het duren voor Turnbull of Powers merkte dat hij vermist werd en niet gewoon ongeoorloofd afwezig was? Hoe lang zou het duren voor het spoor naar Beatrice Foxton leidde, de enige politievrouw behalve de telefoniste in de meldkamer die wist dat hij die morgen bij de Rothersfield kliniek was geweest? Een dag? Misschien meer, omdat ze zijn telefoon niet hadden om op af te gaan. En als ze kwamen, zou zijn auto nergens te zien zijn. Gerber had zijn sleutels meegenomen en zou hem hebben weggezet. Wat betekende dat hij het wapen ook wel gevonden zou hebben.

Maar hij was niet van plan dat te gebruiken. Caffery wist dat Gerber daar te slim voor was, wist dat hij Caffery op de traagst mogelijke manier wilde laten sterven. Misschien uit zelfbehoud; hij kon beweren dat Caffery in de beerput was gevallen en dood was gebloed. Of uit sadisme, de behoefte zich een langzame dood in de koude, donkere put voor te kunnen stellen. Hij was een ervaren dokter en wist dat de bloedvaten in zijn been op de plek waar ze waren doorgesneden zouden verschrompelen, dat het bloed zou stollen en dat Caffery's been vanzelf zou genezen. Daarom had hij die perspex buisjes in de bloedvaten aangebracht, om het bloed te laten stromen. Hij had gewild dat Caffery doodbloedde.

Caffery had geluk gehad – de buisjes waren eruit gevallen – maar Gerber zou terugkomen. Al was het maar voor controle.

Er klonk geluid boven. Een voetstap. Het geluid van een gewicht boven op de put. Caffery verstijfde. Hij verbeet zijn neiging tegen de klootzak te schreeuwen. Hij wist wat hij moest doen: hij moest Gerber in de waan brengen dat hij dood was. Hij kwam overeind en ging naar de rand van de put, waar de ladder was. Hij bleef oppervlakkig en stilletjes ademen.

Er viel een stilte, een lange stilte waarin niets gebeurde. Misschien had hij zich dat geluid maar verbeeld. Hij wilde net weer gaan zitten toen hij nog een voetstap hoorde. Een bons. Gevolgd door een metalige klap. Het geluid van het slot op het luik, waaraan getrokken werd.

Hij greep de ladder en klom een paar treden omhoog tot zijn nek en schouders tegen het plafond werden gedrukt en zijn hoofd zich maar een paar centimeter van het luik bevond. Hij bracht zijn slechte been naar achteren en bleef zo met op elkaar geklemde tanden staan, met één hand klaar. Hij kon niet op de bodem van de put gaan zitten wachten tot die schoft binnenkwam

– Gerber zou hem op zijn gemak onder schot kunnen nemen. Hij had maar één kans. Caffery moest de put uit zien te komen en het gevaar recht tegemoet treden. Als hij Gerber op tijd te pakken kreeg, kon hij het putdeksel naar hem toe gooien. Om hem uit zijn evenwicht te brengen.

De grendel van het luik schoof open. Hij wachtte, trillend in zijn ineengekropen positie, met zijn handen voor zijn gezicht. De adrenaline schoot door zijn lichaam. Hij was er klaar voor. *Kom me maar halen. Kom me maar halen.*

Maar er gebeurde niets. Er kwam niemand. Het luik ging niet open.

Er viel een korte stilte en toen hoorde hij weer voetstappen. Dit keer verwijderde Gerber zich. Hij had de grendel opengeschoven, maar het luik niet opengemaakt. Caffery hield zijn kaak slap en probeerde langzaam en rustig te ademen terwijl hij in zijn hoofd Gerbers bewegingen naging. Wat was hij van plan?

Het was weer stil. Hij telde luisterend tot honderd. De stilte bleef duren, in de beerput, bij het zwembad, op de oprit. Hij telde nog eens tot honderd, ontspande zijn borst en ademde normaal.

Hij liet zich op zijn goede been van de ladder vallen. Keek op zijn horloge. Keek op naar het luik.

Wat is hij aan het doen? Wat wil hij dat ik doe?

Misschien had Gerber zich bedacht, wetend dat de hel zou losbreken als hij ook nog een politieman vermoordde. Misschien stond hij buiten te wachten om zich te verontschuldigen. Nee. Natuurlijk niet. Caffery wist wat er gebeurde; hij werd uit zijn hol gelokt. Gerber had een pistool en stond hem op te wachten.

Als het zo moest, dan moest het maar zo. Simpel.

Hij liet de secondewijzer van zijn horloge vijf keer rondgaan en trok zichzelf toen de ladder weer op. Hij haalde diep adem en duwde hard tegen het luik.

Het schoot open en rolde met een oorverdovend gekletter weg. Het licht stroomde naar binnen. Hij hield zich hijgend aan de ladder vast, met zijn goede voet om de treden geslagen en één hand naar boven, klaar voor wat er ook maar op hem af mocht komen.

Hoog boven hem was de hemel blauw en volledig wolkeloos. Hij wachtte en rekende. Het zwembad was ongeveer honderd meter verderop. Aan het diepe eind stond een pomphuisje, als hij zich goed herinnerde. En de schuur met de ladder erin. Daar zou iets te vinden zijn. Een zaag. Een bijl misschien.

Er gingen drie minuten voorbij. Toen duwde hij zich met zijn goede been onhandig omhoog en de put uit en rolde snel weg. Hij krabbelde met zijn hoofd naar beneden over het grasveld, wierp zich achter het pomphuisje op de grond en drukte zijn handen hard tegen zijn been om te voorkomen dat de wond weer openging en nogmaals ging bloeden.

Het was net zo heet als in augustus; de bomen, de heggen, zelfs het gras stond er roerloos bij, de omtrekken een beetje wazig in de hitte. Toen de pijn was gezakt, kwam hij voorzichtig overeind en keek hij de tuin door. Gerbers auto stond op de oprit te stoven. Caffery's eigen wagen was er niet, zoals hij al verwacht had. Hij was verdekt opgesteld voor iedereen die bij de voordeur van het huis stond, maar van hier was hij gemakkelijk te zien; hij stond onder een zeil met zijn neus tegen de deuren van een vervallen schuur, ongeveer honderd meter verderop.

Hij hinkte snel naar de auto, trok het zeildoek eraf en voelde aan de portieren. Allemaal op slot. Hij zag door het raampje dat het handschoenenkastje openstond, dus hij had gelijk gehad: de schoft had het pistool eruit gehaald.

Het voelde beter om onder het lopen zijn slechte been vast te houden, dus greep hij het met beide handen beet en droeg het half het grasveld over, langs het zwembad naar de schuur. Daar vond hij een beitel en een schroevendraaier op het magnetische gereedschapsrek. Geen bijl.

Hij ging verder naar het huis. De voordeur stond op een kier. Hij duwde ertegen met de punt van zijn vinger. De deur zwaaide geluidloos open en hij zag de studeerkamer waar de aanval had plaatsgevonden. Er was niemand. De gordijnen waren half dicht, de biscuits waren opzij geveegd en hij zag dat de lange slierten bloed op de vloer en de bank haastig waren weggepoetst. Hij ging naar binnen en bleef even om zich heen staan kijken. Waar had Gerber zich verstopt?

Hij hinkte naar het bureau, trok de laden open en doorzocht de inhoud: paperclips, pennen en oude visitekaartjes. Hij kwam weer overeind en keek naar de glazen boekenkasten. In een ervan stond een doos van bewerkt leer. Hij haalde hem eruit en maakte hem open. Er zat een plaquette in met de tekst: VOOR GEORGES, MET LIEFDE EN RESPECT VAN PERSONEEL EN PATIËNTEN VAN ST. HILDA'S KLINIEK, 1998. In holtes in het blauwe fluweel lagen zes vergulde chirurgische instrumenten: een vaatklem, een pincet, een schaar en drie scalpels. Caffery deed de scalpels bij de beitel in zijn zak, zette de doos terug en ging weer naar de gang.

De deur van de koelkamer was dicht. Hij legde zijn oor ertegenaan, haalde diep adem en draaide aan de deurknop. Eén keer. Hij luisterde.

Niets. Alleen het vage elektronische gezoem van koelkasten en het tikken van een klok.

Hij nam een scalpel stevig in zijn hand. De beitel hield hij ook binnen bereik; het handvat stak uit zijn linkerzak. Hij gaf een duw tegen de deur, zodat die wijd open vloog en tegen de binnenmuur bonsde, en drukte zich met het scalpel in de aanslag tegen de gangmuur.

Weer niets. Hij haalde diep adem, draaide de opening in, keek snel driehonderdzestig graden om zich heen en controleerde ook het plafond – zo was hij een keer verrast. Daarna stapte hij naar binnen, met zijn rug naar de muur.

Het licht was uit en de kamer was leeg. Maar de deur tegenover hem stond op een kier. Hij hoorde verre vogelgeluiden de trap af komen. Hij ging naar de deur, maakte hem verder open en wachtte af of er boven gereageerd werd op het geluid. Dat was niet zo. Gerber wilde hem hier hebben. Wilde hem laten zien wat hij gedaan had. Maar waar was hij? Misschien was hij helemaal niet in het gebouw. Misschien was dit slechts het begin van een uitvoerig spelletje.

Caffery liep door de kamer om wapens te verzamelen: een lang vilmes en de priem die Gerber had gebruikt. Er zat nog een stukje grijze stof aan. Van zijn broek. Hij duwde de priem in zijn mouw en stopte het mes in zijn zak, en hij voelde zich zo bewapend als een Apache aanvalshelikopter toen hij stilletjes de trap opging en zijn uiterste best deed die niet te laten kraken. Zijn been bloedde bijna niet meer, maar toen hij even omkeek, zag hij toch een of twee donkere bloedvlekken. De technische recherche zou er blij mee zijn als hij het overleefde en ze er ooit achter kwamen wat hier gebeurd was.

Aan de bovenkant van de trap bevond zich een deur, die ook op een kiertje stond. Hij zette de punt van het vilmes ertegen en duwde. De deur zwaaide met een zacht gekraak open. Zodra hij zag wat er voor hem lag, deed hij een stap achteruit en bracht hij het vilmes omhoog.

Het was een gang, een replica van de gang beneden, op één detail na. Ongeveer acht meter verderop, bijna bij de verste deur, zat Gerber met zijn rug tegen de muur.

Hij was iets van Caffery af gekeerd, zodat die hem half van opzij zag, en had zijn ene been over het andere geslagen. Hij had zich omgekleed en droeg een wit overhemd en een beige reisjas, die een eindje van zijn schouders was getrokken. Zijn rechterhand, de dichtstbijzijnde voor Caffery, zat in zijn zak. De andere was niet te zien en lag bij zijn bovenbeen. Daar zou hij het pistool hebben. Toen de deur openging, draaide hij zich niet meteen om. Hij bleef door het raam staren, bijna zonder iets te zien. Zo was hij, dacht Caffery. Hij bleef rustig zitten wachten op zijn prooi, met een halve glimlach op zijn gezicht. Als een slang in een hol. Hij was slim genoeg geweest Lucy Mahoney te kunnen vermoorden. En Susan Hopkins. Slim genoeg er bijna mee weg te komen.

Caffery hield zijn rug tegen de muur en bleef buiten bereik. 'Laat me je handen zien.'

Gerber reageerde niet.

'Je hebt me gehoord. Laat verdomme je handen zien.'

Gerber liet zijn rechterhand uit zijn zak vallen, met de palm naar boven. Hij was leeg. Toen tilde hij de linker op tot zo'n tien centimeter boven zijn bovenbeen. Hij had de Hardballer vast. Maar hij was niet op Caffery gericht. Hij zakte, bleef even hangen en viel toen kletterend over de vloer tot hij tegen een muur lag, slechts dertig centimeter van Caffery vandaan.

Gerbers ogen volgden het pistool, maar hij deed geen poging het op te rapen.

Caffery bekeek de gang, de ramen en de deur aan het einde. Wat was hier aan de hand? Die deur daarachter, was die op slot? Hij keek naar het pistool. 'Wat je ook in scène hebt gezet, het gaat niet werken,' zei hij tegen Gerber. 'Jij gaat niet bepalen hoe dit afloopt, maar ik.'

Gerber ademde luidruchtig uit. Hij draaide zijn hoofd iets en staarde naar Caffery. Zijn gezicht was bleek en zijn lippen pijnlijk gezwollen.

Caffery fronste verward zijn wenkbrauwen. Hier was iets helemaal mis. Hij deed een stap naar voren, griste het pistool van de vloer en richtte het op Gerbers hoofd. Gerber bewoog nog steeds niet. Zijn kin hing zelfs iets lager, alsof hij moeite had zijn hoofd omhoog te houden.

Caffery deed nog een stap naar voren. En nog een. Gerber staarde hem met zijn zware ogen aan, en op zijn onderlip vormde zich een druppel speeksel.

Caffery bleef net buiten armbereik en met zijn pistool in de aanslag naar het vreemde mannetje met zijn borstelige haar en het bleke, schilferende gezicht staan kijken. Nu hij dichtbij was, zag hij dat Gerber zat te trillen. Hij zwaaide met het pistool langs zijn gezicht. Gerbers ogen volgden de loop dof, maar hij verroerde zich niet en probeerde niet hem te grijpen. Het speeksel groeide aan tot een lange siert, die brak en op de vloer viel. Caffery keek naar de druppel op de walnotenhouten vloer. Er zat bloed in het speeksel. Hij begon er iets van te begrijpen en keek op naar Gerbers gezicht. 'Wat heb je gedaan?'

'Donder op,' mompelde Gerber. Hij trilde nu als een espenblad. Het zweet stond op zijn voorhoofd. 'Loop naar de hel.'

Zijn hand kwam iets omhoog alsof hij Caffery wilde grijpen, maar de inspanning bleek te zwaar en hij liet hem hijgend op zijn schoot vallen.

En nu kon Caffery zien waarom. Aan de linkerkant van zijn overhemd, de kant die van de trap af was gekeerd, zat een grote bloedvlek van de kraag tot het middel. Caffery boog naar voren, niet zo dichtbij dat Gerber naar hem kon spuwen of hem vast kon pakken, maar dichtbij genoeg om de wond in zijn nek te kunnen bekijken.

'Verdomme,' mompelde hij. 'Moet je dat eens zien.'

De scheur in het vlees begon aan de voorkant, ging diagonaal omhoog en eindigde achter in de nek, binnen de haarlijn. Caffery kon de wond in kijken en zag de veelzeggende doffe glans van een kogel in het bot achter het oor.

Gerbers tanden klapperden.

'Je hebt jezelf neergeschoten, laffe hondendrol die je bent. Je moet geen slechte dingen doen als je de gevolgen niet kunt dragen. Weet je dat niet? Je moet niet...'

Hij brak zijn zin af. Hij keek naar het pistool. Terug naar de wond. Hij keek door het raam naar het lege zwembad, dof en blauw in de zon. Nee. Dat kon niet gebeurd zijn. Gerber had geen tijd gehad om de beerput open te doen, hier terug te komen en een zelfmoordpoging te doen. Vanaf de beerput was het schot misschien niet te horen geweest, maar vanaf het zwembad, waar Caffery zich inmiddels bevonden zou hebben, zou het heel duidelijk zijn geweest. Vooral omdat het raam openstond. En het bloed op het overhemd – een deel ervan was donker en opgedroogd. Alsof het er al een hele tijd zat.

Hij keek weer door het raam. Terug naar Gerber.

'Er klopt niets van,' mompelde hij gefascineerd. 'Helemaal niets.'

Toen hoorde hij aan de voorkant van het huis een dun gejank, alsof het een antwoord was. Het geluid van een tweetaktmotor. Een grasmaaier. Nee. Het klonk meer ingehouden, als een kleine scooter.

En toen had hij het door. Opeens. Gerber had het luik niet opengemaakt – dat had hij helemaal niet gekund. Hij had al die tijd hier op de vloer zitten bloeden.

Caffery hinkte zo snel hij kon de trap weer af, door de koelkamer naar de oprit. Op het grind bleef hij staan en keek naar het zuiden, waar het geluid wegstierf. Het weggetje was van hier tot honderd meter verderop leeg, waar het abrupt met een bocht uit het zicht verdween. Het geluid van de scooter bleef nog even hangen in de stille lucht en toen was het weg en hoorde hij alleen nog de vogels in de bomen.

De Tokoloshe. Amos Chipeta.

Caffery stond in het vlekkerige zonlicht naar het punt te staren waar het weggetje verdween. *Wat moet ik verdomme van je denken? Wat wil je in godsnaam?*

Om onduidelijke redenen had hij Caffery het leven gered. En daarmee had hij zich in een mierennest gestoken waar hij misschien nooit meer uit zou raken. Het haar dat hij van de lijken had geknipt, was één ding – daar zou hij waarschijnlijk wel mee zijn weggekomen – maar Gerber neerschieten? Hij was er net zo gloeiend bij als Gerber. Ook al had hij een politieman het leven gered.

Maar zoals het soms gaat in het leven, merkte Caffery dat de rollen weer waren omgedraaid toen hij zich omkeerde op het stille weggetje en weer naar binnen hinkte, naar boven en naar Gerbers gang, waar de middagzon een honinggele gloed op de vloer wierp.

Hij merkte dat er net een andere deur was opengegaan in het verhaal. En dit keer was het een deur waar zowel hij als Amos Chipeta als geesten doorheen konden glippen.

65

Aanklagers praatten soms met Caffery over het '*CSI*-effect; het feit dat het Amerikaanse tv-programma mensen, en in het bijzonder juryleden, ervan overtuigd had dat de forensische wetenschap almachtig was. Dat er voor alles een test was. Dat de technische recherche elke bestaande aanwijzing automatisch zou vinden. Maar zoals elke wetsdienaar wist, was de beste technische rechercheur slechts zo goed als de onderzoekende rechercheur. Alle forensische wetenschap was afhankelijk van informatie, dus was ze buitengewoon gemakkelijk te manipuleren.

Gerber was dood. In de paar tellen dat Caffery buiten was geweest, had zijn hart het laatste kleverige bloed er uitgepompt en nu lag hij roerloos en grauw en in elkaar gezakt in de gang. Wat Caffery de kans gaf de loop van de geschiedenis te wijzigen. Hij hinkte door het huis om zijn bezittingen te verzamelen: zijn telefoon, zijn handboeien en zijn traangas. Daarna was hij veertig minuten bezig om de plaats delict naar zijn hand te zetten door afdrukken te verwijderen, bloedvlekken weg te poetsen en Gerbers lichaam anders te leggen, zodat de politiemedewerkers na aankomst zouden denken dat hij de rechercheur op deze zaak was in plaats van het slachtoffer en hij de mensen van de technische recherche rond kon leiden en hun zijn eigen heel geloofwaardige versie van de gebeurtenissen kon verkopen.

Het scenario was als volgt: Gerber had geweten dat het net zich om hem sloot. Hij had Caffery in de beerput gedumpt in de overtuiging dat hij dood was en had zichzelf doodgeschoten met het illegale wapen dat hij in een theedoek in zijn bureau bewaarde. Toen Caffery weer bij bewustzijn was gekomen, had hij boven aan de ladder in de beerput net genoeg bereik gehad om een sms naar Turnbull te sturen. In die sms werd niets gezegd over een pistool, Caffery wist niets over een pistool, hij zou zeggen dat hij in de beerput niets gehoord had. Het was een verschrikkelijke verrassing om te zien wat Gerber met zichzelf had gedaan toen de mensen waren gearriveerd en hem hadden bevrijd.

Hij keek toe toen ze Gerbers lichaam afvoerden. Als zijn vingers werden getest, zouden er kruitresten op zitten. Er zou een verdwaalde kogel in het plafond van de gang worden gevonden die Gerber na de eerste zelfmoordkogel in een reflex had afgeschoten. De enige vingerafdrukken op de 45 Hardballer en op de kogels die er nog in zaten, zouden die van Gerber zijn. Verder zou het wapen schoon zijn. De enige vezels die ze erop zouden vinden, zouden afkomstig zijn van de theedoek die ze in een la in zijn bureau zouden vinden, waar hij het wapen jarenlang moest hebben bewaard. Boven de benedenverdieping zouden nergens bloed of voetafdrukken of vingerafdrukken van Caffery worden gevonden, behalve die welke hij bij de inbraak had achtergelaten, een misstap waar hij zich meteen voor zou verontschuldigen. Amos Chipeta zou nergens in beeld komen.

Caffery bleef lang genoeg om te zien hoe de agenten van Ballistiek de Hardballer van de vloer in de gang opraapten. Zevenhonderd ballen naar de maan. Zonde. Het was een doeltreffend wapen. Lelijk, maar doeltreffend. Over een tijdje zou het misschien weer op straat opduiken. Dan zou hij het nogmaals moeten kopen. Eenmaal buiten bleef hij even in de avondzon staan om achterom te kijken naar het putdeksel en het zwembad. Hij dacht aan Tanzania. Hoe het zou zijn om daar mismaakt en arm op te groeien. Hoe Engeland eruit zou zien door de ogen van Chipeta.

In de deuropening stonden twee ziekenbroeders naar hem te kijken. Ze hadden hem de hele middag overal gevolgd en geduldig geprobeerd hem de ambulance in te praten. Hij glimlachte vriendelijk tegen hen en voordat ze hem konden tegenhouden, stapte hij in de Mondeo, tilde zijn slechte been naar binnen en startte de motor. Het ziekenhuis was ruim dertig kilometer verderop. Hij had geen ambulance nodig. Hij wuifde even naar de ziekenbroeders toen hij de oprit afreed. Als hij het vandaag kon overleven, kon hij die dertig kilometer ook nog wel zelf afleggen.

66

Het telefoontje kwam om halfnegen in de avond, toen Caffery op zijn buik en met zijn hoofd op zijn armen op een bed op de afdeling Spoedeisende Hulp lag, met zijn gescheurde broek op een stoel naast het bed. Omdat hij politieman was, hadden ze hem binnen de kortste keren geholpen. Het was een oppervlakkige wond en er waren geen zenuwen, banden of botten geraakt, maar toch moest hij geopereerd worden als hij wilde dat zijn been er over een jaar enigszins toonbaar zou uitzien. Hij moest worden opgenomen. Hij weigerde. Hij wilde alleen worden opgelapt, zodat hij weer weg kon. Dus zat er nu een beginnende dokter die eruitzag als een nors model in een mannenblad achter hem op het bed, die zijn been bewerkte met Naropin en hechtingen en luid snoof vanwege de smerige kleren die Caffery nog steeds aanhad. Toen de telefoon ging, moest Caffery zich op zijn ellebogen omhoogduwen om hem uit zijn borstzak te kunnen halen.

'Ja, inspecteur Caffery,' mompelde hij.

'Er is er weer een.' Het was Turnbull. 'Vanmiddag gevonden. De agenten die het eerst aanwezig waren, dachten dat het zelfmoord was en stuurden de zaak naar de Royal United, maar iemand in de meldkamer bleef er na het werk aan denken, de slimmerik, verbond het met onze zaak, zocht de databases door en pakte de telefoon. Het is dezelfde handelwijze. Ze hebben haar gevonden in haar auto. Pillen, mes, precies hetzelfde als de anderen.'

Het duurde even voor Caffery antwoord gaf. De dokter was gestopt met zijn werk en stond met zijn armen over elkaar en opgetrokken wenkbrauwen bij het hoofdeinde van het bed naar een teken op de muur te kijken, een afbeelding van een telefoon met een streep erdoor. Caffery stak zijn duim op, maakte een gebaar of hij even geduld met hem wilde hebben en stak zijn vinger in zijn linkeroor.

'Ja, ga verder. Wie is het?'

'Een vrouw met de naam Lindermilk.'

'Lindermilk? Ik heb die naam ergens gezien.'

'Ruth Lindermilk. Ze woont in de buurt van Farleigh Hall, in een van die gehuchten waar we gezocht hebben. Ze was nogal een teruggetrokken mens. Je zult het fantastisch vinden om te horen wie haar nicht is. Of was, eigenlijk.'

'Laat me raden. Het was Mahoney.'

'Nee. Het was Hopkins.'

'Jezus.'

'Ja, en Lindermilk had vanmorgen een afspraak in de Rothersfield kliniek. Raad eens bij welke dokter?'

'Gerber. Daar heb ik haar naam gezien. In zijn agenda.'

'En intussen,' zei Turnbull, 'terwijl ze bezig zijn op de plek waar ze haar hebben gevonden, komt er een andere melding binnen. Lindermilks huis is doorzocht. Helemaal overhoopgehaald.'

'Van toen Gerber haar heeft vermoord?'

'Dat denk ik niet. Aan haar lichaam te zien, lijkt ze zonder worsteling te zijn meegegaan. We denken dat dit naderhand is gebeurd. Hij heeft haar vermoord en toen is hij teruggegaan en heeft hij haar huis overhoopgehaald. Net als bij Mahoney, maar niet zo discreet.'

'Wie heeft het gemerkt?'

'Lindermilks zoon. Hij hoort wat er met zijn moeder is gebeurd en – let op met wat voor mensen we hier te maken hebben – omdat ze wat spulletjes heeft die hij wil hebben voordat de politie de boel afsluit, gaat hij meteen naar haar huis en laat zichzelf binnen. Hij heeft blijkbaar een sleutel. Maar als hij er komt, is iemand hem voor. Hij betrapt ze ook nog bijna. Hij hoort ze uit een raam aan de achterkant springen. Zo dichtbij was hij.'

'Hoe laat was dat?'

'Twee of drie uur geleden.'

'Dan kan het Gerber niet geweest zijn.'

'Lindermilk stond erom bekend dat ze de buren tegen zich in het harnas joeg. Er zijn wat dingen voorgevallen. Misschien was het een van hen.'

De dokter, wiens geduld blijkbaar op was, wandelde het hokje uit met achterlating van een slechts half gehechte wond, een paar spuiten in een nierbekken, een laken met bloedvlekken en een bewegend gordijn dat aantoonde dat hij er geweest was.

'Wat wil je dat ik doe?' vroeg Turnbull.

Er ging een golf van vermoeidheid over Caffery heen. Hij geloofde niet dat hij het in zich had om op te staan en weer aan het werk te gaan. Hij wilde eten, drinken en slapen. Verder niets. 'Geen idee,' mompelde hij. 'Waar is het lichaam?'

'In het lijkenhuis. We krijgen nog te horen wanneer de lijkschouwing is. De technische recherche is nu op weg naar het huis. Wil je er gaan kijken?'

Caffery bewoog langzaam zijn benen naar de rand van het bed en liet ze er voorzichtig af zakken. Hij wachtte even tot alles ophield met draaien en keek toen om zich heen, op zoek naar een alarmknop. 'Ik kom eraan zodra ik hier ergens een dokter heb opgeduikeld.'

67

Het eerste wat Caffery opviel, was hoe dicht het huis van Ruth Lindermilk bij Farleigh Park Hall stond. Nu hij erover nadacht, herinnerde hij zich dat hij nog maar een paar dagen eerder langs het gehucht was gereden. De adrenaline stroomde door zijn aderen toen hij de weg verliet en de auto achter de politiewagen voor de bungalow zette. Was het niet mogelijk dat Misty Kitson ook op Gerbers lijstje had gestaan? Nee. Dat zou al te mooi zijn. Toch?

Maar dat kwam later. Eerst die inbraak eens bekijken. Dan over Misty nadenken. Hij keek om zich heen. De auto's van de technische recherche stonden onder aan de weg en op het donkere laantje stonden een paar buren met de armen over elkaar en jassen over hun schouders, die een glimp wilden opvangen van wat er binnen gebeurde. Iemand had schermen voor Lindermilks voordeur gezet. Misschien had de rest van het dorp daarom zoveel belangstelling.

Hij had een injectie met antibiotica gekregen en doosjes *tramadol* en codeïne uit de apotheek. Daar zou hij slaperig van worden, dus hield hij zich voorlopig aan ibuprofen 400 met wat paracetamol erbij. Hij had toegegeven aan een zeldzame aanval van professionalisme en was even bij zijn huisje langsgegaan om zijn pak voor de technische recherche in een zak te doen. Nu droeg hij een zwarte spijkerbroek en een zwart nylon jasje, maar hij werd nog verraden door zijn manke poot. Die en de gezwollen neus en de manier waarop zijn gezicht vertrok zodra hij gewicht op zijn voet zette. De rechercheur die hem in het huis opwachtte, kwam naar voren en stak instinctief zijn handen uit om hem over het pad te helpen.

'Het gaat wel.' Hij schudde zijn hoofd. 'Niets aan de hand.'

Caffery trok de handschoenen aan die een technisch rechercheur hem gaf en liep over de loopplaten het verlichte eetkamertje in, waar een gezet mannetje in een grijs poloshirt aan de gewreven eiken tafel zat. Hij zag hem van opzij. Zijn kin rustte op zijn vuist en zijn lippen waren op elkaar geknepen. Voor hem op de tafel stond een koperen telescoop.

'De zoon van mevrouw Lindermilk,' mompelde de rechercheur. 'Steve. Ik denk dat het nu pas echt tot hem doordringt.'

'Gaat het, makker?' Caffery bleef in de deuropening staan. 'Alles in orde met jou?'

Steve Lindermilks gezicht was vuurrood. 'Niet echt. Ik had iets moeten doen. Ik heb het helemaal niet zien aankomen.'

'Is je gevraagd of je met iemand van slachtofferhulp wil spreken?'

'Ja. Die heb ik niet nodig.'

'Ze staan voor je klaar. Je kunt je nog bedenken.'

'Nee, dank u. Maar wilt u iemand met de buren laten praten? Die ons staan aan te gapen?'

'Natuurlijk.'

Caffery keek door de gang naar het gele politielint dat voor de woonkamer hing en toen weer naar Lindermilk. 'Weet je wat ik kom doen?'

'Mij vragen stellen?'

'En het huis onderzoeken. We moeten weten of de inbraak verband houdt met haar dood.' Caffery's hoofd en been deden gemeen pijn, ondanks de pijnstillers. 'Begrijp je dat?'

Lindermilk knikte.

'Vind je dat goed?'

'Best.' Hij stond op en liep achter Caffery aan over de loopplaten. Ze bleven in de deuropening van de woonkamer staan, bogen zich over het lint en keken naar binnen als bezoekers van een monument. Zo te zien was Ruth Lindermilk al geen bijzonder goede huisvrouw geweest, maar dit was nog iets anders: elk kastje en elke plank was leeggehaald en de spullen lagen in een hoop op de vloer. Een boze inbreker? Die namen meestal de tijd om op de vloer te poepen. Of op de bedden. Dit zag er meer uit alsof iemand iets gezocht had. In de keuken stond een raam open en de sloten waren er afgebroken. Het zag er professioneel uit. Een kat sprong op het raamkozijn, verstijfde toen hij de bezoekers zag en bleef even met alle vier zijn poten dicht naast elkaar naar hen staan staren.

'Moet je nou eens kijken,' gromde Lindermilk. 'Mijn moeder heeft ze gewoon aangemoedigd. Er is niet veel om ze buiten te houden.'

'Wanneer ben je hier voor het laatst geweest?'

'Een paar dagen geleden.'
'En toen zag het huis er niet zo uit, de laatste keer dat je hier was, neem ik aan?'
'Nee, dat deed het zeker niet,' zei Lindermilk. 'Die foto's aan de muur, die van al die dieren, die maakten de mensen hier nijdig. Het verbaast me dat ze die niet hebben meegenomen, als een van hen dit heeft gedaan.'
'We onderzoeken alle mogelijkheden.'
Lindermilk haalde zijn schouders op. 'Hoor eens, als jullie hier klaar zijn, mag ik die foto's dan hebben? Ik ga ze allemaal verbranden.'
'Overleg maar even met de technische recherche. Het zal wel geen probleem zijn.'
'Er zijn buiten ook nog wat dingen die ik mee wil nemen. Die dingen op het dak. Ik wil niet dat de buren hier rondlopen en ons uitlachen.'
Caffery draaide zich om naar de trap. Op de leuning zat aluminiumoxidestof met rechthoekige lege stukken ertussen waar men de vingerafdrukken had afgenomen met tape. 'Je hebt hier de laatste keer niemand rond zien hangen? Geen auto's die je niet thuis wist te brengen?'
'Ik heb helemaal niets gezien.'
'Weet je of er iets weg is? Had ze iets van waarde? Geen contant geld in huis? Juwelen? Creditcards?'
'Alleen de computer. En de tv. En de telescoop. Maar ze had wel wat sieraden, ringen en zo.'
'Waar bewaarde ze die?'
'In de kluis.'
Caffery trok vragend zijn wenkbrauwen op tegen de technische rechercheur die bij de voordeur stond. 'De kluis is niet beschadigd, meneer.' Hij stak een vinger op en wees naar de bovenverdieping. 'Hij bevindt zich in de slaapkamer. Ze hebben hem een flinke mep gegeven, maar ze zijn er niet in geweest.'
De drie mannen gingen naar boven. Caffery trok zich aan de leuning omhoog om zijn gewonde been niet te belasten. Een an-

dere technische rechercheur in een blauwe overall zat op zijn hurken bij een kist op de overloop, zijn ogen ter hoogte van het handvat, dat hij bestoof met zwart poeder. Toen ze langskwamen, slaakte hij een diepe zucht.

'Ik krijg op het moment maar één stel vingerafdrukken. En die zijn van haar. Ik denk dat die vent handschoenen aanhad.'

Lindermilk nam hen mee naar een slaapkamer, een kleine kamer met een laag plafond, met een erkerraam en balken. Er stond een bed met een met stof bekleed hoofdeinde in de hoek, en daarboven bevond zich een muurkluis, een kleintje, net groot genoeg voor wat papieren en sieraden. Het ding zat vol stof waar vingerafdrukken van genomen konden worden. Lindermilk liep naar de kluis. Hij wilde aan de knop draaien toen Caffery kuchte.

'Wacht even.' Hij hinkte terug naar de gang en bukte om een paar handschoenen uit het koffertje van de technische rechercheur te pakken. Hij wierp ze Lindermilk toe, die ze opving en aantrok.

'Dus je kent de combinatie?'

Lindermilk tuurde naar het slot. 'Vroeger wel. Hopen dat ze die niet veranderd heeft.' Hij draaide voorzichtig aan de knop en mompelde voor zichzelf de nummers. Het slot klikte en draaide en hij maakte het deurtje open, deed een stap achteruit en hief zijn hand naar wat er in de kluis lag.

Caffery deed een stap naar voren. De kluis lag vol. Hij zag twee plastic mapjes met lichtblauwe papieren en een zwart emaillen doosje.

'De sieraden.' Lindermilk haalde het doosje eruit. Hij maakte het open, keek erin en bewoog met een vinger door de inhoud.

'Is er iets weg?'

'Ik geloof van niet.' Hij hield Caffery het doosje voor.

Er zat niets bijzonders in: een diamant aan een ketting, een paar manchetknopen, een paar ringen en een glitterbroche in de vorm van een anker.

Lindermilk zette het doosje neer en draaide zich weer om naar de kluis. Hij haalde de bovenste map eruit, liet de inhoud in zijn hand schuiven en keek de papieren door. 'Juridische documenten. Haar testament, de koopakte van het huis, brieven van haar notaris.'

Hij haalde het elastiek van de tweede map. Er zaten foto's in, allemaal van hetzelfde formaat, A4, maar te oordelen naar de kwaliteit en het papier van de afdrukken moesten ze over een periode van dertig jaar of nog langer zijn genomen.

'Wat zijn dat?'

'Foto's van dieren. God mag weten waarom ze ze bewaard heeft, het domme mens. Ze nam altijd foto's van dolfijnen en zo. Deze zal ik ook verbranden.'

'Laat eens zien.'

Lindermilk waaierde de stapel uit. Sommige foto's waren in kleur. Er waren er een paar bij van een trouwerij, waarschijnlijk aan het eind van de jaren zeventig: een glimlachend echtpaar voor een kerk, de bruid een blondine met een lichte huid in een lange jurk met blauwe en witte bloemetjes en met een strohoed op. Op andere waren dode dieren te zien: platgereden dassen, waarvan het achterdeel en de kop in het wegmateriaal waren gesmeerd, dode konijnen, dode eekhoorns. Een hert met een gebroken nek, zodat zijn kop naar zijn achterpoten wees. 'Zo'n beetje elk aangereden dier in het land.' Lindermilk klonk vermoeid. 'Ze wilde een campagne beginnen om op de weg hier beneden snelheidscontroles te krijgen. Daarom waren de buren zo nijdig.'

Maar Caffery luisterde niet meer. In de tuin, waar de bomen scherpe zwarte silhouetten vormden tegen de nachthemel, had iets bewogen. Hij ging naar het raam en keek naar buiten, waarbij hij oppaste het glas niet aan te raken, ook al besloeg het door zijn adem. Hij had de beweging uit zijn ooghoek opgevangen. Het was niet de weerspiegeling geweest van een van hen in de kamer, maar iets anders. Er was iets in de tuin.

Hij bleef even staan en dacht eraan hoe donker het daarbuiten was, en aan de kilometers platteland waar van alles doorheen kon kruipen, en aan de weg die naar de kliniek liep, aan de plek waar hij en de Wandelaar hadden gezeten en dingen hadden zien bewegen tussen de bomen. Hij dacht aan het blikkerige geluid van het scootertje dat over het landweggetje pufte. En toen dacht hij eraan hoe hij, Caffery, eruit zou zien van buitenaf, zo voor het raam, zijn ernstige gezicht van achteren en van opzij verlicht.

'Meneer,' zei Lindermilk, 'mag ik u iets vragen?'

Hij werd afgeleid en draaide zich om. 'Wat is er?'

Lindermilk hield hem de foto's voor. 'Zal ik deze ook maar meenemen? Samen met die beneden aan de muren?'

Caffery's blik ging terug naar het raam. Wat had hij daar gezien? Het was niet veel meer geweest dan een veeg licht, maar op de een of andere manier had hij een indruk opgevangen van ogen.

'Meneer?'

'Ja.' Hij keek niet achterom. 'Mij best.'

Hij ging weg bij het raam en hinkte naar de deur, waar hij de plaatselijke rechercheur zijn hand toestak. 'Bedankt voor je hulp, joh. Ik ben hier klaar. Laat de technische recherche alles meenemen en sluit af als ze klaar zijn, wil je?'

Zijn been deed meer pijn dan hem aanstond, maar hij ging snel de trap af en stapte door een zijdeur de nacht in, die koel en gedempt aandeed en waar hij iets als citroen rook. Aan de achterkant van het huis was alles stil en donker. Het grasveld liep in terrassen zo'n honderd meter af: hij zag stakerige vogelhuisjes spookachtig afsteken in het donker. Daarachter bevonden zich de weg en de heuvels en het koolzaadveld waar hij laatst langs was gereden, op zoek naar de Wandelaar.

Hij bleef bij de bomen staan en zei met zachte, maar heldere stem: 'Ben je daar? Ben jij dat?'

Hij hoorde zijn hart bonzen. Verder niets.

'Als je daar bent, hoef je je geen zorgen te maken. Ik zal niets zeggen. Ik zal je niet verraden.'

Hij hield zijn adem in en luisterde, maar de enige reactie was het koude, geluidloze briesje. Hij had een metaalsmaak in zijn mond. Hij dacht aan het briesje, dat over de velden was gewaaid, dacht aan de geuren en geluiden die het mee moest voeren. Hij keek naar het huis, naar de ramen. Niemand luisterde. Geen technische rechercheur die een sigaretje rookte op het landweggetje. Hij deed een paar stappen tussen de bomen door en ging op zijn hurken zitten, waarbij zijn been blauwe pijnscheuten door zijn lichaam stuurde. Hij legde zijn vingertoppen tegen de koude grond om zich in evenwicht te houden en staarde het bos in.

'Ik weet wat je hebt gedaan.' Hij aarzelde, omdat hij niet goed wist hoe hij verder moest gaan. Dit was krankzinnig, om tegen bomen en de ijle lucht te praten. 'Je komt ermee weg. Maar luister.' Zijn stem werd zachter. 'Ik kan je verder niet helpen. Van nu af aan sta je alleen. Zo is het gewoon.'

Hij zweeg en wachtte of hij iets terugkreeg. Er gingen lange minuten voorbij, tot zijn been zoveel pijn deed dat hij wel overeind moest komen. Hij stak zijn handen in zijn zakken en luisterde nog eens. Hij wist niet goed wat hij had verwacht, een beweging of een ademhaling. Het geritsel van bladeren of koele, heldere woorden, gesproken in het duister.

Er kwam niets. Niets. Alleen het bonzen van het bloed in zijn hoofd.

68

Ik zal niets zeggen. Ik zal je niet verraden...

Half verstijfd tussen de bomen, weggedoken achter de cilinder van de snijbrander die ze uit de auto had meegesleept, staarde Flea Caffery ongelovig aan.

Je komt ermee weg. Maar ik kan je verder niet helpen.

Ze verroerde zich niet. Ze zat daar maar met haar mond halfopen, terwijl zijn woorden haar aan de grond nagelden. Waar had hij het in godsnaam over? Hoeveel wist hij?

Van nu af sta je alleen. Zo is het gewoon...

Er ontstond een leegte in haar. Ze voelde zich kouder en eenzamer en banger dan ooit eerder in haar leven. Ze dacht aan wat mam had gezegd in de groeve. Red jezelf. Het was niet zomaar een vermaning geweest, geen standaardzinnetje dat ze voorzichtig moest zijn. Het had een veel grimmiger bedoeling. Het had betekend: je staat alleen, dus zorg allereerst voor jezelf. Stel jezelf voor anderen. Nu zag ze duidelijk wat ze moest doen, ze zag in dat er nog maar één ding belangrijk was: zichzelf beschermen. Ze moest vechten voor haar leven.

Caffery bleef nog een hele tijd en terwijl ze naar zijn gezicht zat te kijken en naar het maanlicht dat weerspiegelde in zijn ogen, drong het heel langzaam tot haar door dat hij haar misschien niet kon zien. Ze bracht haar hand voor haar gezicht en bewoog hem heen en weer. Hij reageerde niet. Met haar tong tussen haar tanden boog ze wat voorover en tuurde naar zijn ogen. Die waren niet op haar gericht. Ze bleef zo zitten, met haar gewicht op haar knokkels en haar hoofd omhoog, en probeerde erachter te komen wat er in godsnaam aan de hand was.

Toen hij zuchtte en overeind kwam, was ze er zeker van; hij wist niet dat ze daar was. De woorden waren helemaal niet voor haar bestemd. Tegen wie hij ook dacht dat hij praatte, zij was het niet, en als de woorden iets hadden betekend, was dat niet meer dan toeval. Maar dat veranderde niets aan haar besluit. Toen hij zich omdraaide en naar het hek liep en zij al haar adem liet ontsnappen en haar gewicht weer overbracht op haar hielen, was ze vastberaden en kalm en wist ze precies wat haar te doen stond. Mandy en Thom kregen om middernacht de verrassing van hun leven. Ze kregen de foto en ze kregen nog iets anders, iets heel anders. Ze kregen Misty's lichaam. In hun voortuin, zo nodig. Flea ging niet meer naar hun tegenwerpingen en redenaties luisteren; het was nu hun probleem en ze losten het zelf maar op.

Om tien uur was de technische recherche weg en was het huis leeg. Er stond alleen nog een agent voor het hek, met zijn rug naar haar toe, die wachtte tot de bewakingsploeg zou arriveren. Na tien minuten werd hij het zat, zoals ze van tevoren had geweten, en ging hij in zijn auto zitten, vanwaar hij de voorkant van het huisje kon zien. Hij had er geen enkel vermoeden van dat er achter het huis iemand stilletjes tussen de bomen zat. En hij wist ook niet dat Caffery de achterdeur open had gelaten.

Ze was zo koud dat haar botten pijn deden toen ze met stijve benen overeind kwam, de snijbrander oppakte en pijnlijk over het grasveld naar het huis liep, en voorzichtig door de achterdeur naar binnen ging. De agent mocht dan een luie donder zijn, hij zou het wel zien als er licht door de ramen scheen, dus haalde ze binnen de zaklantaarn uit haar jaszak, richtte hem op haar voeten en sloop in het halfdonker door de gang, waarbij de katten langs haar enkels streken. Het hele huis was besmeurd met poeder die de technische recherche had gebruikt om vingerafdrukken te zoeken en er viel vreemd, gevlekt licht door het gebroken raam, dat schaduwen maakte op de muren. Onder aan de trap ving ze een glimp van zichzelf op in de spiegel, gekleed in het lichtblauwe shirt en de spijkerbroek die ze een miljoen uur geleden had aangetrokken, met tranende ogen en met de cilinder van de snijbrander op haar rug. Haar gezicht leek vreemd vlak en jong, alsof het door de stress was gladgestreken.

De rugzak was zwaar en de pezen in haar knieën deden nog pijn van de sprong uit het keukenraam, dus ging ze langzaam de trap op, waarbij ze ervoor zorgde de muren niet te raken. Ze dacht niet aan de wisselvalligheden van het lot. Ze dacht niet aan wat Caffery hier in de slaapkamer had staan doen toen haar bewegingen tussen de bomen hem hadden afgeleid. Ze dacht alleen aan het feit dat ze het koud had. En ze had minder dan twee uur voor ze de foto bij Thom moest bezorgen. Dan zou alles anders worden.

Toen ze met de zaklamp langs de muur naar het bed en omhoog naar de kluis scheen, bleek die niet dicht te zijn, maar open.

Open en helemaal leeg. Een gapend, koud gat. En ze zag dat alles heel goed binnen de komende twee uur zou kunnen veranderen. Maar niet op de manier die zij verwacht had.

69

Tien minuten voor middernacht. Nog tien minuten te gaan. Flea ging op de rem staan en kwam in de donkere straat tot stilstand. Ze zette de motor uit en keek naar het huis van Mandy en Thom. Het was donker. De gordijnen waren dicht. Alleen het licht in de portiek was aan.

Ze liep snel het pad op en bonsde op de deur. Mandy had een nachthemd aan toen ze opendeed. Haar naakte kuiten waren wit en geaderd, en haar ogen waren dik en niet opgemaakt. Haar haar stak alle kanten uit. Ze stond in de deuropening met haar armen over elkaar naar Flea te turen, rillend in de koude nacht.

'Ik heb haar in de auto, Mandy. In de kofferbak.'

'Wie heb je in de auto? Waar heb je het over?'

'Rustig maar. Ik heb geen opnameapparatuur.'

Mandy keek haar verbaasd aan. 'Wat voor apparatuur?'

Flea zuchtte, ging weer naar haar auto en deed de kofferbak open. Het lichaam was bedekt met een deken en er waren een paar plat gevouwde kartonnen dozen omheen gestoken. Het vocht trok al in het karton. Ze keek op naar Mandy. 'Kijk maar.'

Mandy kwam op haar blote voeten een paar passen het pad af en staarde naar de gestalte in de kofferbak. In het oranje licht van de straatlantaarn was van haar gezicht niets af te lezen. Er ging bijna een minuut voorbij. Toen leek iets vitaals in haar gezicht, iets structureels, weg te glippen. Ze keek op naar de ramen van de buren. Slikte. 'Doe dicht, alsjeblieft.'

Flea sloeg de kofferbak dicht en kwam terug naar het hek. Ze haalde diep adem en keek op naar de hemel. Het was weer bewolkt. Altijd die wolken. 'Ik kom je zeggen dat je krijgt wat je wilt. Je hebt gewonnen.'

'Wat heb ik gewonnen?'

'Ik zal het probleem zelf oplossen.'

Er viel een stilte. Mandy tuurde de straat af om zich ervan te verzekeren dat er niemand was en toen keek ze weer naar Flea. 'Mooi. Dat is mooi.'

'Is Thom thuis?'

'Hij slaapt. Het is moeilijk voor hem. Ik wil hem niet wakker maken.'

Flea keek Mandy aan. 'Je moet me eens iets vertellen.'

'Moet ik dat?'

'De waarheid, alsjeblieft. De waarheid. Meer zal ik niet van je vragen, en dan ben ik weg.'

'Hoe bedoel je?'

'Thom. Heeft hij je dit ingefluisterd? Of was het jouw idee?'

Mandy's ogen glinsterden. Ze wierp een blik op de kofferbak. Ze stond inmiddels te rillen.

'Nou? Was het jouw idee of dat van hem?'

Haar stem was zacht. Bijna onhoorbaar. 'Het is voor iedereen beter dat je het antwoord op die vraag nooit te weten komt.'

Ze liep het pad weer op en deed de deur dicht, en liet Flea in de verlaten straat achter, eenzaam en koud onder de lantaarnpaal.

70

Het landschap lag er verlaten bij. De wolken hadden zich boven de velden uitgespreid en alles, elk blad en elke tak, gevangen in een onaards, kalkwit licht. Flea reed langzaam en vastberaden in de Focus over de weggetjes, langs plekken waarvan ze wist dat ze op dit uur van de nacht niet in de gaten werden gehouden door de mannen van de verkeerspolitie. Er waren maar een paar andere auto's onderweg. Ze vroeg zich af hoe ze eruitzag voor de tegemoetkomende automobilisten. Haar gezicht strak en hard in hun koplampen. Haar handen om het stuur geklemd en starende ogen door de voorruit. Half bezeten.

Ze reed de weg af. De Focus hotste over de diep ingesleten sporen naar groeve nummer acht. In de kofferbak schuurde het lijk langs het karton. Ze vond een minder dichte plek in het omringende struikgewas, draaide het stuur, gaf gas en dwong de wagen diep het kreupelhout in. Hij kwam tot stilstand met een as tegen een gevallen boomstam. Ze stapte uit en liep ritselend terug naar de rand van de groeve. Daar bleef ze op het verlaten pad staan luisteren, starend langs de weg die ze gekomen was. Ze was niet gevolgd. De Elfengrotten lagen zo afgelegen en geïsoleerd dat niemand er ooit kwam. Toch bleef ze de weg bijna vijf minuten in de gaten houden eer ze gerustgesteld was.

Een jaar of vijftien geleden, toen zij en Thom nog kinderen waren, was er een vrouw verdwenen vanuit een nachtclub in Bath. Het ene moment was ze er nog en het volgende was ze verdwenen. Ze maakten elkaar bang op het speelplein van de school door te zeggen dat degene die de vrouw had, vervolgens achter kinderen aan zou gaan. Pas toen Flea volwassen was en bij de politie ging, kwam ze achter de waarheid. De vrouw was niet vermoord door een enge man, maar door de kerel die ze in de club had opgeduikeld voor die nacht. Hij had haar aangereden toen hij met de auto achteruitreed. Waarschijnlijk was het niet zijn bedoeling geweest haar te doden, maar het was wel gebeurd. Hij had haar bij een varkensboerderij gedumpt en Flea had in een smoorhete zomer drie weken dierlijke botten uit een kuil op die boerderij zitten halen, die ze met stoom had schoongemaakt en vervolgens had doorgegeven aan een antropoloog. Ze hadden het lichaam nooit gevonden en zonder lichaam kon de officier van justitie niets beginnen, ook al wist iedereen hoe het zat.

Dat toonde aan waar je mee weg kon komen als het lijk maar

goed genoeg verstopt werd. Het verstandigste dat Flea op dat moment kon doen, was een kettingzaag huren en Misty in duizend stukjes zagen, die ze vervolgens over rivieren en velden kon verspreiden. Maar zelfs nu ze zich alleen door kille rede liet leiden, kon ze die oplossing niet onder ogen zien. Dus was ze tot een andere paniekerige, maar rationele conclusie gekomen, de enige die ze kon bedenken.

Ze haalde haar duikspullen van de achterbank, legde die iets verderop neer en bedekte de auto met takken en stokken. Toen trok ze haar schoenen uit, trok het droogpak aan, sjorde het trimvest en de zuurstofflessen om en blies drie keer kort door het mondstuk – een, twee drie. Ze maakte alle gespen vast, deed de autoportieren op slot, controleerde nog eens of hij vanaf het pad niet gezien kon worden en liep met haar zwemvliezen naar de rand van de groeve. Ze trok ze aan, zette het masker op en klom langs een roestige ladder de groeve in. Om 1.13 uur precies glipte ze stilletjes uit het zicht in het donkere water van groeve nummer acht.

De familie Marley had altijd gedoken. Ma en pa hadden het de kinderen geleerd. Ze hadden ze op elfjarige leeftijd in kinderduikpakken gehesen. De meeste gezinsvakanties draaiden om diepzeeduiken en het duiken naar wrakken in de Rode Zee, op Cyprus en een keer in de Truk Lagoon, waar ze bijna aan failliet waren gegaan. Het was hun ultieme ontspanning, de bezigheid die hen bond en waarbij alles gemakkelijker werd. Dat was zelfs na het ongeluk niet veranderd. Maar om nu hier te gaan duiken, alleen en in het donker? Dat ging tegen alle veiligheidsregels en het gezonde verstand in. Het was een domme, zinloze uitnodiging aan de dood.

Ze liet zich langzaam zakken en liet kleine hoeveelheden lucht uit het pak ontsnappen terwijl ze naar vijftien meter afdaalde. De duiklamp die ze in haar handen had, was naar beneden gericht, en het membraan van licht ving dwarrelende deeltjes op in het pikkedonker onder haar. Het licht drong ver naar beneden door, misschien nog eens vijftien meter, maar bereikte niet de bodem. Ze bevond zich in het diepste deel van de groeve. Er lag steeds vijfentwintig meter onverlicht water onder haar.

Nog vijftien meter naar beneden. Ze vond het net op haar geheugen, en de wierkleurige draden waren vaag en onscherp in het licht van de lamp. Ze trok zich zes meter langs het net tot ze het waarschuwingsbordje zag. Het gat dat ze vorige week had gemaakt, was er nog, en de gerafelde randen bewogen langzaam, als wuivende zeeanemonen. Ze dook erdoorheen en draaide zich intussen om om te voorkomen dat de zuurstofflessen bleven haken – ze wilde geen herhaling van de vorige keer. Een stukje achter het net, op de plek waar het ongeluk was gebeurd, bleef ze hangen en draaide zich om en om in het water, terwijl ze de lichtstraal op de wervelende duisternis richtte.

Als ze decompressiestops deed, maakte ze zich meestal met een haak aan een touw vast en ging ze op haar buik liggen, horizontaal in het water. Maar vannacht wilde ze rechtop blijven. Ze wilde kunnen draaien en driehonderdzestig graden om zich heen kunnen kijken. Ze verhoogde het drijfvermogen van haar trimvest, liet een beetje lucht uit haar droogpak zodat dat niet naar boven schoot en bij de verzegeling om haar nek ging zitten, vond het neutrale drijfvermogen en liet haar armen opzij drijven. De duiklamp scheen naar haar zijkant en ze bleef vredig drijven, als een ruimtevaarder in het donker.

Ze rustte eerst uit. Met haar ogen dicht concentreerde ze zich erop haar hoofd leeg te maken zodat er niets meer was, geen gedachte, geen geluid, alleen het ritme van haar ademhaling. Ze had jaren geleden eens gehoord dat sommige zeevogels een inwendig kompas hebben dat ze gebruiken om hun weg te vinden over oceanen en de halve wereld en om altijd terug te komen op dezelfde broedgronden. De vogels hoeven daar niet over na te denken, ze geven zich over aan iets heel ouds en wonderbaarlijks, het feit dat hun lichaam weet wat hun hoofd niet kan weten: wat het noorden is en wat het zuiden.

Ze probeerde zich voor te stellen dat ze een zeevogel was. Ze bracht haar hoofd naar achteren en keerde haar gezicht naar het oppervlak. Ze wilde de richting weten. Ze wilde net als een zeevogel zijn en vanzelf weten welke kant ze uit moest.

De minuten gingen voorbij. Tussen elke luidruchtige ademhaling werd ze door haar onder druk staande oren bedrogen. Er werd van alle kanten aan haar getrokken door denkbeeldige geluiden en haar aandacht ging van links naar rechts. Ze liet alles over zich heen gaan en wachtte tot ze zou voelen welke kant haar lichaam uit wilde, wat het wilde doen.

'Je moet voor jezelf zorgen...'

Haar ogen schoten open. De lichtstraal kwam voor haar omhoog en zigzagde langs het zwart. Ze greep de zaklamp stevig vast. Richtte. Zwaaide hem van de ene kant naar de andere om het geluid op te sporen.

'Mam?'

Geen antwoord.

'Mam?'

Ze bewoog haar vrije hand om zich om te draaien in het water. De lichtstraal schoot om haar heen. Het was een hallucinatie.

'Mám? Ben je daar?'

Een beweging. Links van haar. Net buiten de lichtstraal. Ze zwaaide de lamp erheen. Ongeveer twintig meter verderop zag ze voeten. Mensenvoeten. Die snel van haar wegzwommen.

Amos Chipeta.

Ze duwde haar armen de duisternis in met de duiklamp in beide handen geklemd. De lichtstraal danste als een bezetene over niets. De voeten waren weg. Alles wat het licht oppikte, was leegte.

Met haar hart enorm groot in haar borst kantelde ze haar bovenlichaam naar beneden en begon naar de plek te zwemmen waar de voeten zich hadden bevonden. Haar instinct wilde dat ze het licht uitdeed en zichzelf niet verraadde voor wat voor haar in de duisternis verdween, maar zonder licht zag ze niets. Ze schermde het af met haar hand, liet een rozig halflicht door haar vingers filteren en bewoog voorzichtig door het water.

Volgens het kompas ging de onbekende naar het westen en iets naar boven. Ze bereikte de rotswand van de groeve, scheen er met de lamp langs en zag niets. De andere kant. Niets. Ze controleerde haar dieptemeter. Ze bevond zich nog steeds dertig meter onder water. Ze liet het licht boven haar hoofd schijnen en bewoog het in een boog. Zelfs als hij snel zwom, zou Chipeta zich nog steeds binnen het bereik van de straal moeten bevinden. Toen ze hem naar beneden richtte en van de ene kant naar de andere bewoog om elke hoek te onthullen, was er nog steeds niets te zien. Alleen het plantenleven aan de zijkant van de rotswand. Lui bewegend.

Er viel haar iets in. Er gingen geruchten dat de groeve in verbinding stond met de plaatselijke grotten die de Romeinse loodmijnbouwers hadden achtergelaten. Dat hier tunnels waren. Ze stak de lamp in haar trimvest en ging met haar handen langs het slijmerige oppervlak.

Ze zag het bijna zodra ze was gaan zoeken. Een holte. Een plek die donkerder was dan de rest van de rotswand. Die stond niet op de tekening van de groeve, daar was ze bijna zeker van. Ze duwde haar hand erin en liet het licht over de randen vallen en toen in de diepte om te kijken hoe groot ze was. Er kwam geen einde aan. De straal scheen de duisternis in. De diameter van het gat was ook groot. Je kon er wel met drie mannen door, zelfs met een volledige duikuitrusting.

Zelfs met een volledige duikuitrusting. Haar gezicht vertrok. Geen smoesjes, dus.

Een schoppende beweging bracht haar naar boven en het gat in. Ze hield haar handen tegen de muren en liet haar vingers eroverheen lopen, wetend hoe gemakkelijk en snel ze bij een smaller stuk zou kunnen komen en het plafond de zuurstofflessen van haar rug zou schrapen. Zo waren mensen gestorven, in plekken als de zinkput van Eagle's Nest of de grottensystemen in Yucatán, niet zoals haar ouders in een fatale vrije val naar de bodem, maar verstrikt in lijnen, vastzittend tussen meedogenloze rotsen, gevangen in met water gevulde schachten en kruipruimtes. Ze dacht eraan hoe ze hadden geworsteld in de eenzame duisternis. Tot de zuurstofmeter op het kritieke punt kwam. Tot de hulpfles leeg was en de longen een vacuüm wilden opzuigen. De ergste manier om dood te gaan.

De vloer helde naar boven. Ze kwam in een schoorsteen terecht, een smalle schacht van ongeveer een meter vijfentwintig wijd, die verticaal omhoogging. Zonder bochten. De lichtstraal liet zien dat hij recht omhoogging, met gladde wanden, bijna alsof hij door een machine was gemaakt. Ze dwong zichzelf korte decompressiestops te houden, waarbij ze langzaam ademhaalde en zich voorstelde dat de stikstof uit haar spieren borrelde. De cijfers van de klok bleven doordraaien. Zes minuten. Dat moest genoeg zijn. Ze vulde haar jasje met lucht en ging met één hand boven zich de schacht in.

Het uitzettende gas in het systeem tilde haar snel omhoog. De wanden schoten voorbij, vegen zwarte kalksteen. Omhoog, omhoog en omhoog door de lange schacht die de lichtkring boven haar opslokte, als in een droom, terwijl het *zorg voor jezelf* met elke hartslag in haar oren bonsde. Tot ze eindelijk onverwachts aan het oppervlak kwam. In de lucht.

Het was donker. Ze wrong een elleboog over de zijkant van de schoorsteen en ademde zwaar. Ze hield zich in evenwicht met alleen haar gezicht boven het water. Haar benen zette ze schrap en ze hield haar schouder bij de rand. Als er iets op haar afkwam, zou ze de schakelaar tegen de rots slaan, de lucht uit haar pak laten lopen en weer door de schoorsteen naar beneden vallen. Ze concentreerde zich op haar ademhaling. In en uit. In en uit.

Er ging bijna een minuut voorbij. Er grepen geen handen naar haar hoofd. Er verscheen geen gezicht voor haar masker. Ze tilde aarzelend de lamp uit het water en stak hem voor zich uit. De lichtstraal doordrong de duisternis en raakte ongeveer zes meter verderop de rots, een bemoste, druipende rotswand. Ze bewoog de lamp naar links; nog meer rots. Geen mist, geen maan, geen bomen. Toen ze het licht omhoogrichtte, vond het bijna twaalf meter boven haar een dak. De geruchten waren waar.

Ze was in een van de oude loodgrotten uitgekomen.

Er waren mensen verongelukt in andere Engelse duikeenheden en daarna was het er bij de training bij haar in gehamerd dat ze nooit haar masker moest afzetten. Niet tot je wist hoe de lucht was. Ze krabbelde langzaam met haar voeten naar boven, trok zich uit het water tot ze op haar knieën naast het gat zat, en ging gespannen op haar hurken zitten, met de lamp als een wapen voor zich uit, voortdurend klaar om zich de schoorsteen weer in te laten vallen. Langzaam tilde ze met haar vrije hand de band van haar masker van haar oor, hield haar hoofd scheef en haar adem in en luisterde.

Er ademde iemand. Ergens in het donker. Verborgen tussen de rotsen.

Ze tilde het masker op. Snoof. Proefde de lucht. Wachtte. De lucht was schoon. Vochtig en vol van de geuren van water en rottende bladeren. Maar schoon. Ze hing het masker om een pols, zodat ze het gemakkelijk weer op kon doen, en zette de vingers van haar rechterhand op de vloer. Haar beenspieren protesteerden luid toen ze iets naar voren leunde en de lamp op het geluid richtte.

De straal raakte zwarte rots en gleed eromheen. In een spleet glinsterde iets. Ogen. Elliptisch, maar recht, ongeveer negentig centimeter boven de grond. Mensenogen, maar geel en onzuiver. Ze staarden haar aan. Ze knipperden tegen het licht en toen kwam er een seconde lang een grote hand naar boven om ze te beschermen. Nu kon ze de omvang van het hoofd schatten. Het had de vorm van een aambeeld, de kaak was te groot en de nek ineengedrukt, bijna niet aanwezig. Ze zag de uitstekende bovenkant van de ribbenkast, de botten die te groot leken. Hoorde een moeizame ademhaling. Geen elf. Geen trol of kabouter of dwerg. Geen Tokoloshe. Het was een mens. In een versleten trui en korte broek en met gehavende slippers aan zijn voeten. Ze hield zich rustig. Kalm.

'Ik ben van de politie. Verroer je niet. Kom niet in mijn buurt.'

De ogen knipperden.

'Als je één pas naar me toe komt, neem ik je zo te grazen, dat wil je niet weten. Oké?'

Een aarzeling. Toen knikte hij.

Ze duwde zich overeind. Keek hem recht aan.

'Amos. Jij bent Amos. Ben je mij aan het volgen?'

Hij schudde zijn hoofd.

'En vorige week, die dag in het kraakpand? De dag dat we daar binnenkwamen?' Ze haalde de achterkant van haar pols over haar mond om de smaak van de groeve kwijt te raken. 'Ik was daar met een andere politieagent. Een man. In burger.'

Stilte. De ogen keken haar behoedzaam aan, en nu ving ze nog iets anders op in het licht van de duiklamp. Een glans van plastic, bakken van wit plastic. Iets wat je in de slaapkamer van een tiener zou zien. Er stonden er vier, misschien vijf boven op elkaar. Toen zag ze nog meer spullen. Ze rook dat er iets brandde. Zag een versleten slaapzak. En toen begreep ze opeens dat hij hier woonde. Hier, in het donker tussen het mos en de rottende bladeren en de dode insecten probeerde hij een bestaan op te bouwen.

'Ik weet niet wie je bent, maar je komt niet uit Engeland. Jij komt uit Afrika. Uit Tanzania.'

De ogen bleven haar aankijken. Wachtend tot ze door zou gaan.

'Je bent hier illegaal. En je zit ernstig in de problemen. Zowel hier als thuis.' Ze liet haar tong rondgaan en probeerde wat speeksel in haar mond te krijgen. 'Ik kan die problemen groter maken. Ik doe het als het moet.'

Het hoofd moest iets scheef worden gehouden, want de hoek van de ogen veranderde. Ze keken haar nog steeds aan, maar de ademhaling was ook anders geworden. Zachter. Dieper en langzamer. Ze kon haar blik niet van die ogen afwenden. Ze keken haar aan. Ze knipperden niet.

'Ik ga je iets geven. Je zult het wel begrijpen als je ziet wat het is. Je gaat het onder je hoede nemen en je zult er nooit meer over praten. Als je probeert het terug te geven, krijg je er spijt van. Ik weet waar de politie naar zal kijken, dus heb ik wat dingen met...'

Ze moest haar zin afbreken en haar vingertoppen tegen haar keel drukken om te voorkomen dat haar stem ging trillen. De samengedrukte lucht bezorgde haar een droge keel.

'Ik heb wat dingen met het lichaam gedaan waardoor ze nooit meer op mij terug te voeren valt. Als je probeert ermee naar de politie te gaan, zullen ze denken dat jij haar vermoord hebt. Maar...' Ze moest weer even pauzeren om haar stem in bedwang te krijgen. '... als je het goed doet, met respect, zal ik een manier zoeken om je te helpen. Ik weet nog niet hoe, maar ik doe het. Ik zal een manier zoeken om je te beschermen. Het is heel eenvoudig. Een simpele ruil.'

Even bleef het mannetje roerloos zitten. Toen hief hij met een amper waarneembare beweging zijn hoofd en liet het weer zakken. Hij knikte.

Ze veegde haar neus af en haalde diep adem. 'Mooi. Dat was alles wat ik wilde zeggen.'

Ze bracht haar masker omhoog en trok de band over haar natte haar, maar liet het vizier op haar hoofd zitten. Ze zette haar handen op de vloer, hurkte naast de opening van de schoorsteen, zwaaide haar benen ernaartoe en liet ze in het water zakken. Ze wachtte nog even en ving de blik van de man. 'Nog één ding.'

Zijn ogen gingen iets omhoog. Vragend.

'Het spijt me. Het spijt me heel erg.'

Toen trok ze het masker naar beneden en was ze weg, verloren in een stroom bubbeltjes die braken en spuwden in de duisternis.

71

Voor de bungalow van Lindermilk spoelde Caffery in de auto de tramadol en codeïne uit het ziekenhuis weg met een blikje

Sprite Lite. Na een tijdje zouden de medicijnen misschien iets doen tegen de pijn, maar hij wist dat hij er niet door zou gaan slapen. Er was vandaag te veel gebeurd.

Hij reed naar de oprit van Farleigh Park Hall en bleef lange tijd naar de felle lampen zitten kijken, terwijl hij de ene sigaret na de andere opstak. Nu het donker was, was de technische recherche opgehouden met het onderzoek in het huis van Gerber. De volgende ochtend zou er verder gewerkt worden. Misschien moesten ze zoeken naar menselijke overblijfselen, dacht hij. Die van Misty Kitson. Hij zou de rechercheurs de volgende morgen op de hoogte stellen en dan nog eens een bezoek gaan brengen aan Gerbers secretaresse, Marsha. Misty had zich al laten opereren aan haar neus om de schade te herstellen van jaren cocaïne snuiven. Dat herinnerde hij zich uit de dossiers; de ingreep was verricht door een Iraniër in Harley Street, maar misschien had ze nog meer willen laten doen. Misschien had ze een afspraak gemaakt met Gerber. De namen kunnen vals zijn, mensen schamen zich soms, had een van de secretaresses gezegd. Heb je Misty soms ook vermoord, klootzak dat je bent? Is dat mogelijk?

Toen hij vier sigaretten had gerookt, had hij nog steeds geen slaap. Hij sprak een bericht in op Powers' antwoordapparaat – *Bel me. Iets belangrijks* –, startte de motor van de auto en reed naar het oosten met de bedoeling naar huis te gaan. Maar hij moest weer denken aan Amos Chipeta. Aan wat hij wilde. Hij dacht aan een armband van mensenhaar, bedoeld om het kwaad af te weren. Hij merkte dat hij maar wat rondreed en dat hij terecht was gekomen in het scherpe, donkere bos van Stockhill. In plaats van zijn oprit in Priddy in te rijden, stuurde hij de auto de hoofdweg af en het weggetje op dat naar de Elfengrotten leidde.

De koplampen beschenen de nieuwe bladeren aan de zich verdringende doornstruiken. Zijn instinct zei hem ongemerkt te naderen en hij parkeerde de auto achter een paar containers langs de weg en hinkte de laatste honderd meter naar de rand van groeve nummer acht.

Het was een melkwitte nacht en het maanlicht werd verspreid tot een benauwende gloed. Er hingen lage wolken, die het licht dicht bij het land hielden. Er bewoog niets in de schaduwen, geen wild en ook geen wind. Hij bleef even aan de rand van het water staan en voelde aan de achterkant van zijn been of de wond tijdens de wandeling niet open was gegaan en niet weer ging bloeden.

Het was stil bij de groeve. Er bewoog niets. Waar woont hij? vroeg hij zich af. Waar verstopt hij zich?

Hij liep vijftig meter langs de rand naar de plek waar Ben Jakes was gevonden, waar hij bleef staan en naar het kreupelhout keek. Er was niets veranderd. Hij ging verder, tegen de richting van de klok in de groeve rond, en bleef om de paar minuten stilstaan om naar de nachtgeluiden te luisteren. Op plekken waar het voetpad verdween, wrong hij zich tussen doornstruiken en dode takken door. Hij was bijna terug op de plek waar hij de scooter had gevonden toen hij stokstijf bleef staan.

Drie meter verderop, in de bosjes en overdekt met takken, stond een auto. Een zilverkleurige Ford Focus. Hij zag eruit alsof hij er al heel lang stond. Dagen, te oordelen naar wat er allemaal op lag. Maar hij wist dat dat niet kon. Hij deed een stap dichterbij en hield zijn hand boven de motorkap. Nog warm. Iemand had hem hier neergezet om hem te verbergen. Hij draaide zich om en keek naar de groeve. Het water en de omringende bomen waren absoluut roerloos. Was hier nog iemand anders? Werd hij bekeken? Vanuit het bos? Vanaf de andere kant van de groeve?

De tramadol werkte nog niet en zijn hartslag ging omhoog toen hij zich tussen de bosjes door wrong naar de achterkant van de auto. Hij keek bedachtzaam naar het kenteken. Er stond een Y op. Een Ford Focus met een Y in het kenteken.

Het drong maar langzaam tot hem door. Het besef kwam als een trage golf.

Hij wist van wie die auto was.

Hoofdagent Marley was uitgekeken op de Focus, had ze gezegd. Uitgekeken? Hij trok zijn mouw naar beneden en probeerde de kofferbak. Op slot. Die dag dat ze de hond in de groeve had gevonden, was er iets in haar veranderd op het moment dat hij haar naar deze auto had gevraagd.

Een half herinnerde gedachte knaagde aan hem. Hij trok zich terug van de auto, terug naar de bosjes, en staarde nog eens naar de kentekenplaat. Hij had deze auto een paar keer gezien – één keer op de dag dat ze de arrestaties hadden verricht voor Operatie Noorwegen: hij had voor een afgelegen huis in de Mendips gestaan en hij had tijd gehad om hem te bekijken. Hij kneep zijn ogen tot spleetjes toen het hem weer voor ogen kwam: er had een marinetas op de hoedenplank gelegen en er was nog iets anders... Iets belangrijks. Een stukje stof dat uit de kofferbak hing. Een stuk paarsblauw fluweel dat vastzat in het slot.

In zijn zak begon de telefoon te rinkelen. Hij schrok ervan. Hij deinsde terug tot tussen de bomen. Toen hij het ding uit zijn zak had gevist, brak hij het lawaai zo snel mogelijk af.

'Ja,' siste hij. 'Wat is er?'

'Jack?' Het was Powers, zijn stem zacht en geolied van een avond drinken. 'Ik heb je bericht gekregen. Ik hoor net pas wat er gebeurd is. Het spijt me, jongen, het spijt me echt.'

'Ja.' Caffery bleef strak naar de auto kijken. Paars fluweel. Paars fluweel, vastgeraakt in de kofferbak van die verdomde auto. 'Dat zal wel.'

'Waar ben je? In het ziekenhuis? Ik heb iemand van de technische recherche opdracht gegeven je op te sporen. Ze zeiden dat je hun je kleren had beloofd als je het ziekenhuis uit kon.'

Paars fluweel. Auto, jas. Auto, jas. De jas van Misty Kitson. Flea had het meer niet naar haar willen afzoeken.

'En voor mij, heb je ook iets voor mij? Je klonk opgewonden. Gaat het over Kitson?'

'Kitson.' Caffery herhaalde het afwezig, alsof hij de naam nooit eerder gehoord had. 'Misty Kitson.'

'Je zei dat je tegen deze tijd wel iets gehoord zou hebben. Weet je nog?' Powers zweeg even. 'Kun je me verstaan, Jack?

Hoor eens, geef me gewoon de informatie die je hebt, wat je verklikker te zeggen had, dan kunnen wij het verder wel afhandelen. Ik kom wel naar jou toe, als je wilt. Nu meteen. Waar je ook bent.'

Caffery gaf geen antwoord. Hij staarde nog steeds naar de auto en hij haalde de telefoon weg van zijn oor en hield hem op armlengte. Hij liet Powers een paar seconden in het niets praten. Toen zette hij met zijn duim de telefoon uit. Hij bleef roerloos in het donker staan, zijn arm uitgestoken en zijn hart bonzend in zijn borstkas.

Er is geen God, dacht hij. *Er bestaat niet zoiets als een God.*

72

Nu hij erop terugkeek, was het al die tijd duidelijk geweest. Er was zoveel dat tegen Flea sprak. De tics, haar onlogische gedrag. Hij dacht aan Stuart Pearce op de plek waar het lichaam van Lucy Mahoney was gevonden. Die verkeersagent had gezegd dat er iets mis was geweest met Flea in de nacht dat Kitson zoekraakte. Dat ze over haar toeren was geweest.

Uit de groeve aan zijn rechterkant kwam een zacht maar duidelijk, zuigend geluid, alsof er een dier aan het oppervlak was gekomen. Hij liet de telefoon in zijn zak vallen en stapte weg van de auto om stilletjes tussen de bomen te verdwijnen, maar bleef een meter of twintig verderop, waar hij verdekt stond opgesteld, staan. Hij wachtte en hield de auto en het zwarte water waarin de wolken zich weerspiegelden in het oog.

Er gingen golfjes over het water, alsof iemand er een meter of drie van de wal een steen in had gegooid. Het oppervlak bolde op en brak weer. Meer golfjes verstoorden de weerspiegelde wolken. Er was iemand in het water. Hij trok zich verder terug in de schaduwen onder de bomen. Er kwamen meer belletjes naar boven en toen verscheen er een hoofd, zwart en glanzend. Het was Flea. Het wazige licht weerkaatste op haar duikkap.

Hij zocht steun bij een boom, zodat hij zijn evenwicht niet kon verliezen terwijl hij toekeek. Ze klom een korte ladder op, trok het masker af en ging aan de rand van de groeve zitten, waar ze de voorkant van haar tuig losmaakte, achteroverleunde en de flessen op de grond liet zakken. Ze trok haar zwemvliezen en handschoenen uit, nam een paar tellen de tijd om de luchtregulator op de flessen uit te draaien en kwam beverig overeind. Ze bleef even naar de groeve staan kijken en draaide toen een paar keer om haar as. Haar natte haar plakte tegen haar hoofd en haar gezichtje stond gespannen en weggetrokken. Toen ze er zeker van was dat ze alleen was, stak ze haar hand in een zak op de pijp van haar droogpak, haalde er sleutels uit en liep naar de auto. Ze deed niet het portier open, maar ging recht op de kofferbak af.

Ze bukte en sloeg haar armen om een groot, wit pakket. Caffery wist wat erin zat; hij zag de gelige vlek van gebleekt haar dat tegen het plastic drukte. Hij schuifelde een paar passen naar voren en kneep hard in zijn neus, alsof hij daardoor bij zinnen zou komen en zou beseffen dat dit niet meer was dan een droom.

Flea bewoog langzaam en onhandig en liet het lichaam vallen. Het raakte de grond met een doffe bons. Ze sloeg de kofferbak weer dicht, bukte en pakte twee hoeken van het plastic vast. Ze klemde in opperste concentratie haar tanden op elkaar, bracht haar gewicht naar achteren en begon het pakket over de grond te trekken, tussen de bomen uit het wazige, weerspiegelde maanlicht in, in de richting van het water. Het pakket botste overal tegenaan en bleef af en toe steken. Een of twee keer dacht hij dat ze het niet tussen de bomen uit zou kunnen krijgen, maar ze was gewend aan het onhandige gewicht van dode lichamen en ze worstelde ermee. Het kostte haar tien minuten, maar toen had ze het helemaal naar de rand van de groeve gesleept.

Ze liet het pakket vlak bij de ladder zakken, ging rechtop staan met haar handen tegen haar rug en draaide met haar hoofd om de spanning kwijt te raken. Toen verstijfde ze. Ze draaide zich om en keek naar de bomen.

'Wie is daar?' Ze staarde zijn kant uit.

Caffery kneep zijn neusgaten verder dicht en vocht tegen de drang om iets te zeggen. Er drukte iets tegen zijn ribben.

Ze bleef nog even staan luisteren. Toen begon ze met een frons haar uitrusting weer om te doen en haar zwemvliezen aan te trekken. Ze leunde achterover om de twee zuurstofflessen om te doen en klikte het tuig dicht.

Toen ze helemaal klaar was, klom ze half in het water. Staand op de ladder en met één arm om de treden geslagen, trok ze het lijk achter zich aan. Toen het omhoogkwam, zag Caffery blote huid door het gescheurde plastic. Gescheurde huid en spier en witblond haar.

Toen Flea het lijk bijna helemaal in het water had, pauzeerde ze even. Ze stond met haar gezicht ernaar toe en een arm cromheen.

Hij dacht even dat ze stond te bedenken wat de volgende stap zou zijn. Maar toen besefte hij dat ze heel ergens anders mee bezig was. Haar hoofd was iets gebogen en haar ogen waren opgeslagen. Ze keek naar de bleke veeg die het gezicht van Misty Kitson moest zijn geweest. Als het niet zo belachelijk had geklonken, als het niet tegen alles in was gegaan wat hij haar net had zien doen, zou hij hebben gezegd dat ze zich tegenover Misty Kitson verontschuldigde.

Hij zou nu tussen de bomen vandaan kunnen komen en roerloos in het maanlicht kunnen gaan staan, ergens waar zij hem zou zien. Maar voor hij actie kon ondernemen, trok ze haar masker voor haar gezicht, maakte de band vast om haar oren, sloeg beide armen stevig om het lijk, zakte als een steen uit het zicht in de donkere spiegel van de groeve en nam het lijk met zich mee.

Verrast omdat het zo snel was gegaan, hinkte hij de struiken uit en ging bij de plas water die haar uitrusting had achtergelaten naar beneden staan staren. Door de bubbeltjes heen kon hij ze nog net zien, het zwart van Flea's hoofd, de bleke plastic lijkwade van Misty en de onzekere lichtstraal van de duiklamp.

Toen waren ze weg. Alleen de weerspiegelende bubbels van de belletjes die braken op het oppervlak waren er nog.

73

De dag brak aan en Flea was eindelijk aangekomen op de smalle weggetjes bij haar huis. Ze reed gestaag door, met doffe, bloeddoorlopen ogen en de geur van de groeve nog in haar neus. Er was mist komen opzetten, een grijze, sliertige mist, die de bochten in de weggetjes verraderlijk maakte. Ongeveer een kilometer van het huis kwam een haarspeldbocht eerder dan ze verwachtte. Ze stampte op de rem en wrong de Focus naar links. De wielen schoten onder haar uit en het stuur schokte in haar handen, maar ze hield vast terwijl de auto door de bocht in het smalle weggetje schoot. De wielen blokkeerden en gleden opzij. De banden piepten en een boom kwam snel op de auto af. Toen de klap kwam, schoot ze naar voren tegen de gordel, wat haar een pijnscheut in haar ribben bezorgde. De airbag blies zich op, sloeg haar hoofd achteruit en duwde haar kaken zo snel op elkaar dat ze op haar tong beet.

Een moment van geschokte stilte en toen liep de airbag leeg. Haar hoofd viel tegen haar borst.

Ze bleef even zitten wachten tot het gesuis van de airbag was verdwenen. Er liep bloed in haar mond, van onder haar tong. Ze hield het even achter haar op elkaar geknepen lippen terwijl ze in zichzelf haar hoofd en bovenlichaam controleerde en haar aandacht toen richtte op haar armen en benen. Haar knie deed pijn – ze had hem gestoten tegen de stuurkolom – en haar borstbeen schrijnde vanwege de druk van haar gordel, maar ze kon haar tenen voelen. Ze kon ze bewegen.

Ze deed het portier open en spuwde het bloed op het asfalt. Met stramme bewegingen maakte ze de gordel los, duwde het portier zo ver mogelijk naar buiten en stapte voorzichtig uit, waarbij ze haar borstkas zo veel mogelijk ontzag. De auto stond strak tegen de boom. Ze moest zich ertegenaan drukken en naar achteren schuifelen.

Het was een stil weggetje, vol vlierbloesem en nieuwe klaprozen. De zure geur van geplet fluitenkruid, waar de auto door de heg heen was gegaan, vermengde zich met de mist. Dauw van de overhangende boom was op de voorruit gespetterd. Ze liep om de auto heen en inspecteerde de schade. Toen ze aan de voorkant kwam en zag wat er was gebeurd, liet ze alle lucht uit haar longen ontsnappen. Op de een of andere manier, misschien meer door geluk dan wijsheid, had ze het precies goed gedaan.

Ze ging naar de kofferbak, maakte hem open en haalde de vuilniszak met Misty's handtas, telefoon, sandaaltjes en jas eruit. Het verfblik dat ze achterin had gezet, was omgevallen, maar niet opengegaan, dus wrikte ze met haar Zwitserse legermes het deksel eraf en liet het in de kofferbak leeglopen.

Nog een laatste blik op de auto. De koplamp waarmee Misty was geraakt, was begraven in de boomstam, de voorwielen waren opzij en in de richting van de passagiersstoel gedrukt, zodat de as verbogen was. Het motorcompartiment en het brandwerende schot zouden ook wel gebarsten zijn. De auto was total loss. Ze had het hele ding eerder schoongemaakt met een in benzine gedrenkte doek en alle vet- en vingerafdrukken, haren en vezels weggehaald. Ze had er twee lange uren over gedaan, en ze had er alle vertrouwen in. En niemand zou deze auto op sporen onderzoeken. Er was geen reden voor zolang zij meldde dat zij gereden had. Alles wat Thom en haar verbond met Misty Kitson kwam terecht op het autokerkhof. Het restant van de benzine zat in een kleine fles in de afvalzak.

Met de zak over haar schouder wrong Flea zich door de heg en ging op weg over de bedauwde velden. De zon filterde door de vroege ochtendnevel en terwijl ze klom, ontpopten vage spookgedaanten links en rechts van haar zich langzaam als hekken en bomen. Toen ze boven op Charmy Down op het oude vliegveld was aangekomen, was ze boven de mist uit gelopen en zag ze de in onbruik geraakte mast voor zich glinsteren in de zon. De restanten van haar eerdere vuur waren er nog. Een platte cirkel van geblakerd gras met dauw erop, die het een grijzige tint gaf. Ze zette de zak in de cirkel, haalde een fles tevoorschijn, goot de benzine op de tas vol spullen en de telefoon en gooide er een lucifer op.

Ze trok zich een paar meter terug en ging zitten wachten tot de boel vlam vatte. In het oosten vertoonde de hemel strepen in vuilroze en bruine tinten. In het dal kolkte de mist. De naburige heuvels – plekken die ze al haar hele leven kende – rezen er als donkere eilanden bovenuit. Solsbury Hill bevond zich achthonderd meter van haar vandaan en ver weg, waar de ruimte tussen de heuvels naar Frome en Warminster leidde, rees nog een rookpluim als een vinger op in de blauwe hemel.

Ze hield haar blik gericht op dat vuur. Haar lichaam deed pijn na alles wat er in de laatste vierentwintig uur gebeurd was, en haar vingers tintelden, wat volgens haar kwam van de kou in de groeve. Maar dat verre vuur gaf haar een soort rust die ze niet kon verklaren. Ze strengelde haar vingers om haar enkels in elkaar en boog voorover om ernaar te kijken.

Zorg voor jezelf...

Het was goed. Goed om zichzelf zo te redden. Om met de juiste redenen het verkeerde te doen. Soms kun je alleen maar doorgaan. De keuzes maken die je in leven houden.

Haar eigen vuur maakte een sissend geluid en er schoot een vlam omhoog. Hij verdween weer en schoot toen weer op, en er kwamen er meer, knisperend, groen, oranje en blauw. Een streep zijdezwarte rook sputterde en verhief zich in de lucht, in antwoord op het vuur op de naburige heuvel.

Het vuur van een man die ze nog nooit had ontmoet.

74

Sommige mensen hebben de instincten van dieren. Die krijg je als je jaren leeft zonder enig gemak. Zelfs slapend lijkt de Wandelaar soms te weten wat er in de wakkere wereld gebeurt en wie hij kan verwachten. Het is alsof zijn sluimerende geest gewoon naar buiten kan kruipen en over de heuvels en dalen kan wegzweven, als een havik uitkijkend naar mensen die 's nachts op pad zijn. Alles wat in zijn omgeving gebeurt. En al die tijd ligt zijn lichaam stil en roerloos naast het kampvuur en bewegen alleen zijn ogen.

Die nacht, terwijl Gerber in het mortuarium in Trowbridge lag en Flea onderdook in de groeve, sliep de Wandelaar vast en vredig. Hij verwachtte iemand. Hij had een extra schuimrubber matje met een slaapzak naast het vuur gelegd.

Caffery arriveerde om halfvier. Hij kroop in de slaapzak en verzonk meteen in een verdoofde, versufte slaap.

Toen hij twee uur later in de koude, melkwitte dageraad wakker werd, was de mist ijskoud en was het sombere gekras van kraaien in de hoge takken boven zijn hoofd het enige geluid. Hij ging overeind zitten. De Wandelaar maakte het ontbijt klaar. Er rees een lange sliert rook op van het vuur. Bacon en eieren voor twee mensen. Er stonden twee mokken te wachten.

'Goedemorgen. Het wordt een mooie dag. De mist trekt op.'

Caffery gaf geen antwoord. Hij had nog steeds de codeïne uit het ziekenhuis in zijn lichaam, alsof iets warms en donzigs achter zijn oogbollen in zijn hersenen zat gepropt. Hij zat met zijn handen om zijn enkels en staarde in het vuur, naar de twee tinnen mokken koffie, naar de twee pannen die sisten op de vlammen. Hij kon zich niet herinneren dat hij ooit zo moe was geweest, zo versuft, vanbinnen en vanbuiten. Hij liet zijn hoofd hangen en moest zijn ellebogen tegen zijn knieën zetten en zijn hoofd ondersteunen met zijn vingers.

'Waarom staat je telefoon uit?' De Wandelaar keek niet op

van het vuur. 'Anders doe je altijd alsof het je tweede hart is.'

Caffery haalde het toestel uit zijn borstzak. Hij legde het op de grond en staarde ernaar. Niet alsof het een hart was. Alsof het een slang was.

'Nou?'

'Ik weet niet wat ik ga doen als ik hem aanzet. Vraag er verder niet naar.'

De Wandelaar haalde zijn schouders op. Hij schepte het eten op twee borden: vier dikke plakken bacon, drie gebakken eieren, twee worstjes en een snee gebakken brood voor elk van hen. Hij liep de hele dag en had brandstof nodig. Zijn borden waren altijd overvol en hij zorgde ervoor dat zijn gasten ook goed aten. Hij kwam overeind, zette een bord naast zijn matje en bracht het andere naar waar Caffery zat. Toen hij Caffery's gezicht zag en de ziekelijke blik die hij op het eten wierp, met tranende ogen, aarzelde hij. 'Oké,' gromde hij. 'Oké.'

Hij rechtte zijn rug, deed een paar passen weg van het vuur en bukte om het voedsel van het bord op de grond te schrapen. 'De dassen zullen je dankbaar zijn.' Hij ging terug naar zijn matje, voorzichtig lopend omdat hij alleen sokken aanhad, en als er iets was wat de Wandelaar moest doen, was het goed voor zijn voeten zorgen. Hij ging zitten met het tinnen bord op zijn knieën, haalde een duim en een wijsvinger door zijn baard en bekeek met samengeknepen ogen Caffery's gezicht. 'Je weet waar je staat.' Hij knikte naar de telefoon. 'Of niet soms?'

Caffery zei nors: 'Waar dan?'

De Wandelaar grinnikte. 'Op een kruising,' zei hij. 'De absolute kruising. En nu ben je gedwongen iets te doen. Ik weet niet waarom of wat er gebeurd is, maar als je die telefoon aanzet, moet je een beslissing nemen. Waar of niet?'

Caffery staarde de Wandelaar aan. Die schooier had gelijk. Het was in zijn slaap bij hem opgekomen. Hallucinaties die kwamen en gingen. Dat hij de volgende morgen met Powers zou moeten praten. Hij zou een besluit moeten nemen. Hij zou hem moeten vertellen wat hij wist over Misty Kitson.

'En het is een beslissing die al jaren op je ligt te wachten. Je ziet het misschien niet, maar bij deze beslissing gaat het erom of je je naar de dood toe blijft keren of je omdraait en het leven kiest. Zo is dat.'

Caffery maakte een verachtelijk geluidje. 'Ik krijg een preek dat ik voor het leven moet kiezen, en dat van jou? Iemand die de dood heeft gekozen? Hoe zit dat?'

'Of misschien krijg je een preek van iemand die is gekozen door de dood.'

'Jij bent niet dood.' Hij keek de Wandelaar in de ogen. Ze waren blauw. Net als die van hem. Alsof ze familie van elkaar waren. Alleen wist Caffery dat de wijsheid in de ogen van de Wandelaar niet in die van hem te lezen was. Nog niet. 'Je leeft nog.'

'Ja. O, ja.' De Wandelaar keek naar zijn handen. Draaide ze om en om, alsof ze van iemand anders waren. 'Ik geloof het wel.'

'Je hebt een plan. Ik weet niet wat dat plan is, maar het is er. Dus heb je helemaal niet voor de dood gekozen.'

De Wandelaar lachte – meelevend, alsof Caffery zo simpel was als een kind. Alsof het hem jaren zou kosten om enigszins volwassen te worden in zijn gedachten of gevoelens. 'Toen Craig Evans mijn dochter vermoordde,' hij veegde langs zijn snor, 'en toen hij me vertelde wat hij gedaan had... Toen hij me vertelde hoe vaak hij haar had verkracht voordat hij het deed,' hij tikte met zijn vinger tegen zijn lippen, alsof hij even niet wist of hij de gedachte kon afmaken, 'toen hij me alles vertelde, wist ik dat de keuze gemaakt was. Ze moest getroost worden voor haar lijden. En om haar te troosten, moest ik haar volgen.'

Caffery boog naar voren. Het was de eerste keer dat de Wandelaar rechtstreeks over de dood van zijn dochter sprak. 'Haar volgen? Waarheen?'

'Naar het hiernamaals, natuurlijk. Zo moest het zijn. Het is de natuurlijke gang van zaken. Alles wat ik doe, elke kilometer die ik loop, is voorbereiding. Ik moet de tijd en de plaats vinden.' Hij keek op. 'Jij weet niet wat er met het lichaam van je broer is gebeurd.'

‘Nee.’

‘Je hebt overal gezocht, op elke plek die je kon bedenken.’

‘Ja. Ik kan nergens meer zoeken. Eén keer dacht ik dat ik er dichtbij was. Heel ver hiervandaan. In het oosten, niet in het westen.’

‘Ja?’

‘Ik had het mis.’

De Wandelaar knikte bedachtzaam. Hij bleef nog wat langer naar Caffery zitten kijken en toen pakte hij zijn vork en begon te eten, met zijn blik op de horizon. Caffery keek naar hem. Hij zag hoe hij het eten uit zijn baard hield en zijn vingers afveegde aan een doek. De Wandelaar was vuil van top tot teen, maar hij was vreemd nauwgezet in de manier waarop hij zichzelf verzorgde.

‘Je hebt niet zoveel geluk als ik,’ zei de Wandelaar na een lange stilte. ‘Ik heb geen keus, dus ik heb geluk. Maar jij? Jij kunt nog steeds kiezen. Dat is moeilijker. Vooral nu. Nu er nieuwe complicaties bij komen kijken.’

Caffery fronste zijn wenkbrauwen. ‘Hoe weet jij...’

‘Het maakt niet uit hoe ik het weet. Wat belangrijk is, is de keus die je maakt en waarom je hem maakt. Kijk me aan.’ Hij zette zijn bord neer en wendde zich met gespreide armen tot Caffery, zodat zijn smerige, gevoerde jas openviel en zijn bovenlijf in de bevlekte warmtekleding zichtbaar werd. ‘Jij, beste politieman, leert me te beoordelen om wat ik ben, niet om wat je denkt dat ik ben.’

‘En?’

‘En?’ Hij deed zijn jas dicht en pakte het bord weer op. ‘Dus zorg ervoor dat je diezelfde wijsheid hier ook gebruikt, inspecteur Caffery. Zorg ervoor dat je pas oordeelt als je het hele beeld hebt. Het zal tijd kosten, maar als je alles kunt zien, ziet het er misschien heel anders uit.’

Het hele beeld. Er kwamen nog meer beelden bij Caffery op. Flea’s gezicht, die dag in haar nieuwe auto bij de groeve; de strakke, bezorgde frons in haar voorhoofd. De blik in haar ogen vanmorgen vroeg, toen ze Misty's lijk in het water trok. Hoe ze zich had lijken te verontschuldigen. Alsof dit niet haar bedoeling was geweest.

'En nog iets.'

Caffery keek op. 'Wat?'

'Iets waar ik jou niet aan zou moeten herinneren.' De Wandelaar boog zijn hoofd en streelde langs zijn snor, zodat zijn hand de ironische halve glimlach om zijn mond verborg. 'Dat je altijd een eindje terug zou moeten kijken voor je een andere mens beoordeelt. Misschien in je eigen verleden?'

Caffery richtte zijn blik op de Wandelaar. Het zou hem niet verbazen als de Wandelaar op de een of andere manier ook daar alles van wist; het geheim dat hij nu bijna tien jaar bij zich droeg, hoe er in Londen een moord was gepleegd. Hij had daar een man vermoord, in het geheim en met zijn eigen blote handen.

Hij boog naar voren en trok de mobiele telefoon naar zich toe. Legde zijn vinger erop. Hij was zo moe. Misschien was het waar, misschien was de keus echt de wortel van elk menselijk geluk – en van elk menselijk verdriet.

'Het is tijd,' zei de Wandelaar. 'Je weet dat het tijd is.'

Caffery haalde diep en vermoeid adem en pakte de telefoon. Hij stond op en keek naar het lege schermpje. 'Kijk niet naar me. Oké?'

De Wandelaar glimlachte lang en traag. Hij boog beleefd zijn hoofd en stak zijn hand uit in een gebaar dat Caffery weg moest lopen van het kampvuur.

Caffery liep van de bomen weg. Hij ging aan de rand van de heuvel staan. De mist was opgetrokken, zoals de Wandelaar had voorspeld, en van hier opende het land zich met al zijn golvende groene bossen en koude richels. Een heel eind van Bath zag hij de mistige vallei van de Avon en de vage vlek van de White Horse bij Westbury. Dichterbij, op Charmy Down aan de andere kant van Solsbury Hill, rees een andere rookpluim op in de lucht. Hij was net als die van de Wandelaar, alleen donkerder. Zwart en dik. Hij liet vegen achter in de hemel.

Hij zette de telefoon aan, tikte het nummer van Powers in en wachtte op verbinding, met zijn blik op de zwarte rook gericht.

'Baas. Bel ik je wakker?'

'Ja.' Powers sprak zachtjes. Hij hoestte een paar keer. 'Jack, wat was dat nou, even geleden? Je hebt midden in ons gesprek opgehangen. Ik heb teruggebeld, maar je had je telefoon uitgezet.'

Caffery keek over zijn schouder om te zien of de Wandelaar zat te luisteren. Dat was niet zo. Hij keek uit over het landschap aan de andere kant, een glimlachje op zijn gezicht, alsof hij al wist wat Caffery ging doen.

'Waar heb je gezeten? De technische recherche wordt gek. District E heeft mensen naar je huis gestuurd om je te zoeken. Je neemt je telefoon niet op. Ze proberen het al de hele nacht.'

'Ik weet het. Ik zag de berichten.'

'Ik denk dat je bij je verklikker bent geweest. Heb ik gelijk?'

'Ja. Hij is iets te weten gekomen.'

De lijn viel stil.

'Het is geloofwaardig,' zei Caffery. 'Heel geloofwaardig.'

Weer stilte. Toen zei Powers met droge stem: 'Geef me de grote lijnen.'

'Gerber. Gerber heeft Kitson ook vermoord.'

'Nee. Dat bestaat niet.'

Hij keek op naar de rookpluim. Hij wist niet waarom, maar hij vond hem troostend, die zwarte rook van iemand anders' vuur. Het was alsof de wereld toch niet zo'n eenzame plek was. 'Ze had een afspraak met hem. Onder een valse naam, we weten niet welke. Misschien heeft ze hem overgehaald er niets over op te schrijven. Ze wilde natuurlijk niet dat de pers het te horen kreeg. Maar zodra iedereen wakker wordt, als alles online komt, stel ik voor dat je wat mensen naar Gerbers huis stuurt. Er zijn een paar plekken waar ze de grondradar op zouden moeten zetten.'

'Weet je het zeker? Weet je het absoluut zeker?'

Het duurde even voor Caffery antwoord gaf. De wind had de

zwarte rook op de verre heuvel te pakken gekregen en blies hem langzaam langs de hemel. Toen hij in Londen die man had vermoord, had hij daar zijn redenen voor gehad, redenen die nog steeds juist en overtuigend leken. Flea zou ook haar redenen hebben, en ze zouden net zo begrijpelijk zijn als die van hem. Er lag niets onder de grond bij Gerbers huis – niets behalve de gelegenheid tijd te winnen. Tijd genoeg om te doen wat de Wandelaar had gezegd, om het hele beeld te krijgen en te besluiten of hij de dingen op de normale manier moest aanpakken. Of Flea met rust te laten, haar haar eigen fouten te laten maken en haar daarvoor te laten boeten.

'Ja,' zei hij rustig. En iets in zijn borst leek lichter te worden toen hij het zei. 'Ik ben nog nooit ergens zo zeker van geweest.'

Dankwoord

Ik had niet eens aan dit boek kunnen beginnen als ik niet de hulp had gehad van één man: hoofdagent Bob Randall van de Avon and Somerset Underwater Search Unit. Hij weet wat hij heeft bijgedragen, weet hoeveel prijs ik daarop stel, maar het kan geen kwaad om te vertellen wat een unieke, goed ingelichte en briljante politieman hij is, of hoe gul en onvermoeibaar hij me heeft geholpen, zowel professioneel als persoonlijk. Ik heb ook hulp van anderen gehad om de details van politieprocedures iets dichter bij de realiteit te brengen: inspecteur Steven Lawrence van het opleidingsinstituut voor rechercheurs en Alan Andrews van het Team Zware Misdrijven, beiden van de Avon and Somerset Constabulary. En van de Metropolitan Police Cliff Davies van de afdeling Moordzaken, die na al die jaren nog steeds een inspiratie en een vriend is.

Het is zeldzaam als iemand veel van haar collega's vrienden kan noemen, dus schieten woorden tekort om mijn geluk te beschrijven dat ik samenwerk met drie buitengewone vrouwen: Jane Gregory, Selina Walker en Alison Barrow. En ik zou het ook niet redden zonder de constante steun van Jemma McDonagh, Claire Morris, Terry Bland, Stephanie Glencross en Tess Barun van Gregory and Company, om het nog maar niet te hebben over iedereen van Transworld Publishers met wie ik na tien jaar nog steeds de eer heb te werken: Larry Finlay, Ed Christie, Janine Giovanni, Diana Jones, Nick Robinson, de onverzettelijke eco-man Bradley Rose, Simon Taylor, Claire Ward, Hazel Orme, Katrina Whone en Joanne Williamson.

Mijn vrienden en familie, die even goed naar me luisteren en me evenzeer inspireren zijn: Christian Allis, John en Aida Bastin, de Billinghams, Kate Butler, Linda, Liz en Laura Downing, de Fiddlers, de Gores, de Heads, Mairi, Moë en Sally Hitomi, Sue en Don Hollins, Patrick en ALF Janson-Smith, Karen Knowlton, de Macers, Rebecca Marshall, Margaret en E.A. Murphy, Selina Perry, Helen Piper, Keith Quinn, Karin Slaughter, Sophie en Vincent Thiebault, Ness Williams en de altijd elegante Gilly Vaulkhard.

En natuurlijk een heel groot dankjewel aan drie prachtige kleine meisjes, ten eerste Misty en Daisy, die zo onzelfzuchtig hun namen uitleenden zonder enige voorwaarde over wat er met hun fictieve tegenhangers gebeurde, en ten tweede en belangrijkste, een meisje dat me heeft verrast door de grootste en meest onverwachte lieveling te zijn, mijn prachtige dochter Lotte Genevieve Quinn.